RETOUR À CUBA

DU MÊME AUTEUR

Romans

Caramelle,
Éditions Bernard Barrault, 1989

Au Petit Marguery,
Éditions Bernard Barrault, 1991

Le Roman des Quarks,
Éditions Julliard, 1995

La Paresse de Dieu,
Éditions Julliard, 1998,
Grand prix de littérature policière

Je ne veux pas être là,
Éditions Julliard, 2006

Le jour où j'ai voté pour Chirac,
Éditions Julliard, 2007

Le Tournevis infiniment petit,
Éditions Julliard, 2008

SMS,
Éditions Julliard, 2009

Mon pire ennemi est sous mon chapeau,
Éditions Julliard, 2012
prix Albert-Bichot

J'ai sauvé la vie d'une star d'Hollywood,
Éditions Julliard, 2014

Naissance d'un père,
Éditions Julliard, 2016

La Part des anges,
Éditions Julliard, 2017
prix de l'académie Rabelais

Le Mari de la harpiste,
Éditions Julliard, 2019

Théâtre

Les Femmes de la Petite Couronne,
Éditions Lansmann, 1995

LAURENT BÉNÉGUI

RETOUR À CUBA

roman

Julliard

ISBN : 978-2-260-03257-1
Dépôt légal : janvier 2021
Éditions Julliard – 92, avenue de France 75013 Paris

Ce roman est dédié à …

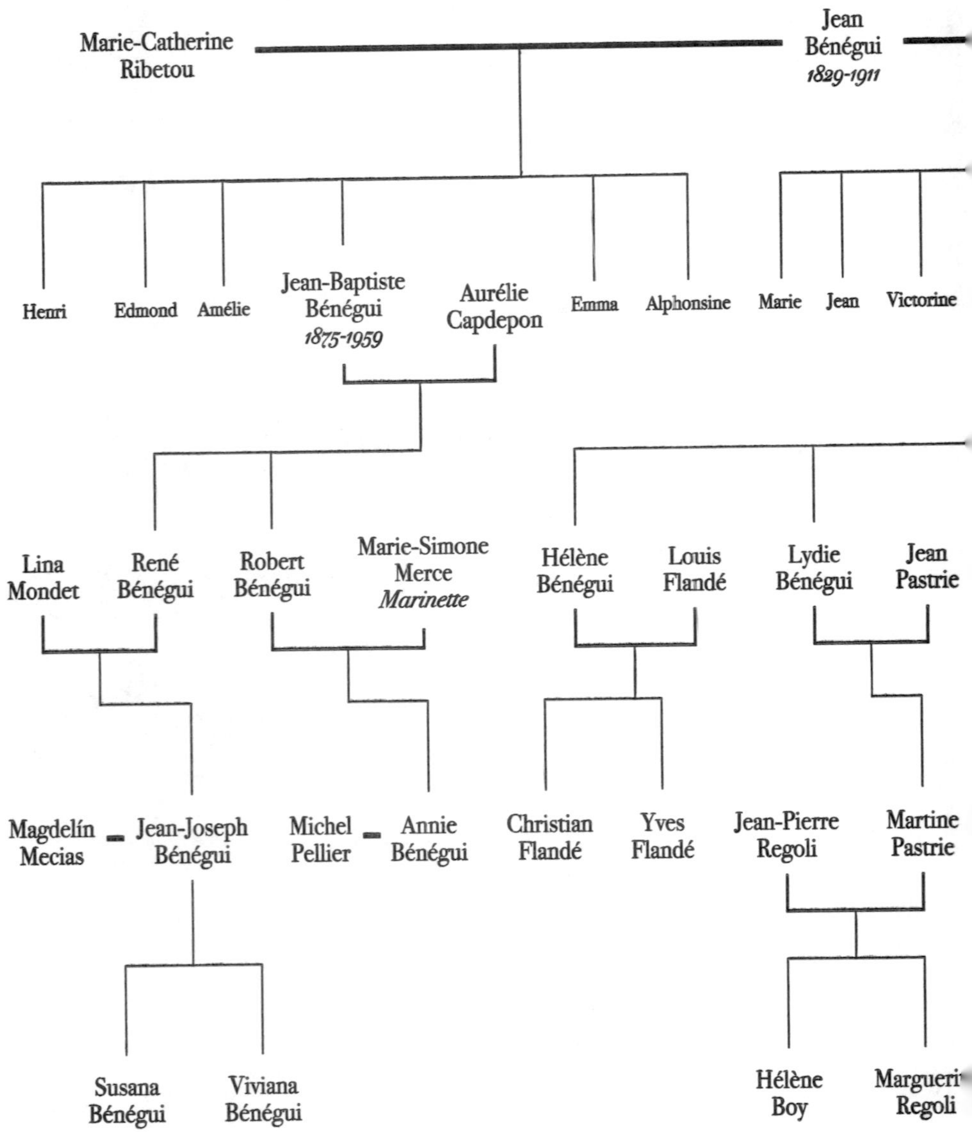
Marie-Catherine Ribetou
Jean Bénégui 1829-1911
Henri
Edmond
Amélie
Jean-Baptiste Bénégui 1875-1959
Aurélie Capdepon
Emma
Alphonsine
Marie
Jean
Victorine
Lina Mondet
René Bénégui
Robert Bénégui
Marie-Simone Merce Marinette
Hélène Bénégui
Louis Flandé
Lydie Bénégui
Jean Pastrie
Magdelín Mecias
Jean-Joseph Bénégui
Michel Pellier
Annie Bénégui
Christian Flandé
Yves Flandé
Jean-Pierre Regoli
Martine Pastrie
Susana Bénégui
Viviana Bénégui
Hélène Boy
Regoli

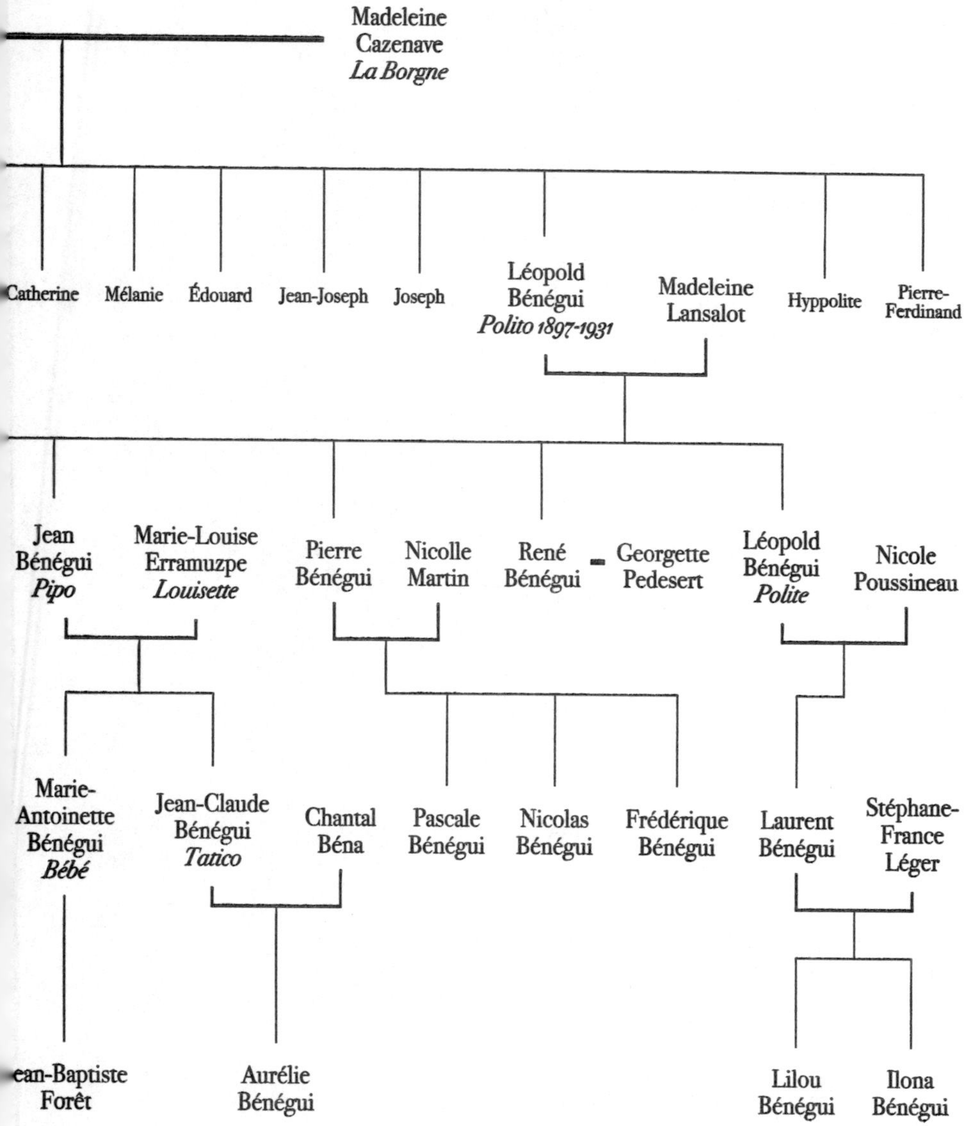

Madeleine
Cazenave
La Borgne
Catherine
Mélanie
Édouard
Jean-Joseph
Joseph
Léopold
Bénégui
Polito 1897-1931
Madeleine
Lansalot
Hyppolite
Pierre-
Ferdinand
Jean
Bénégui
Pipo
Marie-Louise
Erramuzpe
Louisette
Pierre
Bénégui
Nicolle
Martin
René
Bénégui
Georgette
Pedesert
Léopold
Bénégui
Polite
Nicole
Poussineau
Marie-
Antoinette
Bénégui
Bébé
Jean-Claude
Bénégui
Tatico
Chantal
Béna
Pascale
Bénégui
Nicolas
Bénégui
Frédérique
Bénégui
Laurent
Bénégui
Stéphane-
France
Léger
ean-Baptiste
Forêt
Aurélie
Bénégui
Lilou
Bénégui
Ilona
Bénégui

PREMIÈRE PARTIE

« En matière d'écriture, si résolu qu'on soit à rester sur la grand-route, certains chemins de traverse ont une séduction à laquelle il est difficile de résister. Je m'en vais vagabonder dans l'un d'eux. Si le lecteur veut bien me tenir compagnie, j'en serai heureux. »

Herman Melville, *Billy Budd, marin*

Il y a dans la genèse de chaque livre une dimension organique héritée de soi, sinon de ses proches. Que l'on soit auteur de fiction, essayiste, historien, ou que l'on prenne la plume pour autrui. On écrit comme on est. Comme on naît, plutôt. Personne n'y échappe. Le phénomène est mystérieux. Il se rapproche d'une énigme naturelle, celle de la fécondation. Comment se fait-il qu'un spermatozoïde devance ses millions de congénères, pénètre l'ovule et engendre un être nouveau ? Lui, et pas un autre. De quelle autorité ? Qu'a-t-il de plus, celui-là, dans le flagelle ? La science s'interroge aujourd'hui. Elle se demande si, en définitive, ce ne serait pas l'ovule qui favoriserait tel gamète plutôt qu'un autre et l'autoriserait à pénétrer sa couronne. Le choix de la reine plutôt que celui d'une infinité de roitelets, si vibrionnants soient-ils. Je me dis que, de la même façon, ce sont les histoires qui choisissent leurs auteurs et le moment d'être rédigées. L'écrivain s'imagine libre de raconter ce qu'il veut, quand il le veut, alors qu'il n'a pas plus le choix d'écrire qu'il n'a eu celui de venir au monde. Ce texte en est le témoignage.

Tout a commencé à Besançon, dans un salon du livre où j'avais été convié lors de la rentrée littéraire de septembre. Nous étions plus de deux cents auteurs, accablés par la chaleur que retenaient les bâches blanches du chapiteau. Dans un bruit assourdissant, je demeurais assis derrière les piles colorées de mes ouvrages, à côté de mon ami écrivain, Jean-Luc Marty, tandis qu'un public en majorité féminin défilait sans relâche dans les travées. Mais, contrairement à certains confrères qui croulaient sous les sollicitations de selfies et les roucoulades, je n'avais dédicacé que cinq ou six livres depuis le début de la journée, et décidai de tuer le temps en entamant une conversation avec mon voisin.

— Je t'ai raconté que j'avais un lien familial avec Cuba ? lançai-je à brûle-pourpoint.

— Ah mais non, pas du tout.

— Mon grand-père était originaire du Béarn, il a émigré là-bas au début du XXe siècle et y a fait fortune.

— Où ça exactement ? demanda Jean-Luc.

Je savais que j'allais capter son attention. Grand voyageur, mon ami fréquentait régulièrement l'île. Il avait même situé l'action d'un de ses romans dans les quartiers noirs de Santiago.

— À l'est, en Oriente. Une propriété immense. Là-bas, j'ai vu une carte. Rapporté à la taille du pays, c'est comme si on avait possédé un département. Mais tout cela a été nationalisé après la révolution.

— Tu y es allé quand ?

— À la fin des années soixante. On rendait visite à mon oncle et à ma tante, qui ne pouvaient plus rentrer en France. Ils avaient eu un fils là-bas, et à seize ans il a été appelé pour faire son service militaire. Il a refusé, il disait qu'il était français, pas cubain. Du coup, il a été considéré comme déserteur et on leur a retiré leur passeport.

— Seulement ?

Je le regardai, stupéfait, considérant qu'être retenu contre son gré était déjà pénalisant. Je me souvenais des tentatives de ma grand-mère, qui avait interpellé chacun des ministres des Affaires étrangères du général de Gaulle, de Pompidou et de Giscard. Pendant plus d'une décennie, elle avait sonné les cloches de tous les penseurs en vogue, les maos comme les réacs, sans résultat. Madeleine avait rédigé tant de lettres pour alerter sur la situation de cette famille française bloquée à Cuba que ses phalanges s'étaient tordues autour des stylos et que ses yeux avaient perdu leur acuité.

— Dans ces années-là, à part le sucre, la seule chose que Cuba parvenait à exporter, c'était la révolution, reprit Jean-Luc. Ils envoyaient des militaires sur tous les fronts anti-impérialistes. Refuser de porter l'uniforme, c'était choisir de s'opposer. La sanction aurait dû être plus lourde qu'une simple privation de passeport.

J'acquiesçai. Mon oncle lui-même m'avait raconté que, après la prise du pouvoir par Fidel Castro, les seuls qui mangeaient à leur faim étaient les alligators, à qui l'on jetait les cadavres des opposants au régime.

— Ce qui veut dire ? demandai-je.

— Que ce jeune homme, et donc ta famille, a bénéficié de protections.

Cette dernière phrase exhuma une image de ma mémoire. J'entrevis, au milieu d'une végétation exubérante et dense où des feuilles de palmier aussi grandes que des ailes d'avion hachaient le soleil, la silhouette d'un homme en uniforme qui dirigeait le canon de sa mitraillette vers le ciel. Puis me revinrent les échos d'une conversation. Peut-être la voix stridente de ma tante : « Tu vois, Laurent, c'est Raúl, le frère de Fidel Castro. C'était le commandant militaire de la région, et, de temps en temps, il vient nous rendre visite en ami. »

— J'ai vu Raúl Castro là-bas, dis-je. Sur la propriété. Il tirait à la kalachnikov dans les cocotiers pour faire tomber des noix de coco, juste pour m'amuser, moi, le petit Français, le *francesito*.

— Incroyable ! C'était en quelle année ?

— En 1967. On avait emmené ma grand-mère, qui n'avait jamais revu la tombe de son mari. Quant à mon père, c'était la première fois qu'il retournait sur le lieu de sa naissance. Après le décès de mon grand-père, toute la famille était revenue en France...

Jean-Luc affirma que mon père était cubain, même s'il avait passé toute sa vie en France, puisque le droit du sol s'appliquait sur l'île. Je restai silencieux, ébranlé par l'idée que, si mon père l'était, je l'étais d'une certaine façon moi aussi.

J'avais voulu passer le temps en racontant une histoire à laquelle je connaissais finalement peu de chose. Un récit semblable à d'autres contes entendus pendant l'enfance, dans lequel le statut de mon fameux « grand-père qui avait fait fortune à Cuba » se rapprochait de celui du capitaine Nemo, de Tom Sawyer ou de Batman.

Jean-Luc hocha la tête :

— C'est quand même étonnant que tu n'aies jamais utilisé cette matière.

— Elle est pleine de trous, d'anachronismes, répondis-je. Au fond, je n'ai que des trucs de gosse en tête, de ceux qu'on gobe sans poser de questions. Je n'avais plus repensé à cette histoire depuis un moment.

— D'autant qu'il n'y en a pas une, mais trois, affirma-t-il.

— Trois ? répétai-je, jugeant qu'une, déjà, c'était beaucoup.

— La première, c'est celle de ton grand-père, jeune homme parti faire fortune sur une île des Caraïbes au début du siècle dernier. La deuxième, celle de la révolution castriste, avec ce qu'elle a contenu d'espoirs pour tout un peuple, puis de désillusions. Et la troisième, c'est la tienne, une histoire intime qui a croisé une partie de ces événements.

J'écoutais mon ami Jean-Luc, réalisant que son nom de famille se prononçait à l'identique de celui du philosophe et poète José Martí, héros national cubain mort en 1895 en luttant contre les colonisateurs espagnols. Je ne le savais pas encore, mais c'était le commencement d'une cascade d'homonymies, d'éponymies et de coïncidences dont le lecteur aura du mal à croire que je ne les ai pas inventées.

Le dimanche soir, je rentrai tard de ce séjour dans le Doubs, me demandant si j'y avais ferré un roman. Il se mouvait encore dans les profondeurs obscures sans que je puisse déterminer à quelle espèce il appartenait, mais la prise devait être de taille respectable, car elle remuait vigoureusement à l'extrémité de la ligne. Je me tournai et retournai dans le lit, peinant à trouver le sommeil. Les propos de Jean-Luc Marty avaient ouvert une brèche par laquelle se déversaient les bribes du récit familial, actionnant les treuils et les palans de la mécanique de l'imaginaire. Des figures surgissaient de l'au-delà, au premier rang desquelles se tenaient mes parents.

Aussi loin que remontaient mes souvenirs, ma mère, Nicole, une grande femme aux cheveux clairs, aux yeux d'un bleu intense, au caractère doux et attentionné, ne manquait jamais une occasion de rappeler que nous aurions été riches si la révolution cubaine ne nous avait pas confisqué nos biens. Elle énonçait les faits et les dates sans colère, fataliste, peut-être parce qu'elle n'avait été ruinée que par alliance, ainsi qu'on prend une balle perdue. Mon père, lui, un petit homme impétueux et brun, ne s'était pourtant jamais emporté en évoquant la spoliation des terres familiales. J'attribuais son silence à la cruauté du préjudice, mais sa blessure était d'un autre ordre. Lorsqu'il parlait de notre saga cubaine, il se contentait de rappeler : « Je n'ai aucun souvenir de mon père, je n'avais pas deux ans quand il est mort. » De ce géniteur presque inconnu il avait hérité son prénom, Léopold, à défaut de centaines d'hectares de caféiers, plantés à l'ombre des bananiers, ainsi que d'innombrables collines sur lesquelles les acajous se dressaient à perte de vue.

La *finca* Bénégui s'étendait sur des hauts plateaux, à plusieurs heures de route de Guantánamo. On ne pouvait s'y rendre qu'en Jeep ou à cheval, en gravissant des chemins pierreux défoncés et en traversant des rios enflés et grondants à la saison des pluies. Elle était située entre les contreforts de la Sierra Maestra et de la Sierra Cristal, les plus importants massifs montagneux de Cuba, qu'un épais maquis tropical couvre continûment de mystère et de chaleur humide. À la fin des années cinquante, les *barbudos* y avaient trouvé refuge, et ces encaissements moites avaient accouché de leur lutte. La légende, façonnée par Fidel Castro lui-même, empruntant aux Évangiles, raconte qu'autour de lui ils n'étaient que douze au départ, tels les apôtres. Par la suite, l'épopée avait tourné au *Cid* de Corneille, et, par un prompt renfort, ils avaient été des milliers à descendre des montagnes pour renverser le régime du dictateur Fulgencio Batista, soutenu à la fois par la maffia et par le gouvernement des États-Unis. Pas si mal pour des types qui n'avaient même pas de quoi se raser. L'histoire avait retenu le nom de leurs principaux chefs : Fidel Castro, le « Che » Guevara, Raúl Castro, Huber Matos et Camilo Cienfuegos. Ces cinq-là avaient triomphé en 1959, l'année de ma naissance, et longtemps j'avais éprouvé un sentiment de culpabilité en soufflant un nombre de bougies identique à l'âge de leur république socialiste, que je tenais pour responsable de la déconfiture familiale.

J'avais huit ans lorsque mes parents m'annoncèrent que nous allions partir à Cuba rendre visite à mon oncle Jean, à ma tante Louisette et à leurs enfants, Marie-Antoinette, surnommée Bébé, et Jean-Claude, alias Tatico. Intrigué, je regardai une retransmission en noir et blanc d'un discours de Fidel Castro, découvrant sa haute silhouette, chapeautée d'une casquette kaki à courte visière, et sa barbe fournie d'où émergeait un cigare tel le canon d'un fusil pointé depuis un bosquet. Surtout, médusé, je vis le peuple cubain, pareil à une houle puissante, brassé par les intonations du plus éloquent des pourfendeurs de l'impérialisme. Mais enfin, est-ce que personne ne leur avait dit que ce type s'était conduit de façon déloyale envers ma famille ? Quel mystère justifiait une telle ferveur, la présence d'un million de personnes amassées sur la place de la Révolution à La Havane, pour écouter un discours qui commençait le vendredi et finissait le samedi ? Ce fut sans doute là, devant l'antique télévision familiale qui trônait au milieu du salon, que, pour la première fois, je suspectai les mots de pouvoir atteindre une efficacité équivalente à celle des armes.

Le lendemain de mon retour de Besançon, en me réveillant, j'errai dans la maison désertée de ses occupants habituels. Stéphane-France, ma compagne – si vous en avez croisé une dans votre vie, c'est elle, personne d'autre ne se prénomme ainsi –, était partie tôt, emportant sa harpe pour répéter à la Philharmonie, tandis que nos deux filles avaient rejoint leurs établissements scolaires respectifs, l'une le collège, l'autre le lycée. J'étais en proie à un sentiment indéfinissable dans lequel l'excitation d'avoir trouvé un sujet ne parvenait pas à masquer l'inquiétude de devoir le traiter. Depuis trente ans, je racontais des histoires, et je ne m'étais jamais penché sur la mienne. Pourtant, tous les ingrédients étaient réunis. Un grand-père désargenté, émigré au lendemain de la Première Guerre mondiale sur une île des Caraïbes où il avait prospéré au-delà de toute espérance. Une poignée de révolutionnaires barbus renversant un régime gangréné par la prostitution, le jeu et les narcotrafiquants. Deux superpuissances mondiales déplaçant leurs affrontements sur la scène de ce théâtre tropical. Mon oncle et sa famille coincés là-bas, prisonniers d'enjeux qui les dépassaient. Et moi, enfant, galopant sur un cheval dans la sierra, à une époque où aucun touriste n'y mettait les pieds. Quelles avaient été mes barrières, mes inhibitions, ma pudeur ? Pourquoi n'avais-je jamais posé de questions, vérifié aucun fait ? Pas seulement enfant, mais aussi une fois devenu adulte, après que les tribulations caraïbes des Bénégui eurent connu un épilogue confus et désastreux.

En 1977, ceux que nous appelions les Cubains – Jean, Louisette, Bébé et Tatico – atterrirent un jour à Paris, à la grande surprise de tous, avec pour seuls bagages deux valises en carton emplies de vêtements de mauvaise facture. Ils entourèrent de mystère les conditions exactes de la restitution de leur passeport, se contentant de préciser qu'ils avaient dû abandonner à Cuba tout ce qui avait de la valeur, leurs meubles et leurs souvenirs, leur argent à la banque, leurs bijoux et même leur appareil photo. Mes parents les accueillirent à bras ouverts, les logèrent dans une chambre qu'ils possédaient au sixième étage et leur offrirent le couvert à la table de leur restaurant, Au Petit Marguery. Ils les aidèrent également à trouver du travail. Cette hospitalité dura plus d'une année.

Mais ces gens qu'un océan avait séparés pendant la majeure partie de leur vie finirent par se déchirer, pour des raisons obscures. À la suite de cela, et jusqu'à sa mort, mon père n'adressa plus jamais la parole à son frère.

Aujourd'hui, l'écriture exigeait que je tente de comprendre comment ils avaient pu en arriver là. Ce qui supposait de mettre fin à quatre décennies de silence et de rétablir un lien avec mon oncle Jean et ma tante Louisette, qui avaient tous deux dépassé les quatre-vingt-dix ans. Seuls survivants de cette génération, ils étaient la clé de voûte de cette histoire. Une recherche rapide me permit de découvrir leur adresse, en région parisienne, et leur numéro de téléphone. Je restai un moment à contempler cette suite de chiffres, comme si elle constituait la combinaison permettant d'accéder à la vérité, mais je ne parvins pas à me décider à en faire usage.

J'avais coutume, lorsqu'un roman commençait à me démanger, d'aller m'en ouvrir à mon éditeur, et c'était en essayant de lui vendre mon idée que je parvenais à me convaincre moi-même de son intérêt. C'est ainsi que, quelques jours plus tard, nous déjeunâmes, lui et moi, au Petit Marguery, un bistrot gastronomique du XIIIe arrondissement. Il ne s'agissait pas de notre premier rendez-vous dans cet endroit, mais le choix résonnait en l'occurrence d'une vibration particulière. Pendant vingt-cinq ans, mes parents avaient été propriétaires d'un restaurant portant le même nom. Je l'avais évoqué dans mon deuxième roman, *Au petit Marguery*, où je relatais l'ultime service de mon père après avoir appris qu'il était atteint d'un cancer. Une tumeur des cellules olfactives le privait de l'odorat, donc du goût, et le poussait à vendre. J'avais ensuite adapté ce roman en un film portant le même titre, qui avait eu la chance de sortir dans de nombreux pays. À force d'échanges avec des lecteurs du roman ou des spectateurs du film, la porosité de la membrane qui sépare le réel de la fiction s'était imposée à moi. Au fil du temps, le vrai s'était paré d'imaginaire tandis que le faux s'ancrait dans ma mémoire. Telle réplique ou telle situation provenait-elle de la vie, du roman ou de son adaptation au cinéma ? Et maintenant, alors que j'envisageais de reprendre le flambeau d'un récit autobiographique, je ne pouvais échapper à la flagrance du phénomène, puisque mon éditeur m'avait convié à en discuter dans cet établissement où, de l'enseigne extérieure au menu, en passant par la vaisselle sérigraphiée, tout portait le nom du lieu où s'était déroulée mon enfance.

À la fin du XIXe siècle, Jean Nicolas Marguery était un cuisinier réputé, surnommé le « restaurateur des lettres ». Tout ce que Paris comptait de femmes et d'hommes d'esprit fréquentait son établissement, situé sur les grands boulevards : le Café Marguery, dont ne restait désormais, au 1, rue d'Hauteville, que le porche d'entrée, par lequel un accès discret était dédié aux personnalités accompagnées d'invitées aux mœurs légères. À la mort de Jean Nicolas, en 1910, le Café Marguery ne lui avait pas survécu, mais s'étaient ouverts spontanément et sans lien les uns avec les autres, plusieurs Petit Marguery, dont l'un, situé au 47 de l'avenue Trudaine, dans le IXe arrondissement, avait été acheté en 1962 par mes parents, qui cherchaient à s'installer. Ne subsistaient aujourd'hui que deux de ces établissements, dont celui du XIIIe arrondissement, où je me trouvais en compagnie de mon éditeur, à qui je venais d'exposer le début de cette histoire.

— Mais pourquoi ton père et son frère se sont-ils fâchés ? demanda-t-il en versant une dernière goutte de saint-julien dans mon verre.

— À Cuba, la révolution avait tout pétrifié en 1959. En passant du fin fond de la forêt tropicale à Paris, ils n'avaient pas fait qu'un bond géographique, ils avaient franchi vingt ans en quelques heures. Le problème, c'est que leur mentalité aussi avait pris du retard. Ma cousine Marie-Antoinette, par exemple, à trente ans, n'était quasiment jamais sortie de la sierra. Alors, un jour, ma mère a dit qu'ici elle allait rencontrer des garçons et qu'à son âge il faudrait qu'elle prenne la pilule. Et là, ma tante lui a répondu : « Jamais de la vie, ma fille n'est pas une pute ! »

— On ne se fâche pas à vie pour une histoire de contraceptif, intervint-il.

— On a vécu les uns sur les autres pendant des mois, avec des systèmes de valeurs difficilement compatibles, ça a fini par taper sur les nerfs de tout le monde…

— Ils devaient bien avoir une idée de la façon dont avait évolué le mode de vie occidental. Ne serait-ce que par les touristes…

— Dans ces années-là, les seuls vacanciers étaient des Russes, l'interrompis-je, des conseillers militaires ou des membres de la nomenklatura.

— Pas d'autres moyens ?

— Internet n'existait pas, la télé et la radio étaient contrôlés par le régime. Le seul journal autorisé était le quotidien du Parti communiste. Ils habitaient dans les montagnes autour de Guantánamo, à neuf cents kilomètres de La Havane. Les infos mettaient des mois à leur parvenir.

— Et tes parents n'ont pas essayé de surmonter ces différences culturelles, de s'expliquer avec eux ?

— Si. Jusqu'à ce que la question de l'argent vienne sur la table.

— L'argent ?

— La véritable cause de la brouille familiale. Le magot.

Je vis une lueur furtive traverser le regard de mon interlocuteur, ce qui, chez cet homme pondéré et réfléchi, constituait un signe d'intérêt manifeste. À la limite de l'enthousiasme. Je le tenais. Donc, je tenais mon histoire.

— Si notre famille avait été riche avant que Castro ne nationalise les terres, repris-je, alors il devait y avoir un reliquat de cette fortune, de l'argent caché quelque part.

— Et ?

— On n'a jamais su. Tout est parti en vrille à l'occasion d'un repas de famille à Salies-de-Béarn, chez ma grand-mère. Peu de temps après, mon oncle et ma tante se sont acheté une maison en région parisienne. Pour des gens qui n'avaient soi-disant pour seul bien qu'une valise en carton, c'était pas mal, non ? Et puis, quelques années plus tard, ils ont cessé de travailler. Ils n'avaient pas suffisamment cotisé en France pour bénéficier d'une pension de retraite, mais je n'ai jamais entendu dire qu'ils se soient trouvés dans le besoin.

— Ils sont toujours vivants ?

— Oui, mais je ne leur ai plus reparlé depuis cette brouille.

Mon éditeur hocha la tête :

— Tu veux un dessert ?

— Je vais regarder la carte.

— Je pense que tu tiens quelque chose, ajouta-t-il.

J'étais venu pour entendre ça, mais je ne savais pas si cela me rassurait. Je ne connaissais rien du père de mon père. Seuls quatre faits bruts m'avaient été transmis, sans détails : Léopold avait été gazé à la guerre de 14-18 ; il était parti à Cuba ; il avait fait fortune ; il était mort là-bas.

Peut-être n'y avait-il rien d'autre à découvrir, mais il me semblait que, désormais, ne pas essayer relevait de la démission. Au fond, c'était peut-être cela qui m'effrayait : me rendre compte que j'avais démissionné de mon propre sang.

— Je ne sais pas comment raconter cette histoire, par quel bout l'attraper, finis-je par lâcher.

— Ça, c'est ton problème, me lança mon éditeur. Débrouille-toi, je te prépare un contrat.

— Je vais prendre une crème brûlée.

— Et moi, un café.

En nous quittant sur le trottoir de l'avenue du Port-Royal, il me serra la main :

— Va vers ton destin !

Il ne croyait pas si bien dire.

De retour chez moi, je regrettai d'avoir accepté la proposition de contrat. Ce qui pour tout autre projet m'aurait rassuré me plongeait dans un état de panique. Dans les clauses allaient figurer une somme d'argent et une date de remise du texte. Elles m'engageraient. Je n'étais pas certain qu'un livre vaille la peine de remuer tout cela. J'allais rappeler mon éditeur pour lui demander de suspendre les opérations lorsque je reçus *via* Facebook un message qui allait bouleverser la donne : « Bonjour, j'ai une question à vous poser au sujet de votre père, Léopold Bénégui. J'ai trouvé un objet avec ce nom dessus et j'aimerais savoir s'il lui appartenait ou pas du tout. Est-il possible que votre père soit passé par Reims ou le village de Bezannes lorsqu'il était jeune ? »

Cela provenait d'une certaine Sandra, qui n'appartenait pas à ma cohorte d'amis virtuels sur le réseau social. Amis dont, par ailleurs, plus de la moitié m'était inconnue. Je lui répondis donc ceci : « Bonjour, mon père se prénommait effectivement Léopold. Je ne sais pas s'il est allé à Reims ou à Bezannes dans sa jeunesse. Il était cuisinier et il a pas mal bourlingué. Pourriez-vous me dire de quel objet il s'agit ? Ou m'envoyer une photo ? Ça réveillera peut-être ma mémoire. En tout cas, vous m'intriguez beaucoup. »

Peu après, elle m'envoya la photo d'un triangle de métal qui semblait tenir dans la paume d'une main et sur lequel on lisait distinctement, gravé d'une écriture enfantine : Bénégui, sur un rang, et Léopold, en dessous. L'image était accompagnée du commentaire suivant : « Je l'ai trouvée dans un champ, proche d'un chemin, à Bezannes. On y trouve beaucoup d'objets de la Seconde Guerre. Ce n'est pas une plaque militaire, je ne pense pas. C'est gravé à la main et c'est en métal pas trop dur. Je trouvais cela amusant de retracer l'histoire de cet objet. Je n'ai pas trouvé de Bénégui sur Reims ou Bezannes. Et en tapant le nom complet, je suis tombée sur une biographie de vous. »

Mon père avait huit ans au début de la Seconde Guerre mondiale. Maintes fois, il m'avait raconté comment il avait profité de son statut d'enfant pour déjouer la surveillance des Allemands établis à Salies-de-Béarn et convoyer des messages en zone libre – la ligne de démarcation passait pile au milieu de la commune. Donc, il n'avait pas pu se retrouver aux environs de Reims à la même époque. Mais si ce n'était lui, ce pouvait être son père. L'hypothèse que cette plaque appartînt à mon grand-père était si folle que je me mis à pianoter fiévreusement sur le clavier de mon ordinateur. Le moteur de recherche me confirma que Bezannes se situait dans le département de la Marne, où de féroces combats avaient eu lieu pendant la Première Guerre mondiale. Or ma grand-mère, Madeleine, m'avait dit que son mari avait été « gazé » pendant la guerre de 14-18, et que les séquelles de ses blessures étaient la cause de son décès précoce à Cuba. Ce n'était plus un clin d'œil du destin, mais une bourrade, un énorme coup de coude dans les côtes.

Je répondis sans délai à Sandra : « Je pense plutôt qu'il pourrait s'agir de mon grand-père, qui s'appelait aussi Léopold. Est-il possible que l'objet que vous avez trouvé date de la Première Guerre mondiale ? On m'a toujours dit que mon grand-père était un “poilu”. Ce qui est incroyable, s’il s’agit effectivement de mon grand-père, c’est que je réfléchis depuis peu à écrire un livre inspiré de l’histoire familiale et que j’envisageais de commencer une enquête sur lui. »

« Je réfléchis », « j’envisageais » : je pratiquais la litote comme un haltérophile lève de la fonte. La vérité, c’était que, à peine moins de deux heures après avoir déjeuné avec mon éditeur, j’étais ballotté d’émotion en émotion. S’il ne s’agissait pas d’un coup monté, quelle puissance pouvait être à l’œuvre pour qu’ainsi je n’aie plus aucun moyen de renoncer à écrire ce livre ? J’attendis la réponse de Sandra en me préparant un expresso que j’avalai d’une traite, ce qui ne m’aida aucunement à recouvrer mon calme.

Le chuintement de l’iPhone m’avertit que mon sort était scellé : « C’est dingue ce que vous me dites, écrivait Sandra. Je pense que c’est possible pour la Première Guerre. Car pas loin j’ai retrouvé un bouton de soldat qui ne peut être QUE de la Première Guerre. Si ça appartient à votre grand-père, je peux vous l’envoyer, ce serait super que vous l’ayez. »

Je la remerciai chaleureusement puis nous interrompîmes notre échange sur sa jolie conclusion : « Il faudra remercier le soleil de ce mois d’octobre qui m’a donné envie de me promener. »

Une ultime intuition me fit lui demander, si jamais elle retournait par là-bas, de filmer ce champ avec son téléphone portable et de me raconter comment elle avait trouvé la plaque. Je pressentais que, avec les heures de rushes Super 8 dont je disposais sur Cuba, il me fallait ajouter des images aux images, disposer d’un support pour que les souvenirs s’enracinent. Et, à partir de ce jour, je débutai cette enquête en emportant systématiquement avec moi de quoi filmer.

Les films tournés par mon père lors des trois voyages que nous avions effectués à Cuba l’avaient été au moyen d’une caméra Beaulieu. Pourquoi le cuisinier qu’il était, et qui ne manifestait aucun intérêt pour le cinéma, s’était-il mis en tête de devenir cinéaste pour l’occasion ? Il avait acquis ce matériel onéreux et appris à s'en servir à une époque où le recueil d'images animées n'était nullement à la mode. Devinait-il qu'elles prendraient une valeur documentaire, non seulement intime et familiale, mais aussi historique ? Ces témoignages précédaient l'existence de Facebook, de YouTube et d'Instagram, ils n'étaient ni des posts ni des clips, encore moins des vidéos, mais des films muets, des lumières d'autrefois conservées sur une émulsion argentique.

Aujourd'hui, les enchaînements d'images sans paroles, commentaires ni musique étaient devenus rares. Je m'en étais aperçu en montrant les films de mon père à mes filles. Ce n'était pas tant l'esthétique sautillante du format Super 8 qui les avait déconcertées, les bleus dominants en lumière basse ou la saturation des couleurs en plein soleil, pas plus que les vermicelles de poussière qui zébraient le cadre – elles avaient déjà eu l'occasion d'en voir dans des longs métrages ou à la télévision –, mais le silence absolu dans lequel étaient serties ces images. Numérisées et visibles sur un écran d'ordinateur, elles se trouvaient dérobées au cliquetis entêtant des projecteurs, libérées des griffes qui entraînent les perforations. L'absence de son favorise le tête-à-tête avec les séquences, on reste libre de les interpréter en fonction de son imaginaire et de ses références, comme avec un livre, dans lequel on peut être mille à se plonger, mais qui atteint chacun d'une façon unique.

Dans l'une d'elles, filmée en 1967, ma famille apparaissait au complet sur une plage des Caraïbes parmi des femmes et des enfants à demi nus qui couraient et plongeaient en riant. Il y avait peu d'hommes parmi les baigneurs, et davantage de Noirs que de Blancs, venus profiter d'un après-midi de détente. Les protagonistes de cette histoire étaient tous là, assis sur des chaises en bois, à l'ombre de parasols de palmes. Les hommes en short, les femmes en maillot de bain à motif fleuri ou vichy, de coupe résolument *sixties*, à l'exception de ma grand-mère, âgée alors de soixante-dix ans, qui portait une de ses éternelles robes sombres sous laquelle elle devait cuire à petit feu. La caméra s'attardait longuement sur les quatre Cubains : mon oncle Jean, la quarantaine, torse nu, charpenté, les épaules larges, portant une fine moustache à la Clark Gable ;

sa femme, Louisette, plutôt gironde et minaudant devant l'objectif ; ma cousine Marie-Antoinette, jolie blonde timide de vingt ans à la peau de porcelaine, dont les longs cheveux flottaient sur les épaules ; et mon cousin Jean-Claude, grande tige maigre de dix-huit ans, blond frisé à la coupe afro.

Je les voyais parler entre eux, à ma mère, s'adresser à mon père qui les filmait, mais je n'entendais pas leur voix. Si j'avais pu, si j'avais seulement eu l'idée de ce qu'ils se disaient, aurais-je compris pourquoi ces gens avaient fini par se détester ? Je fus tenté de montrer ce film à une personne sachant lire sur les lèvres, puis je renonçai. Ils paraissaient détendus, souriants, leurs propos étant certainement liés au plaisir d'une oisiveté partagée, à la saveur de la *cerveza* qu'ils buvaient dans de grands gobelets rectangulaires en carton, à la sensualité des femmes et des hommes qui les entouraient. J'en voulus pour preuve le passage devant l'objectif d'une Cubaine callipyge dont la chevelure était truffée de bigoudis. Mon père panota sur ses fesses, manifestant à l'évidence un vif intérêt pour l'époustouflante chute de reins. Puis la caméra découvrit en suivant une splendide Chevrolet rose qui stationnait en lisière du sable fin. Son toit blanc miroitait sous le soleil, ses ailes bombées lui donnaient l'allure d'un gigantesque oiseau marin prêt à s'envoler.

Passèrent alors deux militaires cubains que mon père cadra furtivement, car il était interdit de filmer ce qui était lié à l'armée ou à toute installation gouvernementale – c'est-à-dire, huit ans à peine après la révolution, la quasi-totalité des bâtiments de l'île. Le premier soldat portait son fusil en bandoulière, le second avait un holster à la ceinture. L'acier de leurs casques brillait dans la lumière, leur barda ballottait sur leurs épaules. Leurs chaussures montantes de combat s'enfonçaient dans le sable blanc, néanmoins ils avançaient d'un bon pas. Tout le monde semblait indifférent au passage de cette patrouille, les civils qui vivaient et commerçaient autour de la baie de Guantánamo ne s'étonnaient plus de leur présence. Cependant, personne ne se risquait à les approcher tandis qu'ils se dirigeaient vers la pointe occidentale de la plage, où se dessinait la base navale américaine : cent vingt kilomètres carrés placés sous la juridiction des États-Unis, un aéroport, un centre commercial, un cinéma, des restaurants, dont le seul McDonald's de l'île. Une épine plantée dans le pied de Fidel Castro.

Tout autour, les Américains avaient érigé un haut mur d'enceinte que les Cubains, de leur côté, avaient doublé d'une haie de plantes grasses infranchissables. Ce n'était pas un rideau de fer, mais un rideau de cactus. Les uns et les autres avaient truffé d'explosifs le no man's land entre ces deux barrières, créant ainsi le plus grand champ de mines du monde après celui qui séparait les deux Corées. Fidel Castro, qui n'avait jamais eu les moyens militaires de chasser les *marines*, n'avait pas oublié qu'il était docteur en droit, et il tentait depuis son arrivée au pouvoir de dénoncer le bail conclu entre Cuba et les États-Unis en 1903. Sans succès. D'autant que ses indésirables locataires, soucieux de ne pas être pris en défaut, réglaient scrupuleusement leur loyer d'un montant annuel de deux mille dollars, réévalué à quatre mille quatre-vingt-cinq dollars en 1934. Des chèques à l'ordre du trésorier général de la République de Cuba, que Fidel Castro refusait d'encaisser et qu'il entassait dans un tiroir de son bureau, tels de vieux Kleenex.

En 1967, peu de gens avaient entendu parler de cette base. Trente-cinq ans plus tard, lorsque les États-Unis en feraient un centre de détention pour ceux qu'ils qualifieraient de combattants illégaux, plus personne n'ignorerait son existence. En attendant, la construction des tours du World Trade Center venait seulement de débuter, Al-Qaïda n'existait pas, les Soviétiques n'avaient pas encore envahi l'Afghanistan, la Communauté économique européenne ne comprenait que six pays, et la Chine paraissait encore très loin.

La bobine s'achevait sur l'image d'un petit garçon aussi épais qu'une crevette, portant un maillot de bain jaune citron et un bob en éponge de la même couleur. J'étais déjà bronzé, car nous avions atterri à La Havane une semaine auparavant, avant de poursuivre vers Santiago de Cuba et l'Oriente. J'avançais au pas sur un assemblage de longues planches posées à même le sable, balançant mes bras de façon martiale. Peut-être imitais-je les soldats qui venaient de passer ? À mesure que j'approchais de la caméra, celle-ci reculait. J'essayais de rejoindre mon père, et il s'éloignait. Je ne le rattrapais jamais. Il ne figurait sur aucune des images qui furent prises ce jour-là. D'une façon générale, il n'allait que rarement passer devant l'objectif. À l'une des rares occasions où il confierait la caméra à ma mère, il apparaîtrait mince et musclé, le regard perçant, les yeux sombres en amande, le visage ombré par une barbe drue qu'il devait raser deux fois par jour. Des pattes fournies sur ses joues faisant le lien avec une chevelure noire et opulente. À l'époque, il avait trente-sept ans, et je me dis qu'aujourd'hui j'ai atteint l'âge qui aurait pu faire de moi le père de cet homme. Le grand-père de moi-même.

J'avais numérisé ces films Super 8 peu après le décès de mes parents, en me trouvant de bonnes raisons : pour une fois, j'avais le temps de m'en occuper, je disposais de l'argent nécessaire, cette société que l'on m'avait recommandée pour la qualité de son télécinéma ne risquait pas d'abîmer les originaux, etc. Je ne m'étais pas avoué que j'agissais tout simplement pour garder une trace de ces événements et pouvoir les transmettre à mes filles. Désormais, il me semblait que je n'écrivais pas ces lignes pour un autre motif.

Quelques jours plus tard, un préposé de la Poste déposa la petite plaque de Bezannes dans ma vie. J'ouvris le colis, gagné par le sentiment étrange d'être en train de déplier mon propre passé, les froissements du papier de soie semblables à un chuchotis de voix oubliées. L'objet lui-même, de forme triangulaire, de quatre centimètres de base, plié en son centre, constitué d'un métal fin comme une feuille de papier, ne pesait pas plus qu'une réminiscence. Je le tournai et retournai maintes fois, espérant que sa vérité m'apparaîtrait de la même façon qu'il était réapparu dans un champ des environs de Reims un siècle après y avoir été égaré. Les laboureurs le savent, les pierres et les objets enfouis remontent à la surface. En fait, c'est la terre qui s'enfonce autour d'eux sous l'effet de la pluie, de l'incessant labeur des lombrics et de la succession des périodes de gel. Il n'en va pas autrement des souvenirs, qui ressurgissent à la suite de répétitives décantations.

Quel en avait été l'usage ? Léopold l'avait-il gravée pour remplacer son médaillon d'identification militaire, ou pour l'apposer sur sa gourde, ou sur son arme ? En attendant d'être envoyés au carnage, les poilus s'ennuyaient ferme dans les tranchées, ils sculptaient des douilles d'obus, des casques, des cartouches de fusées éclairantes – celles-là mêmes qui illumineraient leur agonie un jour, une semaine, un mois plus tard, lors d'un de ces assauts qui firent de cette guerre la plus coûteuse en vies humaines de l'histoire. Mon grand-père avait-il réellement été présent à Bezannes, et y avait-il été gazé, subissant les lésions pulmonaires qui l'emporteraient ensuite en pleine brousse cubaine ? Je photographiai la petite plaque, agrandis les clichés pour l'observer à loisir, emporté par l'excitation, au point de ne pas relever un détail pourtant extrêmement visible qui m'apporterait plus tard la preuve irréfutable que ce nom était bien le sien.

Avant cette petite plaque, je ne possédais aucun objet ayant appartenu à mon grand-père. De lui, je ne détenais qu'une image, la reproduction d'une photographie ancienne dont l'original avait dû se perdre dans l'addition du temps au temps. Léopold figurait en compagnie de ma grand-mère et de cinq de leurs six enfants sur ce tirage noir et blanc, que j'avais vu de tout temps accroché dans la chambre de mes parents. Je descendis au sous-sol, où Mitaine – une chatte tricolore cinglée et paresseuse, capable de rater une souris dans une boîte à chaussures – régnait depuis le sommet du panier de linge sale sur un bric-à-brac dont personne ne voulait plus dans les étages. J'avais honte, mais c'était là que j'avais entreposé la photo du grand-père, dans une valisette en osier, en compagnie de papiers anciens sur lesquels je n'avais jamais jeté qu'un regard distrait.

Pour la première fois, j'examinai ce cliché avec attention, comme si le métal dont était constituée la petite plaque de Bezannes agissait en catalyseur. Il m'apparut que, étant donné l'âge des photographiés, il avait été pris dans les années trente, c'est-à-dire quand ils résidaient à

Cuba. Les sept posaient avec gravité devant un décor, une toile peinte représentant des feuillages d'arbre sur fond de ciel. Des rideaux à franges aux motifs fleuris pendaient de part et d'autre de la découverte, délimitant le cadre à droite et à gauche. Le sol semblait formé de planches de bois sommairement ajustées. Je me dis que la prise de vue avait pu être effectuée par un photographe itinérant se rendant chez les particuliers avec sa chambre optique – dans les montagnes de l'Oriente, cela signifiait à dos de cheval ou dans une carriole tirée par des bœufs. Par conséquent, le plancher rustique immortalisé était celui de la demeure des Bénégui, alors que les rideaux et la découverte appartenaient au dispositif ambulant. Bien entendu, la photo avait pu être prise au domicile du photographe, dans sa boutique de Guantánamo, par exemple, mais le fait que mes deux grands-parents et leurs cinq enfants fussent endimanchés et tirés à quatre épingles – culottes courtes, chemisettes à col rond, chaussettes hautes et souliers vernis pour les trois petits garçons, robes soyeuses et sages, bracelets et ballerines pour les deux fillettes – ne plaidait pas en faveur d'un voyage collectif, à l'époque synonyme d'expédition.

Mon grand-père, âgé d'une trentaine d'années, trônait au centre, sur un fauteuil en bois blanc, une jambe croisée sur l'autre. Il était vêtu d'un costume clair en tissu léger et portait une chemise blanche à col officier et une large cravate noire. Son visage était barré par une moustache abondamment fournie qui s'effondrait aux commissures en avalant la bouche, la réduisant à un simple trait au-dessus du menton. L'implantation de ses cheveux courts, gominés et plaqués en arrière, lui dessinait une accolade au sommet du front. Il émanait de cet homme un sentiment de sérieux extrême, comme s'il jouait avec application son rôle de chef de famille. À vrai dire, personne ne souriait autour de lui. La réalisation d'une photo de groupe sous les tropiques dans ces années-là, alors que le moindre bougé vous condamnait au flou, ne devait pas être une mince affaire. La grosse paluche burinée de Léopold Bénégui suggérait qu'il se livrait à une activité manuelle intense et régulière. En cela, elle cadrait parfaitement avec son profil d'agriculteur planteur, surgissant, massive et incongrue, de la manche de son costume de lin pour maintenir sur ses genoux un bambin qui n'était autre que mon propre père : « Ne bouge pas, petit, surtout ne bouge pas, sinon il faudra la refaire pour la quinzième fois. » Le petit Léopold (que tout le monde appelait Léo), l'air effarouché, fixait du regard une personne située hors champ, qui absorbait toute son attention : *« No te muevas, niño, por favor no te muevas*[1] *! »* Les autres enfants étaient mes tantes – Hélène, l'aînée, debout à l'arrière, et Lydie, assise à l'avant –, ainsi que mes oncles – Jean (qui deviendrait Jean le Cubain), l'air farouche, assis, les jambes croisées, à côté de son père, et Pierre, le blondinet, debout aux pieds de sa mère. Ne manquait que René, le plus jeune de la fratrie, qui n'était pas encore né.

Madeleine se tenait debout, à l'arrière sur l'image, la main posée sur l'épaule de son mari. Elle était vêtue d'une robe en mousseline de coton sombre qui faisait ressortir son visage, d'une pâleur que je jugeais inhabituelle. Les autres n'étaient pas bronzés, loin de là, mais ils avaient meilleure mine. J'avais pu observer sur d'autres photos anciennes que, en région tropicale, alors que la puissance du soleil assèche les cours d'eau et fend la terre, les Blancs s'employaient à garder la peau blanche. Ces gens ne s'exposaient pas, afin qu'aucune confusion ne soit possible avec les peuples indigènes. Ma cousine Bébé m'avait expliqué que les plus défavorisés des Cubains à la peau claire – descendants des conquistadores et des colons espagnols –, qu'ils roulent le tabac dans des manufactures de cigares, conduisent des camions ou pressent le jus de canne, entretenaient de véritables collections de chapeaux de paille à larges bords. Il ne s'agissait pas qu'on puisse suspecter leurs aïeux d'avoir frayé avec une Haïtienne ou une cireuse de chaussures.

A contrario de sa pâle figure, ma grand-mère affichait des joues rebondies, et sa silhouette paraissait engoncée dans ses vêtements. Me vint alors une intuition : et si, lors de la prise de cette photo, elle avait été enceinte ? De son dernier, donc. De René, le frère cadet de mon père.

1. Traduction : Ne bouge pas, petit, s'il te plaît ne bouge pas !

J'appelai Nicolas, mon cousin germain (le fils de Pierre), pour savoir s'il connaissait la date exacte du décès de notre grand-père. En l'entendant me répondre du tac au tac « 17 septembre 1931 », je me demandai à nouveau ce qui pouvait justifier le manque de curiosité dont j'avais fait preuve jusqu'alors à l'égard du sujet familial. Nicolas, lui, tenait un arbre généalogique à jour au moyen d'un logiciel, et il avait entrepris de collecter de nombreux documents relatifs à notre lignée, toujours satisfait de pouvoir compléter une date de naissance, de mariage ou de décès. Il allait devenir pour moi un allié précieux dans la concrétisation de ce livre.

— Et l'oncle René ? ajoutai-je. Tu sais quand il est né ?

— Oui, le 9 décembre de la même année. 1931…

Avant de raccrocher, j'évoquai avec Nicolas la remontée de la petite plaque métallique des profondeurs du temps et de la terre, et l'informai de mon entreprise d'écriture. Il prit note du nom de la ville de Bezannes et me promit de se renseigner. J'étais entre de bonnes mains.

Je supposais qu'on avait installé mon père sur les genoux du sien parce qu'il ne marchait pas encore, ou bien si maladroitement que ses gambettes ne lui permettraient pas de tenir la pause requise pour la prise de vue. Si bien qu'il devait avoir aux alentours d'un an. Comme il était né le 1er juin 1930, cela signifiait que le cliché avait été pris entre le 1er juin 1931 et le 17 septembre de cette même année, date de la mort de mon grand-père. Dans l'intervalle, Madeleine était forcément enceinte de René.

Ainsi donc, ma famille paternelle se trouvait réunie au grand complet sur cette image. Je nettoyai la vitre du cadre avec application et la remontai pour l'accrocher au mur de mon bureau, juste au-dessus de l'écran d'ordinateur. Dorénavant, je lui faisais face tandis que j'écrivais, gagné par un sentiment d'urgence. Le dernier sujet encore vivant de cette photo était mon oncle Jean. Tous les autres étaient décédés.

Pensant qu'une entrée en matière plus douce pouvait advenir par l'entremise de mon cousin Jean-Claude, je décidai de lui envoyer un

SMS afin de l'informer de ma volonté de rétablir le contact avec son père et sa mère.

Lors du séjour des Cubains au Petit Marguery, mes parents l'avaient formé au métier de serveur. Par la suite, mon père avait actionné ses réseaux et lui avait trouvé une place dans une brasserie des Champs-Élysées. À ce jour, j'ignorais s'il y travaillait encore ou s'il avait atteint l'âge de la retraite. Sans que nous ayons jamais été intimes, je me figurais naïvement qu'il gardait un bon souvenir de moi et que notre relation n'avait pas dû être altérée par la brouille de nos parents.

Pourtant, je n'obtins aucune réponse à mon texto. Je réitérai quelques jours plus tard, sans davantage de succès. Je finis par l'appeler, mais tombai sur son répondeur, sur lequel je déposai une requête sympathique et explicite qui resta, elle aussi, sans suite.

J'appelai donc sa femme et lui laissai également un message, sans plus de résultats. Je déposai finalement un post sur le compte Facebook de leur fille. Peine perdue. Tatico avait coupé les ponts.

Peu après, je reçus un coup de téléphone de Christian, l'un des deux fils de ma tante Hélène – l'aînée de la fratrie Bénégui, décédée en 2015. Sur la photo, Hélène est la petite fille de onze ans qui se tient debout en arrière de mon grand-père. Elle fixe l'objectif d'un regard absent, la bouche mélancolique, comme si elle cachait un secret – et peut-être effectivement, ainsi que Christian n'allait pas tarder à me le révéler, en cachait-elle un.

— Salut, Laurent, tu vas bien ? m'interpella-t-il de sa grosse voix rocailleuse.

— Mais oui, Christian, et toi ?

— Moi, ça va, mais Jean est mort, enchaîna-t-il.

— Jean ?

— Jean Bénégui. Tonton Jean, de Cuba.

— Merde ! m'exclamai-je.

— Bon, il avait quatre-vingt-treize ans, fit mon cousin.

— Oui, oui, bien sûr, dis-je. Mais merde, alors…

— Je ne pensais pas que ça te ferait un effet pareil, reprit mon cousin.

— Si, quand même, mentis-je.

Ce que je ressentais n'avait rien à voir avec la tristesse légitime de toute personne qui apprend la disparition d'un oncle, ni même avec l'éventuelle satisfaction que j'aurais pu ressentir étant donné que le disparu avait fait souffrir mon père. Non, j'éprouvais de la colère, comme si un éditeur tout-puissant venait d'opérer une coupe dans mon texte, supprimant un de mes personnages principaux sans m'en avertir.

— Et quand ? demandai-je, me reprochant d'avoir tant lanterné avant de l'appeler.

— Cela fait quelques jours, apparemment… Ils l'ont enterré là-haut, là où ils habitaient.

— Au Châtelet-en-Brie ?

— Quelque chose comme ça.

Je me dis que cela pouvait expliquer le silence opposé par Jean-Claude à mes sollicitations répétées. Si son père venait de mourir, il devait avoir d'autres préoccupations que de rétablir un lien devenu obsolète par la force des choses.

— Comment tu l'as su ? demandai-je.

— Tu sais comme ils sont, ils n'appellent jamais. J'ai appris la nouvelle par Georgette.

J'associais depuis l'enfance ma tante Georgette à l'image d'une assiette de frites dorées que personne d'autre au monde ne faisait mieux croustiller qu'elle. La veuve de René – le dernier-né – était la seule qui avait su rester neutre lorsque le conflit avait éclaté et divisé la fratrie, certains prenant parti pour mon père, d'autres pour les Cubains. Depuis, Georgette jouait les ambassadrices en transmettant des nouvelles des uns aux autres.

— Tu ne vas pas me croire, relançai-je, mais je songeais à appeler Jean, justement.

— Pourquoi ?

— Je voulais reparler de Cuba, essayer de comprendre ce qui s'est réellement passé à l'époque. Comme j'hésitais à lui téléphoner directement, j'ai essayé de contacter Tatico, mais il ne m'a pas répondu.

— Il est comme ça, notre cousin, rétorqua Christian. Tu sais, un jour, je suis monté à Paris pour le salon du cuir, je suis allé déjeuner dans la brasserie où il travaillait, sur les Champs-Élysées. Il m'a reconnu, on s'est fait la bise, mais ensuite, à peine un sourire, il m'a servi tout le repas comme si j'étais un client comme les autres.

— Des œufs mayonnaise ?

Christian éclata d'un grand rire en guise de réponse, puis :

— Tu te souviens quand je faisais mon service militaire à Paris et que je venais manger de temps en temps au Petit Marguery ? Ton père me faisait toujours une assiette avec du thon à l'huile et de la mayonnaise, et toi tu te ramenais avec un morceau de pain pour saucer.

— Bien sûr que je me souviens.

À chacune de nos conversations, nous évoquions cet épisode, à l'origine de notre passion commune pour cette émulsion d'huile, de jaune d'œuf et de moutarde dont Christian m'avait avoué se confectionner un bol par jour.

— Tu avais quel âge ? me demanda-t-il.

— Une dizaine d'années.

— Putain, tu aimais ça, la mayo ! conclut-il, puis il reprit après un temps : Donc, tu vas écrire un livre sur notre histoire familiale ?

— Écoute... je ne sais pas, répondis-je, surpris d'être percé à jour aussi facilement.

— Parce que, pour vouloir parler aux Cubains, il faut que tu aies une bonne raison, après toute la bave qu'ils ont déversée sur tes parents.

— Oui, c'est vrai.

— Tiens, tu veux que je t'en raconte une bien bonne pour ton livre ?

— Tu sais, je ne suis pas décidé, je ne sais pas vraiment si je vais l'écrire...

— Alors, voilà, enchaîna-t-il sans m'écouter. Un jour, tonton René s'est fait voler son portefeuille et il a eu besoin de faire refaire ses papiers. Donc, il lui fallait le livret de famille. Et là, figure-toi, impossible de mettre la main dessus.

— Quel livret de famille ? demandai-je comme un imbécile.

— Celui des grands-parents. Avec la date de leur mariage à Cuba et les naissances de leurs six enfants : ma mère, ton père, et Lydie, Jean, Pierre et René… Bon, et tu sais pourquoi il avait disparu, ce livret de famille ?

— Non.

— Parce que mon père l'avait détruit.

— Comment ça ?

— Après la mort de notre grand-mère, il a mis la main dessus et l'a brûlé.

— Mais pourquoi il a fait ça ?

— Parce que, dessus, la date et le lieu de naissance de ma mère étaient écrits noir sur blanc : Hélène Bénégui, née le 26 décembre 1920 à Salies-de-Béarn. Or nos grands-parents, Léopold Bénégui et Madeleine Lansalot, se sont mariés à Yateras, province de Guantánamo, à Cuba, le 14 juin 1922. Donc, ma mère avait deux ans. Ensuite, leurs cinq autres enfants sont bien nés à Cuba entre 1925 et 1931. En rafale, presque un par an.

— Hélène est née avant qu'ils se marient ?

— Eh oui. En fait, notre grand-père est parti à Cuba le premier, et notre grand-mère a pris le bateau avec la petite Hélène pour le rejoindre l'année suivante et l'épouser là-bas.

Christian venait de me donner une clef sans le savoir : si Hélène était née en décembre 1920, cela voulait dire que le départ de Léopold pour Cuba précédait cette date de neuf mois au maximum. Pour la première fois, je pouvais émettre une hypothèse sur la date de son arrivée sur l'île – disons, pour couper la poire en deux, août 1920.

— Et mon père, ce con ! reprit Christian. Je dis ça, mais tu sais que je l'aimais ! (Moi aussi, je l'aimais, mon oncle Louis. Il me fascinait lorsque j'étais enfant avec son pouce amputé qu'avait happé une presse de l'usine de chaussures.) Eh bien, ce con a eu tellement honte de découvrir que la femme qu'il avait épousée était née avant le mariage de ses parents qu'il a détruit la seule preuve : il a brûlé le livret de famille.

— C'est dingue, je n'avais jamais entendu parler de ça.

— Personne ne s'en est jamais vanté. Tu imagines le scandale à l'époque ? Si ça se trouve, c'est peut-être pour ça que nos grands-parents ont filé à Cuba, échafauda Christian.

— Tu crois que c'était une raison suffisante ? Ils partent pour se faire oublier et en profitent pour faire fortune au passage ?

— Pourquoi pas ? Tu sais, toi, pourquoi le grand-père est parti à Cuba ?

— Non, reconnus-je.

— Moi, c'est pareil. La seule chose que je sais, c'est qu'un de ses frères l'avait précédé à Cuba : Jean-Baptiste. J'imagine que Léopold l'a rejoint.

Le grand-oncle Jean-Baptiste surgit à son tour des limbes de ma mémoire. Son nom avait toujours été prononcé devant moi avec respect, sans que je comprenne le rôle exact qu'il jouait dans notre famille. Mais il avait donc devancé Léopold en terre cubaine. S'ils étaient deux là-bas, cela modifiait radicalement l'image du héros solitaire qu'on m'avait communiquée depuis l'enfance.

— Franchement, qu'est-ce que j'en ai à fiche, moi, que ma mère soit née avant ou après le mariage ? reprit Christian. Tout le monde s'en tape, aujourd'hui ! Tu sais, Laurent, dans les histoires de famille, à mesure que tu fouilles tu découvres la connerie des gens. C'est bien que tu veuilles faire ce livre. Hein, tu vas l'écrire ?

— Bien sûr, Christian.

— En tout cas, Jean ne répondra plus à tes questions, sauf si tu as le numéro privé de saint Pierre, plaisanta-t-il.

Puis, après un temps :

— À moins qu'il ne soit allé en enfer. Mais il te reste Louisette, tu peux toujours l'appeler.

— Du coup, je ne sais pas si c'est le moment…

Je gardais de meilleurs souvenirs des moments passés avec Jean qu'avec Louisette. Mon oncle était un homme cultivé, toujours enclin à plaisanter, et lors de chacun de nos trois séjours à Cuba il m'avait pris sous son aile. En 1967, à l'occasion de notre première visite, il m'avait offert un cheval. C'était une aventure impensable, pour un gamin élevé à Paris, que de galoper dans la forêt tropicale en compagnie de son père et de son oncle. Je nous appelais les trois cow-boys, car Jean gardait une ancienne carabine Winchester à levier cachée sous la selle, mais il me reprenait : « Ici, on dit des *gauchos*. » Un jour, il nous avait entraînés au sommet d'une éminence d'où l'on pouvait contempler le domaine Bénégui tel qu'il s'étendait avant la nationalisation, nous faisant découvrir un camaïeu de forêts profuses, un panorama de gorges et de monts que les troncs des palmiers royaux unissaient au lavis du bleu céleste. « Au départ, Fidel n'était pas communiste, avait-il dit avec mélancolie. Raúl, oui. Mais Fidel, jamais de la vie. Il a conduit la révolution avec une croix catholique autour du cou, et j'ai vu de mes propres yeux ses soldats distribuer des images pieuses aux paysans de la région. Si les Yankees n'avaient pas essayé de le renverser, il ne se serait pas précipité dans les bras de l'Union soviétique, et nous aurions peut-être gardé nos terres… Au fond, nous étions tous contents qu'il ait fait fuir Batista ! » Il nous avait raconté cela alors que j'avais huit ans et ne savais rien du communisme, des Yankees ni de Batista, ma seule envie étant d'aiguillonner ce cheval et de le faire galoper dans les futaies d'orangers et d'avocatiers.

À présent, je comprenais que mon oncle se soit félicité du départ de Batista, qui avait transformé Cuba en lupanar à ciel ouvert, en avait fait une terre d'asile pour les casinos maffieux, où les banques d'État blanchissaient l'argent des trafics. Quant à Fidel Castro, il avait proclamé à la tribune de l'ONU qu'il entendait mener une révolution chrétienne pour les humbles, à l'occasion du plus long discours jamais prononcé dans cette enceinte : quatre heures vingt-neuf de virulentes fustigations face à une centaine de délégations de chefs d'État qui, pour la plupart, se retenaient de l'étrangler de leurs propres mains. Bien après, même Mouammar Kadhafi ou Hugo Chávez n'avaient pas réussi à battre ce record.

Je saisissais également les raisons pour lesquelles la révolution cubaine avait été la plus romantique du XXe siècle, véhiculant un imaginaire sensuel et héroïque quasiment aussi fondamental que son corpus idéologique. L'image de ces trentenaires barbus, virils, souriant le cigare au bec, et de ces amazones en treillis, n'avait pas eu beaucoup de difficultés à marquer les jeunes générations du monde entier. Mais je ne pouvais m'empêcher de voir que l'exercice du pouvoir par le leader suprême avait rapidement engendré une répression sauvage et arbitraire, une perte des libertés fondamentales, la famine et la misère pour une grande partie du peuple, et que l'espoir s'était, au bout du compte, dissous dans un népotisme paranoïaque.

Je me demandais ce que Jean avait pensé de tout cela, car je ne doutais pas que, même à la fin de sa vie, il eût gardé un œil sur la politique cubaine.

— Laurent, il faut que tu appelles Louisette, insista Christian. Ça nous fera un livre de famille, à défaut d'un livret. Finalement, on va y gagner au change.

— Si j'arrive à l'écrire, oui.

— Et pourquoi pas ? Les maçons font des maisons, les écrivains écrivent des livres.

— On peut voir les choses comme ça.

Après avoir raccroché, je restai un moment le regard rivé sur le numéro de ma tante Louisette. Il était vingt et une heures. Tard pour déranger une femme très âgée qui venait de perdre son mari. À la place, j'envoyai un texto à Nicolas : « Jean est décédé, tu peux renseigner la date dans ton logiciel de généalogie. »

Mon oncle Jean était mort, mais, sur les images en Super 8, je le regardais me sourire. D'un signe de la main, il m'indiquait de rejoindre un Haïtien à la peau aussi noire que la nuit en train d'aiguiser un long couteau sur une pierre. C'était un des employés de la finca de Santo

Domingo, que nous avions atteinte la veille après un chaotique voyage en Jeep. Pour célébrer notre arrivée, Jean avait décidé de cuire un cochon à la broche. Le surnom de l'homme au couteau s'éleva alors comme une volute de ma mémoire : Caterpillar – la marque du groupe électrogène qui fournissait quelques heures d'électricité par jour au domaine et qu'il était le seul à savoir réparer.

Tout le temps que dura la mise à mort de l'animal, les lèvres de Caterpillar restèrent rivées à la feuille de tabac roulée dans laquelle il avait haché menu d'autres feuilles, son cigare improvisé glissant d'une commissure à l'autre en fonction de la direction prise par la fumée. Caterpillar vivait en pleine brousse dans un *bohío* rudimentaire, une hutte au toit de palmes avec un sol en terre battue, sans eau courante ni électricité, comme tant des siens, migrants acheminés par des passeurs peu scrupuleux depuis l'île voisine de Saint-Domingue et qui travaillaient aux récoltes pour quelques pesos. Ce jour-là, il s'était fait élégant, portant une chemise blanche, un jean et un « Borsalino » en paille qu'avait tressé sa femme. Une fois son couteau aiguisé, il se saisit d'un petit cochon noir qui se débattit vigoureusement et l'introduisit à l'intérieur d'un sac en toile de jute comme ceux dans lesquels le café était transporté à dos de mule. Au bord de l'image, je reculais de quelques pas, par prudence. Je ne devais pas peser beaucoup plus lourd que ce petit cochon noir, et je n'aurais pas résisté plus que lui entre les mains du bourreau. Ensuite, le film s'interrompait. Et, lorsque l'image revenait, ma tante Louisette se trouvait à côté du cochon estourbi, immobile. Peut-être l'avaient-ils assommé tandis qu'il était dans le sac, ou l'y avaient-ils à moitié étouffé ? Louisette s'empara des pattes arrière et releva l'animal à la verticale. Après avoir palpé la gorge à la recherche d'un pouls, l'Haïtien y enfonça son couteau d'un geste sûr. Un geyser de sang jaillit, le cochon sembla reprendre ses esprits, animé de violents soubresauts. Ma tante le laissa glisser au sol, et Caterpillar s'assura que le couteau restait en place dans la plaie. Seul le manche dépassait, guidant le flot vermillon qui se répandait par saccades. Après une nouvelle ellipse, mon père filmait désormais la fin de l'agonie : la tête du cochon baignant dans une flaque de sang épais dont le rouge saturait l'image, les pattes de l'animal encore animées de contractions réflexes, tandis qu'un chien blanc avec une tache noire sur l'œil, tel un bandeau de pirate, approchait, ne demandant qu'à prendre part au festin, mais un bâton surgi du hors-champ le chassa.

La scène se déroulait à l'arrière de la maison des Bénégui, une vaste construction rustique d'un étage en planches de bois exotique que recouvrait un toit de tôle ondulée. Elle avait dû essuyer quelques ouragans et n'avait pas la pompe des haciendas coloniales que l'on voyait dans les plaines, construites en dur, avec un toit en tuiles – mais comment acheminer de tels matériaux ici ? –, à l'exception, peut-être, d'une terrasse en galerie située à l'avant de la bâtisse, sur laquelle deux fauteuils à bascule en osier oscillaient dans les courants d'air. La maison avait été édifiée face aux séchoirs à café, deux rectangles en ciment de la surface d'un demi-stade de football. Adjacente au bâtiment principal se trouvait une *bodega* de fortune, modeste échope sur la façade de laquelle figurait en bonne place le célèbre portrait du Che photographié par Alberto Korda. Son fameux slogan *« Hasta la victoria siempre »* (« Jusqu'à la victoire, toujours ») était peint en noir sous la photo.

En août 1967, le Che était une icône vivante qui avait décidé de quitter Cuba pour étendre les foyers de révolution marxiste à d'autres pays. Ici, à Santo Domingo, dans cette partie reculée de la province d'Oriente, on ignorait qu'il se trouvait en Bolivie, où il allait bientôt être abattu par l'armée bolivienne et la CIA, prononçant ses derniers mots : « Où est La Havane ? », en référence à l'aide militaire promise par Fidel Castro, qui n'arriva jamais. Il faut dire que la popularité du Che faisait de l'ombre à Fidel.

La bodega ravitaillait en produits de première nécessité les travailleurs de la plantation et les quelques familles vivant à l'entour. La plupart du temps, il n'y avait presque rien dans les rayonnages, si ce n'étaient quelques bouteilles d'un rhum agricole fraîchement distillé qui aurait aussi bien pu servir de carburant pour le groupe électrogène. À l'entrée, plusieurs chevaux et mules étaient retenus à une barre d'attache. Je me demandais si Léopold, arrivant seul sur ces terres en 1920, avait bâti cet ensemble de ses mains, malgré ses lésions aux poumons. Certains paysans que l'on pouvait voir dans le film me paraissaient âgés d'au moins un siècle. Avaient-ils connu mon grand-père ? L'avaient-ils aidé à couper les arbres, à débiter les planches et à les dresser ? Semblant dévaler des hautes collines qui formaient un cirque autour du site, la végétation envahissait le cadre carré de la Super 8. Elle assombrissait l'image, les frondaisons juxtaposées ne laissant se déposer, çà et là, que quelques taches de lumière. Me revinrent les sensations extrêmes de moiteur ressenties plus de cinquante ans auparavant, lors de mon arrivée sur la finca. L'humidité traversait à nouveau mes vêtements, l'air s'épaississait. J'étais assis face à l'écran de l'ordinateur, sous la photo de famille, telle une fenêtre ouverte sur le passé.

Sur la bobine suivante, Caterpillar raclait la peau du cochon au moyen d'une lame plongée dans l'eau bouillante. À mesure, le derme foncé s'effrangeait, laissant apparaître un épiderme nacré. Le petit cochon noir qui se débattait était devenu un petit cochon blanc, inerte, sous l'œil intéressé d'un perroquet à jabot rouge venu se percher à côté du chien pirate. On aurait dit que ces deux-là étaient en train de conclure une alliance pour se partager les restes. Puis on vit le cochon vidé, empalé, les pattes nouées autour d'un long pieu en bois. Un feu avait été allumé, et chacun vint à son tour tourner le pieu, qui entraînait le cochon au-dessus des flammes. Tout le monde défila pour les besoins du film : ma mère, ma grand-mère, puis Jean, Louisette, Bébé et Tatico, et même l'homme dont je ne me souviens plus du nom qui officiait derrière le comptoir de la bodega. Les acteurs étaient munis d'une branche pointue au moyen de laquelle ils perçaient les cloques dorées apparues à la surface de la peau qui croustillait au-dessus des flammes. Puis vint mon tour, j'étais muni d'une machette dont l'étui en cuir, bouclé à ma ceinture, était aussi long que ma jambe. Je faisais l'andouille, mimant la découpe du cochon. Les plans s'enchaînaient, coupés court. L'animal rissolait à mesure que le film durait. Franchement, c'était appétissant.

Un demi-siècle après le tournage de ces images, je laissai mon esprit vagabonder en direction d'un autre cochon essentiel de cette histoire. Celui qui avait rôti à Salies-de-Béarn le jour où l'incandescence s'était emparée des esprits et avait fait voler ma famille en éclats. Je n'étais pas présent, en cet après-midi d'été, et je me demandais si, dans le cas contraire, j'aurais pu intervenir pour éviter à mon père et à ses frères et sœurs de se déchirer. Mais les enfants de la photo de famille étaient devenus des adultes costauds. Ils avaient traversé la Seconde Guerre mondiale, servi en Indochine, en Algérie, ou subi la révolution cubaine. Leur sens de la diplomatie était émoussé par l'action conjuguée de l'alcool et de la chaleur estivale, et rien ne les aurait probablement empêchés d'en découdre, sous les acacias dressés en bosquets désordonnés devant la maison de ma grand-mère.

J'appelai ma cousine Pascale et lui demandai si elle accepterait de délivrer devant l'objectif de ma caméra un récit circonstancié des événements auxquels elle avait assisté. La sœur aînée de Nicolas, une cinquantaine d'années, lunettes, cheveux courts, arriva un peu avant midi. Après nous être embrassés, je l'installai sur le canapé blanc du salon, face à la caméra, qui la guettait sur son trépied.

— Tu ne veux pas venir t'asseoir à côté de moi ? proposa-t-elle, intimidée, tandis que je prenais place sur une chaise, hors champ. Comme ça, on nous verrait tous les deux à l'image.

— Non, non, c'est bien comme ça. Ce qui compte, c'est ce que toi tu dis.

— Mais je ne comprends pas pourquoi tu filmes. Tu ne fais pas un livre ?

— Si, mais les enregistrements filmés me servent d'aide-mémoire. C'est pour ça que je voulais que tu me racontes la grande brouille. Mes parents sont toujours restés vagues sur ce qui s'est passé ce jour-là.

— Justement, répondit-elle, en venant je me demandais pourquoi tu n'y étais pas, toi.

— C'était en 1979, j'étais parti en Inde après ma troisième année de médecine. C'était ma période routard… J'étais plutôt déconnecté de la réalité familiale.

— Ça couvait depuis un moment, cet été-là, commença Pascale. Deux ou trois jours auparavant, on était allés pique-niquer dans les Pyrénées. Ils voulaient aller au gouffre de La Pierre Saint-Martin.

— Oui, c'était l'expédition annuelle, commentai-je. On s'arrêtait en route près d'un torrent, et ils sortaient le saucisson et les bouteilles de Ricard…

J'y avais participé à plusieurs reprises. Toute la famille partait en convoi, c'était l'époque des 404, des DS et des Renault 10, les embrayages patinaient et fumaient dans la montée du col. Après l'apéritif débutait le pique-nique proprement dit. Ils étaient capables d'emporter des bouteilles de gaz, de l'huile, et de faire des frites dans une bassine, en pleine forêt. En général, la petite troupe mangeait et buvait si abondamment que plus personne n'avait l'énergie de parcourir les derniers kilomètres qui nous séparaient du site. Assez rapidement, le brouillard descendait des sommets, et nous rebroussions chemin. En près d'une demi-douzaine de tentatives, je n'avais pas vu une seule fois l'entrée du gouffre.

Pascale acquiesça et continua son récit :

— Tes parents n'étaient pas encore arrivés à Salies cette année-là. On se trouvait par groupes, éparpillés dans l'herbe après le repas. René et Georgette discutaient avec les Cubains. Louisette a commencé par dire que, lors de leur séjour chez vous, ils avaient constaté que vous aviez des comportements étranges. Par exemple, tes parents prenaient des vacances au ski chacun de leur côté…

— Oui, en février, confirmai-je. En général, ils partaient chacun leur tour, ils ne voulaient jamais laisser le restaurant sans qu'il y en ait un des deux…

Pascale m'interrompit de la main :

— Donc, ils avaient une vie dissolue, poursuivit-elle. On ne pouvait pas savoir ce qui se passait quand ils n'étaient pas ensemble. D'ailleurs, Léo couchait avec la fille de la concierge (mon père aimait plaisanter, il s'entendait bien avec les gardiens de l'immeuble, mais de là à se retrouver dans les bras de leur fille...) et Nicole était la maîtresse du voisin horloger.

— Ah ça, il n'y a pas de risque, réagis-je. Il était gentil avec ma mère, c'est vrai, mais elle le trouvait moche... Que lui ait eu le béguin, par contre, pourquoi pas ?

— Elle était belle, Nicole, dit Pascale.

— Oui, mais elle ne trompait pas mon père, j'en suis certain.

— Tu ne savais pas qu'ils avaient dit ça ? fit Pascale, qui oubliait peu à peu la présence de la caméra.

— À ce niveau de détail, non. Je savais que les Cubains avaient bavé sur nous, jusque-là ça m'avait suffi.

— Tu n'étais pas plus curieux que ça ?

Je haussai les épaules.

— Peut-être que ce livre va m'aider à devenir curieux, plaisantai-je.

— Tu devrais, mon cousin, parce que toi aussi tu en as pris pour ton grade.

— Ah ? dis-je, impatient de connaître la suite.

— Tu avais dû raconter à tonton Jean qu'après tes cours tu allais dans des bistrots.

— Oui, j'étais en fac de médecine. Alors en sortant on allait refaire le monde au café.

— Dans sa bouche, ça s'est transformé en « Laurent boit ».

Je ne pus retenir un rire.

— À vingt ans ? Je picolais ?

J'hallucinais. Nous étions dépravés, décadents, et eux qui avaient vécu dans la brousse toute leur vie, planteurs régnant sur une armée de travailleurs émigrés haïtiens, des parangons de morale ?

— Moi, quand j'ai entendu ça, expliqua Pascale, je me suis dit : qu'est-ce qu'ils racontent ? Alors, je suis allée voir ma mère et j'ai répété : « Il paraît que tonton Léo couche avec la fille de la concierge. » T'aurais vu sa tête, elle a manqué de s'étrangler. Je lui parle aussi du voisin horloger, et elle se marre, elle me dit qu'elle voit qui c'est, qu'il est trop moche, que c'est impossible. « Qui raconte des conneries pareilles ? » me demande-t-elle. Je le lui dis. Tu sais comment elle était pète-sec. Je la revois aller les trouver direct, et, en dix secondes, elle commence à s'engueuler avec les Cubains, puis avec tonton René. Mais en gros ça se calme assez vite, et ça en reste là. Le cochon rôti, c'est une semaine plus tard. Tes parents avaient fini par arriver à Salies. Comme on était tous réunis pour la première fois, Jean a insisté pour faire rôtir un cochon, comme à Cuba. Il est allé l'acheter vivant à la ferme des parents de tatie Georgette. Il l'a saigné et préparé, il a mis de côté les tripes pour aller à la pêche à l'écrevisse, puis il a creusé un trou dans le jardin et fait des braises. Ils s'y sont tous mis, en vidant chaque bouteille disponible, et ça a duré un bon moment. Bref, après le repas, ils étaient cuits, et ils ont commencé à jouer aux boules sous les acacias. C'est là que ça a dégénéré. Le départ, ça a été mon frère et tonton René qui se sont engueulés pour un point…

— Nicolas ?

— Oui, il devait avoir dix-sept ans. Le ton est monté. À savoir qui était le plus près du cochonnet. Nicolas a fait une vanne, tonton René l'a mal prise et il l'a frappé. (Elle mima un coup de poing.) Ce n'était pas au visage, mais quand même.

— René ?

Le cadet de la fratrie était un type adorable, mais aussi un sacré fêtard qui pouvait remplir son abdomen de bière en quelques heures.

— T'imagines ? Ma mère a bondi comme une furie, elle s'est jetée sur lui, il l'a repoussée, il a ouvert sa braguette et il a dit : « Fume, c'est du belge. »

— Il ne lui a pas montrée, quand même ?

— Non, sourit Pascale. En tout cas, il était complètement bourré. C'est sûr.

— C'est à partir de là que tes parents s'en sont mêlés, ils se sont tous invectivés. Avec leur accent du Béarn, c'était à qui gueulerait le plus fort, Louisette et Jean s'exprimaient en espagnol, plus personne n'écoutait personne. À un moment, Jean a dit qu'on était une famille et qu'il fallait se calmer, et ma mère a lâché que c'étaient des hypocrites d'oser parler de famille après ce qu'ils avaient raconté. Elle a balancé toutes les vacheries qu'ils avaient sorties pendant le pique-nique !

— Devant mes parents ?

— Oui. Tonton Léo et tonton Jean se sont retrouvés face à face, j'ai cru qu'ils allaient s'entretuer. Mais ton père est resté très froid, il a rappelé qu'ils avaient tous aidé financièrement leur mère : lui, Pierre, René, Hélène, et Lydie quand elle était encore vivante. Tous les frères et sœurs, sauf Jean. Il a répété que Jean n'avait jamais rien fait pour elle, pas envoyé un peso depuis Cuba. Je me souviens très bien de sa phrase : « Et pourtant, pendant des années, avant que Fidel Castro nationalise la propriété, vous avez eu le temps de vous en mettre plein les poches ! »

— Et grand-mère ? Elle a assisté à ça ?

— Dès que ça s'est mis à chauffer, elle est rentrée dans la maison. J'ai eu l'impression qu'elle savait comment ça allait tourner, qu'elle le redoutait, même, depuis un moment. Jean a demandé à Léo s'il l'accusait d'être un voleur. Ton père a répondu : « Oui, et de nous avoir tous volés. » Alors, Louisette s'est mise à pleurer, elle a pris Dieu à témoin, elle parlait du sacrifice qu'ils avaient fait en allant vivre à Cuba, et comment on les remerciait, elle a traité tes parents de menteurs, il n'y avait qu'à voir la façon dont ils vivaient, etc. Jean, lui, est resté étonnamment calme. Au bout d'un moment, il a demandé à sa femme de se taire, ils ont pris leurs affaires, ils sont montés dans leur voiture et ils sont partis.

— Et ils ne se sont plus jamais reparlé de leur vie, conclus-je en arrêtant l'enregistrement.

— Je me suis toujours dit que c'était de ma faute, ajouta ma cousine une fois la caméra éteinte. Je me sentais responsable d'avoir déclenché cette brouille. Je me reprochais d'être allée parler à ma mère le jour du pique-nique…

Sitôt après le départ de ma cousine, je me décidai finalement à composer le numéro de Louisette, résolu à la confronter à ses propos de l'époque. Elle décrocha dès la deuxième sonnerie. Quand bien même j'aurais été tenté de reculer, il était trop tard.

— Allô ? Allô ? fit une voix de femme âgée au souffle court.

— Louisette ? demandai-je.

— Oui.

— C'est ton neveu Laurent. Laurent Bénégui.

Un silence suivit, rapidement interrompu par des sanglots.

— Laurent... Oh, mon Laurent, tu sais que ton oncle Jean est parti ?

— Oui, c'est pour ça que je t'appelle, répondis-je.

Ce qui n'était pas tout à fait un mensonge.

— Il était si bon, si drôle, poursuivit-elle, la voix hachée par les pleurs. Tu sais, il faisait encore rire tout le monde. Il y avait tant de voisins à son enterrement.

Auquel je n'avais pas été convié. Soit dit en passant.

— Ça lui faisait quel âge ? dis-je.

— Quatre-vingt-douze... Il était vieux, mais fort. On ignorait qu'il avait quelque chose.

— Qu'avait-il ?

— Une grosse masse au fond du ventre qui lui prenait les intestins. Il n'a pas souffert, seulement un jour. Ils lui ont donné de la morphine. Il a crié pendant un quart d'heure, et puis il n'était plus là...

À mesure que la conversation avançait, les intonations aiguës de ma tante se frayaient un chemin jusqu'à ma mémoire. Jamais sa voix ne m'avait semblé aussi perçante qu'à leur arrivée en 1977. Mon père était allé les chercher à l'aéroport, et, lorsque Louisette avait mis les pieds pour la première fois au Petit Marguery, elle s'était extasiée sur tout ce qu'elle découvrait, d'une voix tellement haut perchée que je m'étais demandé si elle avait avalé une perruche. « *Que lindo !* » par-ci, « *Que linda !* » par-là. Tout lui semblait joli, même la collection de pichets en étain accrochée au-dessus de la caisse.

— Et toi, Louisette, quel âge as-tu maintenant ?

— Quatre-vingt-treize, mais ne crois pas que je sois forte, moi. Je suis au bout du rouleau.

— Tu n'en as pas l'air quand je t'entends, tu as une bonne voix.

— J'ai un appareil pour respirer, un œil qui ne voit pas bien, soi-disant une veine qui est bouchée, et l'autre œil qui a la cataracte, mais la langue marche, et la mémoire aussi.

J'acquiesçai silencieusement, je n'en demandais pas plus.

— Tu sais, j'avais peur de te déranger en t'appelant sans prévenir, repris-je. J'ai voulu contacter Jean-Claude, mais il ne m'a pas répondu…

— Il est comme ça, Tatico, timide, fermé. Parfois, il y a des amis qui appellent, des Cubains que l'on connaît encore. Ils appellent de Floride, tu te rends compte ? Eh bien, il ne veut même pas les prendre pour leur dire bonjour. Mais tu ne me déranges pas, Laurent.

— Justement, j'avais envie que tu me reparles de tout ça, de nos voyages quand on est venus vous voir à Cuba. J'étais petit, mes souvenirs sont vagues. J'aurais aimé que tu me racontes…

— Et tes filles ? Tu en as deux, n'est-ce pas ? lança-t-elle, la voix soudain ragaillardie. Lilou et…

— Ilona. Oui.

— Pour elles aussi, c'est bien d'évoquer cette époque, approuva ma tante.

Elle se tut un instant, et reprit avec un accent de sincérité :

— Quand on s'est disputés avec tes parents, on n'a pas été très intelligents. Moi la première.

De nouveau, des sanglots retentirent dans le haut-parleur. Je ne m'attendais pas à cela, à une reconnaissance si rapide, comme une abdication, qui rendait vaines toutes les hésitations que j'avais eues à décrocher ce téléphone. En était-il ainsi depuis tout ce temps ? Aurait-il suffi d'un appel, n'importe quand au cours des quarante dernières années, pour rétablir le lien ? Je me trouvais, en fait, si démuni que je prononçai la plus insipide des réponses :

— Et on ne s'est jamais revus.

— Mais tu sais, reprit-elle avec vivacité, je crois que je te connais mieux que tu ne me connais. J'ai appris que tu écrivais des livres par mon petit-fils, le fils de Bébé. Il m'a montré sur Internet.

— Oui, c'est vrai.

— Alors, tu es devenu écrivain. Et finalement, tu n'as jamais été docteur ?

— Non, jamais.

— Mais tu as eu ton diplôme quand même ?

— Oui.

— Et tu n'as pas exercé ?

— Non.

— Tes parents, ça a dû leur faire un choc. Ils t'ont payé les études jusqu'au bout, sept ans. Et tu décides de faire autre chose…

— Ce n'était pas la vie dont j'avais envie, répondis-je, mal à l'aise de voir l'interrogatoire s'inverser après à peine deux minutes.

— Mais je sais que ton *Au petit Marguery*, ils en ont été fiers. Et heureux que tu parles d'eux. Dans le livre, et après, dans le film.

— Ça nous a rapprochés…

— Je l'ai vu, ton film, avec Jean, un jour on a loué le DVD. Ça nous a rappelé bien des souvenirs de la période où on a habité chez vous. Vous nous avez tellement aidés lorsqu'on est rentrés de Cuba…

Je souris, amadoué, mais ne baissai pas la garde. J'avais toujours su Louisette habile, et à quatre-vingt-treize ans, même affectée par le deuil, sa tête marchait bien, comme elle le disait.

— Louisette, tu serais d'accord pour que je te rende visite ? lançai-je de but en blanc.

— Bien entendu, répondit-elle sans hésiter. Quand tu veux. Il faut venir en début d'après-midi, plus tard dans la journée je suis fatiguée.

— Si tu veux, jeudi prochain.

— Oui, jeudi, c'est bien. Tu sais, pour moi, maintenant que Jean n'est plus là, tous les jours se valent. Tatico vient les dimanches, mais je ne vois presque plus personne en semaine. La dame qui me fait le ménage et, de temps en temps, une voisine…

— Louisette, est-ce que ça t'embête si je viens avec une caméra ? Tu vas me dire beaucoup de choses, et je voudrais ne rien oublier.

— Je ne suis plus très belle à regarder, répondit-elle.

— Ce n'est que pour moi, pour ma mémoire, ne t'inquiète pas.

— Fais comme tu veux, Laurent. Je me réjouis de te revoir. Tu dois avoir bien vieilli, toi aussi.

— Moi aussi, je me réjouis, répondis-je en raccrochant.

Et comment donc ! L'euphorie me gagnait. Honnêtement, je trouvais que je m'en étais bien tiré, mais c'était oublier que Louisette venait de perdre son mari, après sa fille quelques années auparavant – ma cousine avait été atteinte d'un cancer au tournant des années 2000 –, et qu'elle devait souffrir d'un sentiment de solitude et de déracinement. Pour quelle raison me figurais-je alors qu'elle allait rendre les armes si facilement ? Je supposais que les personnes âgées se dulcifiaient le caractère et que, sachant l'échéance finale pas si lointaine, cessaient de gaspiller leur temps en combats éculés ou en édifications mensongères. C'était ne pas considérer que chacun a envie de partir dans son plus beau costume et que, lorsqu'on a bâti sa vie sur la dissimulation et le simulacre, l'exercice d'une cosmétique pugnace du passé s'apparente à la routine.

Dans la semaine qui suivit, Sandra, la découvreuse du trésor que constituait à mes yeux la petite plaque de Bezannes, m'adressa un lien pour accéder aux images qu'elle avait tournées sur les lieux de sa trouvaille. Je m'attendais à un film fait à la va-vite, mais au lieu de cela nous visionnâmes le soir même, en famille, un reportage digne des grandes heures d'« Envoyé spécial ». Dans les premières minutes de la vidéo, Sandra filmait son matériel. D'elle on ne voyait, et on ne verrait pratiquement jamais, que la main. Cette mise en scène inconsciente révélait que la jeune femme n'avait pas l'intention de prendre le pas sur sa découverte. Elle m'adressait le message que cette histoire était la mienne, mais aussi celle de mes filles, figées devant l'écran de l'ordinateur, en train de se demander si elles n'allaient pas réclamer un engin pareil à Noël : le détecteur de métaux, posé sur une table, se présentait comme une canne articulée à l'extrémité de laquelle une bobine permettait de détecter les modifications du champ électromagnétique induit par les métaux.

Après deux minutes trente de film, nous découvrîmes une église d'architecture romane, au centre d'une placette calme, coiffée d'un ciel uniformément bleu. On entendait des pépiements d'oiseaux.

— Là, je suis dans Bezannes, enchaînait Sandra. Je suis arrivée avec mon vélo, car avant d'aller dans le champ, je voulais vous montrer ce monument aux morts. Je ne sais pas trop ce qu'il y a de noté dessus...

Elle avança sur un parterre de gazon, l'image allait cahin-caha, révélant une colonne en pierre de taille patinée par les ans qui portait l'inscription : « À la mémoire des enfants de Bezannes morts pour la patrie ».

— Ah voilà, c'est pour la guerre 14-18 ! Et puis ici, il y a des noms, ajouta Sandra en faisant le tour du monument, filmant les patronymes gravés sur les quatre faces.

Je me surpris à espérer que le nom de Léopold Bénégui y figure, ce qui n'était pas possible, car, n'étant pas natif de Bezannes, mon grand-père n'avait aucune chance d'avoir été honoré dans cette commune. En tout, l'image révéla une trentaine de noms, ce qui, rapporté au nombre d'habitants d'une si modeste commune, représentait un pourcentage important de la population masculine de l'époque. Cela signifiait que la bataille avait été rude dans le village et les alentours, et que nous ne nous trouvions pas loin du cœur des opérations.

Ce fut le moment choisi par Mitaine pour nous rejoindre, se frotter contre nos mollets, puis bondir sur le bureau et stationner devant l'écran avec la souveraine indifférence des chats.

— Mitaine ! la chassai-je, agacé.

— C'est sa famille aussi, lança Ilona. Elle a le droit de regarder.

— C'est un village calme, il n'y a pas de bruit ici, poursuivait Sandra en filmant un cycliste de passage devant l'église.

Le monument aux morts de Bezannes avait été érigé en 1925 grâce à la souscription et à la participation de la commune. Je songeai au magnifique roman de Pierre Lemaître, *Au revoir là-haut*[1], relatant l'escroquerie aux édifices commémoratifs des victimes de la Première Guerre mondiale. Je ne lisais jamais autant que dans les périodes où j'écrivais. J'avais besoin de me déplacer dans les textes des autres, amarré à leurs phrases comme à des lignes de vie. En parcourant chaque géographie particulière, je me délivrais de la peur d'emprunter à mon tour des chemins de traverse. Ceux que j'appréciais me laissaient muet d'admiration, me stimulaient. Ceux que je n'aimais pas m'indifféraient. Je passais dessus comme le chat devant l'écran. Je les refermais et j'en commençais un autre. Il y avait toujours une pile en attente sur ma table de nuit. Autrefois, je me forçais à terminer chaque ouvrage commencé, quitte à y passer des heures. Je devais penser que lire était plus important que vivre.

Une fermeture au noir survint après quatre minutes vingt-deux de film, puis l'écran se ralluma, saturant le regard d'un vert intense, découvrant une vaste étendue de plantes touffues d'environ un mètre de haut.

— Voilà ! Ici, ils ont planté de la moutarde. C'est pour produire plus d'azote dans le sol, si j'ai bien compris ce que l'agriculteur m'a dit. Le champ dans lequel j'ai trouvé la petite plaque se situe plus haut, où c'est nu, précisa Sandra en filmant une parcelle non cultivée, rectangle de terre au milieu de la verdure. On va y aller ! promit-elle.

Si ces champs avaient été le théâtre de combats durant la Première Guerre mondiale, cela signifiait qu'ils avaient subi des bombardements à l'ypérite, un gaz neurotoxique surnommé gaz moutarde à cause de son odeur et de sa couleur. Et voilà qu'un siècle plus tard, ironie cruelle des activités humaines, on y cultivait de la moutarde.

— C'est celle qu'on mange ? intervint Lilou.

— Oui, répondis-je.

— Il y a longtemps que tu ne nous as pas fait un lapin à la moutarde, rappela-t-elle.

1. Pierre Lemaître, *Au revoir là-haut*, Paris, Albin Michel, 2013.

— Je vais vous montrer le paysage, parce que c'est pas mal, quand même, se justifia Sandra en balayant l'horizon sur trois cent soixante degrés. Alors, là, c'est toujours mon vélo (l'engin était posé au sol le long du chemin), et là-bas, c'est Reims (son index entra par le sommet du cadre, pointant une zone de bâtiments blancs qui réfléchissaient le soleil, sentinelles de béton en faction à quelques kilomètres des terres cultivées), la cathédrale avec sa flèche (qu'à cause du chaloupé de l'image je ne parvins pas à distinguer). Derrière, c'est Tinqueux, et ensuite, tout ce qu'on voit là, c'est la montagne de Reims. Ce n'est pas vraiment une montagne, ce n'est pas Reims non plus, mais on l'appelle comme ça. On y trouve les vignes pour le champagne. Et ici, la maison du propriétaire du champ ! (Le mouvement panoramique du smartphone s'acheva sur une bicoque visible à contre-jour au milieu d'un bosquet d'arbres.) J'ai dû lui demander l'autorisation pour détecter, sinon c'est interdit. Ce n'est pas quelque chose qui s'ébruite, parce que les archéologues ne nous aiment pas, et c'est dangereux, à cause des obus.

Après sept minutes de film, nous atteignîmes la parcelle en question, deux cents mètres de long d'une glèbe brune qui tranchait avec le vert tendre des semis à l'entour.

— Bon, alors, comment ça s'est passé ? commença Sandra.

— Oui, vas-y, dis-nous ! lâcha Lilou, qui s'impatientait.

— Eh bien, dimanche, avec mon copain, on part détecter. Donc, on commence par ce bout-là, on fait des allers et retours, on trouve des balles de fusil, des clous, rien d'intéressant. (Elle s'arrêta.) Arrive le soir, le soleil se couche, on pense bientôt rentrer. Mais je ne sais pas pourquoi, ça me traverse l'esprit : « On va aller le long du chemin. » Normalement, on n'aime pas détecter près des chemins, parce qu'il y a beaucoup de canettes de soda et de bière, ça sonne tout le temps, mais on ne trouve rien d'intéressant. Bon, je vais y aller et je vous raconte le reste de là-bas…

Silence. Noir. Dans mon bureau, plus personne ne bougeait. Il n'avait pourtant défilé rien d'autre devant nos yeux que des images de champs plus ou moins cultivés, des surfaces plantées d'herbes hautes alternant avec des parcelles nues. Mais nous savions qu'à la clef se trouvait un fragment de notre passé commun.

— Pourquoi on ne voit pas de tranchées dans les champs ? s'enquit Ilona.

— Je ne sais pas, parce que ça s'est passé il y a un siècle. Elles ont disparu.

— En classe, on a vu des photos où il y avait encore des tranchées…

À la douzième minute de film, l'image réapparut. L'objectif survolait lentement des mottes de terre hérissées de brindilles sèches. On aurait dit la retransmission de l'arrivée d'une sonde spatiale sur une planète inconnue.

— Donc, suite de l'histoire, reprit Sandra. C'est ici. Il y a encore nos traces. (Son pied apparut, équipé d'une chaussure de randonnée à lacets. Une petite pointure, du 36 ou du 37. Elle fouilla la terre de la pointe.) Ce n'était pas profond, à dix centimètres, je dirais, et j'ai sorti ce bout d'alu sans grande conviction. Alors avec mon gant je l'ai frotté. Heureusement, la plaque était pliée en deux du bon côté, sinon je n'aurais pas vu les inscriptions. Au début, j'ai cru qu'il y avait écrit : Mégui, Léonard Mégui, mais on n'avait rien pour la nettoyer, alors on ne l'a pas étudiée sur place. En rentrant à la maison, il était tard, j'ai laissé passer la nuit. Le lendemain, je déplie la plaque, je la nettoie, et je découvre que c'est un autre nom et un autre prénom : Bénégui Léopold. Je tape le nom, je cherche à Reims, à Bezannes. Rien. Et sur Google je tombe sur vous, sur votre site. Et je me dis : « Peut-être que Léopold, c'était son père. Peut-être que sa famille habitait ici avant. » Et voilà, je vous ai contacté. C'est complètement fou. À moins d'un kilomètre d'ici, ils construisent des immeubles, il y a des terrassements. Plus loin, c'était le chantier du TGV Est. Si la plaque s'était trouvée là-dessous, on ne l'aurait jamais découverte. C'est vraiment une chance incroyable. J'espère qu'on ne se fait pas de fausses idées. Que c'est vraiment votre grand-père.

Quelques jours plus tard, mon cousin Nicolas nous apporta la réponse. Il avait accédé aux archives départementales des Pyrénées-Atlantiques et retrouvé le livret militaire de notre grand-père, qu'il m'envoya par mail.

En fait de livret, il s'agissait d'une page unique, issue d'un registre épais dont la tranche était visible sur le document scanné. On y distinguait le nom de mon grand-père et son numéro matricule : 804. Je l'imprimai, ressentant le besoin de matérialiser, après la petite plaque, un deuxième objet se rapportant directement à son existence. Puis je me penchai sur les cartouches remplis de diverses écritures manuscrites portant pleins et déliés. J'y découvris que Léopold Bénégui était né le 27 mars 1897 à L'Hôpital-d'Orion, une commune béarnaise qui comptait quatre cent onze habitants à l'époque – trois fois moins aujourd'hui. À la rubrique « Profession » était indiqué : cultivateur. En consultant le détail de ses services, j'appris qu'il avait été affecté au 88ᵉ régiment d'infanterie, avant d'être transféré au 100ᵉ en octobre 1917. Voilà une date qui n'était pas anodine. Au moment, donc, où Léopold rejoignait sa garnison, les bolchéviques s'emparaient du pouvoir en Russie. Lénine et Trotski inventaient ce qui allait devenir le communisme d'État, lequel allait peser sans relâche sur la descendance du jeune fantassin béarnais. Quant à Iossif Vissarionovitch Djougachvili, que l'on allait bientôt connaître sous le pseudonyme de Staline, il n'était à cette date qu'un personnage marginal de la révolution soviétique.

En effectuant quelques recherches supplémentaires, je tombai sur l'historique de la campagne 1914-1918 du 100ᵉ régiment d'infanterie, un ouvrage imprimé deux ans après la fin du conflit. Au fil de la centaine de pages qui relatait les faits d'armes de cette unité, je découvris la mention de villages des environs de Reims cités par Sandra dans son reportage : Tinqueux, mais surtout Bezannes. Voilà, c'était écrit noir sur blanc. Le bataillon auquel appartenait mon grand-père avait bien stationné à Bezannes à la fin du printemps 1918. Enfin, en parcourant les noms des militaires cités à l'ordre de l'armée par le lieutenant-colonel Beaulieu, je repérai, ému, celui de mon grand-père et pris connaissance du motif : « Mitrailleur modèle, d'un courage et d'un sang-froid à toute épreuve. S'est fait particulièrement remarquer par son mépris du danger, n'hésitant pas à ouvrir un feu nourri sur l'ennemi malgré de violents bombardements, lui causant de lourdes pertes et facilitant ainsi notre progression par ses tirs très efficaces. »

L'idée que mon aïeul eût tué nombre de ses semblables, que le laboureur se fût transformé en machine de guerre, ne me réjouissait pas. Cependant, la part de lui qui m'était échue, son quart, en quelque sorte, qui perdurait, niché au cœur de chacune de mes cellules, fut comme réanimée par cette lecture. Il ne s'agissait pas d'un souvenir, mais d'une empreinte que je tentais d'explorer par l'imaginaire, retournant ainsi plus d'un siècle en arrière, au matin du mardi 10 août 1915.

Il avait plu chaque jour depuis le début de l'été, les nuages gris défilaient sans cesse au-dessus des Pyrénées, comme s'ils avaient hâte de rallier le conflit qui faisait rage plus au nord. La Grande Guerre avait débuté un an plus tôt, appelant les hommes de tout le territoire à la rejoindre. Ici, dans le Béarn, on trouvait qu'elle n'avait de grande que le nom, et la demi-douzaine de jeunes cultivateurs qui patientaient devant l'entrée de la mairie de Salies-de-Béarn frissonnaient autant de froid que de peur. À l'appel de leur nom, ils entrèrent un à un, confirmèrent leur âge, leur profession et leur commune d'origine, puis se dévêtirent intégralement pour se présenter nus devant le médecin militaire. Le docteur Laborde les mesura, les pesa et observa leurs dents avec attention. Il nota que le troisième d'entre eux, Léopold Bénégui, mesurait 1,64 mètre, que son visage était long, son front droit, son nez rectiligne, puis il passa au suivant.

L'examen fut expédié, car la salle des mariages baignait dans une atmosphère humide et glaciale. Dans les jours qui avaient suivi la mobilisation générale, quelques noces avaient été organisées à la va-vite, en prévision d'une séparation dont on ne savait combien de temps elle allait durer. Mais, depuis décembre, plus personne ne souhaitait convoler, et les volets de la salle des mariages ne s'ouvraient que pour accueillir les cessions de la commission de conscription, où siégeaient monsieur le maire, monsieur le conseiller général du canton et l'adjudant de gendarmerie.

Léopold se présenta devant ce dernier, tremblant de la tête aux pieds, le teint blafard, retenant difficilement une envie de vomir son frugal petit déjeuner. Sa mère avait beau lui avoir répété qu'elle avait fait le nécessaire, il demeurait pétrifié d'angoisse.

— Bénégui, tu sais lire ? lui demanda l'adjudant de gendarmerie.

Léopold acquiesça. Il suivait l'éducation religieuse, et monsieur le curé lui avait appris à lire dans la Bible.

— Peux-tu écrire une phrase ?

— Oui, que voulez-vous que j'écrive ? répondit Léopold, timidement, tandis que l'adjudant glissait un cahier devant lui.

— Le plus noble des courages est de défendre sa patrie.

Embarrassé de devoir ôter les mains qui cachaient son sexe, Léopold s'empara du crayon et du cahier. Il s'appliqua et réussit à rédiger la phrase sans une faute.

— Deux plus deux ? s'enquit ensuite l'adjudant.

— Quatre.

— Quatre plus trois ?

Léopold hésita avant de répondre :

— Sept ou huit…

— Et trois multiplié par deux ?

— Je n'ai pas appris les multiplications, monsieur.

L'adjudant hocha la tête, puis, sur une échelle de 5, cocha : « Niveau d'instruction 2 ».

— Tu peux aller te rhabiller, mon garçon.

Peu avant midi, le maire et le médecin se retirèrent pour délibérer. Les échos de la boucherie en cours sur les champs de bataille de Champagne et d'Artois étaient parvenus jusqu'à leurs oreilles. En cette année de boue et de sang, près de quatre cent mille jeunes soldats avaient déjà péri. Avoir dix-huit ans à l'époque n'était pas loin d'équivaloir à une condamnation à mort. Léopold était-il réellement de constitution fragile – de cette vulnérabilité qui aurait sa peau dans la jungle cubaine quelques années plus tard – ou bien, par humanité, les édiles choisissaient-ils de temps en temps de protéger l'un des leurs ? Le fils d'un ami, d'une maîtresse, d'un voisin ? Toujours est-il que, sur les six jeunes gens réfugiés dans un biais de lumière, comme on trouve des moineaux alignés sur un segment de clôture ensoleillée, cinq apprirent qu'ils étaient aptes, tandis que Léopold Bénégui sut qu'il resterait pour cause de « faiblesse ». Le jeune homme accueillit l'annonce avec soulagement et morosité. Partir, il ne le souhaitait pas. Mais, à dix-huit ans, rester parce qu'on est faible ne plaît à personne. Il aurait préféré qu'on invoquât une autre raison, mais à bien y réfléchir il ne voyait pas laquelle. Quand elle apprit la nouvelle, sa mère, qu'on appelait « la Borgne », se réjouit d'avoir attendri le cœur du maire de L'Hôpital-d'Orion, et celui du maire de Salies-de-Béarn après lui. Pour une fois, sa disgrâce physique lui avait rendu service.

Cependant, la voracité du conflit, elle, ne montrait aucun signe de faiblesse. Dans le nord et l'est du pays, les paysages de campagne disparaissaient au profit de tranchées aux lèvres barbelées, réclamant sans cesse plus de pitance. Si bien que, un an plus tard pratiquement jour pour jour, le lundi 28 août 1916 – jour de la déclaration de guerre de l'Allemagne à la Roumanie –, le jeune cultivateur Léopold Bénégui fut appelé à nouveau devant la commission de révision, et cette fois sa mère n'y put rien, il fut incorporé : « Services comptant, arrivé au corps, et soldat de deuxième classe le dit-jour. »

Les premières semaines de son affectation en Champagne, Léopold, les brodequins scellés dans la boue des champs de bataille, le casque martelé par la grêle de novembre, était à des lieues d'imaginer qu'un jour il caracolerait à cheval dans une forêt tropicale. Ses pensées, nostalgiques, s'échappaient davantage en direction des estives pyrénéennes où paissent les moutons, pareils à des flocons blancs dans un ciel d'émeraude. Il se remémorait les parties de pêche à l'anguille dans les ruisseaux du Béarn, la pose au crépuscule des lignes de fond, le relevage en pleine nuit et les seaux dans lesquels serpentaient par dizaines les corps musclés et visqueux. Comment imaginer que son destin allait épouser celui de ces poissons énigmatiques qui migrent des côtes de l'Europe vers la mer des Sargasses, où ils se reproduisent ? Un voyage de plus de six mille kilomètres en direction des Caraïbes pour donner la vie et perdre la sienne.

La devise du 100e régiment d'infanterie, créé lors les guerres napoléoniennes, était : « N'a peur de rien et comme Cambronne, il le dit bien. » Mais plus de deux siècles séparaient les jeunes conscrits de cette année 1917 de leurs illustres prédécesseurs qui avaient mis en déroute les Prussiens à Iéna. Les soldats allemands du début du XXe siècle étaient aguerris et terriblement revanchards, les face-à-face se résolvant en marées de sang où le flot et le jusant se mesuraient à la perte et à la reprise des fortins, des blockhaus, des lignes, soumis à des bombardements intensifs pendant lesquels les officiers du régiment d'élite demandaient aux leurs de faire face avec la plus belle énergie. Dans le fracas belliqueux, Léopold se demandait ce que signifiait « faire face avec la plus belle énergie » pour qui est soumis des heures durant à un déluge d'acier. Les poilus se terraient au fond des tranchées, recroquevillés sur eux-mêmes, agglutinés les uns aux autres, en un rempart dérisoire cimenté par la boue. Leur « plus belle énergie » consistait à prier leur Dieu, quand ils en avaient un, ou à invoquer la chance pour ne pas se trouver au point d'impact d'un obus, ni même en être trop proche, car les centaines de mètres cubes de terre projetés alentour par l'explosion pouvaient vous ensevelir vivant, ne laissant dépasser que la pointe de votre baïonnette, pareille à la croix effilée d'une sépulture.

Au printemps 1918, les Allemands menèrent pour la première fois une attaque en utilisant des gaz de combat. Heureusement, le vent tourna, rabattant les effluves mortels en direction de ceux qui les avaient répandus. Léopold et les autres mitrailleurs parvinrent à contenir l'assaut grâce aux tirs croisés de leurs Hotchkiss, puis le commandant Multrier conduisit la contre-attaque qui mena les hommes du 100e RI à pénétrer dans les tranchées ennemies sur un front de quatre cents mètres. Certains, que le jeune Béarnais tenait pour des enragés, blessés à plusieurs reprises, demandèrent chaque fois à retourner au front. L'ennemi fut mis en déroute, on distribua quelques légions d'honneur, et, pendant plusieurs semaines, le secteur redevint calme. Cependant, les hommes s'agrippaient à leur fusil comme on se retient à une planche miraculeusement surgie du naufrage. Léopold, dont la barbe avait envahi les joues à la manière d'un lierre sauvage, trompait l'attente en s'affairant sur un triangle de métal qu'il gravait à la pointe de son couteau.

— Tu vas faire quoi avec ça ? lui demanda Eugène, son voisin, le seul avec qui il partageait son pinard.

— Rien, répondit Léopold, laconique. Je grave mon nom.

— Je ne sais pas où tu vas la mettre, mais gare aux reflets, marmonna Eugène.

Léopold acquiesça. Les boutons de sa capote boueuse étaient noircis au cirage, ainsi que l'étaient la boucle en cuivre de son ceinturon et tout ce qui brillait sur l'habit. Lors de l'assaut, quand des centaines d'hommes se ruaient hors des tranchées, il suffisait d'un éclat de soleil sur une pièce métallique pour attirer l'attention des Boches, et on se prenait une balle à la place du voisin. L'uniforme clinquant comme à la parade vous tuait. Alors, les soldats préféraient devenir des ombres, des morts avant la mort, leur casque en acier matifié de boue, les bandes molletières talées de croûtes et des taches foncées du sang de ceux qui avaient eu moins de chance. Les premiers mois, Léopold en avait vu qui chargeaient la baïonnette astiquée, la tête couverte d'un képi bleu, portant le pantalon rouge de l'armée du siècle précédent. Un régal de cible pour l'ennemi. Le carnage.

Avec le retour d'un temps plus clément, Léopold profitait de chaque instant de répit comme si c'était le dernier. À vingt et un ans, las du spectacle offert par les plaines ravagées et stériles de la Champagne, il dirigeait son regard, au sud, vers le seul paysage qui lui évoquât vaguement ceux du Béarn, ondulés et verdoyants : ce que les officiers nommaient la montagne de Reims.

— Tu parles d'une montagne, se moqua-t-il. Les Pyrénées, au moins, barrent le ciel tout entier.

— Je ne sais pas, je suis de Morlaix, répondit évasivement Eugène.

Au moins, il s'agissait d'un repère. Un relief couronné d'arbres. Une saillie d'un vert tendre dominant la désolation grise et brune. Une preuve de vie. C'était en contemplant la montagne de Reims que lui était venue l'idée de graver son nom sur un bout de métal. Un témoignage de son existence. En se jurant de le rapporter au pays. Il avait vu nombre de ses camarades sombrer dans la folie et des centaines d'entre eux mourir depuis le début du conflit. Personne ne revenait chez soi la raison intacte. Les gars buvaient, se saoulaient. Une plaque, c'était du solide, ça vous rappelait qui vous étiez.

La bataille de Reims éclata en mai 1918, une succession ininterrompue de combats furieux dans laquelle le régiment fut massivement engagé. Le lieutenant-colonel Beaulieu assigna le bataillon de Sénégalais à la défense du village de Tinqueux, à l'ouest de la ville. Au début, Léopold avait regardé ces soldats avec méfiance. Personne n'avait la peau noire à L'Hôpital-d'Orion, pas plus qu'à Salies-de-Béarn ou à Sauveterre. Pas même à Orthez. C'était la première fois de sa vie qu'il voyait des Africains, mais il avait rapidement constaté que leur courage valait celui des Blancs, que leur sang coulait de la même couleur et que leurs tripes, projetées avec les éclats d'obus, se mêlaient à celles des natifs sans qu'on puisse les distinguer.

La compagnie dont il dépendait prit position à Bezannes, un bourg limitrophe au sud de Reims, le 8 mai 1918. Dans les jours qui suivirent, les obus tombèrent sans cesse dans les champs environnants, et les soldats n'eurent guère le temps de fortifier leurs positions. Léopold installa la mitrailleuse sur son trépied dans le beffroi de l'église, sur la place du village, mais la charpente en bois tremblait à chaque tir, entraînant la lourde cloche dans un bourdonnement continu auquel s'ajoutaient les tintements en rafale des douilles qui rebondissaient sur le bronze. Quatre cents par minute. Il crut devenir dément et sourd. Beaulieu les repositionna le lendemain dans une ferme située en lisière de la ville d'où la mire alignait plus calmement les cohortes mouvantes d'uniformes vert-de-gris. Des rumeurs circulaient à propos du sifflement suraigu qui précédait l'explosion d'un obus. Certains prétendaient que les Allemands ajoutaient des appendices siffleurs sur le fût de leurs bombes afin d'engendrer une plus grande terreur, mais Eugène, ingénieur dans le civil, démentit :

— Ce que vous entendez, c'est le frottement de l'ogive contre l'air. Et, croyez-moi, c'est une bonne nouvelle. Parce que quand un obus tombe, le bruit fuse vers le haut et sur les côtés, ce qui veut dire que, si vous l'entendez, c'est qu'il ne se dirige pas droit vers vous !

— Mais sur les copains, bougonna Léopold, qui n'entendait rien à l'aérodynamique, mais avait compris qu'en direction de la cible c'était le silence, et que la charge qui allait vous tuer était muette.

En vertu de quoi, le 10 mai, aucun d'entre eux n'entendit le son de l'obus qui traversa le toit de la ferme et détona en projetant des centaines de billes de plomb. La moitié des soldats périrent instantanément, déchirés par la mitraille. Eugène fut projeté par le souffle de l'explosion, et son torse se fracassa contre une poutre. Il perdit la vie, les poumons transpercés par ses propres côtes. Léopold, qui était en train de pisser à l'extérieur du bâtiment, fut éjecté à plus de dix mètres et perdit connaissance. Lorsqu'il reprit conscience au milieu des gémissements et des appels à l'aide, un brouillard jaune rampait sur les ruines du bâtiment, et il comprit que des gaz vénéneux avaient été tirés à la suite de la bombe. Déjà, ses yeux le brûlaient, tandis qu'une odeur d'ail et de fruit pourri se répandait. Il commença à tousser, chercha son masque à gaz, mais celui-ci avait disparu de sa ceinture, arraché lors de l'explosion. Les officiers leur avaient expliqué en leur distribuant le matériel qu'ils ne disposaient que de quelques minutes pour s'équiper avant de souffrir de lésions irréversibles. Léopold s'efforça de retrouver son calme, retenant sa respiration, explorant les cadavres de ses compagnons, jusqu'à trouver sur l'un d'eux un équipement dont la vitre et la cartouche paraissaient intactes. Il sangla le masque autour de son front, aspira une grande goulée d'air filtré, ses lèvres le brûlaient, le verre se couvrit de buée, il parvint à marcher quelques pas avant de s'effondrer.

Il se réveilla le lendemain dans l'infirmerie de campagne, établie dix kilomètres à l'arrière du front. Ses lèvres fendues saignaient, son visage était couvert de cloques remplies d'un liquide jaune, et à chaque respiration ses poumons sifflaient. Mais il était vivant.

— Soldat, c'est fini pour toi, tu vas être évacué, lui annonça l'infirmier qui tenait à jour les registres.

Léopold regarda autour de lui, essayant en vain de reconnaître des visages – dont la plupart disparaissaient sous des bandelettes.

— Mon copain, Eugène Legros, demanda-t-il, il est là ?

Après avoir consulté son registre, l'infirmier remua négativement la tête.

Léopold comprit ce que cela signifiait et n'émit aucun commentaire sur la disparition de son ami. Il posa juste une question :

— Mes affaires ?

— On les a brûlées, tout ce qui est entré en contact avec l'ypérite doit être incinéré.

Léopold imagina la petite plaque en train de fondre, les lettres de son nom en train de couler. Il était encore en vie, mais rien ne le prouvait plus.

Sur le livret militaire de mon grand-père était noté : « Évacué, malade le 11 mai 1918, certificat de bonne conduite accordé. » L'étude du document m'apprit encore qu'il avait été démobilisé le 16 novembre 1919, puis il était fait mention de son retour à L'Hôpital-d'Orion, et enfin de sa mort à Cuba le 17 septembre 1931.

Je me tenais assis à mon bureau, les yeux clos, me représentant la petite plaque éjectée de la poche de mon grand-père lors de l'explosion. Les bottes des soldats français en déroute la piétinaient, puis celles des soldats allemands lancés à leur poursuite l'enfonçaient millimètre par millimètre dans le sol meuble de Bezannes. Bientôt, d'autres bottes survenaient avec le flux et le reflux des troupes, puis passaient les premiers véhicules à chenilles, et ensuite les chars d'assaut alliés qui, à l'occasion de contre-attaques, achevaient d'enfouir la petite plaque dans une gangue de terre argileuse dont elle n'allait sortir qu'un siècle plus tard, à la faveur d'un week-end ensoleillé d'octobre.

C'est en rouvrant les yeux que m'apparut ce que j'aurais dû voir de prime abord, mais qui m'avait échappé tant je m'étais appliqué à déchiffrer les plus fines inscriptions. Dans son livret militaire, le nom de mon aïeul, pourtant écrit dans une grosse police de caractères, était orthographié « Léopold Bénégiu ». J'ouvris le tiroir dans lequel je conservais la petite plaque et l'examinai à nouveau. Sur l'objet aussi, le point était gravé sur le premier jambage après le *g*. Ce qui m'avait semblé être un point sur le troisième jambage n'était qu'une trace d'érosion du métal. Dans le fond de sa tranchée, mon grand-père avait de toute évidence gravé : « Léopold Bénégiu ».

Depuis l'enfance, je savais que Bénégui n'était pas notre patronyme d'origine. Mon père avait évoqué l'hypothèse d'un employé de mairie qui aurait eu la plume glissante en consignant la naissance d'un aïeul. Oui, mais lequel ? Et quand ? Mon grand-père Léopold était issu d'une fratrie de dix-huit. S'il s'agissait d'une erreur d'état civil, comment expliquer qu'aucun d'eux n'ait voulu la corriger et qu'ils se soient tous rangés sans exception derrière une transformation aussi minime ? Ma grand-mère m'avait dit se souvenir du jour où on lui avait annoncé que Bénégiu n'aurait plus cours. Elle me l'avait dit sans me fournir plus d'explications, accompagnant sa déclaration d'un geste du revers de la main, comme pour signifier que déplacer un point de deux jambages n'avait pas plus d'importance que le vol d'un moucheron un soir d'été. Cependant, je pressentais qu'il avait fallu une raison supérieure pour que le changement devînt pérenne, et, en répondant à la question de l'authenticité de la petite plaque, je soulevai l'énigme de notre nom de famille.

DEUXIÈME PARTIE

« La liberté coûte très cher et il faut, ou se résigner à vivre sans elle, ou se décider à la payer son prix. »

José Martí, « Discours aux Cubains »,
Steck Hall, New York, 1880

Avant de me rendre chez Louisette, j'avais renseigné son adresse dans l'ordinateur et observé les photos par satellite. Ma tante habitait un pavillon crépi d'un étage qui comportait un garage au rez-de-chaussée, bâti sur une parcelle d'environ deux cents mètres carrés. Un jardinet en fouillis s'étendait à l'arrière, cerclé d'une haie de feuillus marquée aux angles par des arbres plus hauts que ceux des maisons alentour, témoignant d'une antériorité dans le voisinage. Une architecture des années soixante-dix, quatre-vingt. Rien d'extravagant ni de luxueux. Le Châtelet-en-Brie était une commune de quatre mille quatre cents âmes mal desservie par les transports en commun et où le prix du mètre carré n'était pas élevé, quoique, par une facétieuse ironie du destin, on appelât ses habitants les Châtelains. Leur nombre avait quadruplé depuis les années soixante-dix, ce qui témoignait d'un grignotis méthodique des terres agricoles par les promoteurs. Après examen des annonces immobilières de la région, j'avais estimé qu'un tel pavillon valait autour de deux cent cinquante mille euros, mais qu'en était-il lorsqu'ils en avaient fait l'acquisition quarante ans auparavant ? Au cours de la période, le prix de la pierre avait été multiplié par cinq. En convertissant l'euro en franc, j'évaluai son coût d'achat à trois cent vingt-cinq mille francs, ce qui équivalait à environ soixante-dix mille dollars de l'époque. Une somme conséquente au début des années quatre-vingt, mais pas une fortune considérable. Mes parents avaient-ils eu raison de faire de ce pavillon acheté par les Cubains quelques mois après leur dispute la pierre angulaire de leur théorie du magot ? « Qui peut donc se procurer un toit après seulement quelques mois de travail en France ? s'étonnait mon père. Aucune banque ne leur aurait prêté, donc ils ont bien mis des dollars à gauche. »

Quoi qu'il en fût, je me demandais pourquoi Jean et Louisette avaient jeté leur dévolu sur cette région, dont le seul intérêt résidait éventuellement dans le fait qu'elle jouxtait la forêt de Fontainebleau. Après avoir vécu de nombreuses années au milieu d'une végétation tropicale luxuriante, avaient-ils été attirés par ce domaine boisé où quelques reliefs pouvaient leur rappeler la sierra, nonobstant une vingtaine de degrés centigrades en moins ?

Sur le trajet je réfléchissais à ma stratégie d'interview. Je ne m'attendais pas à ce que ma tante reconnaisse qu'ils s'en étaient mis plein les poches avant la nationalisation de la propriété cubaine, ni qu'elle convienne avoir privé de cette manne les autres membres de sa famille. Je misais cependant sur le fait qu'elle manifesterait à mon égard une indulgence de personne âgée, mâtinée d'une modeste déconnexion du réel, et qu'ainsi emportée par l'évocation enthousiaste de ses souvenirs elle aiderait plus ou moins volontairement à la manifestation de la vérité.

Le GPS annonça mon arrivée à destination alors qu'un semis de lotissements pavillonnaires distribués à angle droit entre des rubans d'asphalte surgissait entre les champs céréaliers. Quelques minutes plus tard, je garai la voiture sur le parking qui faisait face à la maison de ma tante et m'emparai du sac contenant la caméra ainsi que du bouquet de fleurs, pour la confection duquel j'avais demandé à la fleuriste de proscrire les chrysanthèmes. J'actionnai la sonnerie de la grille en fer forgé. Le soleil de novembre était bas sur l'horizon et ses rayons s'égaraient dans les feuilles de l'arbre dressé au coin du terrain. Un calme absolu régnait, personne ne marchait dans la rue. Rien ne bougeait aux fenêtres. Un instant, je me demandai si tout ceci n'était pas une construction de façade, un décor de cinéma, et, comme personne ne répondait, je sonnai une deuxième fois. Après plusieurs minutes supplémentaires de silence, je vérifiai sur mon agenda que je ne m'étais pas trompé de date, puis poussai la porte, qui joua en grinçant. J'avançai dans le jardin, jonché de feuilles mortes, encombré d'ustensiles de coupe et de tonte qui, visiblement, n'avaient pas été utilisés depuis un moment. Une porte à petits carreaux en verre cathédrale se découpait sur le côté de la maison. Je tapai sur un des rectangles vitrés et attendis encore un moment, avant de me décider à faire jouer la poignée. C'était ouvert. Je pénétrai dans la maison, me trouvant aussitôt au pied d'un escalier qui menait à l'étage, depuis lequel dégringolaient une cascade d'applaudissements de jeu télévisé.

— Louisette ! appelai-je. Louisette, c'est Laurent !

Devant l'absence de réponse, je m'enhardis à gravir l'escalier, renouvelant mon appel à mi-parcours.

— Louisette ?

Arrivé sur le palier, je distinguai une cuisine au fond du couloir, la porte mi-fermée d'une chambre à droite, et, à gauche, le salon, avec de dos, enfoncée dans un large fauteuil en tissu marron, une forme humaine que j'imaginais être celle de ma tante.

— Louisette ! criai-je encore plus fort pour couvrir le son de la télévision.

Elle réagit enfin, tournant ce visage que je n'avais plus vu depuis si longtemps et qui s'illumina d'un grand sourire.

— Ah, mais Laurent, attends, *niñe*, j'éteins la télé.

Le diminutif de *niño* (enfant en espagnol) me transporta instantanément au temps lointain où j'allais à Cuba.

— Entre, entre ! continua-t-elle. J'entends très mal, tu sais.

Je la rejoignis et me penchai pour l'embrasser, comprenant qu'elle ne quitterait pas facilement son fauteuil. Nous ne nous étions pas revus depuis l'enterrement de mon père, treize ans auparavant. Je me souvenais d'elle, active et sonore, promenant sa silhouette élargie par les ans au milieu de la cérémonie, comme s'il s'agissait du baptême de sa fille. Jean l'accompagnait, évidemment, et je n'avais pas eu à faire beaucoup d'efforts pour les éviter. D'ailleurs, ils n'avaient pas cherché à me parler. À présent, je la retrouvais amaigrie et fragile, sa tonicité envolée, comme engloutie par la laine épaisse de son gilet, le visage raviné pareil aux chemins de l'Oriente, les yeux pâles, les cheveux permanentés d'une teinte cuivrée uniforme – à mon avis, elle était allée chez le coiffeur pour l'occasion –, mais avenante et apparemment heureuse de me revoir.

— Mais tu as terriblement changé, me dit-elle après m'avoir observé quelques instants.

— Toi, pas tellement, inventai-je.

Elle sourit, pas dupe, désignant les embouts fixés à ses narines, reliés à des tuyaux transparents qui suivaient ses branches de lunettes avant de se réunir sous son menton, comme une paire d'écouteurs.

— Sans cela, je serais déjà morte.

Je remarquai le bourdonnement continu, provenant d'un compresseur et d'une bouteille d'oxygène installés à ses pieds.

— Je me déplace de moins en moins, il faut pour cela mettre l'appareil dans le caddie, et je n'en ai plus la force. Mais assieds-toi. (Je lui tendis le bouquet de fleurs, qu'elle regarda distraitement.) Il ne fallait pas... Tiens, va dans la cuisine, tu trouveras un vase, tu le poses avec les autres. Je ne sais plus qu'en faire, Pipo a eu tant de fleurs, ajouta-t-elle, mélancolique, en désignant d'un geste large les compositions florales qui l'entouraient, dont certaines étaient déjà fanées.

Pipo, un autre surnom de mon oncle Jean que j'avais oublié. J'imaginai que cela avait une signification en espagnol ou qu'il s'agissait d'un diminutif. Je me rendis à la cuisine, que je trouvai très lumineuse en comparaison de la pièce dans laquelle ma tante semblait recluse. Le salon était assombri par des volets gardés mi-clos en permanence, surchargé d'objets, la décoration n'avait pas dû varier depuis les années quatre-vingt : un papier peint à motifs floraux, de nombreuses lampes à abat-jour posées sur des guéridons, une vitrine contenant des photos et des souvenirs, des empilements disparates de livres – sur le sol, dans un porte-revues, sur la table –, des coussins, une pile de courrier, plusieurs boîtes de médicaments ouvertes et un pilulier en cours de remplissage. Je chassai de ma tête l'idée qu'elle avait déjà pris place dans son mausolée.

— Et alors, comme ça, tu es venu parce que tu veux écrire un livre sur nous ? lança-t-elle sans aucun préambule alors que je m'asseyais en face d'elle.

Je fus incapable de répliquer. D'une phrase, elle avait ruiné ma stratégie d'approche. Comment pouvais-je être aussi transparent ?

— Pas du tout, me défendis-je maladroitement. Je n'écris pas comme ça... Enfin, je n'ai rien décidé... Je voulais surtout revenir dans cette mémoire, me l'approprier. C'est aussi mon histoire, non ?

Elle me fixa de ses yeux ronds qu'agrandissaient les verres de ses lunettes. J'avais l'impression qu'elle allait me gober.

— Mais oui, tu as raison, sourit-elle. Je me souviens bien quand tu es venu à Cuba. On a vécu de ces choses... C'était en quelle année ?

— 1967, 1968 et 1970.

— Parle plus fort, je suis un peu sourde.

Je répétai les dates et, tant qu'à être démasqué, amorçai la suite du dispositif.

— Ça ne t'embête pas si je filme notre conversation ?

— Non, je t'ai dit l'autre jour au téléphone que j'étais d'accord.

Elle avait raison, la mémoire fonctionnait bien. Puis elle ajouta sur le ton de la confidence :

— Je me suis fait coiffer exprès.

Pendant que je réglais mes appareils, Louisette saisit l'éphéméride posée devant elle sur la table basse.

— Regarde, niñe, Jean notait les dates de tous les morts de la famille.

Puis, après un temps, elle ajouta dans un sanglot :

— Maintenant, il va me falloir écrire la sienne.

Elle tourna quelques pages et me montra, posé d'une écriture un peu tremblante, à la date du 18 octobre : *Mort de Léo, à Bayonne, il y a treize ans.*

— Là, c'est ton père.

Je fus submergé par l'émotion. Malgré leur brouille, Jean notait et reportait tous les ans la date du décès de mon père sur son éphéméride. Pour ne jamais l'oublier.

— Il avait eu un petit AVC, alors il n'avait plus la mémoire aussi bonne, mais les dates de disparition des gens qui avaient compté, il ne voulait pas les perdre. À chaque début d'année, sur le nouveau calendrier, il les reportait en ajoutant un an de plus. Regarde, il ne manque personne... Ici, ton grand-père. (Je vis à la date du 17 septembre : *Mort de Papa à Cuba, il y a quatre-vingt-six ans.*) Et ta grand-mère. (À la date du 28 décembre : *Mort de Maman, à Salies, il y a trente-trois ans.*)

À mesure que les mains percluses d'arthrose tournaient les pages, s'égrenait sous mes yeux la ligne de temps de la fratrie Bénégui, les dates fatales de notre famille, mêlées par les circonvolutions dérisoires du destin à des rendez-vous chez le kinésithérapeute, le coiffeur ou le pédicure : *Le 5 avril, mort de Lydie à Salies-de-Béarn, il y a quarante-trois ans – Le 21 septembre, mort de Pierre à Paris, il y a trente-trois ans – Le 12 mars, mort d'Hélène, à Salies-de-Béarn, il y a deux ans.*

— Et René, le pauvre, en mai, conclut-elle, à Salies aussi, il y a sept ans.

J'opinai, mesurant la douleur accumulée de ces pertes, parents, frères et sœurs, me demandant jusqu'à quel point il était supportable de rester le dernier, de regarder les siens partir les uns après les autres.

Quelques minutes plus tard, j'avais installé la caméra, le micro, et nous pûmes commencer notre entretien, la voix de Louisette me transportant soixante-dix ans auparavant dans le jardin public de Salies-de-Béarn, au son d'un swing de Django Reinhardt.

En ce début de l'été 1948, Jean Bénégui se hâtait au milieu des femmes élégantes qui se pressaient sur les allées de gravier blanc. Son cœur battait à en faire exploser sa poitrine alors qu'il se rapprochait du kiosque à musique où répétait l'harmonie municipale. D'un signe de la main, il attira l'attention du trompettiste.

— Hé, Poulet ! Je pars ! s'écria-t-il.

Poulet salua son ami d'un vigoureux coup de piston, puis, saisissant le sens de cette annonce, cessa de jouer, stupéfait.

— Tu as trouvé un bateau ?

Les accords de « Nuages », l'un des standards de Django, résonnaient sous la coupole blanche, et Jean lut la question sur les lèvres du trompettiste plus qu'il ne l'entendit. Il opina vivement du chef, un sourire radieux accroché à sa fine moustache brune.

Poulet fixait son camarade ami, comprenant que le bal du soir leur fournirait une dernière occasion de refaire le monde. Jean, à vingt-deux ans, passait à l'acte. Poulet, lui, resterait à souffler de l'air dans son cuivre. Leurs chemins, qui s'étaient croisés pendant la guerre à la maîtrise épiscopale de Bayonne, allaient diverger. Les curés auraient souhaité les conduire au séminaire, un débouché comme un autre pour des fils de familles pauvres. Mais Poulet n'était pas assez docile et aimait trop les femmes pour se consacrer à Dieu. Quant à son ami, son destin était tracé, un jour il partirait à Cuba, où l'attendaient les richesses d'une propriété endormie. Enfin, le moment du départ semblait venu.

Jean désigna la vitrine du salon de coiffure de madame Faure et reprit sa marche. Poulet suivit ses épaules des yeux jusqu'à ce qu'elles se perdent entre les silhouettes des curistes qui sortaient de l'établissement thermal, puis il emboucha son instrument et se lança dans une improvisation effrénée, sous les regards stupéfaits de ses camarades d'harmonie.

En franchissant la porte du salon, bondé à quelques heures du début des festivités, Jean repéra sans peine la chevelure blonde et naturellement bouclée de Marie-Louise. Sa silhouette haute et fine dominait les permanentes fraîchement démoulées du casque des clientes, elle éclipsait la beauté convenue de ces bourgeoises. Depuis qu'il l'avait rencontrée, il se sentait complété. Il ne trouvait pas d'autre mot pour qualifier son sentiment. À deux, ils étaient un. Et, dorénavant, peut-être encore davantage.

— Louisette, il faut que je te parle, souffla-t-il en la rejoignant à la caisse.

— Pipo, je n'ai pas le temps, là... On est débordées, lui glissa sa jeune épouse en jetant un œil à la dérobée sur madame Faure, qu'une chevelure rétive retenait au fond de la boutique.

Jean caressa discrètement le ventre rebondi de sa Louisette. Au sixième mois de grossesse, leur fruit était subitement devenu visible. Jusque-là, le corps tonique de la jeune femme de vingt-quatre ans avait semblé hésiter à laisser paraître la nouvelle. Mais, depuis quelque temps, personne ne pouvait échapper à la démonstration éclatante de leur bonheur. Pas un jour ne s'écoulait sans qu'une des clientes la félicite, avec un soupçon de jalousie dans la voix. Et pour cause : les cures thermales de Salies, fondées sur l'existence d'un lac souterrain d'eau salée, avaient la réputation de guérir les femmes souffrant d'infertilité. C'était la raison principale de la présence en ville de ces Bordelaises, Parisiennes, Nancéennes, envoyées sur prescription de leur médecin pour soigner leur impossibilité supposée à donner la vie, tandis que leurs maris, trop affairés, demeuraient au domicile conjugal le temps de la cure. Les esprits caustiques suggéraient que les eaux de Salies n'avaient pas autant d'efficacité que les rencontres galantes et furtives qui se déroulaient en marge du bal, dans les granges des fermes avoisinantes, ou dans les chambres de l'hôtel de France, les hommes du Béarn étant galants par nature et jamais en reste pour rendre service, comme aimait à le rappeler Poulet. Ainsi, quelle qu'en fût la raison, de nombreuses curistes déclaraient une grossesse dans le mois qui suivait leur retour, et la réputation de la ville thermale ne cessait de croître.

— Louisette, notre enfant va naître à Cuba. Je ne pouvais pas attendre pour te le dire...

Marie-Louise, qui allait rendre la monnaie à une cliente, suspendit son geste. Des centaines de fois, ils avaient évoqué ce départ, tentant d'imaginer quelle vie aventureuse ils pourraient mener là-bas.

— Nous avons un bateau ? s'enquit-elle, enthousiaste.

— Le *Portugal*, il a appareillé de Saint-Sébastien pour Bayonne et sera à quai dans la soirée. C'est un navire marchand qui charge de l'acier, nous partirons dès qu'il aura rempli ses cales. Dans trois semaines au plus tard, nous serons à La Havane !

Marie-Louise posa sa main sur celle de son mari. Elle savait que la traversée ne serait pas confortable, mais la perspective de suivre les lignes invisibles qui unissaient l'Atlantique profond aux mers transparentes des Caraïbes ravissait son esprit avide d'indépendance.

— Bon, on ne va pas y passer la journée ! Je peux avoir ma monnaie, s'il vous plaît ? Je suis pressée ! s'impatienta la cliente, dont le ton désagréable, outre qu'il avait mis fin à la rêverie des deux amoureux, se teintait d'un accent alsacien qui ressemblait fort à celui des Allemands.

La guerre n'était terminée que depuis trois ans, et de mauvais souvenirs perduraient dans la petite ville, que la ligne de démarcation avait scindée en deux. Marie-Louise s'exécuta et rendit avec dédain ses trois cents francs à la cliente.

— Pressée d'aller se faire baiser, surtout..., lâcha-t-elle sitôt que la femme eut franchi la porte.

Le soir même, Jean soupa sous les acacias avec sa mère et l'ensemble de ses frères et sœurs. Tous savaient que Madeleine avait conditionné son fils pour cette mission. Hélène et Lydie n'auraient pas été prises au sérieux dans ce pays de machistes, Léopold et René étaient encore trop jeunes pour y aller. Pierre était trop tendre. Seul Jean, l'aîné des frères, mais aussi le plus réfléchi – les curés n'avaient-ils pas voulu en faire un des leurs ? –, recelait aux yeux de sa mère les qualités nécessaires à l'impératif rétablissement de leur fortune. Il était donc prévu de longue date que, une fois son service militaire effectué, le jeune homme se rendrait en Oriente par le premier bateau et retournerait sur la finca de Santo Domingo afin de lui restituer sa prospérité d'antan. En quittant Cuba, quinze ans auparavant, après la mort de Léopold, Madeleine avait confié les rênes du domaine à la maison Soler, des négociants espagnols avec qui son mari avait l'habitude de traiter. À leur tour, ces derniers avaient nommé un gérant à la tête de la plantation, mais, sans amour pour sa terre, sans volonté de reconstruire après le passage des ouragans, rien de bon n'était sorti des récoltes successives. L'incompétence, la paresse, les vols et la rouerie, au lieu de produire des bénéfices, avaient accumulé de la dette. Les courriers qui arrivaient depuis Cuba faisaient état d'un déficit de vingt-trois mille dollars. Madeleine peinait à chaque fin de mois avec son salaire de l'usine, elle ne voyait pas comment une vie d'ouvrière suffirait à rembourser une somme pareille.

— Depuis Guantánamo, monsieur Bégué a avancé l'argent de ton voyage. Cela fera cette somme en plus à lui devoir, déclara-t-elle.

Jean avait hâte de rencontrer ce monsieur Bégué, que tous considéraient comme leur bienfaiteur. Ce Français avait émigré à Cuba bien avant son père. Là-bas, il s'était marié à une mulâtresse qui lui avait donné quatre enfants. Lorsque Léopold avait voulu s'implanter en Oriente, monsieur Bégué avait amplement aidé à son installation. Aujourd'hui, pour éviter le démembrement et la vente de la finca, il avait consenti à racheter la dette auprès de la maison Soler. C'était donc à lui que Madeleine devait les vingt-trois mille dollars.

— La marraine de Louisette a promis de nous donner deux cents dollars, annonça Jean. Ça nous permettra de démarrer.

Madeleine accueillit favorablement la nouvelle. Sa bru, dont elle avait pensé au début qu'elle contrarierait ses plans – Jean avait rencontré cette belle plante et l'avait engrossée dans la foulée des épousailles –, pouvait se révéler un atout. Née au Pays basque, sur le versant sud des Pyrénées, la petite Marie-Louise avait suivi son père, qui travaillait dans le commerce du lait à Buenos Aires. Elle avait vécu les sept premières années de sa vie en Argentine, avant de venir s'installer à Salies et d'y apprendre la coiffure, si bien qu'elle parlait couramment l'espagnol et avait commencé à l'enseigner à Jean.

— Sa marraine, c'est bien, commenta Madeleine. Mais sa mère, elle dit quoi de votre départ ?

Jean réfléchit, avala une grande cuillerée de garbure et finit par choisir de révéler la vérité :

— Elle s'y oppose fermement. Elle a peur que Louisette perde le bébé à cause du voyage. Et sinon, elle dit qu'avec la chaleur et les moustiques, ce sera très difficile de l'élever.

Madeleine haussa les épaules, prenant ses enfants à témoin, tous, à part Hélène, étant nés au beau milieu de la forêt tropicale :

— Et vous, vous n'y avez pas été élevés, peut-être ? Et les Cubains, ils n'en font pas, des bébés ? La mère de Louisette pense peut-être que les femmes n'ont pas de lait là-bas.

Tout le monde sourit. À cinquante ans, Madeleine, dont les longs cheveux gris étaient assemblés en un chignon strict, ne plaisantait que trop rarement. Le visage prématurément marqué par les rides, allant toujours vêtue de sombre, la veuve Bénégui, comme on l'appelait à l'atelier de découpe du cuir, avait peu connu la légèreté. Elle adressa une prière au Seigneur, celui de la paroisse Saint-Martin, le remerciant pour son intercession. Grâce à Lui, et accessoirement au capitaine du *Portugal*, elle pouvait s'essayer de nouveau à l'espoir.

— Rien ni personne ne nous fera changer d'avis, conclut Jean. Louisette est impatiente de partir. Depuis que nous nous connaissons, elle sait que ce jour viendra.

Puis il s'adressa à ses sœurs et à ses frères :

— Nous réussirons. Quand tout sera florissant, vous retournerez là-bas, chez vous, et notre mère n'aura plus jamais besoin de travailler. C'est une promesse que je vous fais.

Le 1er septembre, après vingt-huit jours de traversée, Louisette, en ouvrant l'œil, vit se dessiner la silhouette de l'Hotel Nacional dans la brume de mer.

— Pipo !! On arrive…

Cette nuit-là encore, elle avait dormi sur la chaise longue en osier. Il faisait trop chaud dans leur minuscule cabine, qui jouxtait la salle des machines. La paroi d'acier était brûlante et transmettait les vibrations des moteurs. Dès la première nuit, en s'allongeant et en sentant les trépidations se transmettre à l'intérieur de son propre ventre, elle avait eu peur que cela ne déclenche la naissance prématurée du bébé. Il n'y avait qu'une seule autre cabine à la disposition des passagers, occupée par deux prêtres en mission pour le Venezuela, sur le cours de l'Orénoque, aux confins de la forêt amazonienne. Lorsque Jean avait proposé d'en appeler à leur charité, la jeune femme avait refusé d'échanger avec les hommes d'Église : « Ils vont connaître un sort plus difficile que le nôtre. Moi, je pourrai me reposer quand nous serons arrivés. »

Depuis, elle passait le plus de temps possible sur le pont et dans sa chaise, assaillie en permanence par des nausées dont elle ne savait plus si la cause était sa grossesse ou l'horizon maritime sans cesse en bascule. Souvent, les mains cramponnées au bastingage, elle vomissait, et, lorsque la houle amplifiait le tangage, Jean, incommodé à son tour, la rejoignait et l'imitait. Ensuite, ils mâchaient des citrons et riaient de leur condition, rêvant à leur enfant qui n'en finissait plus d'arrondir le ventre de sa mère et de le transformer en globe terrestre. Jean laissait son doigt naviguer sur l'abdomen tendu de Louisette et relatait le trajet au petit être : « Vois-tu, bébé, nous sommes à peu près ici, le capitaine a dit qu'on avait dépassé les Açores. » Ou : « Bébé, ça y est, nous avons franchi les soixante degrés de longitude ! » Ils ignoraient encore que leur premier-né serait une fille, mais leur inclination à l'appeler Bébé imposait certainement déjà le futur surnom dans leur esprit.

— On dirait un monastère, murmura Jean à l'oreille de Louisette en découvrant à son tour l'édifice érigé en sentinelle de la baie de La Havane.

— Si on peut entrer, peut-être y ferai-je une prière ?

Le culte rendu ordinairement au Nacional était d'un autre ordre. Le palace était la propriété du parrain maffieux Meyer Lansky, qui y avait installé le casino le plus rentable des Caraïbes. Quant aux fidèles qui fréquentaient l'établissement – Frank Sinatra, dont Louisette fredonnait le « Stormy Weather » dans le salon de madame Faure, John Wayne, que Jean avait découvert lors d'une projection de *L'Escadron noir* organisée au patronage quelques semaines avant le début de la guerre, Walt Disney ou encore Ernest Hemingway, qui songeait à écrire son *Vieil Homme et la Mer* en regardant les vagues se fracasser en gerbes folles sur le Malecón, cette longue jetée qui protégeait La Havane des assauts de la mer des Caraïbes –, il y avait peu de chances pour que le couple les croise en débarquant dans la zone portuaire réservée au fret, où les attendait un émissaire de monsieur Bégué.

Celui-ci, un Noir qui ne quittait jamais ni son chapeau de paille ni le mégot mâchouillé de son cigare, les conduisit au modeste hôtel Nueva Isla, situé derrière l'église Saint-François-d'Assise, où ils se reposèrent trois jours avant de partir pour l'Oriente. Leur chambre, à peine plus grande que la cabine du bateau, était envahie de cafards cinq fois plus gros que ceux du Béarn. Les cloisons ne vibraient pas, mais il y faisait aussi chaud que si un moteur de deux cents chevaux avait tourné derrière le mur. Le seul moment de fraîcheur venait en fin d'après-midi, lorsque des pluies subites s'abattaient sur la ville et transformaient les ruelles pavées en torrents. En quelques secondes, les habitants s'égaillaient, poussaient les grilles en fer forgé, se réfugiaient dans les patios et les entrées d'immeuble, tandis que les flots charriaient en direction de la mer des savates abandonnées, des fruits tombés des carrioles et quelques chapeaux de paille.

Le matin du départ pour l'Oriente, Louisette fut prise de violentes contractions, mais rien ne l'aurait détournée de ce qu'elle considérait comme sa mission. Les mille kilomètres de route à parcourir jusqu'en Oriente étaient son Orénoque, les forêts de la Sierra Maestra son Amazonie.

— Il n'y aura pas d'autre bus avant une semaine, leur expliqua l'émissaire de monsieur Bégué. Et la saison des pluies est très forte et très en avance cette année.

— On ne risque pas d'être empêchés sur la route ? s'étonna Jean. Peut-être est-il plus raisonnable de retarder notre départ, ma femme est fatiguée…

— Sur la route principale, il n'y aura pas de problème. Mais après, entre Guantánamo et Santo Domingo, c'est une piste en terre… Pour rejoindre la finca, s'il pleut trop, cela devient presque impossible.

— Il faut partir, on dépense trop d'argent ici, Pipo, lui rappela Louisette.

Ils avaient acheté une machine à écrire Underwood afin de tenir les futurs comptes et les registres du personnel, ce qui, avec les repas et les nuits d'hôtel, avait entamé la somme confiée par la marraine de Louisette.

Jean ne put qu'aller dans son sens. Depuis leur arrivée, il avait entrepris d'explorer La Havane à pied, mais dès qu'il quittait le cœur historique de la ville, dont les ruelles étroites et les façades délabrées, bâties aux siècles précédents par les Espagnols, lui semblaient familières, il se trouvait en proie à un vif sentiment de déclassement. En arpentant les quartiers du centre et du Vedado, il avait découvert que La Havane était une ville moderne, quadrillée par des avenues larges sur lesquelles Cadillac et Pontiac exhibaient leurs carrosseries colorées dans le foisonnement des enseignes au néon, avec la même impudeur que les prostituées qui racolaient devant les bars ou à l'entrée des casinos. Jean comprit vite que cette ville n'était pas faite pour lui. Il n'était qu'un enfant de six ans lorsque la mère les avait fait rentrer en France, mais il se souvenait très bien de la finca, de la forêt si proche de la maison, du four à pain et des hamacs tendus dans les chambres. Au fond de sa mémoire, il conservait comme un trésor précieux l'image de son père en train de faire rôtir un cochon. Quinze ans plus tard, les souvenances s'exhalaient, à la manière des brouillards qui envahissent la ville après la pluie. Il n'avait qu'une hâte : retourner à Santo Domingo et y fonder sa famille. Là étaient ses racines, il le découvrait à présent. Né dans ce pays, il se sentait cubain plus que béarnais.

— *Vamos*, indiqua-t-il à l'émissaire de monsieur Bégué.

Le trajet dura la nuit et presque une journée, sous une chaleur accablante que les averses torrentielles ne parvenaient pas à amoindrir. Lorsqu'il commençait à pleuvoir, on fermait les fenêtres pour éviter que le bus ne soit inondé. Les odeurs des gros morceaux de tabac baveux que fumaient les hommes, mêlées à celles des poissons cuits dans les épices que déballaient les femmes, assaillaient Louisette, qui effectua la majeure partie du voyage en essayant de mettre sa conscience en berne, luttant contre les nausées, profitant de chaque arrêt pour délivrer son estomac. Jean, de son côté, observait avec fascination le paysage de l'île qui défilait autour de lui. Les paysans sur leurs chevaux efflanqués, un régime de bananes en travers de la selle, trottant au milieu de la route et s'écartant à peine pour laisser passer le bus. Les bohíos au toit de palmes remplaçant peu à peu les habitations en dur. À mesure qu'ils avançaient vers l'Oriente, les Blancs en chemisette descendaient, et des Noirs, Cubains ou Haïtiens, prenaient leur place, s'installant avec des sacs de café, un poulet ou une chèvre. Lorsqu'ils arrivèrent à Guantánamo, ils étaient les derniers Blancs à bord, avec le chauffeur du bus.

Dans sa grande bâtisse construite au temps de la présence espagnole, Francesco Bégué les reçut comme s'ils étaient ses propres enfants. Il mit à leur disposition la plus belle chambre de la maison, pourvue d'un balcon que soutenaient les colonnades de la façade. À présent étendue sur le lit, Louisette songeait aux paroles proférées par le médecin qu'avait fait venir leur hôte : « Vous devriez rester allongée. Si vous ne vous reposez pas, vous allez accoucher maintenant, et c'est trop tôt. » Elle regardait, comme hypnotisée, les pales en acajou du ventilateur qui brassait l'air tiède et humide depuis le plafond à caissons, duquel, de temps en temps, tombaient des termites.

Pour la première fois, elle se demanda si elle avait fait le bon choix. La Havane était une capitale somptueuse, bien plus encore que ne l'était Buenos Aires dans son souvenir d'enfant. Une de ces métropoles comme elle en avait vu en couverture des magazines qui traînaient dans le salon de madame Faure, avec ses hôtels de trente étages et ses palais coloniaux dressés face à la mer. Salies-de-Béarn tout entière aurait logé dans un seul de ses districts. Élever un enfant à La Havane et n'avoir qu'un détroit à traverser pour être en Floride, oui. Mais ici, mille kilomètres plus loin, la rudesse de l'existence paysanne se présentait à qui voulait regarder : la raréfaction des véhicules à moteur, l'insalubrité des habitations, les petits allant nus dans la rue, les chiens errants – rien ne lui avait échappé lors des dernières heures de route. Puis elle sentit Bébé bouger dans son ventre. Le petit pelotonné en elle lui adressait un signe positif, et elle se fit la promesse de le garder dans le confort de son corps le plus longtemps possible. Il serait bien temps pour lui de connaître l'âpreté du monde.

À l'étage inférieur, Jean discutait affaires en buvant à petites goulées une tasse de café dont les grains provenaient de la finca. Le breuvage était fort et, comme le voulait la tradition, le fond de la cafetière avait été recouvert de sucre avant que l'eau frissonnante ne soit versée sur la mouture. Monsieur Bégué, courtaud et massif, très âgé, le crâne dégarni perlé de sueur, fixait Jean de ses petits yeux noirs. Son ventre faisait le double de celui de Louisette, et il en avait plaisanté en accueillant les jeunes gens. Un pantalon de toile beige retenu par une paire de bretelles épousait l'hémisphère inférieur de sa panse, tandis qu'une chemisette blanche à manches courtes moulait l'hémisphère supérieur. Il s'était enfoncé entre les deux accoudoirs d'un fauteuil en rotin, et Jean se demanda s'il parviendrait à s'en extraire sans aide. La main droite posée sur le pommeau de sa canne, la gauche étreignant un mouchoir de lin, monsieur Bégué s'exprimait en cherchant longuement ses mots dans un français qu'il ne pratiquait plus depuis longtemps.

— J'ai envoyé un homme à cheval à Santo Domingo dire au contremaître que vous étiez arrivés. Mais je te préviens, il habite avec sa famille chez toi depuis un moment, il ne va pas vous accueillir à bras ouverts.

— Alors, je lui demanderai de partir.

Monsieur Bégué inclina la tête : le jeune homme ne doutait de rien. Le *mayoral* qu'il avait installé sur la finca lorsqu'il avait repris la dette se considérait désormais comme chez lui. Il ne verrait pas d'un bon œil le retour des Français.

— Quoi qu'il arrive, s'il te demande d'écrire que tu n'as plus besoin de lui, tu refuses. Tu ne signes rien. Il se servirait de cette lettre pour me réclamer de l'argent, comme si on les licenciait. Pour les renvoyer, il faudrait qu'ils commettent une faute. Moi, en attendant, j'ai assez payé.

— Merci, monsieur Bégué, et ma mère vous remercie infiniment, mais je vous rembourserai tout, je vous le promets, c'est pour ça que nous sommes venus.

L'homme d'affaires pensa que le fils était exactement comme son père. Léopold aussi, en s'installant, était persuadé que la terre lui rendrait son dû. Ici, la nature n'était pas ingrate, mais il fallait savoir la flatter. À trop présumer de ses forces ou de son talent, on risquait surtout d'y trouver le chemin du caveau. Son associé, Pedro Bélon, et lui en savaient quelque chose.

— Je suis trop âgé pour monter là-haut et te donner un coup de main. Tu devras te débrouiller avec le mayoral et sa famille...

— Combien sont-ils ?

— Ils ont sept enfants, trois filles et quatre fils, qui travaillent dans la plantation. Sa femme, elle, aide les autres femmes dans la région à accoucher, ça vous sera utile.

Jean resta muet, il n'avait jamais imaginé que son premier geste en arrivant consisterait à chasser une famille de neuf personnes.

— Et puis tu devras décider pour les ouvriers haïtiens, reprit le vieil homme.

— Pourquoi ce sont des Haïtiens ?

— Ce sont des travailleurs courageux qui ne comptent pas leur peine. Ils émigrent en bateau depuis Saint-Domingue. Certains viennent juste pour une saison, d'autres restent plusieurs années.

Jean se souvint, lorsqu'il était enfant, des veillées avec les ouvriers noirs sur la plantation et de l'abri que Léopold leur avait construit pour qu'ils étendent leurs hamacs.

— Mais quoi, demanda le jeune homme, ils dorment dans la maison aussi ?

Monsieur Bégué haussa les épaules, manière de signifier qu'il ne s'attardait pas sur les détails. Il considéra longuement Jean, qu'il avait vu pour la dernière fois dix-sept ans auparavant, lors de l'enterrement de son père. Certes, l'enfant avait grandi, mais Francesco Bégué se demandait s'il aurait la carrure pour faire front.

— Et toi ? Que sais-tu faire de tes mains ? lui demanda-t-il.

— J'ai appris la sténodactylo, répondit Jean ingénument.

Son interlocuteur ne put retenir un sourire.

— Autre chose ?

— Je chante. J'étais à la maîtrise de Bayonne.

— Bien. Demain, je te conduirai pour que tu revoies l'endroit où est enterré ton père.

Face à la caméra, et par le seul pouvoir des mots, ma tante venait d'enjamber lestement les décennies qui la séparaient de l'énergique et aventureuse Louisette des années d'après guerre. Elle m'avait raconté leur arrivée à Cuba par phrases courtes, ponctuées du cliquètement des vannes du respirateur. Son regard réanimé d'anciennes étincelles, ses mains osseuses et parcheminées illustrant ses propos de gestes vifs. Elle avait ôté son gilet, découvert ses bras amaigris, et répondait à mes questions sans hésiter. Tantôt elle souriait, les yeux clos, laissant les souvenirs infuser, tantôt elle poursuivait son récit avec vigueur.

— Monsieur Bégué a conduit Jean au cimetière Saint-Raphaël, reprit Louisette. C'est là que ton grand-père est enterré. Dans leur caveau.

— Le caveau de la famille Bégué ?

— Bégué et Bélon, oui, c'étaient des amis et des associés. Tu ne te rappelles pas qu'on y était allés avec tes parents et ta grand-mère ?

— Si, j'ai même un film de mon père où on voit ma grand-mère se recueillir devant un mausolée en forme de chapelle.

— Ton père, il s'était entiché de cette caméra, sourit Louisette. Il faisait des films tout le temps.

— Mais un jour, en regardant le film en détail, je me suis aperçu qu'il n'y avait pas le nom de mon grand-père sur la dalle de marbre.

— Oui. Je te dis, parce que c'était le caveau de ces gens-là. C'était il y a si longtemps, si ça se trouve cette concession n'existe plus. Je ne sais même pas s'il y a encore de la famille Bégué à Guantánamo. Plus personne n'entretient rien à Cuba. Tout a pu changer avec le temps.

— Mais pourquoi Léopold n'a-t-il pas eu une sépulture à lui ?

— Je ne sais pas, répondit-elle prestement.

— Qu'est-ce qui l'empêchait d'avoir sa tombe ? insistai-je.

— Je ne sais pas, Laurent, répéta-t-elle. Il faisait chaud, les corps ne se conservaient pas longtemps. Ils ont dû prendre cette décision parce qu'ils n'avaient pas d'autre solution. C'était dans les années trente, je ne me souviens plus de l'explication qu'on m'a donnée. Cela fait si longtemps...

J'acquiesçai, avec le sentiment, pour la première fois, que Louisette me dissimulait la vérité.

— Quand nous sommes arrivés à Guantánamo et que nous avons habité chez monsieur Bégué, il a été très accueillant, mais c'était déjà un monsieur âgé, il avait presque quatre-vingt-dix ans et il buvait beaucoup. Il a fini par mourir aussi. Je ne me rappelle plus en quelle année. Et il a rejoint ton grand-père sous le marbre.

— Excuse-moi, mais je reviens là-dessus. Mon père, il connaissait cette histoire de caveau ?

— Bien sûr. On le savait tous, tes parents, tes tantes et tes oncles. Les Bégué ont toujours été très bons avec notre famille. À Salies, ta grand-mère parlait d'eux tout le temps. C'est un nom qu'on ne pouvait pas ignorer. On leur devait beaucoup. D'ailleurs, quand Bébé est née, j'ai choisi Féfa, la fille de monsieur Bégué, comme marraine.

— Mais alors, pourquoi personne ne m'en avait jamais parlé avant ?

— Je ne sais pas, ils ont dû estimer que ce n'était pas très important. Ou que tu le savais.

J'interrompis l'entretien pour changer la carte mémoire de la caméra. Je me demandais pourquoi mon père ne m'avait rien dit de la sépulture d'emprunt de son propre père. J'en arrivais à soupçonner que les ossements de Léopold ne s'y trouvent peut-être pas.

— Bon, et tu as écouté les conseils que t'avait donnés le médecin ? repris-je, préférant changer de sujet pour l'instant. Bébé, elle est née où, finalement ? Tu t'es reposée chez les Bégué jusqu'à ce qu'elle naisse ?

Louisette afficha une moue de petite fille prise en faute et répondit dans un murmure :

— Qu'est-ce qu'il savait, ce médecin, du voyage qu'on venait de faire ? On avait traversé l'Atlantique pour aller à la finca. Alors, on voulait y aller sans délai. Je me suis reposée deux jours et on est partis.

— Tu aurais pu perdre ton enfant.

— Écoute. Dans la vie, il arrive ce qui doit arriver. (Elle se tut un instant, traversée par une vive émotion.) De toute façon, Bébé est morte aujourd'hui. Pourquoi a-t-elle eu ce cancer ? Qu'ont fait les médecins français ? Un cancer dans un muscle. C'est parti de la jambe. Et ça montait. Ça touchait les intestins. Tu te rends compte ? On est revenus, après tout ce qu'on a vécu à Cuba, pour qu'elle attrape un cancer ici. Elle a encore vécu vingt ans avec. Ils l'ont opérée cinq fois. Jamais je ne l'ai vue pleurer ni se plaindre. Elle habitait ici, au Châtelet-en-Brie. C'est pour ça qu'on est venus habiter dans cette ville, pour être au plus près d'elle.

Pour la première fois, je vis Louisette se tasser, j'entendis sa voix faiblir. Elle redevint aussi vieille que le siècle, attrapant son âge comme on est infecté par un mauvais virus. Je pensai à mon livre, aux raisons qui m'avaient poussé à reprendre contact. Je pensai à l'impudeur des images que j'étais en train de lui voler. J'aurais pu tout arrêter à cet instant, remballer la caméra, renoncer à écrire, si elle n'avait pas recouvré son énergie aussi subitement qu'elle semblait l'avoir perdue.

— Tu sais, c'était l'aventure, on était jeunes. On ne se rendait pas vraiment compte, confessa-t-elle en souriant. Un voisin de monsieur Bégué nous a emmenés dans son Commando jusqu'à la finca. C'était une sorte de grosse Jeep rachetée aux marines. À l'époque, la base navale américaine n'était pas bouclée. Les Américains allaient et venaient comme ils voulaient. On en voyait tous les jours à Guantánamo. La population commerçait avec eux. Ils n'étaient pas ennemis des Cubains. Au contraire. Tu penses, on sortait de la guerre, et ils avaient sauvé la planète. Tout le monde les aimait. Et maintenant, quand je regarde la télévision, je vois des images de la prison qu'ils ont installée là-bas. Le monde entier connaît Guantánamo à cause de cette mauvaise publicité. Ça me rend triste. En tout cas, crois-moi, on a bien fait de monter à la finca sans attendre, parce qu'à notre arrivée le mayoral était en train de brûler tous les papiers. Les factures, les traces de ses petits trafics. Les voisins nous l'ont dit après : « Il s'est sucré… » Il vendait une partie de notre café sans passer par le négociant. Du coup, il gardait de l'argent pour lui.

— Alors, c'était lui le responsable des dettes ?

— Quand même pas. Ce qu'il nous volait, c'était de la pacotille. Non, la principale raison de la dette, c'était que la propriété ne donnait plus comme avant. Le café demande beaucoup de travail. Il faut entretenir, enlever les mauvaises herbes, tailler. Après, c'est la récolte, et il faut faire sécher les grains...

— Ce n'était pas pour ça que monsieur Bégué les avait embauchés ?

— Si. Les quatre fils du mayoral travaillaient dans les *cafetales*, les plantations de caféiers, mais ils avaient des vices. Ils dépensaient beaucoup pour l'eau-de-vie. Là-bas, c'est un problème, tout le monde boit du rhum. Et ils organisaient des combats de coq. Les voisins, les ouvriers pariaient. Tu aurais vu la maison qu'avait bâtie ton grand-père, elle était complètement délabrée. Après chaque saison des pluies, on doit effectuer des réparations. Mais rien n'avait été fait depuis longtemps. Les poutres étaient pourries, le plancher s'effondrait. Une vraie cochonnerie. Il y avait des trous dans les murs. Les chèvres rentraient dans la salle à manger et ressortaient de l'autre côté. Alors, tu me vois, avec mon gros ventre, à vingt-quatre ans, trouver des planches et les clouer pour fermer ? Eh bien, je l'ai fait. Et eux, ils parlaient en espagnol entre eux, ils croyaient que je ne les comprenais pas. « Ils ont dû apporter beaucoup d'argent de France pour être en train de fermer les murs comme ça », disaient-ils. Ils croyaient qu'on fabriquait un coffre-fort, sourit-elle.

— Vous avez pu vous installer quand même ?

— On a cohabité avec eux. Nous en bas. À l'étage, le mayoral, sa femme et leurs filles. Leurs fils dormaient dans des hamacs dans la petite baraque à côté, qui est devenue une bodega. Et petit à petit Jean a commencé à rebâtir la maison. Il a tout appris en le faisant. Il est devenu charpentier. C'était vraiment très difficile. Pendant un mois, de mi-septembre à mi-octobre, il a plu tous les jours. La chaleur était très lourde. La pluie tombait sur le toit. Sur les feuilles de bananier. Sur les séchoirs en ciment. Ça faisait un boucan permanent. On sortait de la maison, on marchait dans la boue. On mettait le pied, ça s'enfonçait. On ressortait le pied, mais le soulier était resté au fond. Là-bas, tout vient de la terre et tout retourne à la terre aussi vite.

Les derniers propos de Louisette me ramenèrent immanquablement à la petite plaque de Bezannes. Je me disais que Léopold avait peut-être pris l'habitude de graver, qu'il ne s'était peut-être pas contenté de s'exercer sur un losange de métal dans les tranchées de la Marne. En vivant à Cuba, il avait pu laisser d'autres empreintes sur du métal ou sur du bois.

— Lorsque vous êtes arrivés, demandai-je, restait-il des souvenirs de Léopold et de Madeleine dans la maison ? Avez-vous trouvé des objets ? (Louisette hocha négativement la tête.) Ou des photos ? (Je pensais à l'original de la photo de famille.) Des écrits, peut-être ?

— Penses-tu, cela faisait quinze ans que ma belle-mère était rentrée en France. Entre son départ en 1932 et notre arrivée en 1948, tout avait disparu. On a tout recommencé à zéro. (Elle se tut un instant et réfléchit.) Si, il restait une vieille Winchester que Jean avait retrouvée, mais je ne sais même pas si elle avait appartenu à ton grand-père.

— Pendant la guerre de 14-18, il était soldat dans l'infanterie, répondis-je, il a servi comme mitrailleur. Alors, il savait forcément se servir d'une carabine, c'est tout à fait possible.

— Surtout que, lorsque ton grand-père est arrivé à Cuba, c'était le Far West. Dans les années vingt, il y avait des *bandidos* qui faisaient la loi. Il n'y avait aucune police dans ces régions reculées. Les propriétaires avaient tous des armes. C'est pour ça que Pipo emportait toujours cette Winchester avec lui, il la gardait sous la selle de son cheval. Mais je ne sais pas si elle fonctionnait, finalement. Je crois bien que je ne l'ai jamais vu tirer avec... On l'a laissée à Cuba, comme tout le reste, conclut-elle, mélancolique.

Sauf peut-être quelques dizaines de milliers de dollars, parvenus, d'une manière ou d'une autre, dans une banque française, pensai-je en la relançant :

— Et tu veux bien revenir à ta grossesse ?

— À la fin, Bébé n'arrêtait pas de bouger dans mon ventre. Jean commençait à être inquiet. Il me disait de ne pas rester sur la finca. Que je devais retourner à Guantánamo pour accoucher, où il y avait ce médecin. Mais, avec les pluies, le seul moyen, c'était le cheval. Plusieurs heures de route, et je n'étais jamais montée sur un cheval. Tu imagines, dans mon état. La femme du mayoral, elle, voulait me rassurer : « Ne t'en fais pas, on va s'en sortir ici, une femme ça accouche toujours. Tu as déjà eu des enfants ? » « Non, c'est mon premier. » « Tu es un peu vieille pour avoir un enfant… »

— À vingt-quatre ans ?

— Oui, tu te rends compte ? À Cuba, à treize ans, les filles accouchaient déjà… Dix ans plus tard, elles se retrouvaient avec quatre ou cinq enfants, s'ils avaient survécu. Et puis, le 19 octobre, j'ai eu les douleurs. J'avais tellement mal que je marchais dans toute la maison. Jean me répétait de rester tranquille. Mais je ne pouvais pas, il fallait que je marche. Il avait peur que l'enfant tombe par terre. Notre sage-femme de fortune riait : « Il ne risque pas, il faut pousser pour que ça sorte. » Et Bébé est née à 1 h 20 du matin, un mardi. La femme du mayoral s'est occupée de la laver, de la peser et de faire tout le nécessaire. Jean avait fabriqué un petit berceau. Après la naissance, cette femme était gentille avec moi, elle me caressait le bras. On a commencé à mieux s'entendre.

— Tu te souviens de son prénom ?

— Non. Je me souviens juste que c'était la seconde épouse. Elle était bien plus jeune que son mari. Après quelques semaines, ils ont constaté que Bébé vivait, que je m'habituais à la chaleur et que Jean apprenait l'agriculture. Ils ont compris qu'on tiendrait le coup et qu'on était travailleurs. Alors, ils ont fini par s'en aller d'eux-mêmes. Un jour, ils n'étaient plus là. On a appris que, avant leur départ, ils avaient dissuadé les ouvriers qui venaient chercher une place pour la récolte : « Surtout, ne restez pas, ce sont des Français, des Blancs, ils ne veulent pas voir les Noirs. Cherchez ailleurs. Ici, il ne faut pas rester. » Tu te rends compte ? Quand je pense que lui, c'était un descendant de Français, des Alsaciens. Un émigré comme nous. Sauf qu'il ne parlait pas un mot de français. Il était grand, rougeaud. Son visage avait la même couleur que les crêtes de ses coqs de combat. Le pire, c'est que les ouvriers les ont écoutés. Ils sont partis, et le café continuait de mûrir. Du coup, on a failli perdre notre première récolte. Si ça avait été le cas, on aurait pu rentrer en France directement, c'était fichu. Mais Pipo avait sympathisé avec des voisins, d'autres planteurs qui étaient plus loin, vers Birán. Ils nous ont prêté leurs équipes, et on a pu sauver la récolte. Et c'est à partir de là qu'on a vraiment commencé à apprendre le métier du café.

Au mois de mars, les fleurs de café éclosent en une nuit. Un matin, tout fut blanc. Le domaine semblait couvert de neige. Sous les frondaisons épaisses des acajous et des avocatiers, les grappes couleur de nacre faisaient ployer les alignements de caféiers. Elles exhalaient un parfum suave d'orange et de jasmin mélangés que concentraient l'ombre et l'humidité remontée de la terre. Cet hiver ne dura que vingt-quatre heures, et déjà les boutons laissaient place aux fruits, de petites cerises vertes qui allaient mûrir lentement, en abritant deux fèves. À Cuba, le café pousse à l'abri du soleil, il croît et produit des fruits pendant une cinquantaine d'années. Si bien que les arbustes que trouvèrent Jean et Louisette en arrivant sur la finca en 1948 étaient ceux que Léopold avait plantés dans les années vingt. Des milliers de pieds d'arabica dont les alignements réguliers avaient été étouffés par le développement sans frein des lianes, des herbes hautes, des fougères et des bégonias sauvages. Un enchevêtrement végétal qui bruissait de mille chants d'oiseaux, donnait asile à des myriades de papillons, pétales en vol ou chenilles en procession. Partout, les hôtes de la forêt cubaine rampaient, fourmillaient, tissaient, creusaient et engendraient. Après qu'ils eurent sauvé la première récolte, il fallut couper, nettoyer, libérer chaque pied à la machette et le tailler, replanter sur les espaces vacants ou déraciner ceux que la pourriture avait envahis.

Jour après jour, Jean regardait croître la petite Marie-Antoinette, et, lorsqu'il la voyait s'endormir sur le sein de sa femme, alanguie dans un hamac, il se prenait à rêver de leur avenir. Au retour de la saison sèche, Louisette tomba enceinte au moment où les cerises du café, de la couleur et de la taille d'une olive, commençaient à alourdir les branches ligneuses des arbustes. Au printemps suivant, les cerises s'attendrirent, le vert se tavela d'ambre, et en quelques semaines les fruits jaunirent en mûrissant, déployant des nuances de safran, d'or et de cuivre sous les ramées tropicales. La température était encore clémente, et la jeune mère aimait retrouver son mari entre les rangées de caféiers. Son ventre était bien plus tendu pour ce deuxième enfant, et ils espéraient tous deux qu'il s'agirait d'un garçon. Ils étaient arrivés moins d'un an auparavant, mais, de la même façon que Jean s'était senti investi de l'héritage de son père depuis l'enfance, il prévoyait déjà que ce fils, un jour, lui succéderait.

Quand survint à nouveau la saison des pluies, Louisette se consacra à l'aménagement de leur maison, dont le confort restait spartiate. Elle broda une croix basque sur chaque drap en lin, provoquant l'agacement de son époux, qui portait fier son origine béarnaise, mais ils convinrent que, à sept mille kilomètres de leurs sols natals respectifs, tandis que les accents de leurs langues d'origine se dissipaient dans l'espagnol de Cuba, la nuance ne valait pas une dispute. Bébé commença à marcher, et l'on vit dans le soir précoce la petite fille chanceler sur la galerie extérieure, aux lueurs vacillantes des lampes à pétrole qu'engloutissaient des nuées vrombissantes de moustiques, de scarabées volants et de papillons de nuit. Un an après leur arrivée en Oriente, les cerises de café rosirent à nouveau, puis se parèrent d'un rouge profond, atteignant leur degré final de maturation. Ce fut leur deuxième récolte.

Dès lors que le métier du café était exercé correctement, il n'y avait pas un ramassage unique, mais autant qu'il en fallait pour ne cueillir que des cerises dont la couleur ressemblait à celle du rubis. Cette fois, les ouvriers vinrent en nombre. À la nouvelle que le Français paierait cinq dollars par latte ramassée, ils accoururent de plus d'une journée de marche alentour. En tout, plus d'une centaine, qui arpentèrent en ordre les milliers de rangées ombragées, prélevant une à une les cerises mûres, les déposant dans une calebasse, puis les transvasant dans leur latte en osier disposée à l'extrémité de l'alignement. Jean lui-même veillait à la qualité de la moisson, et si quelques fruits jaunes ou verts se trouvaient mêlés au reste, il les écartait pour fabriquer ultérieurement la *cabeza*, le café inférieur, vendu nettement moins cher. Les femmes étaient les plus actives, leurs doigts agiles attrapaient plus de cerises de café et cassaient moins de branches, tandis que les hommes parvenaient à se saisir des grappes les plus hautes, dont certaines culminaient à deux mètres. Le caféier, s'il n'était pas taillé, pouvait dépasser cinq mètres, toutefois sa production se perdait alors, non pour la nature, mais pour l'homme. Certains Haïtiens parvenaient à remplir cinq lattes par jour. Le midi, ils mangeaient sur place, de la morue à la sauce tomate et des patates douces. Le soir, Jean faisait tuer un cochon ou un bovillon qu'ils grillaient sur un brasero improvisé dans un bidon rouillé de la Texaco. Des bâtisses avaient été érigées pour qu'ils puissent étendre leurs hamacs. Les femmes d'un côté, les hommes de l'autre. À mesure que les semaines passaient, les arbustes délestés se redressaient dans les lignes, moment de vérité, salut théâtral, la récolte achevée marquait la fin de leur révérence. Au bout de six semaines, il ne se trouva plus une seule cerise rougie.

Jean avait scrupuleusement consigné les quantités ramassées par chacun et, grâce à l'Underwood, tenait des listes précises et lisibles par tous, même si personne ne savait lire. Les ouvriers signaient en face du nom ou du surnom qu'on leur indiquait, Louisette préparait les payes, et, lorsqu'ils recevaient leur dû, ils descendaient à Guantánamo. Les femmes allaient s'habiller, acheter des foulards, des bijoux et se peignaient les ongles. Les hommes buvaient du rhum, pariaient sur les coqs et se rendaient chez le barbier. Puis tout le monde envahissait les rues autour de la cathédrale et dansait au son des orchestres de salsa.

Là-haut, sur la finca, le travail se poursuivait. Jean avait repéré certains ouvriers qu'il trouvait plus vifs ou plus habiles de leurs mains que d'autres, et leur avait proposé de s'établir sur les terres pour l'aider à l'année. Parmi eux, Caterpillar, un robuste gaillard d'une quarantaine d'années, né à Port-au-Prince et qui venait d'émigrer. Ce fumeur invétéré s'exprimait dans un créole incompréhensible pour les Français, mais s'y entendait comme personne pour réparer un moteur. Les outils sémantiques de leur première conversation furent la tenaille et le tournevis, et le sujet, la panne de la dépulpeuse. L'engin ressemblait à un hachoir à viande de la hauteur d'un homme. On versait les cerises de café fraîchement cueillies dans l'entonnoir supérieur, et la rotation du tambour séparait les deux grains de la pulpe. En fonctionnement normal, la dépulpeuse pouvait traiter plusieurs centaines de kilos de grains par jour, lesquels ressortaient, au niveau de l'embouchure inférieure, enduits d'une sorte de miel qu'on éliminait par décantation dans un bassin dont l'eau devait être changée trois fois par jour.

À cet effet, Jean restaura l'ancien système d'irrigation du bassin de pierre, installé par Léopold vingt ans auparavant : un chemin de sections horizontales de bambous qui acheminait l'eau depuis une source située au sommet de la plus proche des collines. Une fois les fèves de café séparées et rincées, elles étaient mises à sécher sur les *secaneros*, ces grands rectangles de ciment qui faisaient face à la maison, sur lesquels il fallait désormais empêcher Bébé d'aller gambader. Tous les matins, pendant trois semaines, les ouvriers étalaient les fèves sur les séchoirs, exposées en plein soleil. Elles étaient retournées plusieurs fois par jour au moyen de larges pelles en bois, puis ramassées à nouveau le soir, mises en tas et couvertes avec des feuilles de palmier pour les préserver de la pluie et de l'humidité. Jean découvrit lors de ces manœuvres répétées que le ciment ancien et irrégulier, parfois fendillé, des séchoirs écorchait certaines fèves, qui noircissaient et risquaient de propager un goût amer. Il imposa un second tri, une fois le café sec, afin de livrer une marchandise exempte de tout défaut. L'année prochaine, ils casseraient les séchoirs, referaient des coffrages et couleraient un nouveau ciment, lisse comme de la glace.

Le processus s'achevait par le polissage des fèves, à ce stade d'un beige sans éclat. Le passage dans une machine à ruban les débarrassait de leur pellicule parcheminée, et elles ressortaient lisses et luisantes, d'un vert intense. Puis elles étaient emballées dans des sacs de soixante kilos confiés aux bons soins des muletiers, qui les livraient au négociant espagnol.

L'aube qui suivit la naissance de Jean-Claude, Jean préleva dans un des sacs une poignée de grains qu'il torréfia lentement sur une plaque métallique chauffée par un lit de braises finissantes. L'odeur des fèves de café grillées se répandit peu à peu dans la maison, où Louisette avait réussi à s'endormir. Lorsque les fèves eurent refroidi, Jean actionna la manivelle du moulin mural, puis versa lentement de l'eau chaude sur la poudre de café. Sous le filtre en fer-blanc, goutte à goutte, le breuvage emplit la cafetière émaillée, dont le fond était tapissé de cristaux de sucre de canne. Dans le berceau, son fils nouveau-né dormait. Tandis que les premiers rayons du soleil traversaient les feuilles hautes des palmiers royaux, Jean se rendit sur la terrasse et savoura son café, dont la persistance en bouche fit éclore successivement des senteurs de bois, d'herbe et de terre. Son bois, son herbe, sa terre.

Sept décades n'avaient en rien émoussé la puissance des souvenirs de Louisette, qui poursuivait avec fierté l'évocation de leurs premières années cubaines.

— Bébé et Tatico ont grandi sur la finca, aussi à l'aise au milieu du café et des bananiers qu'un gamin du Sud-Ouest dans des champs de maïs.

— Sont-ils allés à l'école ? demandai-je.

— Penses-tu ! Il n'y avait rien à Santo Domingo. Guantánamo était trop loin. Alors, c'est moi qui faisais cours. Ils ne savaient pas ce que c'était l'école ni d'aller chez le coiffeur. Je leur coupais les cheveux aussi, je leur apprenais l'heure, à boutonner les chaussures, à lire et écrire, à compter. Pas seulement aux miens, mais à ceux des plantations aux alentours. Comme ça, on s'est fait beaucoup d'amis.

— Vous n'aviez jamais la nostalgie du pays ? Comment vous faisiez pour avoir des nouvelles ?

— On écrivait. Les lettres mettaient des semaines à arriver à Madeleine. Et elle, quand elle nous écrivait, son courrier arrivait chez les Bégué. On le récupérait en allant chez eux, lorsqu'on descendait à Guantánamo.

— J'imagine que ma grand-mère devait être heureuse de savoir que tout se passait comme prévu...

— Oui, on s'est habitués à Cuba très vite. Jean faisait tout lui-même. Le pauvre, il était si courageux. Il pensait beaucoup à la promesse faite à sa famille avant le départ. Il voulait gagner beaucoup d'argent. Pipo était rigoureux dans son travail et, au bout de trois ou quatre récoltes, il a produit le meilleur café de la région. Tu aurais pu prendre des échantillons dans n'importe quel sac de planteur de la province, le meilleur résultat était toujours celui du Français. Là-bas, personne ne nous connaissait sous notre nom, ils disaient « le Français » pour parler de ton oncle, *« los Franceses »* pour parler de la famille. Notre café supplantait tous les autres, même la cabeza. Ce sont les moins bons grains, ou les grains à moitié verts. On les fait sécher à part. On appelle ça la tête. Je ne sais pas pourquoi. Tout le monde voulait le café du Français. Et nous étions très bien payés pour cela.

— Donc, vous avez bien réussi à gagner de l'argent ? glissai-je, en vérifiant que la caméra tournait bien.

— Oui, mais il fallait le rendre à Jean-Baptiste.

— Je ne comprends pas, pourquoi Jean-Baptiste ?

— Parce qu'on lui devait vingt-trois mille dollars... C'était l'argent qu'avait avancé monsieur Bégué, la dette de ta grand-mère. Quand nous sommes arrivés, Jean-Baptiste a soldé cette dette pour nous, il avait confiance en Pipo, alors il a remboursé monsieur Bégué pour qu'on puisse travailler sans inquiétude. Jean-Baptiste, c'était le frère aîné de ton grand-père, l'oncle de Jean. Il était à Cuba depuis un moment, il avait réussi.

C'était la deuxième fois que Jean-Baptiste apparaissait dans cette histoire, et pas modestement, car je calculai que vingt-trois mille dollars de l'époque auraient valu aujourd'hui dix fois cette somme, soit près de deux cent mille euros.

— La dette existait toujours, reprit Louisette, mais elle avait changé de détenteur. Jean-Baptiste a accepté de ne pas nous faire payer d'intérêts, parce qu'avec monsieur Bégué il y avait des intérêts qui couraient. Mais il fallait le rembourser, évidemment.

— Ce que vous avez fait ?

— Dès qu'on a pu.

— Ça a pris longtemps ?

— Quelques années.

Je remarquai que, chaque fois qu'on tournait autour de l'argent, les réponses de Louisette raccourcissaient.

— Donc, une fois que vous avez remboursé la dette, vous avez vraiment dû commencer à gagner de l'argent, persévérai-je.

— Oui, mais on investissait. On gagnait sur la forêt, on semait un peu plus de café. On construisait des maisons pour les ouvriers, tout ce que Pipo croyait nécessaire.

— Mais jamais vous n'avez envoyé d'argent à Madeleine ?

— Je ne m'occupais pas de ces choses-là, Laurent. C'était Pipo. Malheureusement, il n'est plus là.

J'hésitai à poser des questions plus insistantes, mais je sentais la relation fragile, et je décidai de prendre le temps d'établir la confiance.

— Bon, pendant toutes ces années, vous n'êtes jamais revenus en France ?

— Si, une fois. On est venus pour la communion de Christian. En bateau, par le Portugal et l'Espagne. Puis, de Madrid, on a pris un train jusqu'à Hendaye. Tonton Louis était venu nous chercher.

— Vous êtes restés combien de temps ?

— Au moins un mois. On était heureux de revoir toute la famille et de leur présenter nos enfants. Je me souviens, au repas de communion, Christian, il était en aube, et il réclamait partout de la mayonnaise. Ça, il aimait la mayonnaise, ce petit. Bébé et Tatico, ils avaient neuf ans et huit ans, ils ramassaient tous les mégots de la fête et ils les gardaient dans des sacs. Après, il a fallu les rapporter à Cuba pour les donner aux Haïtiens, qui les mettaient dans leurs pipes.

— C'était quand, ça ?

— Je pense que c'était en 1957. Juste avant que les choses commencent à changer à Cuba. Fidel et le Che avaient débarqué en Oriente depuis quelques mois, avec leur bateau, le *Granma*. On en parlait à la campagne, tu penses bien, ils étaient dans la Sierra Maestra, pas loin de chez nous. C'était le début de la révolution, et on ne s'en rendait même pas compte.

L'après-midi s'achevait dans le déclin du soleil, je filmais depuis plus de trois heures, et l'ombre qui nappait progressivement le salon s'étendait à présent sur la voix de mon interlocutrice, sur son regard. Louisette était fatiguée, et, sentant que notre premier entretien allait s'achever, je revins à l'origine de tout.

— Et mon grand-père ? demandai-je. Léopold. Tu sais pourquoi il est parti à Cuba ? Pourquoi il a choisi Cuba ?

— À cause de Jean-Baptiste. C'est lui qui a fait venir Léopold à Cuba, sinon ton grand-père serait resté à Salies ou à L'Hôpital-d'Orion. Jean-Baptiste était parti là-bas le premier. Il avait très bien réussi, avec beaucoup de terres et du bétail. Il avait baptisé sa propriété El Infierno : l'enfer...

— C'était loin de chez vous ?

— Plus à l'est, à vingt kilomètres de Guantánamo, après Felicidad de Yateras. Ça ne semble pas une grande distance, mais les déplacements étaient difficiles. On y est allés ensemble quand vous êtes venus à Cuba : chez Robert et Marinette. C'était d'ailleurs la première fois qu'on y allait, on ne les voyait jamais, en fait, ces cousins. Tu ne te souviens pas qu'on y était allés ?

— Pas vraiment, non.

— On avait vu Robert, Marinette et leur fille Annie.

— Robert, c'était le fils de Jean-Baptiste ?

— Oui, Jean-Baptiste a eu deux fils, Robert et René. Ils sont tous les deux morts maintenant. Mais Marinette vit toujours. Elle doit avoir mon âge, elle a passé les quatre-vingt-dix ans, elle aussi. Elle habite Pau avec Annie.

— Et tu corresponds avec elle ?

— Pas trop, non.

Pour la première fois, je réalisai que deux branches distinctes de la famille s'étaient établies à Cuba, à quelques kilomètres l'une de l'autre, et, étrangement, n'avaient jamais vraiment communiqué.

— Ils sont revenus de Cuba comme vous, en 1977 ?

— Non, plus tôt. Ils ont compris que ça allait mal tourner avant nous. Je ne me souviens plus de la date.

— Il y avait donc deux propriétés Bénégui à Cuba.

— Même trois, car l'autre frère, René, a fini par en avoir une aussi. El Ermitaño, l'ermite, cela s'appelait. En tout, cela représentait des centaines et des centaines d'hectares.

Je restai coi. Santo Domingo, El Infierno, El Ermitaño. Je comprenais pourquoi, sur la carte qu'on m'avait montrée, enfant, l'étendue des propriétés familiales, amalgamées dans mon souvenir comme étant celles de mon grand-père, paraissait si conséquente.

— La propriété de Jean-Baptiste était de loin la plus grande. C'était un sacré travailleur... Il avait gagné beaucoup d'argent, c'est pour ça qu'à notre arrivée il a racheté notre dette.

— Que vous lui avez remboursée au fil des années.

— Oui.

— Et lui, Jean-Baptiste, tu sais quand il est parti à Cuba ?

— Non, non. Je ne sais pas. Il avait son caractère, il était insoumis. Tu sais, cette famille était vraiment pauvre, c'étaient des cultivateurs dans le Béarn, alors ils partaient chercher fortune ailleurs...

— En tout cas, s'il avait eu le temps de réussir aussi bien, c'était forcément pas mal de temps avant Léopold.

— Jean-Baptiste était bien plus âgé que Léopold. Une vingtaine d'années au moins. Parce que les Bénégui, c'étaient deux lits. Ils étaient dix-huit frères et sœurs. Le veuf, donc ton arrière-grand-père, a d'abord eu six enfants, puis il s'est remarié avec une femme qui était borgne et ils en ont eu ensemble douze. L'oncle Jean-Baptiste venait du premier lit, et ton grand-père du second, ce qui explique la différence d'âge. L'aîné a vécu très vieux, jusqu'à quatre-vingt-quatre ans, je crois. Mais pour plus de détails sur lui, il faudrait que tu demandes à Marinette, notre cousine de Pau.

— D'accord, d'accord, mais pourquoi il a fait venir mon grand-père là-bas ? Il avait besoin d'aide ?

— Pour se marier, oui. Ce Jean-Baptiste, il voulait avoir une descendance. Il avait des maîtresses là-bas, des Cubaines. Des Blanches, des Noires. Mais, pour faire des enfants, il voulait une femme de chez nous. Alors, il est rentré au pays pour la trouver, et il a demandé à Léopold de venir à Cuba pour s'occuper d'El Infierno en son absence. Juste après la guerre de 14-18, où il avait été gazé, Léopold était rentré à Salies et avait commencé à fréquenter Madeleine, ta grand-mère. Elle était même enceinte de la petite Hélène, mais je crois que c'était un accident et qu'il n'avait pas vraiment l'intention de se marier. Alors, il est parti à la demande de son frère pour El Infierno, et je sais que ta grand-mère a fait le voyage dans un second temps pour le rejoindre avec Hélène, qui ne devait pas encore marcher à ce moment-là. Je connais la difficulté de ce voyage, le bateau jusqu'à La Havane, le car jusqu'à Guantánamo, le cheval jusqu'à Santo Domingo, dans la montagne. Cela devait être pire pour eux, parce que c'était dans les années vingt, trente ans avant nous... Le chemin devait être encore plus difficile. C'est comme cela que ta grand-mère a attrapé ton grand-père, en le rejoignant à Cuba. Sinon, il ne l'aurait jamais épousée. Ils se sont mariés à Yateras, c'est la ville la plus proche d'El Infierno. Tu sais, Laurent, il faut que tu saches que ton grand-père n'était peut-être pas tel que tu te l'es imaginé.

— Vas-y, je t'écoute.

— Quand Jean-Baptiste a eu trouvé sa femme en France, une Aurélie Capdepon, de Sauveterre-de-Béarn, il s'est marié au pays, puis ils sont revenus à El Infierno. Mais une fois de retour sur sa propriété, il a été extrêmement déçu. Il a trouvé que Léopold n'avait pas fait les choses comme il fallait en son absence. Ton grand-père avait dépensé beaucoup d'argent, il avait engagé une cuisinière, une femme de service, il avait mené la grande vie, quoi. Et il n'avait pas fait grand-chose pour la plantation. Les deux frères se sont fâchés, et Jean-Baptiste lui a demandé de partir. Mais ton grand-père n'avait aucune envie de rentrer dans le Béarn, alors il a acheté des terrains à quelques dizaines de kilomètres, dans la montagne, qu'un commerçant de Bayate vendait avec facilité, à crédit. Ce n'était pas cher, parce qu'on ne pouvait rien faire pousser là-bas, à Santo Domingo. La canne à sucre, c'est seulement dans les plaines, alors Léopold a abattu des arbres et commencé à planter des rangs de café. Il a laissé les acajous, qui avaient de la valeur, mais aussi parce qu'ils étaient grands et très feuillus. Le café de Cuba a besoin d'ombre. Ce n'est pas comme au Brésil, où il pousse en plein soleil. Léopold a trouvé des ouvriers pour nettoyer tout à la machette. C'était la brousse. Chacun faisait sa ligne. Et, petit à petit, ça a pris. Il a passé les premiers accords avec la maison Soler, qui venait lui acheter le café et le transportait à La Havane, d'où il partait dans le monde entier. En 1922 ou 1923, ils ont commencé à vivre là, ta grand-mère et lui, exactement à l'endroit où nous sommes arrivés en 1948. Il a bâti la maison où Lydie, leur deuxième fille, est née. Mais ils voulaient un garçon, alors ils ont continué. Après, il y a eu Jean, mon Jean à moi, et puis ton père, et Pierre... Elle était enceinte de René quand ton grand-père est mort.

— À trente-quatre ans. Des séquelles de la guerre, on m'a dit.

— Il n'y avait pas que ça. Il avait le ventre gonflé. Léopold buvait beaucoup de rhum, il était très bon vivant. Les gens à Cuba boivent tous énormément d'alcool. Je ne sais pas pourquoi, sans doute le climat. Chez les hommes, rares sont ceux qui ne boivent pas. C'est comme ça. Léopold comme les autres.

Mes souvenirs de médecine remontèrent, je reconnus une ascite, une des complications le plus fréquemment rencontrées dans les cirrhoses du foie. Mon grand-père avait-il commencé à boire dans les tranchées ? Le commandement militaire incitait les poilus à ingurgiter plusieurs litres de vin par jour pour tenir le coup. Puis il avait découvert le rhum cubain, obtenu par distillation, après fermentation, du jus de canne. Aussi simple à faire que de la gnôle pour un bouilleur de cru du Béarn. Si l'hypothèse était juste, l'alcool lui avait été plus préjudiciable que les gaz de combat.

— Pardonne-moi de te dire ça, niñe, mais ton grand-père Léopold, il était fantasque. À Bayate, il avait des copains, des hommes, mais il y avait des filles aussi. Une, surtout, une Alicia, avec qui il allait voler des poules, à ce qu'il paraît. Je pense que ta grand-mère a beaucoup souffert. Et peut-être que sa mort a été une sorte de soulagement pour elle.

Je restai silencieux à la fin de ce premier entretien, au cours duquel venait de se dessiner l'image d'un grand-père fêtard, dépensier, alcoolique et volage, qui se serait bien passé de se marier et que son propre frère avait mis à la porte d'El Infierno. Léopold avait-il interprété qu'être chassé de l'enfer était un fâcheux présage, ou en avait-il tiré, au contraire, l'augure d'un nouvel Éden ?

Je m'éloignai du Châtelet-en-Brie, ce jour-là, dans une disposition d'esprit très différente de celle qui était la mienne le matin même. Coincé durant deux heures dans les embouteillages de la région parisienne, je ressassai notre conversation. J'étais allé voir Louisette avec l'espoir un peu naïf qu'elle me confesserait les détournements d'argent effectués au détriment de ma grand-mère, et j'avais entendu le récit plutôt enthousiasmant et empathique de l'aventure cubaine vécue par ces jeunes gens lors de leur arrivée. J'étais allé à ce rendez-vous avec en tête l'image d'un grand-père héroïque et fondateur, et j'en revenais avec celle d'un personnage secondaire, cabossé par la vie, son frère aîné Jean-Baptiste endossant à sa place le rôle du personnage principal. Tout en me demandant si Louisette, que j'avais quittée éreintée par notre longue conversation, m'avait dit la vérité ou m'avait habilement manipulé, je me félicitais qu'elle ait accepté que nous nous revoyions la semaine suivante.

De retour à la maison, je transférai les images tournées par la caméra dans le disque dur de mon ordinateur, puis visionnai certains fichiers numérisés des films Super 8 à la recherche d'une trace de cette visite que nous avions effectuée à El Infierno, dont je n'avais plus le moindre souvenir. Je finis par découvrir une petite minute de film à la fin d'une bobine, insérée entre deux séquences de combat de coqs où l'on voyait les volatiles, le bec limé en une pointe acérée, les ergots montés d'éperons en métal, s'affronter à mort sous les encouragements hystériques d'un cercle de paysans, chapeau de paille sur la tête, cigare en bouche et pesos à la main. Il était probable que, à cause de la violence de ces images, j'avais oblitéré la présence de celles, plus paisibles et bucoliques, de la rencontre avec nos grands-cousins de la branche « Jean-Baptiste ».

Robert, un brun moustachu en chemisette blanche repassée, fumait un cigarillo devant sa maison. Il était de la même génération que Jean et que mon père. Sa femme, Marinette, était une jolie brunette de l'âge de Louisette et de ma mère. Leur fille Annie était une très charmante et souriante jeune femme de seize ou dix-sept ans. En examinant ces images, où les deux familles étaient réunies, me gagna le sentiment indéfinissable que Robert, Marinette et Annie étaient plus urbains que Louisette, Jean, Bébé et Tatico. Leurs vêtements étaient de meilleure facture, leurs gestes mêmes plus gracieux. Je me demandai si, à des dizaines d'années de distance, ils reproduisaient une forme de distinction de classe entre un Jean-Baptiste véritable patriarche, à qui la fortune avait souri, et son demi-frère cadet Léopold, dont le sort avait été moins enviable. La demeure d'El Infierno était maçonnée et paraissait plus grande que la maison en bois de la finca Bénégui de Santo Domingo. Des parterres de fleurs basses jaunes et blanches et des flamboyants à l'efflorescence écarlate servaient d'écrin à la mise en scène organisée par mon père. Chacun à son tour sortait de la maison, puis passait devant la caméra en évitant soigneusement de regarder l'objectif. Ensuite, tous faisaient mine de converser devant les séchoirs à café. L'herbe était rase, le terrain entretenu. Ici, la nature avait été domptée, elle n'envahissait pas le cadre. Je me demandai pourquoi René, le frère aîné de Robert, n'apparaissait pas sur les images. Si j'avais bien compris, sa propriété, El Ermitaño, n'était pas loin. Pourquoi ne s'était-il pas joint à cette exceptionnelle réunion de famille ? À moins qu'il ne fût mort jeune ? Ou qu'il n'eût déjà quitté l'île au moment du tournage de ces images ? Je me promis d'appeler ma petite-cousine Annie pour l'entretenir de mon projet et – qui sait ? – lui demander si elle accepterait que je vienne l'interviewer à Pau, maintenant que son grand-père, Jean-Baptiste, avait surgi dans l'histoire de mon grand-père, Léopold.

En 1958, Jean et Louisette fêtèrent leur dixième récolte de café depuis leur arrivée à Santo Domingo. Leur dette appartenait au passé, et ils avaient acquis un nouveau groupe électrogène qui fournissait de l'électricité pratiquement en continu. Une fois par an, fin juin, la famille se rendait au siège de l'Alliance française, à Santiago de Cuba, pour faire valider le niveau scolaire atteint par Marie-Antoinette et Jean-Claude. Les deux enfants effectuaient une dictée et quelques calculs élémentaires, puis obtenaient un diplôme de la République française. Comme le trajet prenait une journée entière, ils en profitaient pour séjourner jusqu'au temps fort du carnaval. Santiago, la capitale de l'Oriente, était la deuxième ville de l'île après La Havane par la taille et la population, mais assurément la première pour les festivités qui s'y déroulaient en continu pendant un mois. La journée, Louisette et les enfants suivaient les processions dédiées à Santiago Apostolo, tandis que Jean se rendait au port pour fixer le nouveau prix du café avec les négociants. Le soir, ils se retrouvaient tous quatre sur le balcon de leur hôtel et assistaient au défilé des *comparsas*, les troupes de quartier en masques et costumes dansant au rythme de la conga et offrant le spectacle bigarré de chorégraphies qu'ils avaient mis l'année entière à élaborer. Les sons des tambours, des crécelles et des cuivres accompagnaient la famille toute la nuit, jusqu'à ce qu'un nouveau jour commence. Mais cette année-là, pour la première fois, ils durent renoncer au voyage.

— C'est trop dangereux, décréta Jean. Il y a des combats tous les jours sur la route qui relie Guantánamo à Santiago. Entre les embuscades des guérilleros et les bombardements de l'armée régulière, ce serait de la folie.

— Tu crois qu'ils vont gagner ? demanda Louisette.

Jean ne répondit pas, il haussa les épaules. Peu lui importait qu'un camp ou l'autre remporte la victoire, du moment que le conflit s'abrégeait. L'année précédente, le mouvement révolutionnaire lui avait coûté plusieurs convois. Le café avait été confisqué par les rebelles que commandait Raúl Castro dans la région, et les mules affectées au transport des armes et des provisions – quand elles n'avaient pas été dévorées. Les combattants révolutionnaires souffraient de la faim dans la montagne, se contentant la plupart du temps d'une soupe de taro ou de manioc bouilli, dont ils venaient voler les tubercules en lisière de la finca. Un mois plus tôt, Bébé avait vu une colonne de fantômes en treillis vert olive, rapiécés et boueux, surgir de la forêt touffue. Effrayée, l'enfant avait couru se réfugier entre les bras de son père, qui s'était retrouvé face à une douzaine d'hommes mal armés – un fusil pour celui qui semblait commander et des pistolets pour les autres. Leur barbe épaisse ne pouvait cacher la maigreur de leur visage. « Au nom de la révolution, nous venons réquisitionner des vivres. » Jean avait opiné silencieusement, les laissant s'emparer de trois poules et d'un cochon de lait qu'ils avaient abattu d'un coup de pistolet. Puis ils étaient repartis, traînant leurs pieds, les uns munis de bottes usées et trouées, les autres de sabots, mais tous allant les chairs infectées, les ongles enflammés par la vermine. Jean connaissait de vue certains de ces soldats, jeunes, presque tous analphabètes, les enfants de paysans du coin convaincus par le discours simple des frères Castro, qui affirmait que rien n'était immuable.

Deux ans plus tôt, à la suite du fiasco du *Granma*, Jean n'aurait pas donné cher de la peau des barbudos. En décembre 1956, Castro, exilé au Mexique par le gouvernement de Batista, avait acheté ce yacht de plaisance, le *Granma*, pour revenir mener la révolution dans son île natale en compagnie de quatre-vingts femmes et hommes armés. Ce débarquement avait lamentablement échoué. Entre la tempête, qui avait gravement mis à mal la petite troupe, l'échouage du navire sur un banc de sable et le mitraillage en règle par les forces régulières, presque tous avaient péri. La vingtaine de combattants survivants s'était réfugiée sur le Pico Turquino, qui culminait à près de deux mille mètres, en pleine sierra. L'endroit était difficilement accessible, et une poignée d'hommes déterminés suffisait à bloquer l'accès aux ravins. Mais, depuis quelques mois, la donne avait changé. Des centaines de femmes et d'hommes avaient fini par rejoindre les troupes rebelles, des avions avaient réussi à leur livrer des armes, ils s'étaient organisés, ouvrant d'autres fronts stratégiques en Oriente, assiégeant et prenant avec succès plusieurs casernes de la région. Les noms des commandants Camilo Cienfuegos, Ernesto Guevara, Huber Matos, Raúl Castro et Fidel Castro étaient murmurés avec une passion respectueuse dans les campagnes pauvres environnantes. Le récit de leurs exploits militaires s'étendait progressivement dans chaque province de l'île et, au-delà, commençait à résonner dans toute l'Amérique latine.

À l'été 1958, les rebelles multiplièrent les attaques organisées. Ils contrôlaient pratiquement toutes les routes d'Oriente. On ne pouvait plus battre la campagne sans tomber sur une tombe fraîchement creusée, ni emprunter une route sans croiser les débris calcinés d'un char loyaliste tombé dans une embuscade. Santiago de Cuba et les casernes à l'entour n'étaient plus approvisionnées que par un pont aérien depuis La Havane ou ravitaillées par mer. À quelques dizaines de kilomètres à peine de la finca Bénégui, Raúl Castro avait fait du petit village de Mayarí son quartier général, si bien que les visites des pelotons ravitailleurs auprès des fermiers et des planteurs de la région augmentaient sans cesse. Jean avait fini par sympathiser avec le chef de l'un d'entre eux, le capitaine Alvarez Garcia, qui avait été négociant en bétail avant d'embrasser la lutte, un des seuls qui pouvaient comprendre ses problèmes.

— Avec votre grève générale, on va faire comment, pour la récolte ? se plaignait Jean. Les rares ouvriers qui veulent bien travailler ont toute la journée l'oreille collée à Radio Rebelde… À chaque garnison qui tombe, à chaque ville qui rejoint la lutte, ils font la fête pendant une heure… Qu'est-ce qu'il croit, Fidel Castro, que le soleil se met en berne à chacune de ses victoires ? Et que le café cesse de mûrir ?

— Ça ne durera pas, bientôt Santiago tombera. Le Che et Camilo remontent déjà vers le centre de l'île. La Havane est à notre portée. Tout redeviendra normal sous peu.

— Normal ? Ici, on parle de nous prendre nos terres pour les rendre aux paysans. Et il paraît que Raúl met en place une administration à laquelle celle des Russes n'aurait rien à envier.

— Ne t'inquiète pas, Fidel n'est pas un communiste. D'ailleurs, il n'en veut à aucun poste clé dans son armée.

— Ah oui ? Et le Che ?

— C'est différent, il n'est pas cubain, il est argentin. Cet homme est un exalté. Tu n'imagines pas qu'il aura des fonctions dans le futur gouvernement ? Quand nous nous serons débarrassés du dictateur Batista, nous instaurerons une vraie démocratie, nous restaurerons le droit à la dignité pour le peuple, puis nous nous retirerons. Fidel a affirmé que ni lui ni aucun des autres chefs militaires de la révolution ne participera au futur gouvernement. Nous déposerons les armes et nous pourrons regagner la vie civile avec le sentiment du devoir accompli. Si Dieu le veut, l'an prochain ta récolte sera la première récolte libre de Cuba. Et je me remettrai à vendre des bœufs.

Dubitatif, Jean salua Alvarez Garcia, qui s'éloignait en emportant plusieurs mules chargées de sacs de provisions. Un peu plus loin, Tatico s'amusait à jouer à la révolution avec les deux fils d'un des ouvriers noirs de la plantation. Les deux garçons l'avaient fait prisonnier et conduit contre un arbre. Ils le mirent en joue avec des bâtons : « Fuego ! », et Tatico s'effondra lorsqu'ils imitèrent le bruit des détonations. Tout sourire, il se releva aussitôt, voulant intégrer à son tour le peloton d'exécution, mais les deux enfants lui refusèrent ce droit au motif qu'il était blanc et fils de propriétaire.

Alvarez Garcia n'eut jamais l'occasion de revenir à la vie civile : il mourut quelques mois plus tard, en décembre 1958, sa Jeep ayant sauté sur une mine lors de l'attaque de la ville de Santa Clara, dernier îlot de résistance des troupes de Batista sur le chemin de La Havane. L'ancien négociant en bétail n'assista pas à la victoire des siens, il ignora que la révolution avait officiellement triomphé le 1er janvier 1959 au matin, après que le dictateur Fulgencio Batista se fut enfui dans la nuit à Saint-Domingue en compagnie de sa famille, de ses proches et de trente-sept millions de dollars. La première semaine de l'année 1959 apporta son lot de nouvelles toutes plus surprenantes et enthousiasmantes les unes que les autres. Fidel Castro entra triomphalement dans Santiago de Cuba et déclara la ville capitale provisoire de l'île. À la suite, il nomma président de la nation l'avocat Manuel Urrutia, lequel composa un gouvernement révolutionnaire le 5 janvier, aussitôt reconnu par les États-Unis, ce qui eut pour effet de rassurer Jean Bénégui, ainsi que tous ceux qui doutaient de la parole de Fidel Castro.

Lorsque Jean apprit la nouvelle de la mort d'Alvarez Garcia, il fut saisi par le regret à l'idée que cet homme engagé n'avait pas eu l'occasion de participer aux incroyables scènes de liesse populaire qui suivirent la victoire de la révolution. Notamment à l'hallucinante et fiévreuse remontée de Fidel Castro et de son état-major jusqu'à La Havane, qu'ils atteignirent le 8 janvier, acclamés sur des centaines de kilomètres par des millions de Cubains. Plus tard, après avoir observé la tournure prise par les événements, Jean se félicita que le sort ait choisi d'éviter à un honnête homme de voir les idéaux pour lesquels il avait combattu être bafoués par ceux-là mêmes qui les avaient défendus. Contrairement à sa promesse de n'attribuer aucun poste gouvernemental aux héros de la lutte armée, Fidel Castro commença par se saisir du poste de Premier ministre et nomma son frère Raúl ministre des Forces armées révolutionnaires. Puis il attribua au Che le titre de procureur général. Sous la houlette du radical guérillero, les tribunaux révolutionnaires ordonnèrent des milliers d'arrestations arbitraires, puis, à l'issue de procès qui duraient généralement moins d'une journée, prononcèrent des peines capitales exécutées sans délai. De très nombreux biens privés, demeures ou entreprises, furent saisis au motif que leurs propriétaires avaient été proches de l'ancien régime. Ensuite commencèrent les purges et les disparitions de personnalités dont la popularité ou le sens critique embarrassaient Fidel Castro. Camilo Cienfuegos, héros mythique de la révolution bénéficiant d'une immense cote d'amour auprès du peuple, un des rares *commandantes* qui n'étaient pas issus de la bourgeoisie, perdit la vie dans un attentat orchestré par les services secrets aux ordres de Raúl Castro. Huber Matos, autre compagnon de lutte des premières heures, fut arrêté pour avoir réclamé avec force le retour à la démocratie. Son procès fut intégralement diffusé à la radio, et le monde entier put écouter, dubitatif, le prêche de Fidel Castro, désormais surnommé « el Jefe » (le Chef), qui s'était convoqué lui-même à la barre en tant que procureur et témoin à charge à la fois : « Notre révolution n'est pas une révolution communiste ! En Russie, là oui, ils ont dû faire une révolution communiste. Nous, nous faisons notre révolution, et notre révolution est une révolution humaniste, profonde et radicale ! »

Raison pour laquelle Huber Matos fut condamné à vingt années de prison, qu'il exécuta intégralement, soumis sans discontinuer à la torture et aux privations.

De fait, le Líder Maximo, comme l'avaient baptisé les médias occidentaux, avait entamé son virage socialiste et promulgua en mai 1959 la première loi de réforme agraire, censée favoriser l'émergence d'un nouvel ordre social en rendant la terre à ceux qui la travaillent. Comme il se méfiait des réactions négatives de ses anciens compagnons de lutte, il désarma les combattants de la sierra pour armer les paysans, car la révolution devait être prête à se défendre contre ses ennemis extérieurs, au premier rang desquels figuraient les Américains. Ces derniers n'avaient pas digéré la confiscation de leurs hôtels, de leurs banques, de leurs propriétés immobilières, des infrastructures de leurs sociétés pétrolières et de l'ensemble de leurs très rentables compagnies d'exploitation des ressources naturelles de l'île.

Bien que protégé des remous politiques par l'isolement géographique, Jean recevait des nouvelles inquiétantes par les représentants de la maison Soler, qui avaient des bureaux dans toutes les villes importantes de l'île.

— Il faut partir, monsieur Bénégui, lui recommanda l'homme avec qui il négociait le renouvellement de son contrat. Il n'y a pas d'avenir ici, cela va devenir pire qu'en Russie, c'est la frange dure qui l'emporte. Raúl et le Che ont lavé le cerveau de Fidel.

— C'est quand le café est rouge qu'on le récolte, ironisa Jean. Peut-être y aura-t-il quelque chose à tirer de cela ?

— Ils ont restreint la liberté de la presse, l'information est sous tutelle de l'État. Ils nationalisent les entreprises américaines. Ils vont déclencher une guerre, croyez-moi.

— Ils ne m'ont encore rien pris, répondit Jean, qui ne se voyait pas rentrer en France en rendant cette terre à l'abandon pour la deuxième fois.

— Ils ont saisi les plus grandes propriétés, mais la vôtre est sur la liste, ce sera pour la prochaine fois, insista l'employé de Soler.

— Je crois à la raison. Et la raison veut que cette révolution, s'ils la poursuivent dans ce sens, ne dure pas. On ne les laissera pas faire, prophétisa Jean.

— Qui est ce « on » ?

— Eh bien, les Cubains eux-mêmes, pour commencer. Tous ceux qui se sont réfugiés aux États-Unis. Nous avons des amis qui avaient une cannaie vers Camagüey. Ils sont partis à Miami, il paraît qu'ils sont des milliers à les imiter. Des riches, des intellectuels, une véritable hémorragie.

— Castro a pris des mesures pour restreindre la liberté de circulation vers l'étranger. L'hémorragie, comme vous dites, est finie. Et il emprisonnera les idées de la même manière qu'il le fait avec les hommes. En ville, ils ont mis en place des comités de défense de la révolution qui encouragent la délation. Un par immeuble, qui remonte l'information au niveau du pâté de maisons, puis du quartier. Bientôt, ici même, vous aurez un membre de la police politique derrière chaque bananier. Vos enfants sont jeunes, partez tant qu'il est temps. Faites-le pour eux.

Jean se tut. Il avait aussi entendu que les catholiques et les homosexuels commençaient à être persécutés et envoyés au travail forcé dans les champs de canne à sucre, mais il avait du mal à croire toutes ces rumeurs.

À la suite de la nationalisation des entreprises et des avoirs américains sur l'île, la CIA s'entendit avec la maffia, qui voulait récupérer ses casinos ainsi que son monopole sur la prostitution. L'agence centrale et la pègre financèrent en vain plusieurs plans visant à assassiner Fidel Castro et Che Guevara. En avril 1961 fut menée une tentative de renversement du gouvernement révolutionnaire. Comme l'avait prédit Jean, elle fut le fait d'exilés cubains, presque tous installés en Floride. Près de mille quatre cents d'entre eux, armés et entraînés en secret par la CIA, débarquèrent dans la baie des Cochons, sur la Playa Girón, mais ils furent mis en pièces par les soldats et miliciens castristes. Les organisateurs de cette invasion avortée rendirent John Fitzgerald Kennedy responsable de son échec, l'accusant d'avoir privé leurs troupes du support aérien nécessaire. À la suite de vives critiques internationales, le président démocrate refusa toute idée d'une autre intervention militaire à Cuba. Il préféra la logique de l'embargo économique, alors que la véritable nature du pouvoir d'el Jefe ne laissait plus de place au doute : la révolution cubaine était « socialiste », et son gouvernement embrassait l'idéologie « marxiste-léniniste ».

Dès lors, le rapprochement avec l'URSS devint fusionnel. En octobre 1962, Jean et Louisette, suspendus aux informations de la radio d'État, découvrirent, comme le monde entier, que les Russes installaient des missiles nucléaires dans le nord de l'île, avec des ogives pointées sur la Floride. Le président Kennedy menaça de bombarder ces rampes de lancement si les missiles n'étaient pas immédiatement démantelés. Quatre sous-marins russes armés de torpilles nucléaires furent dépêchés au large des côtes américaines, prêts pour des représailles. Les Anglais, les Canadiens et les Français mirent leurs armées en état d'alerte. La troisième guerre mondiale était imminente. Louisette ne quittait plus ses enfants, elle serrait Bébé et Tatico entre ses bras, leur offrant un pauvre rempart de chair, obsédée par les images que diffusait la propagande nationale – des photos de victimes irradiées à Hiroshima et à Nagasaki – pour montrer de quoi les Yankees étaient capables.

Et puis subitement, sans consulter Castro, après une douzaine de jours de crise, Nikita Khrouchtchev, premier secrétaire du Parti communiste de l'Union soviétique, fit machine arrière. Kennedy avait gagné son bras de fer. Les missiles russes furent retirés, en dépit des manifestations de citoyens cubains prêts au sacrifice pour l'anti-impérialisme. Quelques mois plus tard, l'influence de l'ours soviétique se fit sentir pour l'ensemble des Bénégui installés en Oriente. Ils ne purent continuer à ignorer la nouvelle logique des fermes d'État, inspirées des sovkhozes. À l'occasion de la deuxième réforme agraire, votée en 1963 et étendant la nationalisation aux propriétés de moindre superficie, la finca de Santo Domingo fut envahie par une cohorte d'hommes en armes et saisie. Quinze ans après leur arrivée à Cuba, Jean et Louisette se trouvèrent brutalement dépossédés de la terre que Léopold avait achetée dans les années vingt, et sur laquelle il avait perdu la vie.

Tatico allait atteindre l'âge de la conscription militaire, ce qui faisait perdre le sommeil à Louisette. Le droit du sol s'exerçant, le jeune homme était considéré comme étant de nationalité cubaine et, en tant que tel, destiné à être appelé sous les drapeaux. À quelques mois près, il aurait pu partir faire la guerre contre des Français, puisque, l'année précédente, l'armée cubaine avait envoyé des troupes en Algérie pour soutenir le FLN dans sa lutte contre la puissance coloniale. De toutes les manières, si ce n'était pas l'Algérie, ce serait plus tard, en d'autres pays d'Afrique que Fidel sentait mûrs pour l'aventure révolutionnaire.

La même année, en novembre, John Fitzgerald Kennedy fut abattu à Dallas, vraisemblablement par ceux-là mêmes qui lui reprochaient de ne pas avoir tout fait pour renverser Castro, et qui auraient également préféré qu'il bombarde les installations soviétiques au lieu de négocier le retrait des missiles.

Je retournai au Châtelet-en-Brie dix jours plus tard pour mon deuxième rendez-vous avec Louisette. Après l'avoir embrassée, j'observai que ma tante avait adopté une robe colorée, dans des tons chauds. Sa coiffure était tout aussi impeccable, et il me sembla que, cette fois, elle avait mis un peu de rouge sur ses lèvres.

— Tu sais, me dit-elle une fois que j'eus installé la caméra, le monde entier a pleuré Kennedy, mais pas nous. S'il avait voulu, il aurait pu faire réussir le débarquement de la baie des Cochons. À tout moment, il aurait pu engager son armée, et c'était fini d'un coup. On n'en parlait plus, de Castro. Ils l'ont bien fait au Panama avec... comment il s'appelait déjà ?

— Noriega ?

— Oui, Noriega, un beau fumier aussi.

— Mais ce n'était plus Kennedy qui était en charge.

— C'est exactement ce que je te dis. C'était lui l'obstacle. Après, c'était trop tard. Mais au début, oui, ils auraient pu le chasser. Tu sais, Castro, il parlait tout le temps de l'invasion américaine à la télé. Il disait que, pour le renverser, il faudrait tuer quatre millions de Cubains. On aurait dit qu'il ne souhaitait que ça. Nous n'avions plus rien à manger, mais tout le monde possédait un fusil.

Elle se tut un moment, le regard perdu dans le vide. Je n'entendais plus que le son de son respirateur.

— En une fois, ils nous ont tout pris, continua-t-elle d'une voix grave. Le matin de la nationalisation, ils sont arrivés avec des Jeep et des armes. Il y avait même des miliciens qu'on connaissait. Avant, ils nous souriaient, mais là ils n'étaient quand même pas très fiers. Pipo a signé un papier, et c'était fini. Plus rien n'était à nous. On avait même du café ramassé, déjà séché et emballé. Ils l'ont saisi aussi, sans le payer. Ils ont mis les sacs dans leur Jeep. Tout est passé à l'État du jour au lendemain. Même les cochons et les poules. C'est honteux.

— Vous ne vous en doutiez pas ?

— On ne voulait pas y croire, et puis Pipo n'était pas prêt à partir. Les gens de la maison Soler insistaient, ils promettaient qu'ils nous trouveraient du travail ailleurs. Ils avaient parlé du Brésil, mais on s'était habitués à Cuba, comme si on était de là-bas.

— Quelles ont été les premières conséquences ?

— La merde. Excuse-moi de le dire comme ça. Leur réforme était censée donner la terre aux paysans. Mais les paysans, ils mangeaient comment ? Avec quoi ? Avec les salaires qu'on leur versait jusque-là. Mais sans salaire ? Parce que l'État avait aussi confisqué tout l'argent qu'on avait prévu pour la récolte. Donc on n'a même pas pu les payer. Alors, ils sont partis. Et le café a été perdu. Une année de travail qui a pourri sur les branches.

— Et l'argent, c'était quoi, des dollars ?

— Non, c'étaient des pesos. Avant la révolution, un peso valait un dollar. Après, ça ne valait plus rien. Ils ont changé les anciens pesos pour des nouveaux, avec la tête de Fidel dessus. Du jour au lendemain, ça n'avait plus aucune valeur. Tu penses bien que tous ceux qui avaient des dollars, ils les ont cachés. Ils se disaient qu'un jour ça reviendrait comme avant.

— Alors, vous aussi vous avez caché des dollars ?

— Non, nous, ils nous ont tout pris.

— Vous n'aviez rien mis de côté ?

— Non.

Comme chaque fois qu'on parlait d'argent, je me demandai si ma tante me mentait. Comment était-il possible qu'ils aient été imprévoyants à ce point ?

— Le jour où ils sont venus nous dire que tout passait à l'État, reprit-elle, a commencé le pire cyclone qu'on ait connu. Cela a duré deux jours. Le toit s'est décloué, et il y a eu plusieurs personnes décapitées par les zincs qui s'envolaient avec le vent. Il tombait tellement d'eau que les rivières ont emporté les bohíos construits trop près des rives. Il y avait ce garçon venu depuis Guantánamo. Son cheval a été poussé par les bourrasques contre les fils de fer barbelés. Et le jeune a été projeté, il a fallu le soigner, parce que tout son corps était en sang. Les réserves de grains ont été inondées, il n'y avait plus rien à manger, alors les militaires ont tué le plus gros cochon qu'on avait. Ils ont organisé une distribution pour les gens du coin, et Tatico a dû faire la queue comme tout le monde pour récupérer un peu de viande. Voilà, en moins d'une semaine on n'avait plus rien.

— Et Fidel Castro, il n'a rien proposé pour indemniser les terrains ?

— Le gouvernement a donné cent cinquante pesos à ceux qui habitaient là, comme un salaire, pour continuer de vivre quand même. Les machines, les installations, les moteurs que Pipo avait achetés, tout était confisqué. Et en plus il fallait qu'on se rendre à des réunions du Parti communiste où on se faisait insulter en tant qu'anciens patrons. On passait pour pire que des bandits. Elles avaient lieu à dix kilomètres, et on y allait à pied. Deux heures de route en marchant bien. On transpirait tellement que, quand on revenait, si on voulait uriner, on n'y arrivait pas. À ces réunions, on ne nous donnait pas d'eau, juste du *chicharo* à manger, une soupe de pois cassés avec de la coriandre. Ce n'est pas mauvais, la coriandre, mais au bout d'un moment ça lasse. Sauf qu'il n'y avait plus que ça à manger. Comme il n'y avait pas suffisamment d'assiettes, ils nous servaient dans des boîtes de conserve qui avaient été lavées. Le café, on le buvait après dans des petites boîtes de lait concentré. Les uns après les autres, dans les mêmes boîtes.

— Les réunions duraient longtemps ?

— Plusieurs heures. De nombreux commissaires politiques venaient s'exprimer. Finalement, ce n'était rien de très instructif.

— De la mise à niveau idéologique ?

— Quelle mise à niveau ? Ils étaient tous plus idiots les uns que les autres. Mais des idiots communistes. Si tu n'appartenais pas au Parti, tu ne pouvais pas être chef. Et nous, il fallait qu'on reste là à écouter leur baratin. Ils nous disaient : « En Russie, les fermes collectives par-ci, la production par-là... Et encore, ici, on est gentils, en Russie ils tuent les patrons... » Là, personne ne se faisait tuer, c'est vrai. Parce qu'on était à la campagne. En ville, il y a eu des purges terribles. Les seuls morts que j'ai connus, c'étaient des gens comme nous qui se sont suicidés parce qu'on leur avait enlevé leur propriété, le travail de toute une vie. Mais nous, on n'a pas été maltraités. Pas comme les intellectuels. Ils les faisaient travailler dans les champs de canne à sucre, dans les plaines. Fidel voulait toujours qu'on batte le record du monde de production de sucre, mais on ne produisait jamais assez. Un coup, le plan prévoyait six millions de tonnes, on arrivait à quatre. Un coup, c'était dix millions, et on en faisait huit. Ce n'était jamais ce qu'il avait prévu, alors il prenait la parole, des discours qui duraient des heures, pour expliquer au peuple qu'il était incompétent.

— Et là, vous ne vous êtes pas dit qu'il fallait partir ?

— Pipo était persuadé qu'on nous rendrait nos terres. À Cuba, ça avait changé tant de fois de gouvernement depuis notre arrivée ! En quinze ans, on avait connu le président Carlos Prío, puis il y avait eu un coup d'État de Batista, puis la révolution de Castro. Alors, on s'est dit que c'était l'affaire de deux ou trois ans. Même l'argent, on a espéré longtemps qu'on nous le rendrait, mais à la place ça a été la misère noire, on ne pouvait plus vivre. On a eu la *libreta*, le carnet de rationnement. Dessus, on avait droit à quelques œufs, du riz, du sucre, des haricots. C'était tellement peu que, quand quelqu'un mourait, les familles ne le déclaraient pas pour pouvoir continuer à toucher sa part... On n'avait plus droit à rien, alors, quand on avait faim, on volait nos propres bananes en cachette, sur la plantation. Tous ceux qui le pouvaient sont partis. Ils sont allés en face, en Floride. À Miami. C'est pour ça qu'aujourd'hui c'est plein de Cubains exilés. Tu vas à la Poste, tout le monde parle espagnol, dans les magasins, pareil. Même dans les banques, tout est en espagnol.

— Tu connais Miami ? demandai-je, en relevant qu'elle avait même l'air d'y connaître une banque.

— Oui, on est allés là-bas une fois ou deux après être rentrés en France, répondit-elle de manière évasive. On a visité des amis qu'on avait connus à Cuba et qui s'y étaient installés. Tu sais, ce sont ces gens-là qui ont fait l'élection de George Bush en 2000, ils ont voté pour lui en espérant qu'il serait dur avec Castro. Et, aujourd'hui, si Trump a à nouveau durci l'embargo sur Cuba, c'est pour gagner la Floride et être réélu, tu verras. De toute façon, depuis Castro, toutes les élections américaines sont liées à Cuba. Même celle de Kennedy, qui a bénéficié des financements de la maffia pour qu'il renverse Castro. On a bien vu où ça l'a mené...

— Mais comment les gens fuyaient-ils en Floride ? Je croyais que le gouvernement avait interdit aux Cubains de sortir de l'île.

— Ceux qui avaient caché des dollars trouvaient toujours un moyen. Mais ils savaient que, s'ils partaient, ils ne reverraient pas leurs proches. Les parents envoyaient leurs enfants, les frères, leurs sœurs, et c'étaient des familles séparées à jamais. Les pauvres, eux, se débrouillaient sur des radeaux, les *balseros*, ou parfois même tentaient la traversée sur une chambre à air de camion. Beaucoup sont morts. Le détroit de Floride, c'est cent cinquante kilomètres à peine, mais il y a des tempêtes, des requins, et les bateaux des gardes-côtes cubains ou même les avions de l'armée qui les mitraillaient. Pipo, lui, est resté à attendre que ça change. Alors, on a fini par travailler pour eux. On nous payait.

— Vous étiez devenus des employés du gouvernement ?

— Oui, tous les quatre. Sur nos propres terres. On avait quatre salaires qui rentraient. Mais on ne pouvait rien se procurer avec.

— Je me souviens que Jean m'avait montré des tiroirs où il gardait des monceaux de billets...

— Oui, c'étaient les pesos de la révolution, qui ne servaient à rien, parce qu'il n'y avait plus rien à acheter. Les magasins étaient vides. Même pas de savon, de dentifrice, de déodorant. C'est pour ça que, quand vous veniez, on passait les premiers jours à La Havane, dans ces palaces. On allait dans ces grands hôtels, on ne pouvait rien faire d'autre de nos pesos. Tu te souviens de ces hôtels de luxe à La Havane ?

— Oui, on est allés une fois au Hilton... L'autre fois au Riviera, j'ai les films.

— Il y avait de belles piscines. Tu en profitais. Tu te lançais la tête première dans l'eau. Qu'est-ce qu'on rigolait !

Passé quelques mois après la nationalisation, la vie reprit son cours sur la finca. Jean et Louisette continuèrent d'habiter dans la maison qu'avait bâtie Léopold, mais qui ne leur appartenait plus. Ils élevèrent à nouveau des poules et un cochon. En tant qu'étrangers, ils se sentaient un peu plus respectés que d'autres propriétaires, dont certains avaient été envoyés, ainsi que leurs familles, participer à la *zafra*, la campagne de récolte de la canne à sucre. Les mains couvertes d'ampoules de sang à force de manier la machette, les pieds qui transpiraient tellement dans leurs bottes qu'ils devaient verser de l'eau à l'intérieur pour empêcher les odeurs de se libérer. Les terres avaient été confisquées au profit de l'État, mais aucun personnel n'avait été formé pour s'occuper d'agriculture. Au lieu d'équiper les paysans avec des bêches et des râteaux, on leur avait donné des fusils, et la plupart d'entre eux avaient été réquisitionnés pour participer aux entraînements de la milice en prévision d'un hypothétique débarquement américain dont personne ne savait plus, au fond, s'il fallait le redouter ou l'espérer, tant l'envie d'en découdre était généralisée.

Sans prétendre à nouveau diriger la plantation, Jean proposa quelques méthodes d'organisation, et les militaires comprirent qu'ils avaient intérêt à ne pas se priver de son expertise. Ainsi, peu à peu, conseil après conseil, l'activité redémarra et le couple gagna la confiance des communistes. Louisette fut chargée de rédiger les payes des ouvriers de leur ancien domaine, mais aussi de ceux de toute la région, car, dans un souci productiviste, l'ensemble des fincas avaient été réunies sous une même administration. Elle avait remisé l'Underwood, dont le ruban ne contenait plus une goutte d'encre depuis belle lurette, et noircissait à la main des pages et des pages de comptabilité, sous le contrôle d'un commissaire politique qui passait son temps à fumer le cigare, à s'éventer avec un exemplaire de *Granma*, le quotidien du Parti communiste baptisé d'après l'illustre yacht révolutionnaire, et à lorgner son derrière. En atteignant les quarante ans, Louisette n'avait rien perdu de sa sensualité. La blancheur de sa peau attirait immanquablement le regard des militaires qui envahissaient les campagnes, lesquels ne manquaient pas de le lui faire savoir à coups d'invites indiscrètes ou de baisers envoyés sans pudeur du plat de la main. Cependant, la brutalité de la confiscation de leurs biens avait cimenté au-delà de l'imaginable le couple qu'elle formait avec Jean. C'était comme si, de tout, il n'était plus resté qu'eux. Ils retrouvèrent une proximité et une intimité qui les ramenèrent aux premiers jours de leur arrivée à Cuba, lorsque tout était à reconstruire.

— La seule chose que les Popov ne s'approprieront jamais, ce sont mes fesses, jurait-elle en se blottissant contre son mari, le soir, dans le lit conjugal qu'ils avaient réussi à sauver de la réquisition.

De son côté, Jean avait hérité d'une mission de confiance : se rendre à la banque de Mayarí, à quarante kilomètres de là, pour aller chercher l'argent des payes. Chaque fin de semaine, il partait à cheval, au lever du soleil, trottant plusieurs heures sous les frondaisons épaisses, dirigeant d'une main ferme sa monture sur les chemins rocailleux lavés par la pluie. Le retour, la nuit, était doublement périlleux, puisqu'il devait refaire le trajet en s'éclairant avec une bouteille de pétrole et que les sacoches de sa selle étaient bourrées de milliers de pesos.

C'est ainsi que, un jour d'octobre, il croisa une Jeep militaire embourbée dans une profonde ornière. À son bord, accompagné par une jeune femme en treillis qui lui faisait office de chauffeur, Raúl Castro.

— Bonjour, commandant, permettez-moi de vous aider, proposa Jean, qui avait reconnu le visage juvénile et rond du ministre des Armées.

Raúl, méfiant, indiqua à la jeune femme de le fouiller, puis, une fois assuré que le civil ne présentait aucun danger, accepta la main tendue.

— D'où te vient un tel accent ? demanda-t-il, tandis que Jean utilisait son cheval pour tracter de gros rondins de bois et les glissait sous le pneu.

— De France, ma famille est originaire du Sud-Ouest. Mon père est venu à Cuba en 1920.

— Notre père, lui, venait de Galice, répondit Raúl. Et il avait des terres à Birán. Tu savais cela ?

— Non, commandant.

— Lui aussi est heureux de les avoir transmises au peuple, glissa Raúl, qui se doutait que ce Français n'était pas du bon côté de sa réforme agraire.

— Bien entendu, commandant.

Le militaire sourit et lui tapa sur l'épaule. Les deux hommes avaient à peu près la même corpulence, mais Raúl semblait plus jeune.

— Et tu es né ici ? demanda le commandant.

— À Tiguabos.

— Tu es donc cubain, pas français, affirma-t-il.

Jean acquiesça. Il ne se voyait pas entrer dans le détail de l'histoire familiale avec le numéro deux de la révolution.

— Dis-moi, *compay*[1], ajouta le ministre, quand es-tu né ?

— En 1926.

— Alors, tu as le même âge que mon frère. Trente-neuf ans.

Jean releva les yeux, il ne s'était jamais demandé auparavant quel était l'âge de Fidel, mais Raúl avec ses questions, avait éveillé sa curiosité.

— De quel mois est le *commandante* ? demanda-t-il, sans réfléchir.

— Fidel est d'août.

— Moi, de janvier, répondit Jean.

— Tu es donc son aîné, conclut le chef des armées.

— Peut-être alors devrait-il m'écouter ? osa le Français.

Raúl se tut. D'ordinaire, il n'aimait pas l'insolence et était prompt à loger une balle dans le crâne de qui se moquait de lui, mais ce Français l'intriguait.

— Il n'écoute jamais personne, finit-il par répondre. C'est ce qui fait sa force. Où habites-tu ?

— Au bout de cette route, à Santo Domingo.

1. Désigne un partenaire, un compagnon, dans l'idiome de l'Oriente.

— Je repasserai te voir et on continuera notre conversation, promit-il, tandis que la femme au volant montrait des signes d'impatience. J'aime revenir dans cette province, car c'est d'ici que tout est parti, et c'est ici que sont mes racines. Il n'y a pas de paysage plus beau au monde que ces montagnes et cette forêt.

Il fit signe à la conductrice de démarrer, et, centimètre par centimètre, le pneu cranté agrippa l'écorce du bois, hissant le véhicule hors de l'ornière.

— En attendant, tu m'as rendu un fier service, déclara Raúl en remontant à bord. Je me rends à La Havane, où nous devons tenir le premier congrès du Parti, et sans ton aide je ne serais pas arrivé à temps. Je parlerai de toi au colonel responsable de la région. Si je peux te rendre service à mon tour...

— Merci, commandant, répondit Jean, qui jubilait.

Si les militaires ne t'avaient pas à la bonne, ils te fusillaient. S'ils t'avaient à la bonne, tu recevais des pommes de terre, un quartier de viande, voire une bière.

Le soir, en rentrant de Mayarí, Jean raconta l'extraordinaire rencontre à Louisette, qui le sermonna pour avoir osé provoquer un homme dont la réputation d'exécuteur sanguinaire n'était plus à faire. Mais, au fond d'elle-même, et depuis le début de leur aventure cubaine, elle était fière de chaque décision prise par son homme.

— Tu ne veux pas me faire un troisième enfant ? lui murmura-t-elle.

Il n'eut pas à réfléchir longuement. Sur ce point, son opinion était arrêtée depuis un moment.

— Je t'aime, Louisette, mais contrairement à ce que j'ai cru pour Marie-Antoinette, puis pour Jean-Claude, ce n'est plus un cadeau à faire à un enfant que de le mettre au monde sur cette île. Nous devrions davantage nous consacrer à protéger ceux que nous avons déjà, en commençant par nous arranger pour que Tatico ne parte pas dans une de leurs guerres.

À l'été 1967, deux ans après cette rencontre entre mon oncle et Raúl Castro, nous effectuâmes notre première visite à Cuba, et j'eus l'occasion de découvrir la luxuriance des paysages de l'Oriente qui s'érigeaient comme un cirque autour de la finca. Sur les images Super 8, on me voit surgir de la forêt, juché sur le cheval offert par mon oncle. Il ne s'agissait pas d'un poney, mais d'un vrai cheval que Jean m'avait confié. Je tirais sur le mors, faisais tourner l'animal, le cravachais et le dirigeais à ma guise. À huit ans, je montais pour la première fois, et je ne sais quel particularisme génétique s'exprima alors, mais j'avais l'air aussi à l'aise qu'un cavalier émérite. Battant les flancs de ma monture des talons, je la dirigeais vers la maison, devant laquelle stationnait un véhicule militaire couleur kaki.

C'était une imposante Jeep, capotée par une bâche en toile. Elle semblait neuve, ce qui me laissa penser qu'il s'agissait d'un véhicule de l'armée russe, et non d'une de ces vieilles carcasses fatiguées héritées des Américains. Trois jeunes soldats vêtus d'uniformes impeccablement repassés l'entouraient. Ils étaient glabres et arboraient de gros pistolets à la ceinture. À cette époque, plus aucun militaire ne portait la barbe ni les cheveux longs. Le dernier d'entre eux, le Che, était en Bolivie, où il allait mourir en tentant d'activer de nouveaux foyers de guérilla rurale. Une décennie enflammée s'achevait. Dans le nouvel appareil politique en place, seul le leader suprême de la révolution avait conservé son attribut pileux, manière de rappeler qu'il était le lien entre le passé et l'avenir, le trait tiré entre l'idéalisme révolutionnaire des barbudos et le matérialisme nécessaire à la transformation de la société cubaine.

Les trois soldats accompagnaient un quatrième homme, en civil, plus âgé, qui donna une petite claque sur le fessier de ma monture. C'était certainement un personnage important, que les jeunes militaires respectaient et traitaient avec déférence. Était-il un commissaire politique ? Quoi qu'il en fût, le spectacle du petit Français qui virevoltait à cheval autour d'eux avait l'air de le réjouir. Mon oncle Jean blaguait avec les soldats, il était volubile et exécutait avec les mains de grands moulinets qui provoquaient l'hilarité de son auditoire. Louisette les rejoignit bientôt, enjouée elle aussi. Tout le monde avait l'air de se connaître et de très bien s'entendre. Je me fis la réflexion qu'à aucun moment en regardant ces images on ne pouvait se douter que Jean et Louisette n'étaient plus les propriétaires des lieux. En peu de temps, leur situation s'était apparemment améliorée, probable conséquence des visites occasionnelles de Raúl Castro.

Puis ma mère et Bébé apparurent à l'écran. L'homme en civil indiqua à la troupe qu'il était temps d'y aller. Il grimpa à l'arrière du véhicule à côté d'un des militaires. Les deux autres s'installèrent à l'avant, la caméra se rapprocha et filma en gros plan le plus gradé, assis à la place du passager. Il était très beau. Un visage à la fois délicat et viril d'acteur de cinéma. Le nez fin, des lèvres ourlées, il portait une étoile sur le col. Bébé lui parlait. L'homme lui souriait et se laissait complaisamment filmer. Ce qui me surprit d'autant plus. Là-bas, filmer des militaires, c'était espionner. Mais personne n'intervenait, on laissait mon père faire ce qu'il voulait.

Plus surprenant encore. À cette époque, mon cousin avait dix-huit ans, et il avait refusé d'effectuer son service militaire – c'était même la raison pour laquelle nous étions là. Or le comportement des militaires que l'on voyait à l'image était extrêmement amical. Ils se conduisaient comme des proches ou des voisins en visite. Je repensai à l'hypothèse avancée par Jean-Luc Marty quant à d'éventuelles protections dont aurait bénéficié ma famille, et je réalisai que j'en avais la preuve sous les yeux. Il était évident que ces images traduisaient pour le moins une certaine complicité entre Jean, Louisette et les militaires, paradoxale compte tenu du discours que mon oncle et ma tante tenaient en privé sur Castro et ses séides, sur le grand train que ceux-ci menaient et sur le dévoiement de la révolution.

Le gros plan sur le visage de l'officier dura longtemps. Était-il général ? Et s'il s'était agi de Raúl Castro lui-même ? Persuadé de tenir un scoop, je furetai avec avidité sur Internet à la recherche de photos du frère de Fidel dans sa jeunesse, et finis par en trouver une où il fumait la pipe assis à côté du Che, qu'il tenait fraternellement par l'épaule.

Raúl était un gamin aux joues rondes, à l'air débonnaire et aux yeux rieurs. Rien à voir avec la beauté grave de l'homme de la Jeep. Et puis je me souvins que, lors de cette fameuse visite où Raúl avait dégommé des noix de coco à l'arme automatique pour m'impressionner, il était juché sur un cheval. Il n'était donc pas venu en Jeep. Le jeune officier du film n'était pas Raúl Castro. J'étais un peu déçu. Au fond de moi, je n'aurais pas détesté conférer à ces images un caractère historique. Puis je songeai à l'attitude de mon oncle et de ma tante. En réalité, quel autre choix avaient-ils eu que d'afficher une complicité de façade avec ce régime ? Au cœur des montagnes qui avaient bercé la révolution, avec le seul point de ravitaillement des alentours bâti contre leur habitation, isolés de tous, pouvaient-ils se permettre de faire grise mine aux soldats et d'envenimer leur situation ? D'autant que parmi leurs visiteurs habituels se trouvait le chef suprême de l'armée, qui elle-même contrôlait soixante pour cent de l'économie de l'île grâce à la gestion de centaines d'entreprises dans des secteurs clés.

Résistants, ils l'étaient d'une certaine manière au travers du refus de mon cousin d'endosser l'uniforme. Collabos, ils l'étaient tout autant en sympathisant sans vergogne avec ceux qui les avaient dépouillés et en travaillant pour eux. Je me demandai ensuite pourquoi Tatico n'apparaissait pas sur ces images. Fuyait-il les militaires dès qu'ils approchaient ? Ou faisait-il mine d'avoir du travail dans la plantation ? Sentait-il sa position si fragile qu'il préférait ne rappeler son existence à personne ? Sa réserve, que tout le monde m'avait rapportée, pouvait-elle s'expliquer ainsi ? Si mon cousin avait vécu des années dans la discrétion, le mur qu'il avait dû construire pour se protéger pouvait expliquer son refus persistant de me parler.

L'après-midi s'était peu à peu dissoute dans les paroles de ma tante, et la pénombre à nouveau envahissait son salon. Je vérifiai que la caméra corrigeait correctement la faible luminosité.

— Peut-on revenir à Raúl Castro, lui demandai-je. Vous le connaissiez ? Je l'ai vu chez vous.

— Oui. Il avait le commandement de toute la région pendant la révolution. Je ne sais plus comment ils appelaient ça, le deuxième ou le troisième front ? Il dirigeait tout, et il y en avait un autre avec lui qui est devenu célèbre aussi après, Manuel Piñeiro, on l'appelait *Barbarroja*, Barberousse. Il a été nommé chef des services secrets après la victoire. Tu sais, Raúl était un enfant du pays, alors il arrivait, il discutait un peu avec ton oncle, puis il repartait.

— C'était tout de même un personnage très important, lui fis-je remarquer. Encore aujourd'hui, il a tous les pouvoirs, et il est premier secrétaire du Parti communiste.

— Oui, sourit Louisette. Et il approche les quatre-vingt-dix ans ! Fidel les a atteints juste avant de mourir. Qui va dire après que le climat tropical n'est pas bon pour la santé ? Mais, à l'époque, oui, Raúl était un jeunot. Il avait une bonne bouille, et pourtant il avait déjà tué ou fait tuer des centaines de Cubains... On était tous jeunots, remarque. Tu sais, on a vécu tout ça quand on avait à peine trente ou quarante ans.

— Je me souviens qu'il est venu manger chez vous, un jour. Et après il tirait à la mitraillette dans les arbres pour m'amuser.

— Oui, il y avait souvent des patrouilles de militaires qui passaient par chez nous. Aussi parce qu'il y avait la bodega à côté. Ils pouvaient acheter un peu de riz et de sucre en plus de la carte de rationnement. On les connaissait tous. On était gâtés. Protégés, même, par rapport à d'autres. Cela a permis à Pipo d'avoir un poste important. Quand ils ont compris qu'il était doué, il a été nommé chef de Cuba Café. La société nationale.

— Quoi, la société de café de tout Cuba ?

— Non, c'était seulement la région d'Oriente. Mais comme presque tout le café de Cuba était récolté en Oriente, ça revenait un peu à ça. Dans le Nord, c'était plutôt le tabac, la canne à sucre.

— Donc il était devenu communiste ? Tu m'as dit que, pour avoir des responsabilités, il fallait l'être.

— Non, Pipo n'était pas obligé, parce qu'on était français. Ils avaient mis une Jeep à sa disposition, avec un chauffeur. Moi, je ne voulais pas de la présence de ce chauffeur. Il restait à la maison la journée entière, en fait il nous surveillait. Tout le monde espionnait tout le monde en permanence. Je disais à Pipo : « Explique-leur que tu n'as pas besoin de chauffeur, que tu peux conduire tout seul. » Mais ils ne lui auraient jamais laissé la Jeep sans cela. Ils étaient méfiants. En tout cas, Pipo était chef du café, il se rendait d'une plantation à l'autre, de Baracoa à Santiago. Il était devenu un homme important.

— Alors vous aviez trouvé un équilibre, vous étiez bien ?

— On avait toujours peur pour Tatico, qu'ils le forcent à aller à l'armée. Il y a ce qu'ils appellent l'âge militaire, qui commence à seize ans et finit à vingt-sept ans. Pendant toute cette période, ils peuvent t'appeler sous les drapeaux. À l'époque, ils envoyaient des militaires cubains partout. Je connaissais tellement de familles en deuil, et certaines, même, qui n'avaient jamais pu récupérer le corps de leur fils. C'était ma plus grande terreur. Un jour, comme ils savaient très bien qu'on voulait partir, ils ont dit que Jean et moi, nous pouvions quitter l'île grâce à nos passeports français, mais pas nos enfants, qui étaient nés ici.

— Vos passeports étaient toujours valables ?

— Oui, tu penses bien qu'on avait fait attention à ça. Depuis 1948, on avait été à l'ambassade de France à chaque échéance pour les faire prolonger, c'était notre seul lien avec notre pays.

Je réalisai alors que ce qu'on m'avait toujours dit était inexact. Personne n'avait jamais confisqué les passeports de mon oncle et de ma tante. S'ils avaient voulu, ils auraient pu revenir tout au long de ces années, à condition d'abandonner leurs enfants.

— Mais Marie-Antoinette et Jean-Claude n'avaient pas de passeports français, poursuivit-elle. Ils ne pouvaient pas partir. J'ai refusé, on n'allait pas s'en aller et laisser nos enfants. Faire comme toutes ces familles qui ont émigré à Miami et n'ont pas revu les leurs.

— Vous étiez vraiment un cas particulier. Vous habitiez toujours sur vos terres, alors qu'on vous les avait ôtées, et Jean exerçait des responsabilités peut-être plus grandes qu'avant la révolution.

— C'est sûr qu'il commandait à bien plus d'ouvriers.

— Vous incarniez toute l'ambiguïté de leur politique. Au fond, ils auraient eu intérêt à ce que vous partiez, avec le raffut que faisait ma grand-mère de l'autre côté de l'Atlantique. Tant que vous étiez là, il n'y avait pas moyen de tourner la page, en quelque sorte.

Louisette ne répondit pas, se contentant d'esquisser un sourire.

— En 1977, repris-je, quand vous avez enfin pu rentrer, c'est parce que Jean-Claude avait vingt-sept ans et qu'il avait dépassé le fameux âge militaire ?

— Ce qui a accéléré le processus, c'est qu'on nous a échangés contre quatre camions.

— Quoi ?

— On nous avait toujours interdit de le dire, mais maintenant on s'en fiche bien. Quatre camions, tu penses, de l'eau a coulé sous les ponts.

— Explique-moi.

— À l'ambassade de France à La Havane, ils connaissaient notre dossier depuis des années. Tu sais que ta grand-mère avait fait des pieds et des mains pour nous faire rentrer... Et il se trouve que le gouvernement cubain avait besoin de camions, pas n'importe lesquels, des Berliet. Ne me demande pas pourquoi ils voulaient ces camions français, à cause du blocus – c'était comme ça qu'on disait là-bas : le blocus, même si le reste du monde utilisait le mot « embargo », ils n'en obtenaient pas. Enfin, l'ambassadeur de France a dit au gouvernement cubain : « On peut faire quelque chose pour vous débloquer ces camions, mais vous devez nous accorder une faveur en retour. Il y a le cas de cette famille de quatre personnes qui veulent rentrer en France. Leur fils va avoir vingt-sept ans. Nous pourrions trouver un arrangement. »

— Incroyable, vous avez été troqués contre quatre camions.

— Tu sais, ils auraient pu nous troquer contre des chaussettes sales, je m'en fichais. Ce qui comptait, c'était de rentrer. Même comme des miséreux. On n'a pas rapporté un sou de Cuba. On a été fouillés à l'aéroport. On m'a enlevé une chaîne que j'avais, avec une petite montre au bout. Bébé avait un bracelet aussi, elle avait une ou deux bagues qu'elle s'était achetées là-bas. Jean avait un appareil photo, un russe, il était valable. On nous avait dit qu'on avait le droit de l'emporter. Mais on nous a tout enlevé au moment du départ.

— Et vous êtes arrivés chez nous, au Petit Marguery.

— Encore plus pauvres qu'avant notre départ en 1948, souligna Louisette. Mais bon... Je me suis souvent demandé ce qui se serait passé si on était restés là-bas, si on avait connu la « période spéciale ». Je me souviens, en 1989, j'étais en train de regarder la télé quand il y a eu ces images des jeunes à Berlin qui franchissaient le mur, et puis quand ils ont commencé à en abattre des morceaux. J'ai tout de suite appelé Jean, je lui ai dit : « Regarde, ça va être la catastrophe à Cuba. »

Au tournant des années quatre-vingt-dix, l'effondrement de l'URSS fit perdre au régime de Castro, étranglé par le blocus états-unien, son principal soutien financier. En quelques semaines, l'économie îlienne fut victime d'un collapsus. Il n'y eut plus de pièces de rechange pour l'industrie, plus d'essence pendant des mois, les véhicules et les machines s'arrêtèrent, la distribution d'électricité s'interrompait si fréquemment qu'on ne parlait plus de coupures de courant, mais d'« arrivée de courant » lorsque les ampoules se rallumaient pour quelques heures. Les vaches de la race Holstein, bonnes laitières importées à la place des zébus cubains, peu productifs, mais qui demandaient des compléments alimentaires importés, se mirent à maigrir, avant de cesser de produire. Le lait, le beurre et enfin la viande vinrent à manquer. La pénurie de céréales priva les poules de maïs, entraînant une pénurie d'œufs. La raréfaction du blé provoqua la disparition de la farine, puis du pain. Le spectre de la famine fit son apparition, avec son cortège de maladies carentielles. Dans les villes, ceux qui le pouvaient élevaient un cochon sur leur balcon, dans leur cave, ou des volailles dans leur chambre à coucher. Le gouvernement cubain désigna cette dramatique crise économique du vocable de « période spéciale », mais les Cubains la nommèrent « période maudite », tout en se targuant, avec l'humour qui les caractérisait, d'avoir été végétariens avant l'heure.

En définitive, les frontières maritimes qui isolaient Cuba du reste du monde s'étaient avérées plus résistantes et plus infranchissables que le mur de Berlin. La population entière sombra dans la misère. Toutefois, les eaux cristallines des Caraïbes recelaient en partie la solution. Le gouvernement cubain n'eut d'autre choix que d'ouvrir son île aux visiteurs et de doper le secteur du tourisme, ce qui permit peu à peu à Cuba de se réinsérer dans le tissu économique international. Fidel Castro assaisonna son brouet communiste de quelques gouttes de libéralisme économique. Il autorisa ses ressortissants à faire du profit en louant une partie de leur logement à des touristes : les *casas particulares*. L'or bleu de Cuba, la mer turquoise longeant de somptueuses plages de sable blanc, incarna l'ultime espoir de pouvoir renflouer l'ancien porte-avion soviétique ancré en face de la Floride et qui menaçait de sombrer, totalement rouillé. Du monde entier, des millions de touristes affluèrent, figurants d'une comédie de façade, tandis qu'indigence et dénuement continuaient de sévir dans les arrière-cours et les campagnes.

— Ces événements on les a vécus de France, reprit Louisette, mais c'était comme si on était toujours là-bas. Dans notre cœur, on n'a jamais vraiment quitté Cuba. Là-bas, il n'y avait aucune des choses normales de la vie, jamais un cinéma, jamais un concert, mais on était en famille, dans notre bulle. Dans la force d'une vie de famille. Alors qu'en France ce n'était plus pareil. Et les gens sont différents aussi. Les Cubains sont amicaux, chaleureux. Beaucoup plus qu'ici, où les gens sont agités et paraissent toujours malheureux. À Cuba, les gens veillent les uns sur les autres. Tatico, lui, préfère le genre chacun pour soi. Il a toujours été secret, je n'ai jamais compris pourquoi.

— Il faudrait que j'arrive à échanger avec lui.

— Tu sais, autant Pipo était sociable avec les gens, autant Tatico, non. Quand il croise quelqu'un, il fait semblant de ne pas le voir pour ne pas avoir à lui dire bonjour.

— Tu lui as dit qu'on s'était vus ?

Louisette réfléchit un instant avant de répondre :

— J'ai dû lui dire.

— Parce que j'aimerais bien qu'il me raconte aussi. Cela représente quand même trente années de sa vie.

— En plus, il a très bonne mémoire. Il se souvient de tout à Cuba, il connaît les noms, il se rappelle les choses. Mais c'est un sauvage. Peut-être que tu dois le prendre par surprise. Tu sais, sa timidité est presque maladive. Quand il entendait des clients parler en espagnol à la brasserie, il ne leur disait pas qu'il parlait leur langue, pour ne pas avoir à répondre à leurs questions, à dire d'où il venait. Bébé, c'était tout le contraire, on allait dans les magasins, et dès que quelqu'un parlait espagnol, elle disait : « Hé, les filles, vous venez d'où ? », et la conversation démarrait. Pipo aussi, il parlait avec tout le monde. Il plaisantait beaucoup.

— Bon, je vais peut-être faire ce que tu dis, le surprendre.

— Écoute, m'interrompit Louisette. Je vais te dire ce qu'il pense et pourquoi il ne t'a pas parlé. Il estime qu'il y a très longtemps qu'on ne s'est pas vus, et il ne voit pas l'intérêt de revenir sur l'histoire des mille deux cent vingt-cinq dollars avec ton père.

Je marquai un silence, consultant discrètement le niveau de batterie de la caméra pour être certain de pouvoir enregistrer l'intégralité de la conversation.

— Je ne comprends pas, repris-je.

— De l'argent que Pipo avait confié à ton père. C'est à cause de cela qu'ils se sont fâchés, aussi fort que si on avait tué quelqu'un. Tu le sais, non ?

— Je n'ai jamais entendu parler de cette histoire, l'assurai-je. Je n'étais pas là le jour où ils se sont fâchés, je n'ai jamais su les détails.

Je tus volontairement ce que m'avait appris Pascale.

— Eh bien, ils se sont fâchés à mort pour mille et quelques dollars, c'est ça l'histoire. Et rien d'autre. Quand vous êtes venus à Cuba, Pipo avait confié cette somme à sa mère pour qu'elle la rapporte en France.

— Je croyais que vous n'aviez jamais rien réussi à mettre de côté ?

— Eh bien si, sûrement un peu. Pipo avait mille deux cent vingt-cinq dollars. Je ne me souviens plus d'où.

Je me demandai si elle se payait ma tête, mais je lui fis signe de continuer.

— Donc, à notre retour en France, ta grand-mère nous les a rendus.

— Ah bon ? Ce n'était pas de l'argent qui lui était destiné ? remarquai-je insidieusement.

— Non, elle devait seulement le conserver pour nous. Mais Pipo ne voulait pas de ces dollars sur lui. Alors Polite, ton père, lui a proposé de les mettre dans son coffre. Il avait un coffre dans l'appartement, au-dessus du Petit Marguery. Seulement, quand Jean a eu besoin de cet argent quelques mois plus tard, ton père lui a dit qu'il ne l'avait plus... Ton père, il voulait dire que, comme ça faisait presque un an qu'on habitait et qu'on mangeait chez eux, cela valait les mille deux cent vingt-cinq dollars. En guise de compensation. Mais Polite, il avait un tempérament vif, tu le sais bien. Alors, au lieu de discuter calmement et de nous dire qu'on lui devait quelque chose pour le loyer, la nourriture, il a décidé de garder l'argent de Pipo.

Je tombais des nues. Doublement. Une première fois, parce que cette histoire n'était jamais parvenue à mes oreilles. Une deuxième fois, parce que le montant du magot me paraissait tellement anecdotique.

— Et Jean, il a réagi comment ? demandai-je.

— Pipo a été vexé. Il a rappelé à Polite que les trois fois où vous êtes venus à Cuba, on vous a invités dans des palaces à La Havane. On descendait au Habana libre ou au Riviera à huit pendant une semaine, et c'était nous qui payions tout, puisqu'on avait dans les tiroirs ces pesos du gouvernement cubain qui ne valaient rien, sauf pour allumer un cigare. Je m'en souviens comme si c'était maintenant. Chaque jour, on dépensait l'équivalent d'un mois de salaire.

— Louisette, elle a eu lieu quand, cette dispute ?

— Je ne me souviens plus, répondit-elle, fatiguée.

— Vous aviez déjà acheté cette maison ?

— Non, c'était avant. Le petit ami de Bébé habitait au Châtelet-en-Brie et elle vivait avec lui. Comme elle était malade, on a voulu se rapprocher d'elle.

Il me sembla alors que le moment était venu de poser la question principale :

— Avec quel argent vous avez acheté cette maison, Louisette ?

— Mais, avec celui de notre travail.

— De secrétaire à la Sécu ?

— Écoute, c'était il y a longtemps. Après, je ne sais plus. De toute façon, ça a toujours été Jean qui s'occupait des histoires d'argent dans la famille…

Il était vraisemblable que Jean fût le responsable des finances dans leur couple, mais cela signifiait-il qu'elle n'était au courant de rien ? J'allais reprendre le feu roulant de mes questions, lorsque je vis son visage se congestionner et ses mains se mettre à trembler :

— C'est toujours pour une bagatelle de merde d'argent que les familles se séparent ! s'emporta-t-elle. Ils se sont fâchés entre frères pour des bêtises ! De la jalousie, c'est tout ! Mais là, ce n'était pas beaucoup.

— Mes parents ne m'ont jamais parlé de cette somme.

Elle se tassa dans son fauteuil, tentant de reprendre son souffle après sa tirade colérique prononcée d'un trait. Elle enleva ses lunettes et ferma les yeux.

— Louisette, c'est pour ça que Tatico ne veut pas me parler ? relançai-je calmement. Pour une histoire de mille deux cent vingt-cinq dollars ?

Sa réponse siffla entre ses lèvres, comme si elle avait voulu ne pas avoir à la prononcer :

— Oui, en fait il a dit : « On ne l'a pas vu pendant des années, comme si on était des pestiférés. Et pourquoi il se décide maintenant ? Qu'il ne nous emmerde pas avec cette histoire d'argent. »

— Louisette, je suis venu pour parler, répondis-je. Pour mettre fin à des années de silence.

— Peut-être, mais dans le fond tu sais que Tatico a raison, reprit-elle avec force. Tu as toujours été lointain, même avec ta propre famille !

— Que veux-tu dire ?

— Moi, les miens, je les ai traités comme s'ils étaient petits, toute leur vie ! martela-t-elle. Je les ai protégés à Cuba, des cyclones, de la famine, de la guerre, et j'ai continué à les protéger en France. On a vécu dans une bulle, parce qu'on était obligés ! (Elle marqua une pause, et je comptai six cliquetis du respirateur, rapidement enchaînés.) C'est ta grand-mère qui de tout temps avait programmé Jean pour partir à Cuba. Mais mes enfants ne sont jamais allés à un bal, ils n'ont jamais eu de vrais amis, à part les petits Noirs de la forêt, ils n'ont jamais fait de sport ! Ils n'ont jamais rien fait. Et toi, c'était juste le contraire. Tu faisais tout, tu touchais à tout ! Je te voyais dans ta chambre en haut. Tu étudiais la médecine, il fallait bien que tu étudies, mais tu n'étais pas toujours en train de travailler. Tu descendais, et hop ! tu fichais le camp t'amuser avec les copains ! (Nouvelle pause, nouvelles respirations saccadées.) Ta mère, elle trouvait que moi, j'accompagnais trop mes enfants. Mais tu as vu d'où on venait ? D'un pays où tout le monde possédait un fusil, où il y avait des ouragans et des mygales. Un pays qu'il fallait continuellement reconstruire. Nicole me disait : « Il faut laisser les enfants se développer, se forger le caractère, qu'ils aient leurs propres goûts. » C'était le tempérament de ta mère, mais moi je pense qu'il faut les préserver au maximum. Si on les laisse dans la rue, ils prennent les mauvaises habitudes des autres !

— Je ne traînais pas dans la rue pour autant.

— Tu veux que je te dise ? Tu étais chez toi, mais j'ai toujours trouvé que tu n'étais pas proche de tes parents. J'ai élevé mes enfants au plus près de moi. On ne faisait rien sans que l'autre le sache. Toi, tu étais seul, tu mangeais seul.

J'avais l'impression d'être un boxeur acculé dans le coin du ring par les coups. Je tentai de parer comme je pus.

— C'est parce qu'on vivait dans un restaurant. Mon père et ma mère mangeaient avant le service. J'ai toujours pris mes repas seul, Louisette.

— Mais de quoi tu t'occupais dans ta maison ? Je ne t'ai jamais vu aider à la cuisine.

— C'était la cuisine du restaurant, je n'avais rien à y faire, me défendis-je. Mon père avait des apprentis, je voulais faire un autre métier, j'avais vingt ans.

— Laurent, tu étais un étranger dans ta propre famille. C'est tout !

Je fus projeté par cette question à l'origine même de la rédaction de ce livre. Pourquoi ne m'étais-je pas intéressé auparavant à cette histoire ? Mon indifférence l'emportait-elle sur tout ?

— Tu me trouvais trop indépendant ? essayai-je de comprendre.

— Tu as toujours fait ce que tu as voulu, répondit-elle avec froideur. Tu as fait sept années de médecine, tu as exercé quinze jours et après tu as arrêté, tu as rendu tes parents dingues. Et maintenant, voilà que tu écris des livres.

Louisette venait de frapper au point le plus sensible, le changement radical d'orientation opéré à la suite de mes études. Le renoncement à une carrière toute tracée de médecin, qui interrogeait ma légitimité à avoir choisi l'écriture.

— Ce n'est pas une maladie, tentai-je de plaisanter, alors qu'au fond de moi j'étais ravagé, laminé.

— Non, mais tu es fils unique, dit-elle en portant l'estocade. Dans la vie, il y a de nombreuses circonstances où l'on ne peut décider pour soi.

Pendant ces longues heures d'entretien, ma tante m'avait raconté exactement ce qu'elle avait voulu. Elle m'avait offert de magnifiques récits de Cuba, mais n'avait rien cédé sur ce qui pouvait les mettre, elle et Jean, en défaut. À quatre-vingt-douze ans, elle était plus solide que moi. Tatico m'avait esquivé, mais Louisette, elle, avait accepté l'affrontement, je m'en rendais compte à présent, pour me mettre K-O d'un enchaînement de droites et d'uppercuts à la fin du deuxième round.

J'avais besoin de récupérer avant la prochaine reprise. J'éteignis la caméra, puis nous nous quittâmes poliment avec la promesse de nous revoir le 20 décembre, juste avant les vacances de Noël. J'eus amplement le temps de méditer sur le chemin du retour, mon véhicule pris au piège des embouteillages qui diapraient la nuit francilienne. De l'Île-de-France à celle de Cuba, d'une stase à l'autre, j'essayais de mesurer la façon dont les personnalités des trois acteurs principaux du soulèvement populaire de 1959 avaient pu conduire leur pays dans une telle impasse.

Le Che était un idéologue qui rêvait d'exporter la guérilla marxiste aux quatre coins du globe, Fidel un pragmatique qui gouvernait à vue, au mieux des intérêts du peuple, qu'il confondait trop souvent avec les siens. Il admirait ceux qui avaient lutté pour l'indépendance des pays d'Amérique latine : Simón Bolívar, Emiliano Zapata ou Pancho Villa, et son positionnement sur l'échiquier politique avait été questionné à de nombreuses reprises, y compris par lui-même. Fidel était-il communiste avant la révolution et avançait-il masqué ? Ou l'était-il devenu par la suite, influencé par son frère Raúl, dont on savait maintenant qu'il était en contact avec le KGB bien avant l'épopée du *Granma* ? Quelle importance cela avait-il ? Qu'il fût annoncé ou qu'il le devînt, un régime totalitaire fossoyait inexorablement les espoirs de son peuple. Avant la victoire de la révolution, Cuba possédait un niveau de vie par habitant équivalent à celui de l'Espagne ou de l'Italie ; aujourd'hui, la dérive économique était telle que les gens ne s'en sortaient qu'en louant une pièce de leur maison aux touristes. Certes, la population pouvait se féliciter des progrès obtenus dans l'éducation et le système de santé, mais il était difficile d'ignorer que la révolution castriste avait paradoxalement fini par ressembler à une grande entreprise de privatisations. On ne comptait plus les palais, propriétés luxueuses, îles privées, entreprises, complexes hôteliers et secteurs industriels dont la jouissance ou les bénéfices avaient été réservés au *caudillo*[1] et à ses proches. Et même si celui-ci affirmait de son vivant n'avoir d'autres revenus que son salaire, soit l'équivalent de vingt-cinq euros par mois, il disposait,

1. Chef de guerre espagnol ou d'Amérique latine ayant conquis le pouvoir et instauré un régime autoritaire et despotique (le général Franco en Espagne, Emiliano Zapata au Mexique, Ramón Castilla au Pérou...).

selon son propre garde du corps, de la *reserva del commandante*, dont le montant se chiffrait en millions de dollars ponctionnés sur l'activité économique nationale. À son décès, en 2016, à l'âge de quatre-vingt-dix ans, son frère avait pris le pouvoir. En définitive, depuis soixante ans, cette nation ployait sous le joug exclusif d'une fratrie, et de nombreux Cubains épris du geste révolutionnaire, dont le but était de rendre son indépendance légitime au peuple, pensaient que le temps était venu de libérer la révolution elle-même.

Quelques jours après mon deuxième entretien avec Louisette, je partageai un café avec Maria, l'une de ces ressortissantes cubaines avides de changement, exilée en France depuis une vingtaine d'années. Au cours de la conversation, elle me révéla que, selon la législation cubaine, inspirée de la loi de nationalité américaine, j'avais la possibilité de réclamer un passeport cubain. Au regard de la loi en vigueur sur l'île, mon père, né le 1er juin 1930 à Tiguabos, dans la province d'Oriente, était considéré comme cubain, et, à condition de respecter un certain nombre de critères, notamment de présence sur le territoire, les enfants d'un national pouvaient le devenir à leur tour. Je me doutais bien que je ne cochais pas les bonnes cases. Néanmoins, l'idée m'amusait. Ce livre me révélait des racines ignorées. Ses lignes étaient des grappins lancés dans un passé que j'avais refoulé jusque-là. Je me voyais bien, muni de mon passeport cubain tout frais, plaider pour défaire la révolution cubaine de ses chaînes castristes. Ou, plus modestement, et pour la première fois, je considérais la possibilité de retourner un jour à Cuba.

Notre dernier voyage datait de 1970, et je m'étais souvent demandé pourquoi nous n'y étions jamais retournés par la suite. La remarque de Maria sur la nationalité cubaine me fournit l'explication en ravivant le souvenir d'un événement dont j'avais totalement oblitéré la portée.

À la fin du mois d'août 1970, nous nous trouvions à l'aéroport José-Martí de La Havane à l'issue de notre troisième voyage. Jean, Louisette, Bébé et Tatico nous accompagnèrent dans l'aérogare jusqu'à la limite fixée pour les ressortissants cubains. Comme chaque fois, nos embrassades furent émouvantes, et nous nous quittâmes en nous jurant de nous revoir l'année suivante. Puis mes parents et moi nous présentâmes au contrôle des passeports avant l'embarquement.

Au début, tout se déroula normalement. Un militaire en uniforme, le visage fermé et l'air extrêmement concentré, examina le passeport de ma mère, puis le mien, et nous fit signe de passer, tandis que mon père patientait devant le guichet voisin. La salle d'embarquement se remplissait peu à peu lorsque nous réalisâmes que mon père n'était toujours pas passé. Ma mère avança jusqu'à la vitre de séparation, derrière laquelle nous aperçûmes, effarés, mon père lancé dans une vive discussion avec un militaire. Il protestait, sans que nous puissions entendre ce qu'il disait, puis nous le vîmes emboîter le pas du cerbère malaimable. Ma mère, qui connaissait bien son Léo, lâcha : « Pourvu qu'il ne s'énerve pas. »

Papa avait disparu en direction de bureaux administratifs lorsqu'un voyageur approcha :

— Pardon, madame, c'est votre mari ?

— Oui, vous savez ce qui se passe ?

— J'étais à côté, j'ai entendu qu'ils disent qu'il n'a pas le droit de quitter Cuba.

— Quoi ?

Je compris que j'allais perdre mon père. J'avais entendu Jean nous raconter des histoires sur leurs amis cubains emprisonnés à cause de leurs opinions. Me revinrent à l'esprit les nombreuses fois où mon père avait filmé des gens ou des lieux sans en avoir l'autorisation. Je me mis à pleurer. Un petit groupe se forma autour de nous dans lequel se trouvaient des Français, tous tentèrent de nous rassurer. Certains questionnèrent les miliciens sur le sort réservé à leur compatriote. Personne ne nous répondit. On nous dit juste que le décollage était prévu dans une heure. À la fin de ce délai, les passagers furent appelés, et l'avion commença à se remplir. Nous restâmes pratiquement seuls, ma mère et moi, jusqu'au dernier moment, dans la salle d'embarquement. Lorsque les miliciens insistèrent pour que nous montions à bord, ma mère refusa, mais le Français qui était venu nous parler lui conseilla d'obtempérer.

Une attitude obstructive ne mènerait à rien de bon. C'était un homme d'affaires qui travaillait dans les céréales, il avait l'habitude de traiter avec les Cubains. Selon lui, ils avaient la prison et la gâchette faciles, il valait mieux faire le moins de vagues possible. Évidemment, mes larmes redoublèrent. Nous finîmes par nous installer dans nos sièges. La nuit était tombée, les moteurs n'étaient pas allumés, la climatisation ne fonctionnait pas, il régnait une chaleur étouffante dans la cabine. La porte de la carlingue n'était pas fermée, et je fixais cette ouverture noire par laquelle j'espérais à tout moment voir surgir mon père. En attendant, son siège restait vide entre ma mère et moi.

Une heure passa, les passagers commencèrent à s'impatienter et à protester. Tout le monde transpirait à grosses gouttes, s'éventant avec ce qui lui tombait sous la main. Un membre du personnel navigant auquel une femme demanda des explications en espagnol, avec un accent indubitablement cubain, répondit par ce seul mot : *verificación*.

Je pris la main de ma mère. Elle me rassura d'un sourire.

— Tant que les moteurs ne tournent pas, c'est qu'ils l'attendent, il va arriver. Ne t'inquiète pas.

Mais, à onze ans, on est déjà tout à fait capable de sentir quand sa mère joue la comédie.

Quelques minutes plus tard, les moteurs se mirent à vrombir. Les bouches des aérateurs exhalèrent un souffle d'air frais, entraînant un murmure de satisfaction parmi l'ensemble des passagers. Je paniquai en voyant l'hôtesse s'approcher de la porte. Elle allait la refermer. Puis, au dernier moment, la silhouette de mon père se découpa dans l'ogive sombre, il posa un pied dans l'avion, et ce fut derrière lui que l'hôtesse referma la porte. Le visage fermé, la chemise trempée de sueur, il se hâta dans notre direction, tandis que des applaudissements s'élevaient dans la cabine.

Il s'assit entre nous deux et me serra très fort contre lui. Les yeux de ma mère rougirent de larmes.

— Ils disent que je suis Cubain, ils ont voulu me retenir.

— Je ne comprends pas, répondit ma mère. On a des passeports français.

— Oui, mais sur le mien, il est marqué que je suis né à Tiguabos. Pour eux, ça suffit à faire de moi un Cubain. C'est leur loi.

— C'est grotesque. Et pourquoi ils ne se sont pas rendu compte de ça les années précédentes ?

— Je ne sais pas, on a eu du bol les autres fois. Les autres n'y avaient jamais fait attention. Ils ont appelé un gradé qui m'a posé des questions pendant une heure. Pourquoi on venait à Cuba, pour quelles raisons, etc. Je te jure, je me suis demandé s'ils me prenaient pour un espion. Je leur ai tout expliqué, notre famille ici, je leur ai dit de vérifier à l'ambassade. Ils m'ont fait répéter les mêmes choses dix fois de suite, avec les mêmes questions. Ils ont passé des coups de téléphone, et ils ont fini par me lâcher en me disant que j'avais de la chance, qu'ils me laissaient regagner l'avion, que la prochaine fois ça ne se passerait pas comme ça.

Le temps qu'il finisse son explication, l'avion roulait à pleine vitesse sur le tarmac, et nous décollâmes.

Je ne vis mon père commencer à se détendre qu'après une heure de vol. J'imaginai qu'il devait sentir que nous avions enfin échappé à l'attraction de l'île.

J'avais entrepris de visionner les films de mes deux premiers entretiens avec Louisette, écoutant, ému, sa voix hachée me dire sa vie, qui était aussi une partie de la mienne. Notre dernier échange avait été difficile, cependant je me demandais si mes pensées critiques étaient justifiées. Entre la dette envers le grand-oncle Jean-Baptiste et la nécessité de reconstruire chaque année ce que la nature détruisait, il était concevable qu'ils n'aient jamais pu mettre un sou de côté et que la nationalisation soit malheureusement advenue au moment où la propriété aurait pu commencer à être rentable. Toutefois, un échange téléphonique avec ma cousine Martine raviva mes doutes et me persuada que je m'étais fait balader.

Martine était l'unique enfant de Lydie, la deuxième fille, après Hélène, de Madeleine et Léopold – leur première-née en terre cubaine. Ma tante Lydie était malheureusement décédée en 1974, à l'âge de quarante-neuf ans, d'une myopathie, précédée d'un an ou deux dans le trépas par son mari, Jean Pastrie, un homme adorable qui travaillait pour une grande banque internationale.

Et voici ce que me dit Martine lorsque j'évoquai mon projet de roman cubain :

— Quoi que t'ait raconté Louisette, tu peux être sûr qu'elle ne t'a pas dit la vérité !

J'avais l'habitude du franc-parler de Martine, et c'était une chose que j'appréciais chez elle. Sa sincérité et son authenticité ne contredisaient nullement le mode de vie qu'elle et son mari Jean-Pierre avaient adopté. Artistes peintres, ils habitaient au milieu des Landes dans une ferme isolée qu'ils avaient superbement retapée, entourés de chevaux, de poissons rouges et d'un saint-bernard de la taille d'une petite automobile. Ils appréciaient la bonne chère et faisaient preuve d'un humour à toute épreuve, ce qui me faisait regretter de ne pas les voir plus souvent.

— Pourquoi en es-tu si certaine ? lui demandai-je.

— Parce qu'un jour Jean a pris contact avec mon père pour lui dire qu'il avait des dollars à placer et lui demander conseil. Il voulait ouvrir un compte à l'étranger, en Suisse ou en Floride, je ne sais pas.

Je manquai de lâcher mon téléphone.

— Mais non ! Je ne comprends pas comment il a pu entrer en contact avec lui ! De Cuba, t'es sûre ?

— Forcément, mon père est décédé en 1973. Donc, ils étaient encore là-bas. Par courrier, peut-être. Il m'avait raconté ça, mais sans me donner de détails.

— Donc, nos Cubains avaient des dollars.

— Évidemment. Et pas que mille deux cent vingt-cinq, ajouta-t-elle après que je lui eus conté l'anecdote. Tu vas en parler à Louisette ?

— Et comment, répondis-je. Je dois la revoir la semaine prochaine.

Sauf que je ne la revis jamais.

Marie-Louise Bénégui décéda dans sa maison du Châtelet-en-Brie cinq jours avant la date prévue de notre troisième rencontre. La nouvelle me parvint en suivant le chemin habituel : ma tante Georgette en fit part à Christian, qui m'alerta.

J'étais bouleversé. Ce roman était une terre brûlée, la vie le fuyait à mesure que les pages s'écrivaient. D'abord Jean, puis Louisette. Au cours de nos entretiens, j'avais découvert une amoureuse, une amante, une mère protectrice d'une résilience à toute épreuve, et ressenti une tendresse inédite à son égard. Quelle que fût la réalité de mes interrogations et de mes soupçons, un sentiment de culpabilité m'envahissait. La réaction colérique de ma tante lors de notre dernière entrevue avait-elle poussé son organisme au-delà de ses limites ? Ne s'était-elle pas elle-même décrite comme au bord de l'abîme, à quatre-vingt-douze ans ? L'y avais-je précipitée en lui imposant plusieurs heures de conversation qui, immanquablement, lui faisant revivre son passé, l'avaient davantage fragilisée ? Son cœur avait lâché.

Je rédigeai un message à l'attention de mon cousin Jean-Claude pour l'assurer de mes condoléances. Échaudé par mes échecs précédents, je l'adressai cette fois par l'intermédiaire de sa fille, lui demandant s'il était au courant de mes deux rencontres avec sa mère et s'il savait qu'elle m'avait accueilli avec chaleur et bienveillance. J'espérais secrètement que les circonstances pourraient contribuer à abattre le mur de silence qu'il avait érigé. Sa fille me répondit, en substance, qu'il savait, qu'il me remerciait et qu'il fallait laisser passer du temps avant de se reparler.

On ne m'invita pas à l'enterrement. Pas plus qu'on ne m'avait invité à celui de Jean.

Personne n'écrit sans un rapport apaisé à l'enchaînement inéluctable des heures et des jours. Il n'est pas rare que la rédaction d'un ouvrage prenne plusieurs années, et la patience est un compagnon de route fidèle de l'écrivain. Mais il peut arriver que la réciproque ne soit pas de mise. Le sort me privait pour la deuxième fois d'un personnage capital, et je devais sans délai trouver un nouveau moyen de faire progresser ce récit. En conséquence de quoi, je décrochai mon téléphone sitôt après avoir appris le décès de Louisette et appelai ma petite-cousine Annie pour lui demander si elle acceptait de me recevoir à Pau. Il était temps que je m'entretienne avec la petite-fille de Jean-Baptiste Bénégui, fondateur d'El Infierno et véritable promoteur de notre dynastie cubaine.

TROISIÈME PARTIE

« Tous les animaux sont égaux, mais certains le sont plus que d'autres. »

George Orwell, *La Ferme des animaux*

Jean-Baptiste trempa la pierre à aiguiser dans le seau d'eau, puis commença à affûter la lame de la faux. Cette année-là, les foins étaient si épais qu'il fallait aiguiser le tranchant bien plus souvent que lors des précédentes fenaisons. Après un quart d'heure de fauche, la fichue lame pliait le foin au lieu de le couper.

— Tu veux la tête ou la queue ? lui demanda Henri en lui tendant une sardine.

— J'ai eu la queue hier, bougonna le jeune paysan, prends-la.

Henri coupa le poisson en deux, et les frères se le partagèrent avec un morceau de pain au maïs. Ils mangeaient lentement, assis sur la souche du vieux chêne qui, l'an dernier encore, trônait entier et grandiose au milieu du champ. L'année 1892 avait été mauvaise pour les cultivateurs. Les vents avaient soufflé si puissamment que, à L'Hôpital-d'Orion, personne n'avait de pareils dégâts en mémoire. Après le passage de la tempête, les arbres déracinés et les branches charpentières déchirées comme de simples brindilles jonchaient chemins et terres cultivables. Il avait fallu des jours pour les débiter et permettre à nouveau le passage des charrues.

— L'herbe est épaisse cette année, maugréa Jean-Baptiste.

— Elle a été mieux nourrie que nous, répliqua son frère.

Jean-Baptiste acquiesça, marmonnant une insulte en patois qui n'honorait ni Jésus ni sa mère. À dix-huit ans, son corps musclé et noueux réclamait davantage qu'une demi-sardine par repas. La deuxième femme de son père était à nouveau enceinte, alors qu'ils se trouvaient déjà à onze frères et sœurs entassés sur des paillasses pour dormir dans l'une ou l'autre des trois chambres et dans les combles du toit à double pan. Le travail dans les champs ne rapportait plus assez pour nourrir tout le monde. Lorsque sa mère était morte, il n'avait pas pleuré. L'expression de la tendresse s'apprend, au même titre que l'attelage des bœufs sous le joug, mais le garçon avait retenu davantage de la vie de la ferme que de celle du cœur. En revanche, il avait versé des larmes six mois plus tard lorsque leur père les avait prévenus qu'il se remariait avec la fille Cazenave. Celle qu'on appelait la Borgne. Personne ne savait pourquoi la jeune femme avait cette tête-là, l'œil gauche à demi fermé descendu au milieu de la pommette. Les uns disaient que ses parents étaient âgés et qu'elle était née avec ce défaut. D'autres affirmaient que sa mère était tombée de cheval en lui donnant le sein. Ce n'était pas l'aspect physique de sa belle-mère qui avait fait enrager le jeune homme, mais son âge. Elle venait de passer son vingtième printemps. À peine plus que lui. Il s'était alors douté que de nouveaux frères et sœurs allaient venir peupler le foyer. Les faits ne lui avaient pas donné tort.

Le mois précédent, son père l'avait pris à part pour lui annoncer qu'il allait le faire hériter. Mais hériter de quoi ? D'une demi-sardine ?

Jean-Baptiste avait faim, son sommeil était haché, cela ne pouvait plus continuer ainsi. Il connaissait les frères Erromardie, des Basques de Saint-Jean-Pied-de-Port partis en Argentine, d'où ils avaient envoyé plusieurs lettres. Là-bas, les terres étaient vastes, la fortune était au bout des doigts des hommes courageux.

— Je vais partir, lâcha-t-il subitement.

— Où ? demanda Henri.

Il pensa d'abord que son frère voulait se rendre en virée à Sauveterre ou à Salies. Il y avait plusieurs vergers là-bas où ils maraudaient des pommes.

— En Argentine. J'aurai un troupeau à moi.

Henri resta silencieux. Il connaissait la détermination de son cadet. Pour ce dernier, le dire, c'était comme le faire.

— Tu en as parlé au père ?

Le jeune homme acquiesça. Le ciel était d'une teinte pure, sans nuages, seules les ailes noires des corbeaux venaient troubler l'uniformité du bleu.

— Hier. Il a dit qu'il me donnerait cinq francs. C'est tout ce qu'il peut faire.

— Tu pourras acheter de quoi manger pendant la traversée.

— Non, j'achèterai un pistolet et des balles pour me défendre.

Après qu'il eut réussi à rejoindre Bordeaux, Jean-Baptiste négocia son passage sur le *Manoubia*, un cargo de la Compagnie générale transatlantique, offrant d'aider au chargement, puis de faire la plonge à bord. Le navire, à destination de Buenos Aires, emportait un contingent de voyageurs syriens venus mettre en place une route commerciale entre l'Amérique du Sud, l'Europe et le Moyen-Orient. Chaque jour, après avoir fini son service, le jeune Béarnais montait sur le pont et se mêlait aux voyageurs, entendant pour la première fois parler arabe et découvrant leurs coutumes, par exemple lorsque le maître queux prépara un rôti de cochon auquel personne ne voulut goûter. Chaque lieue parcourue élargissait son horizon et l'éloignait des montagnes pyrénéennes. Enfant, il avait été berger, accompagnant les troupeaux aux pâturages d'été. Désormais, le regard fixé sur les cimes moutonneuses des vagues, il embarquait dans la plus exaltante des transhumances.

Deux semaines après le départ, le cargo se prépara à faire escale à La Havane. C'est un des marchands syriens qui lui parla de Cuba pour la première fois. L'homme s'y était rendu à plusieurs reprises pour affaires et brossa un portrait élogieux de l'île :

— « Il n'y a pas de plus beau pays, les feuilles de palmier sont si grandes qu'elles servent de toit aux maisons. Sur la plage, des milliers de coquillages, une eau si limpide, et la symphonie étourdissante des chants d'oiseaux. » Sais-tu qui a dit ça ?

Jean-Baptiste ouvrit de grands yeux d'enfant.

— Non, monsieur. Mais assurément cela donne envie d'y être.

— Christophe Colomb, reprit le marchand. C'est à Cuba qu'il est arrivé lors de son premier voyage, en 1492...

— Je ne sais pas qui est Christophe Colomb, répondit le Béarnais.

— Un explorateur qui cherchait la route des Indes. Il a placé l'île sous l'autorité de la couronne d'Espagne. (Il s'interrompit.) Les Indes, au moins, tu sais où c'est ?

Jean-Baptiste secoua négativement la tête.

— Tu n'es pas allé à l'école ?

— C'est pour ça que je suis ici, pour apprendre.

Cette fois, ce fut au tour du marchand syrien d'être stupéfait. Il tapa amicalement sur l'épaule du Français, dont il avait eu l'occasion à plusieurs reprises d'apprécier l'énergie et la vivacité d'esprit pendant la traversée.

— Quand nous serons arrivés à Buenos Aires, je t'aiderai à trouver du travail. Nous aurons besoin de bras, là-bas. De bras et de têtes.

Ainsi, c'est dans un état d'esprit intrépide, et confiant dans les bonnes dispositions de l'avenir à son égard, que le Béarnais profita de l'escale pour arpenter les rues de La Havane. L'air chaud était saturé d'humidité, et, à mesure que le jeune homme se glissait dans le dédale tortueux de rues qui domine le port, il eut l'impression que la ville se lovait autour de lui. Les balcons et les grilles en fer forgé des maisons lui rappelaient ceux de Saint-Sébastien, dans le Pays basque espagnol, où il avait accompagné son père l'année précédente. Les placettes écrasées par le soleil, les monuments à colonnes, la cathédrale et ses cloches lui semblèrent curieusement familiers après un si long trajet.

Mais, plus encore, il fut attiré par un enchaînement de sons unique au monde, le choc mat d'une pelote contre le bois de la *pala* suivi du rebond du cuir sur un mur de brique. Il n'y avait qu'au Pays basque ou en Béarn qu'on entendait pareille musique, dans chaque ville, chaque village, près de l'église, du cimetière ou sur la place principale, partout où se trouvait un fronton. Jean-Baptiste pressa le pas et découvrit au détour d'une ruelle un mur lézardé portant en son sommet le bas-relief d'une croix basque. Deux gamins en guenilles courant pieds nus sur la terre battue maniaient des *paletas* rafistolées, frappant tour à tour la pelote que leur retournait invariablement le mur. Retrouver sur une façade de ce pays caraïbe la forme ocre de l'aire de jeux qui se grave dès le plus jeune âge dans le cœur des enfants du Sud-Ouest lui fit ressentir une vive émotion. D'autres avant lui avaient accompli ce parcours, leur accent chantait les mêmes notes sur les mots, leurs têtes portaient les mêmes bérets, et ils avaient érigé ce mur qui les rapprochait au plus près de leur foyer. Depuis des dizaines d'années, tous les migrants qui les imitaient recevaient le signal, en voyant le fronton, qu'ici il était possible de s'établir.

Le jeune homme continua sa déambulation, laissant les échos de la partie de pelote s'évanouir, jusqu'à atteindre une large place pavée, rectangulaire, ceinturée d'arcades. Il observa l'activité d'une famille à la peau noire qui vidait une carriole tractée par un cheval. Le père et ses fils portaient une lourde table en bois, tandis que les femmes rentraient des ballots de vêtements dans une maison à la façade peinte d'un jaune aussi intense que le soleil. Au Béarn, il n'avait jamais vu d'Africains, à part sur des affiches publicitaires. Il s'assit sous une arche, à même le trottoir, pour les observer tandis qu'ils achevaient d'emménager dans leur nouvelle demeure, et en conclut qu'ils riaient, bougeaient et semblaient penser de la même façon que lui. Tout particulièrement, il trouva que la plus âgée des sœurs se mouvait avec grâce et avait un visage bien plus fin que la plupart des filles de L'Hôpital-d'Orion, de Salies et même de Peyrehorade. L'esclavage avait été aboli dans l'île plusieurs années auparavant, mais les anciens asservis venaient tout juste d'obtenir des droits équivalents à ceux des Blancs. Désormais, ils quittaient les plantations du centre et de l'Oriente pour aller tenter leur chance à la capitale. En restant une partie de l'après-midi, le béarnais eut l'occasion de voir suffisamment de Noirs pour constater qu'ils formaient un peuple plus diversifié et composite que ne l'étaient les Blancs de Navarre, de Soule et de Labourd.

La nuit tombe vite à Cuba, et le jeune homme fut surpris quand le crépuscule s'abattit sur le quartier. Son estomac lui rappelant son existence, il se dirigea vers un pas de porte d'où s'échappait une odeur de pain. N'ayant toujours en poche que son pistolet, il baragouina quelques mots d'espagnol mêlés de patois pour demander au boulanger une miche de pain et une bille de chocolat. Après l'avoir jaugé, l'homme lui demanda s'il ne préférait pas plutôt obtenir un travail. Le lendemain, le *Manoubia* largua les amarres en direction de Buenos Aires sans que le plongeur soit remonté à bord.

Jean-Baptiste Bénégiu travaillait à La Havane depuis deux ans lorsque éclata la guerre d'indépendance. Le jeune mitron n'y entendait rien en politique, mais son patron avait adhéré au Parti révolutionnaire cubain, fondé par le poète et philosophe José Martí. Après quatre siècles d'oppression, le parti appelait au soulèvement armé de tous les Cubains contre la couronne d'Espagne. Des réunions avaient lieu chaque jour autour du pétrin, et, tout en malaxant la pâte, Jean-Baptiste peaufinait son éducation patriotique, pesant la farine et l'eau comme les uns mesuraient les avantages d'une intervention du voisin américain qui les aiderait à se débarrasser des Espagnols, tandis que les autres craignaient que les *gringos* n'en profitent pour asseoir leur emprise sur l'île. Au mois de mai 1895, José Martí, leur maître à penser, fut abattu lors de la bataille de Dos Rios. Jean-Baptiste vit alors des caisses de fusils arriver à la boulangerie. Son patron et ses amis prirent les armes, au moment où les Espagnols déployaient des troupes dans la ville. Il décida qu'il était temps de changer d'horizon.

Depuis qu'il avait vu les paysans traverser la campagne, parfois sur plusieurs kilomètres, pour se rendre aux moulins à sucre avec leur fagot de cannes sur le dos, une idée lui trottait dans la tête. Dans le Béarn, au moment de la récolte du maïs, les cultivateurs mettaient en commun leurs ressources pour acheminer les épis.

Avec ses premières économies, il acquit un mulet et une carriole, puis se rendit dans les vastes plantations de canne non loin desquelles se bâtissaient de nouvelles raffineries de sucre, bien plus efficaces que les moulins du temps de l'esclavage. Moyennant une participation proportionnelle à la distance à parcourir entre le lieu de récolte et l'usine, il proposa aux *guajiros* d'assurer le transport de leur production. Tenant un registre précis des quantités livrées au nom de chaque paysan, il permit à ceux-ci de doubler ou tripler leur temps de récolte. Le succès fut immédiat, et Jean-Baptiste se retrouva, en trois ans à peine, à la tête d'une compagnie de transport de canne à sucre forte de plusieurs dizaines de mulets.

Au printemps 1898, la prospérité de ses affaires lui ayant fait gravir les premiers barreaux de l'échelle sociale cubaine, le jeune homme décida que l'élévation devait se propager à son âme et à son esprit. N'ayant eu jusque-là de temps à consacrer à rien d'autre qu'à ce qui était essentiel à sa survie, il aménagea pour la première fois son existence afin d'aller écouter les lecteurs des manufactures de tabac. Une manière inédite pour lui, qui n'était jamais allé à l'école ni n'avait jamais connu autre chose que le labeur et l'audace, d'allier le plaisir à la connaissance. L'usine, d'où sortaient chaque jour des milliers de cigares reconnus dans le monde entier, occupait les trois étages d'un bâtiment proche du Malecón. Introduit par le contremaître en charge du contrôle qualité, avec qui il avait sympathisé, Jean-Baptiste s'installait discrètement au fond d'une des grandes salles en longueur et tendait l'oreille.

Les rouleurs de cigare étaient des hommes, une centaine, affairés côte à côte sur de simples bancs en bois. On ne devenait pas tourneur comme cela, la formation durait huit mois, et l'on pouvait exercer près de six ans avant d'accéder au grade qui permettait de confectionner les plus larges cigares. Les femmes étaient exclues de cette pratique manuelle prestigieuse et bien rémunérée, exercée de fait en majorité par des descendants d'Espagnols blancs. Le seul Noir de l'usine avait été retenu car, particulièrement habile de ses mains, il parvenait à rouler deux cents grands formats par jour. Les autres, portant le chapeau de paille et arborant une fine moustache, se contentaient de la moitié de cette quantité, pour laquelle ils étaient rémunérés à la pièce, une fois déduites les malfaçons. Les *tornecores* avaient le droit de fumer jusqu'à cinq cigares par jour, et la plupart ne s'en privaient pas, exhalant au-dessus de leurs têtes courbées, de leurs épaules animées d'un discret roulis, d'épaisses volutes bleutées que brassaient les larges pales plafonnières. Pour éduquer les travailleurs et les distraire de leur tâche répétitive, un lecteur installé au milieu de la pièce rompait le silence en lisant à haute voix de grands classiques de la littérature. C'est à cette école-là que se rendait Jean-Baptiste une ou deux fois par semaine. Il se sentait, à cette occasion, plus proche de son territoire natal, à la fois par la nature des textes entendus et par le côtoiement du lecteur, qui, debout au milieu des tourneurs de cigare, lui rappelait le Père Abbé de l'abbaye d'Arthous lisant les Évangiles pendant le repas des moines.

Au fil des années, certains textes avaient conquis l'esprit et le cœur des ouvriers, allant jusqu'à donner leur nom à des marques de cigare. Alexandre Dumas lui-même, sollicité, avait accepté qu'un des plus fameux *habanos* prenne le nom de Montecristo, et ici, calle San Rafael, en plein centre de La Havane, aucun ouvrier n'ignorait la terrible déchirure des Capulet et des Montaigu. L'œuvre de William Shakespeare, à force d'être dite, avait baptisé la fabrique, et chacun, après avoir roulé son cigare, était fier de l'entourer d'une bague « Romeo Y Julieta ».

Sa maîtrise de la langue espagnole était telle que, après cinq années de présence sur l'île, Jean-Baptiste distinguait les nuances de ces textes en prose exceptionnels et parvenait à accéder à la complexité humaine dont ils étaient la chambre d'écho. Au fond de la salle, en entendant les mots de ces auteurs morts ou vivants, il comprit que les livres étaient le miroir du monde.

Ce jour-là, le lecteur déclamait d'une voix tendue un extrait inhabituel :

— « Permettez-moi, puisque l'occasion s'en présente, d'envoyer une parole de sympathie à ces nobles terres qui, toutes deux, ont poussé un cri de liberté. Cuba se délivrera de l'Espagne comme Haïti s'est délivré de la France. Haïti, dès 1792, en affranchissant les Noirs, a fait triompher ce principe qu'un homme n'a pas le droit de posséder un autre homme. Cuba fera triompher cet autre principe, non moins grand, qu'un peuple n'a pas le droit de posséder un autre peuple... »

Il s'agissait d'un texte écrit vingt ans auparavant par Victor Hugo depuis son exil de Guernesey[1]. Quand il eut terminé, le lecteur se tut, laissant le temps à sa parole d'infuser dans le for intérieur de chacun des travailleurs. Le passage dont il venait de faire lecture se parait d'une actualité douloureuse au moment où la guerre d'indépendance faisait de nombreuses victimes dans les campagnes cubaines.

Près d'un Cubain sur dix avait péri depuis le début du conflit avec l'armée espagnole. Les populations rurales, qui formaient la majorité du soulèvement, étaient déportées dans les villes pour qu'on puisse mieux les contrôler et regroupées dans ce qu'on allait appeler, pour la première fois dans l'histoire, des camps de concentration. Au fond d'eux-mêmes, à présent, la plupart des Cubains pauvres étaient gagnés par l'idée qu'une intervention américaine était le seul moyen de mettre un terme rapide aux tueries.

Lorsque Jean-Baptiste regagna la rue irradiée de soleil, étrangement vide et calme, le texte de Victor Hugo continuait de cheminer dans ses pensées. Il se sentait fier d'appartenir à la nation d'un tel penseur, capable d'abolir des dizaines de milliers de kilomètres de distance en faisant résonner les esprits grâce à une simple lettre. Toutefois, maintenant qu'il vivait ici, il ne pouvait s'empêcher de penser aux colonies nord-africaines tenues d'une main de fer par la France. Les fils d'anciens esclaves dont il transportait les récoltes de canne à sucre avaient évoqué l'annexion de l'Algérie devant lui. Pour la première fois, il prit conscience que, un jour, il aurait à choisir entre le pays d'où il venait et celui où il s'était établi.

1. Victor Hugo, *Lettres aux enfants*, *Actes et Paroles*.

Le gouvernement des États-Unis, estimant que la proximité de l'île et de ses ressources justifiait davantage son attention que celle des Ibères, se saisit du prétexte de l'explosion accidentelle d'un de ses cuirassés, l'*USS Maine*, dans le port de La Havane, le 15 février 1898, pour accuser les Espagnols d'avoir commis un attentat. La guerre fut déclarée, et la couronne d'Espagne capitula en moins de quatre mois, après avoir vu sa marine sombrer dans les eaux turquoise des Caraïbes. Forts de ce succès, les Américains envahirent Porto Rico, dont ils dessaisirent également leur adversaire.

L'ère de la colonisation espagnole révolue, débuta celle de l'emprise américaine. Le peuple cubain avait enfin accédé à l'indépendance, mais il allait le payer d'un protectorat gourmand. Le gouvernement des États-Unis, qui souhaitait pérenniser sa présence stratégique, réclama de pouvoir conserver la base navale qu'il avait établie autour de la baie de Guantánamo lors du conflit avec l'Espagne. Trois ans après le tournant du siècle, la location perpétuelle de la baie, ainsi que des cent vingt kilomètres carrés avoisinants, lui fut accordée au terme d'un traité officiel que signèrent Tomás Estrada, le premier président de la République cubaine, et son homologue, Theodore Roosevelt.

Cuba était passé d'une tutelle à l'autre, ce qui ne déplaisait pas aux grands propriétaires terriens, déterminés à profiter de l'embellie économique. L'un d'eux, Pierre Bélon, dont le prénom avait été hispanisé en Pedro, natif de Sauveterre-de-Béarn, une commune située à une dizaine de kilomètres de L'Hôpital-d'Orion, s'était pris d'amitié pour Jean-Baptiste, de quinze ans son cadet. De haute taille et d'une maigre constitution qui semblait ne pouvoir étarquer sa colonne vertébrale, au point qu'il marchait fortement voûté, Pedro Bélon était propriétaire de vastes cannaies dans les environs de La Havane. Maritalement établi avec une femme de couleur, il éprouvait, malgré sa réussite cubaine, une immense nostalgie du Béarn. Entre les deux hommes naquit une complicité immédiate, nourrie de longues conversations en patois au cours desquelles, entre vapeurs de rhum et bouffées de tabac, ils évoquaient la douceur de leur terre natale.

— Quand tu auras gagné beaucoup d'argent, lui conseillait son aîné, ne fais pas comme moi, qui ai tout réinvesti ici. Achète des biens au pays, partage ta prospérité avec les membres de ta famille qui n'ont pas eu la chance, comme nous, de partir.

Les yeux songeurs de Jean-Baptiste se perdirent derrière l'écran de fumée bleue. Son point de vue était qu'il ne s'agissait pas de chance, mais de volonté, cependant il était avide de conseils et ne voulait pas sembler arrogant.

— Alors, il va me falloir en gagner vraiment beaucoup, chez moi ils sont nombreux, marmonna-t-il en se resservant un verre d'un rhum ambré aux arômes de vanille.

— Ton idée de transporter la canne est une bonne idée, mais tu dois être plus ambitieux, insista Pedro Bélon. Un jour, des véhicules à moteur vont remplacer les mulets... As-tu entendu parler des tracteurs ?

Le jeune homme haussa les épaules. Il comprenait la nécessité d'évoluer. C'était la raison même de son départ de France. D'autant que les nouvelles en provenance du pays lui donnaient raison d'avoir choisi ce destin. Son frère Henri, dans ses lettres, le tenait à jour des naissances qui se succédaient dans la maison de L'Hôpital-d'Orion. Juste après qu'il fut parti à Cuba, sa jeune belle-mère, dont apparemment le problème oculaire n'affectait en rien la fonction reproductrice, avait accouché de jumeaux, Élise-Jeanne et Jean-Joseph, qui n'avaient pas survécu. Jean-Baptiste s'attristait surtout du fait qu'elle se mette à les pondre par paire. Puis un Joseph était né en 1895, suivi d'un Léopold en 1897 – dont tout le monde disait qu'il lui ressemblait – et d'un Hyppolite en 1899. Dans son dernier courrier, Henri lui avait appris que Madeleine Cazenave, à quarante ans, était à nouveau prise par la grossesse. Quant à leur père, Jean, âgé maintenant de soixante et onze ans, ses ardeurs semblaient devoir être éternelles. En résumé, à ce jour, ils étaient dix-huit frères et sœurs, dont seize avaient survécu, et rien ne permettait d'assurer qu'un ou deux de plus ne viendraient pas encore grossir leurs rangs.

— Et si je te proposais de travailler avec moi, enchérit Pedro Bélon. Ça te dirait ?

— Bien sûr, mais dans quoi ?

— J'ai envie de me lancer dans le café. En Oriente, il y a des terrains incultes à vendre. Si tu le veux, on les achète ensemble, on s'associe. Il n'y a rien là-bas, tout a été ravagé par la guerre d'indépendance. C'est très, très bon marché. Les Américains développent leur base autour de Guantánamo, ça va ramener du monde, il y aura beaucoup de commerce, c'est une opportunité unique.

— Je ne sais pas..., commença Jean-Baptiste.

— Moi, je sais, répliqua Pedro. C'est l'endroit de l'île le plus proche d'Haïti, les émigrés y arrivent par centaines, ils sont travailleurs et bon marché... On ne peut rêver meilleur investissement.

— Oui, mais je n'ai pas assez d'argent pour acheter de la terre.

— Cela ne fait rien. Je t'avancerai les fonds. Tu travailleras avec moi et on plantera du café. Quand ça produira, tu me rembourseras. Peu à peu, cela deviendra à toi. On va s'arranger.

Maître Arroyo, le notaire de Guantánamo dont les bureaux donnaient sur Carretera Central, n'aimait pas que les affaires s'éternisent, et, avec Pedro Bélon, il fut servi. Dans l'étude, on ne connut jamais transaction d'importance qui se traita aussi vite que celle-ci. Le riche planteur fit irruption un matin dans le cabinet, flanqué de ce jeune homme français dont Arroyo se demandait s'il était son fils, son garde du corps ou son petit ami.

— Combien de lots sont à vendre à Yateras, maître ?

— Il y en a six, entre Felicidad et La Jaiba, dont la superficie va de quarante-quatre à cent trente-cinq hectares.

— Sont-ils limitrophes ?

— Non, les quatre premiers le sont, mais ils sont séparés des deux autres par un terrain qui appartient à la veuve du juge...

— J'aimerais les acheter tous, dit Pedro Bélon d'une voix calme. Et je voudrais que vous contactiez cette dame pour lui transmettre une offre sur son terrain.

— Je ne sais pas si elle acceptera. Déjà, la famille possédait des terres sur la commune de Caimanera, dont on l'a expropriée. Les Américains sont en train d'établir un périmètre de sécurité autour de leur base...

— Dites-lui que je paye mieux que les Yankees.

Grâce à la générosité de son mentor, à l'automne 1903, presque dix ans, jour pour jour, après avoir débarqué du *Manoubia*, Jean-Baptiste se retrouva à la tête de vastes terres dépendant de la commune de Felicidad de Yateras. Lorsqu'il les explora pour la première fois à cheval, il fut surpris par la nuit et dut bivouaquer en pleine forêt. En examinant la carte que le notaire gardait dans son coffre, il avait compris que son domaine était étendu, mais aucun chiffre ni graphique ne l'avait préparé à ce qu'il faille plus d'une journée de cheval pour le parcourir. À la lueur faible du feu, il ne trouva pas le sommeil à cause de la symphonie naturelle. Les bruissements de l'animal et du végétal s'enchevêtraient au point qu'il lui était impossible de savoir si les cris provenaient des arbres ou si les craquements étaient dus aux reptiles et aux singes. Mais, aussi, l'excitation générée par la tâche considérable qui s'offrait à lui le tenait éveillé. Au terme de cette nuit, lorsque les premiers rayons du soleil levèrent vers le ciel les lambeaux de brume de la canopée, il prit la décision de baptiser El Infierno cette terre où tout restait à faire.

J'arrivai à Pau un jour de brouillard, lequel me priva de la vue panoramique qu'offre habituellement la capitale du Béarn, posée, à la manière d'un balcon, devant la chaîne des Pyrénées. Pourtant, lorsque l'air est pur, on découvre en se promenant le long du boulevard, comme peintes en aplat sur le ciel bleu, les cimes enneigées dominées par le pic du Midi d'Ossau. En avant-plan, les larges feuilles pennées des palmiers plantés le long de la promenade flottent lentement dans la brise. Il y a un air de Cuba dans cette vue.

Annie, ma petite-cousine, et Marinette, sa mère, m'offrirent à la gare un accueil des plus chaleureux. Nous ne nous étions plus revus depuis Cuba à l'été 1968, lors de cette visite à El Infierno dont j'avais déniché quelques images au fond d'une bobine Super 8. Aucun de nous trois ne pouvait prétendre que le demi-siècle écoulé ne nous avait pas changés. Annie était un peu plus âgée que moi, et sa mère avait passé les quatre-vingt-onze ans. C'était une petite femme instantanément sympathique, au tempérament survolté, au regard perçant, aux mains agiles et virevoltantes, au débit de parole soutenu. Marinette était la belle-fille de Jean-Baptiste, la dernière survivante de cette génération qui avait vécu à Cuba – en tout cas, c'était ce que je croyais à cet instant. En la serrant entre mes bras, je refoulai la pensée d'une quelconque fatalité liée à l'écriture de ce livre qui aurait pu, après Jean et Louisette, menacer ceux que je venais interviewer.

Elles me conduisirent dans leur grand et lumineux appartement au sein d'une résidence moderne. J'y rencontrai Michel, le mari d'Annie, d'origine vietnamienne, qui nous avait préparé un copieux déjeuner honorant la gastronomie du Sud-Ouest. Je m'étais invité chez eux pour deux journées et j'avais hâte de les entendre, mais je m'abandonnai à ce moment de convivialité en m'astreignant à éviter, pendant le repas, les sujets de discussion qui se référaient à mon projet.

— Je préfère attendre que la caméra tourne, répétai-je à plusieurs reprises à Marinette, pressée d'évoquer son île.

Pour la faire patienter, je transmis des nouvelles de Stéphane-France, de Lilou et d'Ilona, qu'ils n'avaient jamais rencontrées, je leur montrai des photos, puis écoutai les calmes récits de leur vie paloise, amorçant sans en avoir vraiment conscience le rapprochement de deux rameaux très divergents de notre lignée familiale.

Nous étions assis dans leur vaste cuisine, au mur de laquelle trois pendules affichaient des heures différentes. À celle du centre, il était treize heures trente, l'heure de Pau. À celle de gauche, il était huit heures trente, l'heure de La Havane. À celle de droite, il était dix-neuf heures trente, l'heure de Hanoï.

À la fin du repas, nous nous rendîmes au salon pour prendre le café. Marinette et Annie s'installèrent spontanément côte à côte sur un grand canapé en cuir au design contemporain, et je n'eus qu'à prendre place face à elles, à poser la caméra sur le trépied et à brancher le micro. Michel s'éclipsa discrètement dès que j'eus lancé l'enregistrement. Marinette se délivra enfin, d'un bloc, du récit du départ de son beau-père, Jean-Baptiste, depuis le moment où, à peine sorti de l'adolescence, il avait pris la décision de quitter L'Hôpital-d'Orion jusqu'à son arrivée à El Infierno :

— En quelques années, il a fait jaillir la propriété de la forêt ! s'enthousiasma-t-elle. De temps en temps, il allait demander conseil à ce monsieur Bélon, mais le plus souvent il se débrouillait seul avec les Haïtiens. Depuis qu'il n'y avait plus d'esclavage, ils venaient en grand nombre, ils espéraient un meilleur sort, et mon beau-père en a embauché des dizaines. Ensemble, ils ont bâti la maison en utilisant les troncs des palmiers pour les murs et les feuilles pour le toit. Tu vois ? Comme du chaume.

— Oui, bien sûr, répondis-je, rassuré sur la tournure de l'entretien.

Dans le train qui m'emmenait vers le Sud-Ouest, berceau de cette histoire, j'avais eu peur de me fourvoyer. De venir pour rien. Qu'il n'y ait pas d'histoire à entendre, en somme. Et voilà que, depuis plus d'une heure, j'étais suspendu aux lèvres de Marinette.

— Ils ont nettoyé des hectares de forêt, poursuivit-elle. Parce que c'était très, très grand, El Infierno. Et là, ils ont commencé à planter du café. Jean-Baptiste a produit des mandarines aussi. Avec ses premiers bénéfices, il acheté du bétail, qu'il a installé dans les prairies où le café ne pouvait pas pousser à cause du soleil. C'était du bétail à cornes, *criollo*, comme on dit là-bas. Local. De la viande maigre…

— Mais plus tard il a acheté des zébus, intervint Annie. Le troupeau que j'ai toujours connu. Il y a eu jusqu'à trois mille têtes sur le domaine, et c'était une vraie qualité de bétail à viande. Les Américains en raffolaient, on leur en vendait beaucoup. Nous avions aussi de très nombreux acajous.

Marinette approuva avec enthousiasme. Les yeux de la mère et de la fille chatoyaient de la même lumière, les mots leur offrant un revigorant voyage dans le temps.

— Ils avaient une grande valeur, à condition de les couper de manière raisonnée, précisa Marinette.

— Quel chemin depuis la boulangerie de La Havane ! soulignai-je.

— Oui, mon beau-père était un homme de bien et de courage. Il a tout remboursé à monsieur Bélon en quelques années à peine. Ils sont restés amis pour la vie. En plus, Jean-Baptiste était généreux, il a construit des maisons à tous ceux qui travaillaient sur la finca, et, quand un de ses ouvriers mourait, il offrait le bois de cèdre à la famille pour construire le cercueil.

Annie acquiesça :

— Quand la Première Guerre mondiale a éclaté, mon grand-père avait à peine quarante ans, mais il était devenu très riche.

— Ah, justement ! l'interrompis-je. En parlant de 14-18, il faut que je vous montre quelque chose que j'ai apporté avec moi…

Je dépliai soigneusement le papier de soie dans lequel était emballée la petite plaque de Bezannes.

— Elle date de cette époque. Au fond, c'est à cause d'elle que je suis ici, dis-je en leur montrant le fragile objet.

Tandis que l'une et l'autre chaussaient leurs lunettes pour l'examiner, je leur racontai l'histoire de sa découverte.

— Incroyable, commenta Annie lorsque j'eus fini. Cette jeune femme qui déterre cet objet pile au moment où tu décides de t'intéresser à l'histoire de ton grand-père.

— Je te promets que c'est vrai, répondis-je. Ça, je n'ai pas besoin de l'inventer.

— À Cuba, les gens sont très croyants, dit Marinette en tournant la petite plaque dans la lumière du début d'après-midi. Ils sont catholiques, mais pratiquent aussi la *santería*, des rites inspirés par les croyances des esclaves d'Afrique. Pendant la colonisation, les Espagnols en ont fait venir des milliers, c'est pour ça que maintenant il y a beaucoup de Noirs à Cuba, mais avant, c'étaient plutôt des Blancs.

— Enfin, il y avait des Indiens avant les Blancs, mais les conquistadores les ont massacrés..., précisa Annie.

Marinette, impatiente de poursuivre, glissa sur le sort des Indiens qui peuplaient Cuba avant l'arrivée de Christophe Colomb.

— En tout cas, continua-t-elle, dans la santería, ils pensent que chacun doit accomplir le destin qui lui a été assigné à la naissance et que, pour cela, il est aidé par ses ancêtres. Ils communiquent avec eux lors de leurs cérémonies... Alors, j'en suis certaine, Laurent, c'est ton grand-père qui te dit d'écrire ce livre !

Je ne pus retenir un sourire d'athée invétéré, même si je n'avais pas été loin de penser quelque chose de similaire en recevant la petite plaque.

— Ne te moque pas, enchérit Annie. Même les communistes ne sont pas venus à bout de la santería...

Marinette attrapa la loupe de lecture qui traînait sur un exemplaire du journal *Sud Ouest* et s'en servit pour observer la plaque.

— Et tu vois, le nom sur la plaque, c'est bien « Bénégiu » ! C'était notre nom de famille au départ.

Étonné qu'elle ait pensé à vérifier, je lui demandai :

— Mais tu sais pourquoi on a changé ?

— Bien sûr, c'est Jean-Baptiste qui a fait changer le point du *i*.

Je restai muet. J'avais complètement oublié de poser la question à Louisette lors de nos entretiens.

— Mon beau-père trouvait que « Bénégiu », ça faisait patois, reprit-elle. Ce n'était pas bon pour les affaires. À Cuba, ils n'arrivaient pas à prononcer Bénégiu, alors il a dit qu'il allait changer le point de place, ça ferait Bénégui. À partir de là, on s'appellerait tous Bénégui.

— Cela sonnait mieux pour les Espagnols, ajouta Annie.

— Quoi ? m'étonnai-je. Il a décidé ça, et toute la famille a suivi ? Les dix-sept frères et sœurs et, depuis, toute la descendance ?

— Tu n'imagines pas l'influence qu'avait acquise Jean-Baptiste dans cette famille. Il était parti très pauvre et était devenu très riche. Il avait commencé à aider tout le monde à L'Hôpital-d'Orion. Son argent, à mesure qu'il le gagnait, il en envoyait une partie en France, comme le lui avait conseillé monsieur Bélon. Alors, forcément, ils se sont alignés sur sa décision.

— Et ça s'est passé quand, ce changement ? demandai-je.

— En 1923. J'ai des papiers, je te les montrerai. Sur son acte de mariage, en 1922, il s'appelle encore Jean-Baptiste Bénégiu. Mais en 1924, à la naissance de son premier fils, René, il s'appelle Bénégui.

— C'était lui, le vrai chef de famille, bien plus que son propre père, conclut Annie.

— Et c'est lui aussi qui a décidé que ton grand-père devait se rendre à Cuba, ajouta Marinette.

— Oui, Louisette a évoqué ça quand je suis allé la voir.

— Léopold était un de ses jeunes frères du deuxième lit, dit Annie. Ils avaient beaucoup de différence, finalement, presque une génération. À vrai dire, ils ne se connaissaient même pas.

J'avais intégré leur différence d'âge, mais je n'avais pas réalisé que Léopold, mon grand-père, était né après le départ de Jean-Baptiste pour Cuba. Par conséquent, ces deux-là ne s'étaient jamais rencontrés, même si tout le monde leur trouvait un air de ressemblance.

— Or il se trouve qu'à Cuba, continua ma cousine, Jean-Baptiste avait décidé de se marier...

— Attends ! Attends ! l'interrompit Marinette. Je vais te raconter comment ça s'est passé exactement.

Annie me sourit, connaissant sa mère, et la laissa enchaîner :

— Vers 1914, 1915, mon beau-père s'est dit qu'il était temps de se marier et d'avoir des enfants avec une femme du pays. Mais il n'avait aucun papier pour se marier. Tu te rappelles ? Il était parti à dix-huit ans avec rien d'autre que ce fameux pistolet, dont il ne s'est jamais servi.

— Maman, tu prends tous les virages ! Va tout droit, la sermonna Annie. Laurent veut que tu lui parles de son grand-père Léopold.

— Oui, oui, Annie. Mais j'y viens, c'est lié ! répliqua sa mère. Donc, Jean-Baptiste a décidé de revenir en France pour trouver une épouse et obtenir des papiers. Il a donc quarante-quatre ans, il est riche, il arrive et il va se déclarer à la mairie de L'Hôpital-d'Orion. Et là...

Elle se tut, ménageant le suspense.

— Oui ? Et là ? dis-je, entrant dans son jeu.

— On l'envoie en prison, direct.

— Comment ça ?

— Eh oui, la guerre n'était pas finie depuis un an. Les gendarmes se sont rendu compte qu'il n'avait pas répondu à la conscription de 14-18, alors ils l'ont attrapé. Il a été condamné à plusieurs mois de prison pour désertion.

— Incroyable !

— Tu sais, il n'était pas très éduqué, Jean-Baptiste, par contre il était extrêmement malin. Il a bien compris que c'était le prix à payer pour retrouver une existence légale. Et vu ce qu'il possédait maintenant à Cuba, c'était dans son intérêt. C'est à ce moment qu'il a proposé à ton grand-père de partir pour aller s'occuper d'El Infierno le temps de son absence. Alors, pourquoi Léopold ? Je ne sais pas. Peut-être que c'était aussi le seul qui avait envie d'y aller. Les autres frères, les plus vieux, étaient mariés, ils avaient déjà leur vie dans le Béarn. (Un temps, elle s'interrompit pour désigner la petite plaque de Bezannes.) Lui, non. Il revenait de cette guerre où il avait été blessé. C'était peut-être pour ça.

— Mais si j'ai bien compris, il était déjà avec ma grand-mère.

— Madeleine Lansalot, oui. Ta grand-mère était fille de domestiques chez une riche famille de L'Hôpital-d'Orion. Mais ils n'étaient pas mariés. Ils se fréquentaient depuis que Léopold était revenu de la guerre. Il avait été gazé, mais ça ne l'empêchait pas de courir les filles...

— Et elle était déjà enceinte d'Hélène... J'ai appris ça.

— Quand il est parti à Cuba, oui.

— Sans elle, au départ.

— Leur mariage a bien failli ne jamais avoir lieu, relança Marinette. Parce que ton grand-père, il n'était pas facile, facile... (Je fixai Annie, qui détourna le regard, l'air de rien.) D'ailleurs, si Jean-Baptiste avait mieux connu Léopold, ce n'est peut-être pas lui qu'il aurait choisi pour s'occuper d'El Infierno.

— Que veux-tu dire ?

— Ton grand-père, il était un peu fanfaron. (Je repensai au mot utilisé par Louisette à son propos : fantasque. Décidément, c'était plus qu'une simple réputation.) À son retour de la guerre, il buvait beaucoup. Alors, arrivé à Cuba, en quelques semaines, il s'est mis au rhum, et ça lui a joué de mauvais tours. Il disait que, depuis qu'il avait été gazé, il avait la sensation d'avoir toujours soif. Et il aimait courir après les filles. Là-bas, ce n'est pas le plus difficile, remarque.

Je captai un échange de regards entendus entre la mère et la fille. La réputation d'alcoolique de mon grand-père était donc confirmée.

— En France, Jean-Baptiste a fini par sortir de prison, reprit Marinette. Là aussi, il s'était bien débrouillé, parce que finalement il a été libéré plus vite que prévu.

Je notai que, dans ma famille, on s'en sortait mieux en fuyant l'uniforme qu'en l'endossant.

— On lui avait rapporté que son frère ne se comportait pas comme il fallait à El Infierno, il avait reçu des lettres d'un contremaître qui lui expliquait que Léopold passait plus de temps à s'amuser qu'à travailler.

— Alors, il y est retourné ? demandai-je.

— Non, pas tout de suite, il voulait trouver une femme d'abord. C'était pour ça qu'il était revenu en France. Il s'est donc dit : « Pour assagir mon frère, je vais lui envoyer Madeleine Lansalot et leur fille Hélène, qui est née entre-temps. »

— Il lui a écrit une lettre, continua Annie. Il lui ordonnait : « Je vais faire venir cette femme avec ta gosse, et tu vas l'épouser. »

— Et voilà, c'est ainsi que ta grand-mère et la petite sont arrivées à El Infierno à leur tour, conclut Marinette.

— Donc, à l'époque, on s'appelait encore Bénégiu.

— Oui, ça devait être le printemps de 1921...

Je mesurai le courage de ma grand-mère, prenant le bateau avec sa petite de quatre mois pour aller épouser sous les tropiques un buveur et un coureur de jupons. Puis je repensai à celui de Louisette, vingt-cinq ans plus tard, enceinte de Bébé, partie pour les mêmes terres, un identique inconnu. Ces femmes avaient pris bien plus de risques que leurs hommes.

— Donc, ajoutai-je, sans l'autorité de Jean-Baptiste, mes grands-parents n'auraient jamais vécu ensemble, Léopold serait resté à Cuba, elle à Salies-de-Béarn. Et je ne serais pas né.

Après cette demi-journée d'entretien, Marinette était fatiguée, et nous nous accordâmes une pause qu'elle mit à profit pour aller s'allonger. À son âge, sa vitalité exceptionnelle dépendait d'une marche obligatoire chaque matin et d'une sieste non moins nécessaire l'après-midi. En regagnant ma chambre à mon tour, j'avisai, dans le long couloir de l'appartement, plusieurs photos encadrées. Sur l'une d'elles, mon grand-oncle Jean-Baptiste se tenait devant les séchoirs à café d'El Infierno. Pas très grand, le visage mangé par une moustache fournie, en chemise blanche et pantalon de toile retenu par des bretelles, il posait devant une voiture que j'identifiai comme la fameuse Ford modèle T, dont la silhouette avait marqué les premières années du XXe siècle. À l'arrière du véhicule, deux hommes à la peau claire portant costume et cravate, et, au volant, un homme à la peau noire tout aussi élégant. Autour d'eux, des ouvriers ou des domestiques, tous noirs.

— C'était dans les années vingt, glissa Annie en me rejoignant. Juste avant que Jean-Baptiste ne rentre en France pour chercher une épouse…

— La femme, là, dis-je en désignant une des employées. C'était elle, la compagne de ton grand-père avant qu'il ne parte ?

— Je ne sais pas. Mon grand-père, comme le tien, avait deux vies à Cuba. Une officielle avec des femmes blanches, une officieuse avec des Noires…

— Tu crois qu'on pourrait avoir des cousins ou des petits-cousins métis ?

— Je ne le crois pas, j'en suis certaine. Un jour, je devais avoir quatorze ou quinze ans, j'étais seule à Guantánamo. J'attendais un taxi pour remonter à Felicidad. Tout d'un coup, un monsieur d'une bonne cinquantaine d'années, un métis, se présente à côté de moi et me dit en espagnol : « Tu es la *francesita* ? » Je hoche la tête, il enchaîne : « Je suis ton oncle, le fils de ton grand-père. » Comme j'ai l'air stupéfaite, il répète : « Le fils de Jean-Baptiste. » C'est tout, sans autre explication. Et il s'en va.

— Tu en as parlé chez toi ?

— Oui, je l'ai raconté en revenant à la maison, mais personne n'avait l'air au courant. Tu crois que le droit de cuissage s'est éteint avec l'abolition de l'esclavage ? Bien sûr que non. Dans toutes les propriétés, il y avait des enfants illégitimes. Le bâtard le plus célèbre de Cuba, c'était Fidel lui-même.

— Comment ça ?

— Son père, Don Ángel Castro, était un riche planteur de Birán, pas très loin de chez nous… Il préférait sa cuisinière créole à sa femme, et il lui a fait plusieurs gosses, dont Fidel et Raúl. Sauf que le père a mis des années à les reconnaître. Tradition catholique, interdiction du divorce, peur de perdre la moitié de sa fortune en cas de séparation, etc. Du coup, Fidel a porté le nom de sa mère, Ruz, jusqu'à ses dix-sept ans. Et même si son père lui a assuré une bonne éducation, il lui en a toujours voulu d'avoir mis tant de temps à l'assumer. Je peux te dire qu'il lui a fait payer cher, puisque les terres paternelles ont été parmi les premières à être démantelées… Mais, au fond, ils n'étaient pas différents, le père et le fils. Ángel Castro avait eu jusqu'à quatre cents esclaves dans ses plantations, Fidel en a eu onze millions sur l'île…

Annie alla se reposer à son tour, me laissant méditer ses dernières paroles. Au regard de l'influence déterminante du mouvement castriste sur tant de personnes, à travers tant de pays, je ne savais s'il était cruellement ironique ou parfaitement admirable que tout cela ait pu trouver son origine dans le seul désir de reconnaissance d'un enfant humilié. La bascule de la révolution, éprise d'indépendance, vers un système anticapitaliste inféodé à l'Union soviétique se justifiait-elle par la volonté de réparation d'un fils ? En promulguant la réforme agraire et en redistribuant les terres des grands propriétaires, Fidel Castro avait symboliquement dépossédé tous les « Don Ángel » de l'île. Il avait pris une revanche éblouissante sur ces hommes qui abusaient de la terre comme des femmes et privaient des fils de leur nom.

En effectuant quelques recherches, je découvris qu'Ángel Castro était un paysan analphabète né en Galice, dans l'extrême nord-ouest de l'Espagne, en 1875 – la même année que Jean-Baptiste Bénégui –, et qu'il avait débarqué à La Havane pratiquement aux mêmes dates que mon grand-oncle. Ensuite, le parallèle s'effilochait, au détail près qu'ils s'étaient tous deux établis en Oriente, où ils avaient fait fortune.

Quant à Léopold, dont je ne pouvais désormais plus ignorer le côté noceur et coureur, je me demandai si lui aussi avait engrossé une Cubaine. Peut-être une ouvrière travaillant sur la plantation qu'il allait secrètement retrouver, la nuit, dans sa hutte ? Avais-je moi aussi un oncle ou une tante à la peau noire ? des cousins métis ? du sang à Cuba ?

La première, Marinette reprit sa place sur le canapé. Le repos ayant fait son effet, elle brûlait d'impatience de reprendre le fil de son récit. Mais nous attendîmes quelques minutes, le temps qu'Annie nous rejoigne. Je rallumai la caméra à dix-sept heures.

— Donc ! commença immédiatement Marinette. On est en 1922, Jean-Baptiste se cherche une femme en France, et ton grand-père le remplace à El Infierno en attendant.

— C'est formidable, Laurent ! Tu as même le résumé des épisodes précédents, s'amusa Annie. Maman adore regarder des séries télé.

— Oh, pas que moi, rétorqua sa mère. Qui demande toujours un épisode de plus ? « Allez, il n'est pas si tard, on peut en voir encore un… » C'est toi qui es complètement accro.

— Et qu'est-ce que vous regardez en ce moment ?

— *Breaking Bad*, on adore ! proclamèrent-elles en chœur, comme des midinettes.

— Moi aussi, je l'ai vu, j'ai beaucoup aimé, dis-je, amusé, me rappelant qu'à nous trois nous cumulions plus de deux siècles d'existence.

— Donc, mon beau-père, poursuivit Marinette. En France, il a aidé ses frères et sœurs à L'Hôpital-d'Orion. Leur vie n'était pas plus facile qu'au moment de son départ. Pire, même, puisqu'il y avait eu la Grande Guerre. Alors qu'à Cuba, au contraire, c'était une excellente période. Comme l'Europe avait été dévastée, elle importait le sucre, le café, le tabac, tout ce qui était produit sur l'île. Cela rapportait tant de dollars qu'on a appelé cette époque « la danse des millions », et Jean-Baptiste, comme les autres propriétaires, s'est considérablement enrichi. En France, il a investi, notamment dans l'Hôtel central, à Salies-de-Béarn, dont il a confié la gestion à son frère Joseph.

— Oui, je me souviens. C'était en face du jardin public. C'est là que mon père a appris la cuisine avant de monter à Paris.

— Ensuite, il a acquis une grosse maison à Araujuzon, à une dizaine de kilomètres de L'Hôpital-d'Orion. C'était la plus grande propriété de la région, près de trente-sept hectares. On l'appelait le Château. Il a aussi acheté une maison à Pau et la « Villa cubaine » à Salies, où Hélène a fini par habiter. Mon beau-père a toujours aimé cette enfant, peut-être parce qu'elle était une bâtarde.

— Elle n'était pas bâtarde, maman, corrigea Annie, elle était née avant le mariage, mais ils l'ont reconnue.

— Oui, en tout cas peut-être que Jean-Baptiste l'a aidée pour compenser ce que n'avait pas su faire ton grand-père. Pardon de te dire ça, Laurent.

— Dis ce que tu penses, Marinette, je suis venu pour entendre la vérité.

— Mon beau-père était très généreux, et je crois qu'il aimait bien les oiseaux avec des ailes cassées. Et donc, un jour où il rendait visite à une de ses sœurs qui habitait Sauveterre-de-Béarn, il s'arrête pour boire un café dans le village de Burgaronne, et là il tombe sur cette jeune femme qui avait dix-neuf ans, servait les clients et faisait la vaisselle. Elle lui plaît. Il revient un autre jour, il la trouve en train de changer la litière des vaches. Il se dit : « Celle-là, elle est travailleuse, c'est elle qu'il faut que je ramène à Cuba. » Et en trois mois c'était plié. Ils se sont mariés à Burgaronne.

— C'était Aurélie Capdepon, ma grand-mère, reprit Annie. Elle avait vingt-quatre ans de moins que lui.

— Tiens, je t'avais dit que je te montrerais les documents, je les ai cherchés pendant la sieste, fit Marinette en me tendant un extrait d'acte de mariage jauni, délivré le 28 septembre 1922, attestant l'union entre Jean-Baptiste Bénégiu et Aurélie Capdepon.

Je remarquai que la profession déclarée par Jean-Baptiste Bénégiu sur l'acte était « propriétaire », ce qui traduisait l'importance qu'il accordait à son ascension sociale. Aurélie Capdepon, elle, était « sans profession ».

— Tiens, et voici notre livret de famille avec le nom Bénégui !

Cette fois, elle me passa une photocopie très ancienne et froissée de leur livret de famille, sur lequel tout le monde s'appelait Bénégui. Et où apparaissaient les deux enfants que Jean-Baptiste avait eus avec Aurélie Capdepon : René, né à Cuba en 1924, et Robert, né à Araujuzon en 1927.

— Tiens, René est né à Cuba et Robert en France, remarquai-je.

— Oui, après leur mariage ils n'ont jamais cessé de faire des allers et retours entre la France et Cuba, expliqua Marinette. En fait, ma belle-mère n'aimait pas vivre à El Infierno. Dès son arrivée à Cuba, elle s'est plainte de la chaleur et a commencé à s'ennuyer.

— Et mes grands-parents, ils ont cohabité avec eux ?

— Non, dès que Jean-Baptiste est revenu avec sa femme, il s'est rendu compte que le mariage avec Madeleine n'avait rien modifié au comportement de Léopold, et il leur a demandé de partir.

— Il les a chassés ?

— Pas exactement. Il les a aidés à s'installer ailleurs. Sur la commune de Bayate. Dans un lieu-dit qui s'appelait Santo Domingo. C'était près de Guantánamo, mais sur l'autre versant, à au moins quarante kilomètres. Par le notaire, il a présenté à Léopold un Espagnol qui vendait des lots pour qu'il ait sa propre finca. Mon beau-père y a mis les formes, mais il l'a quand même envoyé de l'autre côté de la montagne. Léopold était travailleur, il a planté du café, sauf que, je te l'ai dit, il buvait trop… Son exploitation n'a rien donné. Il a ruiné sa propriété, il a fait faillite et il est mort. Finalement, il a été enterré à Guantánamo, mais comme ils n'avaient même pas l'argent pour se payer une sépulture, il a été mis dans un caveau au nom de Bélon et Bégué. Monsieur Bégué était l'ami et l'associé de monsieur Bélon.

Je restai muet. La légende de mon grand-père s'était effritée entretien après entretien, mais elle venait de recevoir le coup de grâce. Je mesurai à quel point l'omerta familiale était venue, en premier lieu, de ma grand-mère, qui n'avait jamais transmis à ses propres enfants la moindre information précise sur cette histoire. Quant à nous, les petits-enfants, nés à sept mille kilomètres des forêts denses de l'Oriente, il y avait peu de chances qu'un indice nous parvienne deux générations plus tard.

En 1920, à Salies-de-Béarn, Madeleine Lansalot était tombée enceinte d'un soldat gazé au combat, souffrant vraisemblablement de ce que l'on appellerait aujourd'hui un syndrome de stress post-traumatique, aggravé par un début d'addiction à l'alcool. Il l'avait abandonnée à la première occasion pour aller courir le jupon dans la jungle cubaine. Il avait fallu l'injonction de son frère aîné pour que Léopold accepte qu'elle le rejoigne et consente à l'épouser. Je comprenais maintenant pourquoi ma grand-mère ne souriait pas souvent. De ces événements elle n'avait jamais rien livré à ses enfants, se façonnant à la dure, dans une carapace de silence et de devoir.

— Donc, mon grand-père n'a pas fait fortune, dis-je. Jean-Baptiste, oui. Mais pas lui. On n'a jamais été riches.

Marinette opina, embarrassée par la sécheresse de cette synthèse. Moi, je ne l'étais pas. Au contraire. J'étais au cœur du projet, mettant au jour la différence entre le récit qui m'avait été présenté dans l'enfance et celui que je produisais. Pourquoi moi, qui avais fait profession d'écrire des histoires, ne m'étais-je auparavant pas penché sur la mienne ? Parce qu'il était trop tôt, je m'en rendais compte à présent. Il avait fallu la mort de nombreuses personnes pour que la parole se libère et en rende possible le recueil par l'écriture.

— Tu veux qu'on fasse une pause, Laurent ? me demanda Annie, qui me voyait songeur.

— Pas du tout, continuons, si vous le voulez bien.

— Après la mort de ton grand-père, reprit Marinette, la propriété de Santo Domingo a été hypothéquée. Mais personne n'a jamais voulu la racheter, tout est parti en perdition.

— Louisette m'a raconté que, toute sa vie, ma grand-mère disait qu'il fallait que quelqu'un aille là-bas pour reprendre le flambeau.

— Ce n'était pas ta grand-mère, la pauvre, elle était dépassée, ce n'était pas une femme d'affaires. À vrai dire, c'était Jean-Baptiste qui lui conseillait ça. Il lui disait sans arrêt : « Il faut que tu envoies quelqu'un, un de tes gosses. »

— Et ça a été Jean. Ils ont envoyé Jean et Louisette.

— Oui, Louisette était enceinte de Bébé. Et, dès qu'ils sont arrivés là-bas, mon beau-père a levé l'hypothèque. Messieurs Bélon et Bégué avaient avancé de l'argent et installé un contremaître pour que la terre ne parte pas en déshérence. Jean-Baptiste a tout payé et a dit à son neveu : « J'ai confiance en toi, tu me rembourseras en trois fois. » Jean a dit d'accord et s'est mis au travail, il a remonté la finca de Santo Domingo. Il comprenait bien le café, mieux que son père, sûrement. Le jour où il est venu à El Infierno pour payer la première traite, Jean-Baptiste, qui commençait à être âgé, il devait avoir soixante-quinze ans, lui a dit : « Tu ne me dois plus rien. » Il lui a fait cadeau du reste, je crois, près de quatorze mille dollars.

— Aujourd'hui, ce serait l'équivalent de cent cinquante mille euros, calculai-je. Ce n'est pas ce que m'a dit Louisette, elle m'a dit qu'ils avaient dû payer entièrement la dette, les vingt-trois mille dollars.

— Soit elle t'a menti, soit elle ne se souvenait plus, répondit calmement Marinette. (Je voyais bien à son regard qu'elle penchait pour la première hypothèse.) À mon avis, Jean et Louisette ne l'ont jamais dit à cause de leurs frères et sœurs. Je vais te dire, Laurent, dans cette période, ils ont gagné de l'argent, et ils avaient peur que les autres,

Lydie, Hélène, ton père, Pierrot et René, réclament quelque chose... Et ta grand-mère, évidemment, qui n'a jamais rien eu.

J'étais abasourdi. Pour la première fois, la théorie du magot était corroborée par un témoin.

— Ils ont remboursé le premier tiers de la dette de ton grand-père, et Jean-Baptiste a effacé tout le reste. Mais il ne l'a pas fait pour ton oncle Jean. Il a fait ce cadeau à Madeleine. Parce qu'il s'est dit qu'elle ne pourrait jamais payer cette dette et élever seule ses six enfants. Il voulait que cet argent qu'il renonçait à réclamer finisse par revenir à ta grand-mère, d'une façon ou d'une autre. Sauf qu'en fait rien de ce cadeau ne lui est jamais parvenu...

— Et il n'y a jamais eu de papier concernant cette dette, une preuve matérielle ?

— Pas besoin de preuve. Je te le jure, Laurent, c'est vrai. Je le sais, parce que cette décision de Jean-Baptiste a causé beaucoup de problèmes au sein de ma propre famille.

— Comment ça ?

Pour la première fois, Marinette parut affectée. Son récit, en remontant le fil du temps, avait franchi une génération. Il s'agissait désormais de sa propre histoire, de celle de son mari et de celle de leur fille. Alors, Annie prit le relais, et ce fut elle qui raconta :

— Quand Jean-Baptiste a annoncé à Jean qu'il annulait les deux autres échéances, René, ça ne lui a pas plu du tout. Il avait vingt-trois ans, il était le fils aîné, et il estimait que cet argent était une partie de son héritage. Il était vraiment mécontent que son père fasse un tel don.

— Et ton père à toi, il en pensait quoi ?

— Mon père respectait la décision prise. Robert ne voyait pas cet argent comme le sien, mais comme celui qu'avait gagné son père. (Marinette hocha la tête, toujours silencieuse.) Les deux frères avaient des caractères très différents. Robert aimait les gens. René était plus difficile. Il s'est fâché avec tout le monde à cause de cette histoire. Un jour, ils en sont venus aux mains, Jean-Baptiste et lui. Tu te rends compte ? Jean-Baptiste était âgé et René avait la vingtaine, les employés ont dû les séparer. Toute sa vie, René a détesté ton oncle Jean à cause de cette dette effacée. C'est pour ça qu'il n'était pas là lors de votre visite à El Infierno.

— Oui, je me suis rendu compte qu'il n'apparaissait pas sur le film que mon père avait tourné. J'ai pensé que c'était peut-être parce qu'il n'habitait plus à Cuba.

— Si, si, il a toujours vécu là-bas. Il n'est pas rentré en France comme nous après la révolution. Il n'a pas quitté sa maison, qui était sur une autre propriété offerte par son père en 1952, vu qu'ils avaient du mal à s'entendre. El Ermitaño, qui signifie l'ermite… Ça en dit long sur le caractère de René. Les deux domaines étaient proches. Comme ça, ils vivaient à côté, mais pas ensemble.

— Et René, il a fondé une famille là-bas ?

— Oui, il a épousé une Française, Lina Mondet, d'Araujuzon, et ils ont eu un fils, Jean-Joseph. Il vit toujours là-bas. Jean-Jo, c'est mon cousin germain, je leur écris souvent, à lui et à sa femme Magdelín. Ils ont une maison à Guantánamo maintenant. Il doit avoir ton âge, il a deux filles, un peu de l'âge des tiennes, mais il ne parle pas un mot de français, seulement espagnol. Il n'a jamais bougé de là-bas, je ne sais même pas s'il est allé à La Havane.

Il restait donc encore une personne qui portait notre nom sur l'île. Comme il n'avait pas eu de garçon, ce nom allait disparaître de Cuba, en vertu de la tradition qui s'appliquait encore avec force dans un pays plus machiste et croyant que le nôtre.

— Tu sais, Laurent, reprit subitement Marinette, mon mari aimait les gens, contrairement à René. C'est pour ça que Jean-Baptiste l'a réclamé près de lui à Cuba. Au départ, il voulait que son fils cadet bénéficie d'une bonne éducation en France, raison pour laquelle Robert se trouvait à Pau à cette époque. Il avait la vingtaine et on se fréquentaient. (Elle avait retrouvé son énergie.) Alors, il a dit : si je pars, je me marie avant. Donc on s'est mariés en 1952.

— Vous vous êtes surtout mariés parce que tu avais un petit polichinelle dans le tiroir, ajouta malicieusement Annie.

— Ben oui, se justifia Marinette. On vivait ensemble, Robert et moi, depuis deux ans, dans la maison achetée par Jean-Baptiste. Alors, j'étais enceinte de celle-ci, dit-elle en posant sa main sur le genou de sa fille. Je me souviens de la date, on a pris l'avion le 11 septembre 1952. Et après, un autre avion de La Havane à Santiago. René est venu nous chercher en Jeep, c'était la saison des pluies, il y avait de la boue, des trous terribles sur la route, j'avais une peur bleue.

— Et c'est ton père qui a secondé Jean-Baptiste le reste de sa vie ? demandai-je à Annie.

— Oui, par exemple il a mis en place une comptabilité. Son père ne savait pas faire de multiplications, alors, pour calculer une paye sur quinze jours, il faisait quinze additions : un dollar vingt-cinq plus un dollar vingt-cinq plus un dollar vingt-cinq... quinze fois. Et il avait des dizaines d'employés. Ensuite, ils ont bâti la maison en dur, augmenté le nombre de séchoirs, créé des bâtiments pour accueillir les ouvriers, la propriété s'est encore agrandie pour atteindre les mille cinq cents hectares. Tu te rends compte d'où il venait ? Les champs de L'Hôpital-d'Orion, la boulangerie de La Havane, la compagnie de transport de cannes, et puis El Infierno... Peu à peu, Robert a complètement pris la place de son père vieillissant. Les kilomètres à cheval, la chaleur, ça devenait difficile. À quatre-vingt-trois ans, Jean-Baptiste a pris l'avion pour la France, cela a été son dernier voyage. Il est enterré ici, à Pau.

— Ton grand-père était un personnage incroyable, dis-je. As-tu des souvenirs de lui ?

— Un seul. Le jour où il a quitté El Infierno pour la dernière fois pour rentrer à Pau. J'avais cinq ans, j'étais dans le séjour, un rideau séparait la salle à manger du salon. Ses amis étaient venus lui dire au revoir. Je me tenais debout à côté de lui, il avait des bottes en cuir qui lui montaient au-dessus des genoux. Je me souviens de ça, je n'étais pas plus haute que ses bottes de cavalier.

— Il est mort combien de temps après ?

— L'année suivante, en 1959.

— Alors, il n'a pas connu la révolution ?

— Il est décédé le 1er avril, trois mois après le succès de la révolution. Il connaissait les barbudos, forcément. Ils bataillaient dans notre région depuis 1956. Mais il n'a jamais su comment cela avait tourné, les nationalisations, la réquisition de la maison. Heureusement : il ne les aurait jamais laissés faire. Il avait toujours son pistolet sur lui. Ça l'aurait rendu malade qu'on lui prenne tout ce qu'il avait construit. Il ne pouvait pas imaginer ça, il avait connu l'âge d'or des grands propriétaires terriens sous les Américains et Batista. Il aurait préféré se faire fusiller.

Au printemps 1958, Jean-Baptiste réunit l'ensemble de sa famille dans la maison d'El Infierno. Le chef de famille octogénaire, légèrement voûté, se tenait debout à l'extrémité de la table, où ronronnait le ventilateur électrique rapporté lors de son dernier séjour dans l'Hexagone. Sa chemise blanche faséyait sur son corps amaigri. Sous son front chenu, sa moustache fournie restait noire, telle une passerelle tendue entre ses joues ravinées. Entre les rides, ses yeux roulaient comme deux billes, de la gauche, où avaient pris place René et sa femme Lina, le ventre arrondi d'une grossesse bientôt arrivée à terme, à la droite, où se tenaient Robert, sa femme Marinette et leur petite Annie. Chaque soir, des pluies torrentielles détrempaient les chemins dans un tonnerre de grondements où il était difficile de distinguer ceux qui étaient dus à l'orage et les tirs de canon. Les guérilleros avaient pris le contrôle de cette partie de l'Oriente depuis plusieurs semaines, et de violents combats se déroulaient non loin de la finca. Les troupes loyalistes avaient établi une ligne de positions fortifiées dans les collines pour barrer l'accès aux plages orientales de l'île. Dans cette zone, tout homme était considéré comme suspect et risquait d'être abattu. Seules les femmes pouvaient encore rejoindre Guantánamo sans être trop inquiétées. Mais le trajet à cheval prenait deux jours.

— Je vais rentrer en France avant que la saison des pluies batte son plein, annonça Jean-Baptiste.

— Vous ne pouvez pas, c'est trop dangereux ! s'écria Marinette.

— Tout le monde me connaît depuis des années, lâcha-t-il calmement. Les barbudos comme les soldats de Batista. Aux premiers on a donné des cochons et des poules, aux seconds du café et des mulets.

— Marinette a raison, enchérit Robert. Tu devrais attendre que ça se calme...

— Se calmer comment ? Quand ? s'emporta le patriarche. Cela fait deux ans que ces combats durent, et maintenant le soulèvement a gagné la campagne. Si cela continue, on n'aura plus un ouvrier pour la récolte, ils seront trop occupés à se prendre des balles dans le ventre ! Bientôt, je serai trop âgé pour faire des allers et retours au pays.

Tout le monde baissa la tête. Ils connaissaient l'intérêt de ces voyages. Depuis des dizaines d'années, le père en profitait pour investir en France, améliorer la situation de ses frères et sœurs, de leurs enfants maintenant. De ces séjours il revenait chaque fois comme rajeuni, ressourcé par l'air tempéré du Béarn et la modération de son soleil.

— Ne vous inquiétez pas. (Il fixa Lina avec tendresse.) J'aurais aimé assister à la naissance de ton enfant, mais tu me le présenteras quand je reviendrai l'année prochaine.

— Oui, approuva timidement sa belle-fille, tandis que René, touché par les paroles de son père, saisit la main de sa jeune épouse.

Lina, la dernière de cette lignée de femmes qui avaient suivi leur époux dans le rêve cubain, se trouvait toujours démunie face à son beau-père. Comme si l'acuité de son regard suffisait à la déposséder des richesses qu'elle avait acquises par le sacrement du mariage.

— Nous t'écrirons sitôt qu'il sera né, compléta René.

— Je voudrais que vous vous tolériez en mon absence, ajouta Jean-Baptiste en fixant longuement ses deux fils. Il n'est plus temps de se quereller, la main-d'œuvre va manquer. Robert et ses ouvriers aideront René à El Ermitaño pour la récolte. Puis René et les siens viendront ici pour aider Robert.

Comme pour appuyer ces paroles, un vrombissement croissant se fit entendre. Annie courut à la porte.

— Reviens ! hurla Marinette.

Tout le monde rappela la petite fille, mais l'avion volait si bas que le bruit des hélices couvrit leurs cris. La mère rattrapa sa fille sur le seuil et la serra contre elle au moment où le bombardier de l'armée loyaliste survolait le bâtiment. Il passa si près qu'elle put entrevoir la trappe à bombes ouverte dans le ventre de métal. L'avion obliqua vers l'ouest, frôlant le hangar, dont plusieurs tôles se déclouèrent et battirent la mesure. Il poursuivit son vol encore une trentaine de secondes et se cabra brutalement en direction du soleil, tandis qu'une explosion retentit au milieu des collines, suivie de flammes et d'un important panache de fumée noire.

— Ils ont dû repérer une colonne là-bas, frémit Marinette.

— En plein dans nos acajous, commenta sobrement Robert.

Deux mois plus tard, Jean-Baptiste, à bord du *SS Queen Elizabeth*, vit le port de Bordeaux se découper dans la brume océane. Dans un premier temps, comme il l'avait prévu, il avait gagné Guantánamo sans encombre, rencontrant des patrouilles des deux bords et convainquant sans peine chaque belligérant de le laisser poursuivre. De Guantánamo, il avait rejoint Santiago, où il avait pris un avion de ligne jusqu'à La Havane, puis un quadrimoteur de la Pan Am jusqu'à New York, où il avait embarqué à bord du paquebot de la White Star Line. Il lui semblait loin, le temps de sa première traversée, soixante-dix ans auparavant, lorsqu'il faisait la plonge et dormait dans un hamac installé en travers de la cambuse. Maintenant, il voyageait en première classe et bénéficiait d'un service luxueux. Il se souvint du marchand syrien qui lui avait parlé de Christophe Colomb sur le pont du *Manoubia*, mais avait omis d'évoquer Hernán Cortés, premier maire de Santiago de Cuba, et les conquistadores, avec leur manière bien à eux de passer les indigènes au fil de l'épée. Depuis des siècles, il y avait eu tant de morts à Cuba, tant de luttes, que la mer aurait dû y être rouge. Au lieu de cela, la clarté turquoise de ses eaux continuait d'exercer une fatale attraction, dont le vieil homme se demandait s'il aurait encore l'occasion d'en ressentir les effets. L'heure du bilan était venue. Jean-Baptiste avait toujours préféré Robert à René, le plus jeune au plus âgé, et n'en tirait ni remords ni satisfaction, lui-même ayant agi avec trop d'indépendance pour croire que les pères peuvent exercer une quelconque influence sur les agissements des fils. Néanmoins, l'espoir que Lina donne naissance à un garçon avait provoqué chez lui un regain d'affection inattendu envers son fils aîné. Juste avant le départ, la jeune femme lui avait confié que, si elle accouchait d'un garçon, ils le prénommeraient Jean-Joseph.

À la fin du mois de mai, Lina fut la proie d'une série de contractions d'une intensité inédite. À plusieurs semaines du terme annoncé, elle eut peur de perdre son enfant et demanda à René de l'accompagner de toute urgence auprès de Marinette, qui avait l'expérience de l'enfantement. D'El Ermitaño à El Infierno, le trajet à cheval durait en temps normal moins d'une heure, mais ils contraignirent leur monture au pas le plus lent et n'arrivèrent qu'en fin de matinée.

— Qu'en penses-tu ? demanda Lina à Marinette lorsque les deux femmes furent réunies à l'intérieur de la maison, tandis qu'à l'extérieur Robert et René tiraient nerveusement sur un cigare.

— Tu as saigné ? s'enquit Marinette.

— Non, mais depuis ce matin j'ai le ventre dur, et j'ai l'impression que mes organes vont tomber.

— Il faut faire venir un médecin ici. Moi, quand j'ai commencé à avoir des contractions pour Annie, Robert a fait venir le docteur de Guantánamo. Ce n'était qu'une alerte la première fois, mais il est resté la semaine entière chez nous, jusqu'au déclenchement de l'accouchement.

— Personne ne se déplacera en ce moment, à cause des combats, répondit nerveusement Lina.

— Il y a Louisette Bénégui. Ses deux enfants sont nés à Santo Domingo, après tout... Je sais que quelqu'un l'a aidée. On pourrait essayer de lui envoyer un message ?

Lina soupira. Depuis son arrivée à Cuba, elle n'avait jamais rencontré l'autre branche de la famille Bénégui. René ne voulait ni les voir ni entendre parler d'eux. De son point de vue, ces gens-là n'avaient pas remboursé leur dette, et il n'accepterait jamais leur aide.

— Louisette ne va pas traverser la montagne pour nous, répondit-elle prudemment. Autant nous rendre à l'hôpital de Guantánamo.

— Toutes les deux ?

— Oui, c'est trop dangereux pour nos maris. Il faudrait qu'on trouve des soldats. S'ils voulaient, ils pourraient nous emmener en Jeep.

Marinette acquiesça, ironique.

— Si on voyage avec des loyalistes, on peut tomber dans une embuscade des révolutionnaires. Si on est avec des rebelles, on risque d'être bombardées par l'armée régulière. Alors, *viva* Fidel ou *viva* Batista ?

— Je m'en fiche, grimaça Lina, qu'une nouvelle contraction venait de saisir. Les premiers sur qui on tombe.

Les deux femmes, juchées sur leurs chevaux, croisèrent un convoi de soldats de l'armée régulière dès la sortie du domaine d'El Infierno. Elles furent fouillées, surtout Lina, qui, avec son gros ventre et sa robe ample, aurait pu camoufler un arsenal complet, puis escortées jusqu'à Felicidad, où un véhicule de commandement les prit en charge et les conduisit à l'hôpital de Guantánamo. Ce contingent loyaliste venait renforcer les défenses de la ville, éprouvées par les infiltrations de plus en plus fréquentes des révolutionnaires. Depuis quelques jours, la colonne commandée par Raúl Castro était signalée au nord de la ville, flanquée de celle du commandant Manuel Piñeiro. Ce fut dans une ville aux rues désertes, plongée par le crépuscule du pouvoir dans une profonde léthargie, que Lina et Marinette se présentèrent à l'entrée de l'hôpital. Après avoir examiné la parturiente, les médecins lui prescrivirent un repos absolu. La lutte qui la concernait était claire : chaque jour gagné donnait une chance supplémentaire à son bébé de pouvoir respirer à la naissance. Il était hors de question de repartir pour El Infierno, de monter à cheval ni même de marcher. Elle devait rester allongée pour au moins trois semaines.

Comme l'établissement était saturé par les blessés, qui affluaient de toute la région, on conseilla aux deux femmes de s'installer dans l'hôtel voisin, où le médecin pourrait leur rendre visite quotidiennement. En quittant l'établissement, Lina et Marinette croisèrent un chariot qui transportait le corps d'un homme. Il s'agissait d'un soldat loyaliste tué par un tir de mortier sur la route qu'elles avaient empruntée quelques heures plus tôt.

— Tourne la tête ! ordonna Marinette.

Mais il était trop tard : Lina se trouva face au cadavre, ouvert en deux, les côtes jaillissant de son torse comme celles d'un bœuf exposé sur le marché.

Chaque soir, des commandos rebelles se glissaient dans le damier parfait du centre-ville pour se mêler à la population. Dans les enfilades de rues et d'avenues qui se croisaient à angle droit, il n'était pas difficile de voir arriver l'ennemi et, après une embuscade, de disparaître dans le bloc d'immeubles voisin. Les techniques de la guérilla, éprouvées dans les montagnes de la sierra, s'adaptaient efficacement à l'environnement urbain orthogonal. L'hôtel Washington était situé sur la place de la cathédrale Santa Catalina de Ricci. Il dominait un parc arboré dans lequel crépitaient régulièrement des fusillades. Chaque fois, Marinette forçait Lina à se réfugier dans la baignoire, dont l'épaisseur de fonte constituait le plus efficace des pare-balles.

— Le médecin a dit que tu devais te reposer, il n'a pas précisé que c'était forcément dans un lit !

Un jour, un projectile perdu brisa une fenêtre et dégomma une statuette de la Sainte Vierge posée sur la commode. La preuve, selon Marinette, que Castro, quoiqu'il le démentît, était bien un agent marxiste.

— Va te cacher, Lina !

— Marinette, franchement, ça tire tout le temps, dans tous les sens, je vais finir par accoucher dans cette baignoire…

— Pardi, ça prouvera qu'on a bien fait de payer pour une chambre avec salle de bains individuelle !

Trois semaines plus tard, le travail commença. Jean-Joseph Bénégui naquit au petit matin du 17 juin 1958, à seulement quelques jours du terme prévu. Les alvéoles de ses poumons se déplièrent sans encombre, et son cri fit écho à la trompette de la garnison qui sonnait le réveil.

Les habitants d'El Infierno entrèrent dans l'année 1959 au son des coups de fusil, cette fois tirés en l'air par des barbudos qui sortaient de la forêt en proie à une liesse surnaturelle. Dans la nuit du 31 décembre au 1er janvier, le dictateur Batista avait quitté l'île en avion. Son gouvernement était tombé, la révolution avait triomphé, et dans toutes les casernes de l'île les troupes loyalistes déposaient les armes aux pieds des rebelles.

La petite troupe de guérilleros avançait à découvert, certains scrutant avec inquiétude le bleu pur et sans nuage du ciel, qu'aucun bombardier ne devait plus jamais griffer. Les ouvriers se précipitèrent et leur tombèrent dans les bras. Des chargeurs entiers furent vidés pour rien, sur les arbres, dans les feuilles, comme pour prendre une revanche sur les semaines précédentes, pendant lesquelles la moindre balle devait être économisée. On s'embrassait, on se congratulait, on se donnait du « camarade ». Robert observait cette liesse sans trop savoir qu'en penser, se demandant si elle était identique sur la propriété de René et dans toutes les fincas de la région. Les paysans fraternisaient avec les soldats, qui pour le plus grand nombre étaient des leurs. La joie méritait de l'emporter, il n'y aurait plus de Cubains tuant des Cubains, plus de combats fratricides. L'esprit pacificateur de la révolution allait bientôt souffler sur l'île.

S'avança alors la silhouette reconnaissable du commandant Barberousse, vêtu d'un treillis vert olive, les bas de pantalon pris dans une paire de rangers, une arme à la ceinture, sa barbe dense flamboyant jusqu'au milieu de son torse. Lorsque le seigneur de guerre dégaina son pistolet et le brandit en direction de Robert, celui-ci pensa que sa dernière heure était venue. La détonation interrompit les clameurs de joie, et, dans le silence qui suivit, on vit le plus gras des zébus du corral s'affaisser sur les antérieurs avant de s'effondrer sur le flanc, une tache de sang s'épanouissant entre ses cornes.

— Allume un feu, le Français ! ordonna Barberousse. Mes hommes n'ont pas mangé de viande depuis trop longtemps.

Robert et Marinette, soulagés, s'étreignirent, tandis que les « *¡Viva la revolución !* » et les détonations reprenaient avec ferveur.

Dès la semaine suivante, à l'école de Felicidad, le professeur d'Annie entama un cours d'instruction civique intitulé : « Nos voisins de la base américaine sont des ennemis », puis on remit à l'enfant une publication dans laquelle ses parents découvrirent avec stupeur que les réunions de plus de six personnes, y compris à l'intérieur d'une maison, étaient interdites, car favorisant les attitudes contre-révolutionnaires.

Mille kilomètres plus au nord, les frères Castro et Che Guevara entrèrent triomphalement dans la capitale, après avoir été acclamés tout au long de leur trajet par les millions de Cubains à qui ils avaient rendu leur fierté. Tout allait désormais se décider depuis La Havane, où Fidel Castro et son état-major investirent le dernier étage de l'hôtel Hilton, édictant les premières mesures du gouvernement révolutionnaire derrière les baies vitrées du bar panoramique le plus élevé de la capitale. Sous leurs yeux, cent mètres plus bas, la ville était muette, les citoyens semblables à des insectes, les voitures à des jouets et les palais de l'ancien pouvoir à des maquettes. La mer des Caraïbes se fracassait en nuages d'écume qui s'élevaient le long du Malecón. Les vainqueurs avaient trente ans, des visages de gamin, des armes à feu, des cigares. De là-haut, ils tenaient le monde entre leurs mains.

Dans les montagnes d'Oriente, théâtre des premiers combats, on n'entendait plus que les échos amortis de la transformation en cours de la société. Loin des mouvements de foule, des remous politiques, des rodomontades internationales, la vie agricole avait pratiquement repris à l'identique dans la propriété d'El Infierno. Une exception, cependant : les discours de Fidel Castro, pendant lesquels les miliciens réunissaient la population devant des postes de radio. Alors, la récolte de café, le labourage des terres, l'alimentation du bétail s'interrompaient, le temps que la propagande tonitruante pénètre dans les forêts, résonne entre les collines et parvienne au moindre bohío.

Robert pensait que le culte laïque nouvellement mis en place allait disparaître aussi vite qu'il s'était forgé. La révolution, si elle s'opposait aux intérêts des autres nations, était vouée à être balayée. Il fallait faire le dos rond en attendant. À El Ermitaño, René ne partageait pas le sentiment de son frère. Il pensait que le mouvement allait durer, mais qu'il aurait la souplesse de considérer la situation de chacun. Il imaginait un avenir de concessions, d'équilibre, il pensait que le temps des rudesses s'éloignait.

L'interdiction de détenir des dollars et de les utiliser dans les transactions commerciales ébranla l'espoir des deux frères. Chacun fut prié de rapporter à la banque les dollars et les pesos en sa possession pour se voir remettre en contrepartie des pesos révolutionnaires, seule monnaie désormais en usage sur l'île.

— Qu'est-ce qu'on va faire avec ces billets de pacotille ? s'écria Marinette. Tu crois qu'on pourra les changer dans une banque, en France ou en Floride ?

— Jamais de la vie, lui répondit son mari. C'est un moyen de nous tenir prisonniers. Si notre argent n'a plus de valeur, on ne peut aller nulle part.

— Alors on ne va certainement pas leur rendre nos dollars ! décréta son énergique épouse.

— Tu crois qu'on devrait quitter Cuba ?

— Robert, on ne va pas abandonner les terres de ton père.

Ils avaient appris la mort de Jean-Baptiste, survenue à Pau quelques semaines auparavant, funeste nouvelle que l'éloignement avait cependant rendue irréelle. Ainsi, il leur arrivait de parler du patriarche comme s'il allait revenir par le prochain bateau, tenant le deuil à distance grâce à un océan. Mais il ne leur échappait pas que quitter les terres d'El Infierno allait éclairer la disparition de Jean-Baptiste de la lumière crue de la vérité et les plonger dans la souffrance d'un double arrachement.

— Et s'ils nous les prennent de toute façon ? souffla Robert, désespéré.

— Cela n'arrivera pas, jamais ils ne nous les prendront !

— Ils ont pourtant parlé de nationalisations, insista-t-il.

— Fidel est un provocateur ! s'époumona Marinette. Il s'écoute parler pendant des heures. Comment veux-tu qu'ils prennent leurs terres à des Français ? Tu crois que notre gouvernement laissera faire ? Ce sont des histoires entre eux. Ça ne nous concerne pas !

Robert acquiesça sans conviction. Annie était née ici, elle était cubaine. Son neveu Jean-Joseph, à peine né, était cubain aussi. La révolution allait-elle s'embarrasser de considérations diplomatiques ?

— D'accord, lâcha-t-il finalement, on va cacher nos dollars.

Pour ne pas attirer l'attention, Marinette se rendit à la banque, où elle sacrifia une poignée de dollars et quelques pesos anciens contre une liasse de ces nouvelles coupures sur lesquelles fleurissait le visage de José Martí.

Le reste de leur richesse fut caché dans des boîtes en fer sous le plancher du hangar à grains. Dans le même temps, ils rachetèrent au marché noir tous les billets verts qu'ils purent trouver. De nombreux Cubains, comme eux, avaient conservé des devises étrangères, et un véritable marché parallèle s'était mis en place entre les marchands de café, les commerçants de Guantánamo et les notables de la région. Le taux de change était de un peso pour un dollar avant la révolution ; il bondit à vingt, puis cinquante, puis cent pour un. Mais Robert et Marinette n'en avaient cure. Discrètement, ils achetaient des dollars, les rapportaient à la finca et les dissimulaient, risquant une peine de vingt ans de prison pour ce trafic.

En octobre 1959, un violent cyclone dévasta la région, empoignant de sa main griffue les vallées du domaine, tordant et brisant les troncs, abandonnant des empreintes grises et désolées au milieu des forêts. Robert se précipita à Felicidad sous une pluie torrentielle pour récupérer Annie à l'école. En quelques heures, les rios en crue avaient complètement isolé la maison. Face à eux, le ruisseau qu'ils avaient traversé le matin même en sautant de pierre en pierre s'était transformé en un torrent de plusieurs mètres de large. Le flot ne cessait de s'épaissir en grondant. Bientôt, il charrierait les premières branches arrachées par le vent et serait infranchissable. La foudre frappa un palmier à moins de vingt mètres, allumant une torchère dans la nuit qui s'était subitement abattue sur le jour. L'enfant, effrayée, se blottit contre son père tandis qu'il se défaisait de sa ceinture pour la lui passer sous les bras.

— Annie, il faut y aller maintenant ! hurla Robert contre le vent.

Serrant fermement le lien, il entraîna sa fille avec lui dans le flot. L'eau, tiède et limoneuse, montait jusqu'au menton de la petite, qui progressait pas à pas, entraînée par son père, dont le corps s'offrait en rempart au courant. Lorsqu'ils parvinrent sur l'autre bord, ils s'ébrouèrent et éclatèrent d'un rire complice, puis se mirent à courir en direction de la maison. Marinette les attendait sur le seuil. Au soulagement de les avoir retrouvés se mêlait une contrariété évidente.

— Que se passe-t-il, Marinette ?

— Le hangar…

Robert se tourna vers l'entrepôt, dont le vent avait emporté une partie de la couverture en tôle.

La pluie s'engouffrait dans la béance du toit et ruisselait en cascade à l'intérieur. La majeure partie de la récolte avait été livrée, ne restaient dans l'entrepôt qu'une centaine de kilos de café. Ce n'étaient pas les sacs en toile de jute imbibés qui inquiétaient le couple, mais ce qu'ils avaient caché en dessous. Robert se précipita, alluma la lampe à huile, déplaça trois sacs et mit au jour une trappe. Il tira sur l'anneau en métal, réalisant avec consternation que les eaux de pluie coulaient en ruisseau sous le plancher. Les boîtes dans lesquelles ils stockaient leurs dollars avaient été emportées, et avec elles leur assurance sur l'avenir. Il s'introduisit par la trappe dans l'espace réduit entre le plancher et le sol bourbeux et, à quatre pattes, suivit le courant. Assez rapidement, en tâtonnant, il tomba sur une première boîte fichée dans la boue. Le couvercle avait résisté, mais les billets étaient détrempés, souillés. Plus loin, près d'un poteau de fondation, il en aperçut une deuxième et se hâta dans cette direction, la peur au ventre. À l'extérieur, le tonnerre redoublait. À tout moment, le flot dans lequel il pataugeait pouvait enfler et le noyer. Plus il s'éloignait de l'ouverture de la trappe, plus il s'exposait.

À mesure que Robert rapportait les billets, Marinette les rinçait, les talquait et les mettait à sécher entre des couvertures posées à même leur matelas. En tout, près de cinq cents coupures de un, cinq et dix dollars réparties en trois couches sur lesquelles ils finirent par s'allonger vers minuit, exténués, leur fortune sauvée.

— Tu crois que ça va sécher dans la nuit ? lui demanda-t-elle juste avant de s'endormir.

— Ça mettra plusieurs jours, mais ici, au moins, les militaires ne risquent pas de tomber dessus.

— Je crois que demain je vais rester au lit, sourit-elle.

— Après, il faudra qu'on trouve une meilleure cachette...

Le lendemain matin, Annie entra dans la chambre de ses parents avec son lapin en peluche. Sa mère lui fit signe de les rejoindre, mais la petite trouva que le lit était humide.

— Papa a beaucoup transpiré cette nuit, ma chérie, dit Marinette en s'emparant de la peluche. Tu sais quoi ? Ton doudou, on dirait qu'il a maigri. Il est rationné, lui aussi ? Si tu veux, je vais le rembourrer.

— C'est une bonne idée, approuva Robert. On va rembourrer toutes les peluches.

— Mais attention, on ne le dira pas aux militaires, sinon ils croiront que ton lapin fait du marché noir.

Annie acquiesça gravement. Elle savait garder un secret.

La semaine suivante, Marinette repassa discrètement les billets et en garnit les peluches, qui trônaient les unes à côté des autres sur une étagère dans la chambre de l'enfant.

Quand les peluches furent pleines à craquer, elle décousit les chaises de la salle à manger et remplaça une partie de la bourre par des billets.

— Si un jour ils nationalisent..., commença Robert un soir qu'ils dînaient assis sur leur capital.

— Tu ne vas pas remettre ça, avec tes nationalisations, l'interrompit sa femme.

— Mais tu ne les entends pas à la radio ? Ils n'ont que leur réforme agraire à la bouche, ils vont faire une deuxième vague de redistribution, et cette fois ça ne concernera pas que les grands propriétaires sucriers ou les entreprises américaines… Alors, si on était chassés d'ici, on pourrait sûrement emporter les peluches, mais les chaises, tu crois qu'ils nous les laisseraient ?

— Je ne sais pas, murmura Marinette, soudainement inquiète.

— Moi, je ne crois pas. S'ils nous prennent nos terres, ils prendront aussi notre bétail et nos meubles.

— Qu'est-ce que tu as en tête ?

— On ne peut pas garder cet argent ici, assura Robert.

— Tu voudrais qu'on le mette où ?

— Il faut qu'on l'envoie au pays. À ta mère…

— Et comment tu comptes t'y prendre ? Si on arrive à la banque avec ce qu'on a amassé, on finira directement en prison.

Robert avait entendu parler d'une filière. Bien plus accessible qu'ils ne pouvaient l'imaginer.

— On va demander à ta couturière, lâcha-t-il.

Marinette se demanda si son mari avait contracté la dengue ou une autre de ces maladies tropicales qui vous font délirer sous l'effet de la fièvre. Cependant, après l'avoir écouté, elle convint que cela paraissait faisable.

Le dimanche suivant, elle se rendit à Guantánamo dans l'appartement de Carmen Diaz, dont le balcon, au premier étage, donnait sur la place de la cathédrale. Un camion de militaires stationnait devant l'édifice religieux, et on ne savait s'il avait pour but de dissuader les gens d'aller écouter le prêche du curé, réputé antimarxiste, ou d'arrêter ceux qui sortaient de l'église.

— Quelle misère, bougonna la couturière en refermant la fenêtre par prudence.

Carmen était une métisse obèse d'une cinquantaine d'années dont les doigts boudinés étaient paradoxalement doués d'une agilité inégalable dès lors qu'ils s'emparaient d'un fil et d'une aiguille. Avant la révolution, les femmes de la région lui apportaient des magazines de mode américains ou français à partir desquels elle copiait les dernières tenues en vogue. Son plus grand succès était la petite jupe vichy de la jeune actrice Brigitte Bardot, qu'elle avait confectionnée en une quarantaine d'exemplaires. Mais, depuis la victoire des barbudos, le treillis vert olive semblait être devenu le parangon de la mode unisexe. Aucun nouveau magazine n'avait fait son apparition, et la couturière et sa famille avaient dû chercher d'autres sources de revenus.

Carmen retourna à la table où Marinette attendait sa réponse. Elle leur servit à toutes deux une tasse d'un jus de grains d'arabica moulus avec des pois chiches, car même en Oriente le café venait à manquer depuis que les récoltes étaient exportées vers l'Union soviétique.

— Pilar va le faire, finit-elle par lâcher. Je vais coudre des poches minuscules à l'intérieur de chacune de vos jupes, et vous me livrerez les dollars une fois par semaine. Privilégiez les grosses coupures, c'est une question de volume. Ma fille court le même risque à faire entrer dans la base cinq billets de cent dollars que cinq de un.

Marinette, soulagée, acquiesça. Près de mille Cubains travaillaient encore sur la base navale américaine, femmes de ménage, aides-cuisiniers, des postes sans responsabilités, mais ils étaient les seuls à pouvoir aller et venir chaque jour entre le territoire cubain et le territoire américain.

— Si elle trouve que c'est trop risqué, on arrêtera tout de suite, voulut la rassurer Marinette.

— Si vous payez un dollar pour trois passés, elle n'aura pas envie que vous arrêtiez, sourit la couturière. Ma fille a quatre enfants qui ne mangent plus à leur faim. Son mari a perdu un bras pendant la révolution et il est devenu alcoolique. À chaque passage, elle gagne plus qu'en un mois de ménage pour les Yankees. Il n'y a que lorsqu'elle a ses règles qu'elle ne peut pas passer d'argent, vous comprenez ?

Marinette écarquilla les yeux. Elle imagina que c'était à cause de menstrues douloureuses que la jeune femme ne pouvait pas se rendre à son travail.

— Votre mari ne vous a pas dit de quelle façon l'argent passait la barrière de police ? l'interrogea la couturière.

— Non, il m'a juste dit que votre fille travaillait sur la base et qu'il y avait un moyen d'y faire entrer nos dollars. Qu'ils étaient un certain nombre à le faire.

— Oui, seulement des femmes. Vous savez pourquoi ?

— Non.

— Tous les Cubains employés là-bas subissent une fouille intégrale de la part des miliciens. Le matin avant d'entrer dans la base, et le soir après en être sortis. Ils sont obligés de se déshabiller entièrement. Il n'y a donc qu'un endroit où une femme peut cacher quelque chose.

Marinette comprit enfin. Elle se demanda si Robert avait choisi de lui taire cet aspect de la procédure ou s'il ignorait les détails de la fraude.

— Pilar fore des tampons hygiéniques et roule les billets à l'intérieur, poursuivit la couturière. Quand elle arrive à l'intérieur de la base, elle se rend aux toilettes, enlève son tampon et sort vos billets, qu'elle remet à un GI. Lui, il se paye deux pour un. Ensuite, il fait passer vos dollars par le pont aérien, et ils arrivent en Floride.

Marinette opina de la tête lentement. La suite de la filière, elle la connaissait. Esteban Torrès, un médecin qui avait fui Cuba quelques semaines avant la révolution, s'était établi à Miami. Il avait accepté de réceptionner l'argent pour eux et le déposerait sur son propre compte en banque, puis, de là, effectuerait un virement en France, à la Société Générale, sur le compte de la mère de Marinette à Pau. Chaque fois que celle-ci recevrait une somme, elle écrirait pour dire qu'elle avait vu passer des papillons. Mille papillons pour mille dollars.

— Si vous ne voulez pas que vos billets soient tachés, il vaut mieux que ma fille ne travaille pas quand elle a ses règles, conclut la couturière.

Marinette éclata de rire en voyant ma moue incrédule. Elle jubilait littéralement à l'évocation de ces moments incroyables.

— Et je peux te demander combien de... papillons sont passés en quelques années ?

— Environ dix mille. Et on a laissé près de trois fois cette somme en commissions. Tu sais, tous ceux qui avaient un peu de bien le faisaient, et même les miliciens en croquaient. Ça a duré tant que des Cubains ont travaillé sur la base. René aussi s'y est mis, mais plus tard. Je crois qu'il payait encore davantage de commissions...

— Mais alors, demandai-je, Jean et Louisette ont dû faire pareil que vous.

— Évidemment, Laurent. Ton oncle avait la réputation d'être le plus gros passeur de dollars de la région.

— Mais il faisait comme vous, par la base ?

— Ça, je ne sais pas. Chacun avait ses filières. Mais ils ont eu de l'argent et l'ont mis ailleurs, c'est sûr. Tout le monde le savait, Laurent, sauf leur propre famille. Même les Bégué, à Guantánamo, ils riaient parce que, chaque fois que Jean venait leur rendre visite, soi-disant par courtoisie, ils savaient qu'il venait en ville pour passer des dollars.

— Pourtant, Louisette m'a juré qu'ils n'avaient jamais eu d'argent, commentai-je.

— Penses-tu. C'est comme nous, ils devaient en avoir planqué partout.

— Quand je suis allé là-bas, Jean m'a montré le tiroir où il conservait les pesos révolutionnaires dont il n'avait pas usage.

— Eh bien, il a « omis », dit Annie en mimant des guillemets avec ses doigts, de te montrer celui où ils gardaient les billets de l'oncle Sam.

J'acquiesçai tristement. S'il me restait des doutes sur l'intégrité de mon oncle et de ma tante, ils venaient de s'évanouir.

— Tu sais, Laurent, reprit Marinette, heureusement qu'on a passé de l'argent. Parce que, très vite, la vie s'est gâtée. D'abord, il y a eu le travail obligatoire. Fidel avait décrété que Cuba serait le premier producteur mondial de sucre, mais ce n'était même pas de l'économie réelle, c'était plutôt du troc avec l'Union soviétique. Je te donne mon sucre, tu me donnes de l'essence et des armes... En revanche, pour manger, la population ne recevait rien. Ils ont instauré la libreta, le carnet de rationnement, qui nous donnait accès à une livre de riz par mois et par personne, ce n'est pas beaucoup. Normalement, à Cuba, on mange beaucoup de riz. Du pain, presque pas. De la viande rouge, on n'y avait jamais droit. Pourtant, on avait du bétail, mais là aussi les meilleurs morceaux partaient en Russie ou pour les officiels du régime. Du lait, seulement pour les enfants de moins de trois ans. Après, il n'y avait plus de vêtements non plus. Quand il y avait un arrivage de chaussures, le magasin ouvrait à midi et on se levait à quatre heures du matin pour aller à Felicidad, on faisait la queue à partir de six heures, et quand arrivait ton tour il n'y avait plus ta pointure, ou alors seulement pour des bottes fourrées qui venaient de Sibérie. Alors, tu prenais n'importe quelle paire pour pouvoir l'échanger après contre autre chose. Nous, les femmes, on avait droit à une culotte par an. Quand il faut la laver tous les jours... Alors, le marché noir et le troc explosaient. Les seuls magasins où il y avait ce qu'on voulait étaient réservés aux diplomates et aux militaires. Là-bas, être militaire offrait beaucoup d'avantages. Tout le monde voulait faire partie de l'armée, mais ne crois pas que c'était pour défendre le pays, c'était pour nourrir ta famille ou pour éviter qu'on envoie tes enfants au travail forcé.

— Ça consistait en quoi ?

— Les millions de Cubains devaient être productifs. Mais si tu étais intellectuel ou suspect d'ancienne bourgeoisie, tu allais encore plus travailler dans les champs que les autres. Même les enfants faisaient du travail obligatoire. Ils récoltaient, plantaient, retournaient la terre.

— Louisette m'a dit qu'ils ont réussi à faire en sorte que Jean-Claude n'y aille jamais.

— Et Jean non plus, sûrement. Ils avaient beaucoup de relations dans l'armée. Les barbudos connaissaient chaque propriétaire, mais certains étaient plus leurs amis que d'autres. Nous, on n'a jamais vraiment accepté la situation. Comment veux-tu ? Ces gens-là ont détruit tout ce que Jean-Baptiste avait bâti, ils se le sont accaparé et l'ont ruiné, parce qu'ils étaient incapables de gérer la terre. Ils ont abattu les acajous pour les vendre aux Russes. On voyait pendant des jours des camions pleins de troncs descendre des montagnes. Ça a duré deux ans et demi, jusqu'à ce qu'il n'y ait plus un seul arbre. Du coup, les caféiers ne recevaient plus d'ombre et ont commencé à périr. Voyant cela, ils ont voulu mettre de l'engrais, mais ils le mettaient au pied de l'arbre, ce qui brûlait les racines. Peu à peu, il n'y a plus eu de café non plus. Personne n'était capable de s'occuper d'agriculture, sauf nous. À la place, ils nous envoyaient au travail obligatoire dans les champs de canne à sucre. Pour le bétail, pareil, ils étaient incapables de s'en charger. Nous avions quatre bases de prairie et, chaque mois, nous changions le bétail de pâturage pour laisser l'herbe repousser, sinon, à cause du piétinement, au bout d'un moment, l'herbe crève. Il faut la mettre au repos par alternance. Après la révolution, ils ont enlevé les barrières entre les prairies, je ne sais pas si cela faisait partie de leur idéologie – la liberté et l'indépendance même pour les bêtes – ou s'ils voulaient utiliser le bois pour autre chose, mais alors les bêtes sont allées partout, elles ont tout piétiné, les prairies ont été dévastées, et le bétail a commencé à crever de faim. Voilà le résultat, en un an ou deux : le café mort, le bétail anéanti, l'acajou disparu. Jean-Baptiste avait rendu ces terres cultivables, ils les ont saccagées. Quand la nationalisation a eu lieu, ils ont fait venir toutes les familles des ouvriers avec femmes et enfants, ils leur ont annoncé que la propriété allait être partagée entre eux. Mais, en fait, ça n'a jamais été le cas. C'est devenu un kolkhose, comme en Russie, une coopérative où ils allaient travailler sans avoir le sentiment que ça leur appartenait. Alors, forcément, ils étaient là en dilettantes, ils travaillaient pour l'État, pas pour eux-mêmes. Je n'ai vu aucun paysan profiter de leur réforme. Le seul qui possédait tout, c'était l'État. Et l'État, c'était devenu Castro. Robert, ça l'a rendu malade. Il a fait un ulcère.

— Fidel était obsédé par l'agriculture, enchaîna Annie, qui voyait sa mère s'attrister. Il a voulu faire pousser des fraises sur la mer, du café dans la mer, il a fait des croisements génétiques pour créer une « supervache », Ubre Blanca. C'était sa vache personnelle, qui pouvait donner plus de cent litres de lait par jour, il en a fait une héroïne de la révolution, elle était protégée comme une personnalité pour ne pas être victime d'un attentat. Mais elle avait été tellement manipulée qu'elle est morte avec des tumeurs partout sans jamais s'être reproduite… Après, il s'est mis en tête de créer une race de vaches naines, de la taille d'un chien, pour que chacun puisse en élever une chez soi et avoir du lait pour les enfants… Ensuite, il a fabriqué du camembert… Rien n'a jamais marché. Je vais te dire, la seule chose que Fidel ait réussie en agriculture, c'est avec la Colombie et les narcotrafiquants, quand ils ont fait du trafic de drogue pour financer les activités révolutionnaires… Mais nous, on était partis depuis longtemps.

— Quand êtes-vous rentrés en France ?

— En 1969…

— Et pourquoi pas avant, puisque c'était un désastre ?

— Parce qu'il nous a fallu du temps pour accepter l'idée qu'on n'avait plus d'avenir là-bas, reprit Marinette. Dix ans après la révolution, on a pris notre décision, et il fallait qu'on parte avant qu'Annie ait seize ans, sinon elle aurait été appelée par l'armée. On a tout laissé dernière nous.

— Vos chaises aussi ?

— Oui, sourit Marinette, mais on les avait vidées.

— Et ici ?

— Grâce aux dollars qu'on avait passés, on a pu acheter une voiture, tenir le temps de trouver un travail, Robert et moi on s'est fait embaucher à la préfecture. Et voilà… On a eu la chance que Jean-Baptiste ait beaucoup investi ici. Par exemple, on a habité d'abord dans la maison d'Araujuzon, puis on a profité de celle de Pau.

— Et toi ? demandai-je à Annie. Ça t'a fait quoi d'arriver en France ?

— Je connaissais à peine le français. À Cuba, on parlait tout le temps en espagnol. Mais je suis allée à l'école. J'ai toujours été une étrangère, à Guantánamo j'étais la seule Blanche de ma classe, et à Araujuzon j'étais la seule qui venait d'un autre pays. Je me suis adaptée, il y avait tout à disposition et j'ai trouvé ça merveilleux. C'était fini les balades à cheval, mais les sorties au bal, les disques, la télé compensaient largement... J'ai découvert le monde à seize ans. Le climat du Béarn, par contre, c'était dur. Pendant cinq ans, j'ai attrapé tout ce qui traînait, des angines et des rhinopharyngites carabinées...

— Du point de vue du statut social, vous êtes passés de patrons à employés. Comment vous avez vécu ça ?

— À quarante-deux ans, c'était la première fois de ma vie que je travaillais, dit Marinette. À Cuba, j'avais une cuisinière et une servante... Mais j'étais tellement heureuse qu'on ait pu s'échapper de là-bas, qu'on soit partis à temps.

— Partir à temps. C'est ce que n'ont pas su faire Jean et Louisette, commentai-je.

Marinette approuva :

— Ils se sont retrouvés piégés avec Jean-Claude, qui avait atteint l'âge militaire. Je crois qu'au fond la situation devait leur convenir plus qu'à nous... Même si on était contents d'être rentrés, on avait vécu un échec terrible. On avait perdu tout ce que Jean-Baptiste avait créé à Cuba, on vivait en France grâce à ce qu'il y avait acquis, en quelque sorte, au lieu de continuer à fabriquer, à produire. Nous avions le sentiment d'être devenus inutiles à la société.

— Peut-être que Jean n'a pas voulu rentrer avant parce que rien ne les attendait en France, justement.

— Surtout, il s'entendait bien avec les militaires. Mieux que nous. C'est comme ça qu'il s'est retrouvé directeur de Cuba Café, c'était une bonne position.

— Oui, mais la vérité sur leur retour, c'est que Bébé fréquentait un chef militaire là-bas. Un révolutionnaire qui était toujours fourré chez eux. Mais ça, Louisette ne l'aurait jamais dit. C'était un capitaine, qui leur a procuré beaucoup d'avantages, mais, quand il a demandé Marie-Antoinette en mariage, Jean n'a pas accepté. Ça aurait pu mal tourner, mais comme Tatico allait avoir vingt-sept ans, ils sont partis.

— Et toi, tu te serais vue avec un capitaine de la révolution ? demandai-je à Annie.

— Heureusement, j'étais bien trop jeune. Les capitaines, à cette époque, n'étaient plus ceux qui avaient fait le coup de feu dans la sierra quinze ans auparavant. Ils étaient proches du pouvoir politique. Ces gens-là ont emprisonné les homosexuels, torturé des milliers de citoyens, supprimé la liberté de la presse, de circuler… Ils ont transformé Cuba en prison à ciel ouvert. Ils ont affamé leur peuple. Tout était surveillé, partout, par des caméras, des micros. Il y avait des formateurs du KGB dans toute l'île. On échangeait nos médecins contre leurs espions. Non, non, je n'aurais jamais voulu d'un capitaine de ce pouvoir-là. Et même si Jean a fait beaucoup de concessions, je pense que ça a été sa limite. Donner sa fille à ce qu'était devenue la révolution !

— Pauvre Marie-Antoinette, morte d'un cancer en laissant un petit… Ils l'ont appelé Jean-Baptiste. Ça m'a émue. Même si tout au long de ces années on ne s'est pratiquement jamais vus, ça m'a vraiment touchée. En tout cas, le seul qui pourrait te parler de ce capitaine, c'est Jean-Claude. C'est le dernier survivant de leur famille.

— Jean-Claude refuse de me parler. Je lui ai téléphoné plusieurs fois, et écrit. Il ne me répond pas.

— Il ne te dira rien, je crois, fit Annie. Pas plus que Louisette n'a parlé. Je me suis rendue à Paris il y a une vingtaine d'années, je suis allée le voir dans la brasserie où il travaillait. Il était content de me voir, mais sans plus. Il est particulier.

— Mais il a peur de quoi ? intervint Marinette. Que tu lui réclames de l'argent pour une propriété qui n'existe plus ?

— Peut-être qu'il n'assume pas certains agissements de ses parents, hasardai-je. Et qu'il n'a pas envie d'être confronté à une réalité dont il n'est pas responsable.

— Tout cela est lié à l'argent. Et à la honte. Ils n'ont jamais envoyé un sou à ta grand-mère. Ils n'ont remboursé qu'un tiers de leur dette à Jean-Baptiste, le reste est allé dans leurs poches. Je suis certaine que, lorsqu'ils sont rentrés en France, ils avaient de l'argent quelque part, alors qu'ils étaient logés gratuitement par ton père. Tes parents leur ont permis de trouver un métier, de s'insérer dans la société française. Malgré ça, ils ont parlé d'eux à tort et à travers. Je n'ai jamais pu l'avaler.

— Oui, je sais ce qu'ils ont raconté. Louisette m'a d'ailleurs taillé un sacré costard quand je suis allé la voir... Elle m'a dit que j'étais un étranger dans ma propre famille. Cela m'a blessé... Peut-être que c'est vrai, au fond ? Peut-être qu'elle avait raison ?

— Peu importe ! Est-on obligé d'aimer sa famille ?

Finalement, le problème était que, si coureur et alcoolique que fût Léopold, la propriété de Santo Domingo aurait dû revenir à ma grand-mère. Or, en vertu d'une cruelle ironie, Jean et Louisette l'avaient déjà réquisitionnée à leur profit avant que Castro ne la nationalise...

— Ton père savait tout ça, Laurent. Jean et lui se sont fâchés à mort parce qu'il n'était pas dupe.

— Est-ce que tu crois possible que Louisette ait tout ignoré, que Jean ait tout organisé et qu'elle n'ait vraiment rien su ? Elle a joué un personnage comme ça devant moi : celle qui ne s'occupait pas des finances.

— Mais tu crois quoi ? Qu'elle allait regarder droit dans l'objectif de ta caméra et te dire : « On a volé toute la famille » ?

L'après-midi, tandis que je finissais de faire ma valise, Annie toqua à la porte de ma chambre.

— Je voulais que tu aies ça avant ton départ, me dit-elle en me tendant une photographie rectangulaire sépia enchâssée dans une marie-louise en carton.

Je découvris, surpris, l'image de ma famille dont j'avais longuement étudié la reproduction. Léopold assis, ses enfants autour de lui, ma grand-mère debout en arrière. D'un plus petit format que celui que je connaissais, ce tirage était nimbé d'une lumière douce qui atténuait la sévérité et la fixité des regards.

— C'est l'original ?

Annie acquiesça.

— À ma connaissance, il n'y en a pas d'autres. Toutes celles qui circulent sont des copies de cette photo.

— Il n'y manque personne, commentai-je. Mon oncle René est dans le ventre de sa mère. Comment se fait-il que tu aies ce cliché ?

— Tourne-le, Laurent.

J'obéis et distinguai au verso de la marie-louise ces mots qu'une plume avait tracés en pleins et en déliés : « Souvenir de ton frère Léopold Bénégui, 8 juillet 1931 ».

— C'est ton grand-père qui l'a dédicacé au mien, m'expliqua Annie. De Léopold à Jean-Baptiste. Il est normal qu'elle te revienne aujourd'hui.

Je remerciai Annie et la serrai contre moi, extrêmement reconnaissant qu'elle se dessaisisse d'un tel souvenir. Je me sentais honoré de la façon dont elle et sa mère m'avaient accueilli, puis s'étaient confiées sans réserve. Annie sourit et me caressa affectueusement l'épaule avant de me laisser seul avec ce précieux témoignage.

Après la petite plaque, c'était la deuxième fois que je me trouvais confronté à l'écriture de mon grand-père. Je n'avais aucune qualification pour comparer ces échantillons et dire s'ils étaient de la même main ou non, quoique d'évidentes dissemblances de graphie fussent notables. Certes, les supports et la façon, l'écriture sur le carton, la gravure sur le métal, pouvaient expliquer ces différences ; les circonstances également – on n'écrit pas de la même manière dans le calme de sa véranda cubaine ou dans le fracas des tranchées champenoises.

Mais, passé la première émotion, je réfléchis à la tournure particulière de la dédicace. Lorsque nous signons dans un salon du livre, à Besançon – où tout cela a trouvé son origine – ou dans n'importe quelle autre ville, à l'occasion d'un festival, d'une rencontre en librairie, dans un centre commercial ou une maison de la culture, il nous arrive d'utiliser le mot « souvenir » : « En souvenir de notre charmante rencontre à la librairie Folies d'Encre », « En souvenir d'une intéressante discussion à la foire du livre de Brive », etc. Le souvenir qualifie toujours le moment, jamais l'individu à qui nous destinons la dédicace. Par ailleurs, la tournure « ton frère Léopold Bénégui » m'intriguait. Depuis la naissance de mes filles, je leur offrais un exemplaire dédicacé de chacun de mes romans, alors même qu'elles n'avaient pas encore l'âge de le lire. Par pudeur, je ne dévoilerai pas la teneur de ces dédicaces, mais jamais je n'aurais écrit : « De la part de ton père Laurent Bénégui ». Elles savent bien qui est leur père et comment il se nomme. Plus j'y songeais, plus se confortait en moi l'impression que ce n'était pas mon grand-père qui avait dédicacé cette photo à l'intention de son frère. Je n'avais aucune raison de mettre en doute la parole d'Annie ; je pouvais seulement acter que, comme moi, elle transmettait le passé tel qu'on le lui avait délivré, et pas forcément tel qu'il était. J'avais constaté à maintes reprises que le temps révolu des enfants n'était pas le même que celui des adultes, et que les jungles les plus touffues ne poussaient pas sur les pentes des sierras, mais dans les circonvolutions de notre mémoire.

Ainsi, je restai assis quelques minutes, songeur, avant d'emballer soigneusement la photo et de la glisser au centre de ma valise.

À bord du train du retour, après que nous nous fûmes chaleureusement étreints sur le quai et que j'eus promis à mes hôtesses paloises de revenir les voir en compagnie de Stéphane-France, de Lilou et d'Ilona, je laissai mon regard se perdre dans la brume qui, derrière la vitre, abolissait les champs, les plaines et les forêts. Dans cet état de quasi-absence à moi-même, une récapitulation des destins s'effectuait de manière automatique dans mon esprit. Des existences surgies de ces séries d'entretiens s'entremêlaient, se chassaient, comme les gouttes de pluie sur un pare-brise, drossées par la vitesse.

Elles avaient toutes en commun d'avoir quitté les paysages du Sud-Ouest qui défilaient sous mes yeux pour un ailleurs cubain où résidait l'espoir de mener une autre vie que la leur. Léopold, mon grand-père, Jean-Baptiste, mon grand-oncle, et celles qui étaient devenues leurs femmes, Madeleine et Aurélie. Ensuite, les couples de la génération suivante : Jean et Louisette, Robert et Marinette, René et Lina. Et tous les enfants nés là-bas, Lydie, Pierre, Léopold, mon père, René. Puis Bébé et Tatico, et Annie, et ce Jean-Joseph dont je venais d'apprendre l'existence. Au bout du chemin, j'apparaissais, suivant leurs traces par écrit, ayant trouvé certaines réponses à mes questions sans en éprouver réellement de satisfaction. Le projet original avait évolué, à mon insu. C'est toujours ainsi lorsqu'on écrit, les personnages vous prennent par la main et vous entraînent. Et, dans le cas de cet ouvrage, la destination finale, je m'en rendais compte à présent, ne pouvait être que l'île de Cuba. J'appartenais à une lignée d'anguilles qui depuis plus d'un siècle traversait l'Atlantique et toujours revenait aux Caraïbes. Je ne pouvais y échapper, ce livre non plus. Au-delà des mots, je me devais de transmettre une expérience de chair et de mouvement.

Ce fut ainsi que, dans le TGV entre Pau et Paris, je décidai de retourner à Cuba. J'allais emmener mes filles en Oriente, aux environs de Bayate, sur les traces de la finca de Santo Domingo. Et tant pis si, dans les dédales montagneux de l'Oriente, soixante ans après que la révolution eut tout transformé, nous ne parvenions pas à en retrouver l'emplacement, ou si, après plus d'un demi-siècle de reconquête de la forêt tropicale, il ne restait que des ruines. J'allais marcher, accompagné de Lilou et d'Ilona, dans les allées du cimetière de Guantánamo à la recherche du caveau où avait été enterré mon grand-père. Peu importait si les intempéries ou l'oubli l'avaient détruit. Au moins, ces tentatives appartiendraient à nos vies.

Plus d'une année s'était écoulée depuis cette décision. De retour chez moi, j'avais commencé à travailler sur les films de mes entretiens avec Louisette et Marinette, puis j'étais allé vérifié quelques informations généalogiques auprès de mon cousin Nicolas à Salies-de-Béarn. J'avais rencontré des Cubains, réfugiés ou enfants de réfugiés en France, qui m'avaient éclairé sur la nature singulière de leur histoire. À l'automne, alors que j'avais écrit à peu près la moitié du roman, mon éditeur m'annonça qu'il quittait ses fonctions pour se lancer dans une nouvelle aventure entrepreneuriale. Il était l'homme dont les choix avaient fait de moi un écrivain. Il avait déjà lu des passages de ce livre, m'avait critiqué et conseillé, érigeant comme à son habitude un formidable mur de rebond face à mes pensées. Le contrat qu'il m'avait proposé au début de cette aventure m'obligeait désormais. Ce texte allait donc paraître en son absence. J'étais peiné, comme orphelin.

Une bonne nouvelle vint cependant tempérer la tourmente. La personne qui lui succédait était la femme qui l'avait secondé jusque-là. J'avais, sur mes romans précédents, eu l'occasion d'apprécier son intuition littéraire et sa personne. Je lui accordai ma confiance et lui proposai de lire mes cent cinquante premières pages, puis je l'écoutai m'en parler avec sincérité et sans concession. Mon imagination fut stimulée par ses remarques, certaines de mes interrogations s'évanouirent d'elles-mêmes, elle m'encouragea, puis joua un rôle déterminant dans ma décision de me rendre à Cuba, devenant ainsi l'éditrice de ce roman.

Le processus de création se situe au cœur de ce projet, autant moteur que sujet. Je l'ai énoncé dès la première page : les histoires ont leur propre physiologie et leur détermination spécifique. Leur résilience est telle qu'elles finissent toujours par aboutir, malgré les auteurs eux-mêmes et quels que soient leurs éditeurs. Croyez-moi, elles ont en outre la capacité de faire monter une famille à bord d'un avion de ligne et de la projeter à sept mille kilomètres de distance, sur une île des Caraïbes.

En Oriente, dans les campagnes reculées où nous allions nous rendre, il n'y avait pas de routes, ou, s'il y en avait eu, les pluies les avaient lavées et rendues à l'état de pistes depuis belle lurette. Les cartes routières n'en faisaient figurer aucune, la forêt tropicale avait englouti les infrastructures humaines. Les systèmes de navigation par satellite ne fonctionnaient pas. Le seul moyen de se diriger était d'interroger les habitants, mais je ne parlais pas espagnol, et les paysans cubains ne comprenaient ni l'anglais ni le français. J'avais repéré, sur Google Maps, la petite ville de Bayate, dont était proche la finca de Santo Domingo, et celle de Felicidad, non loin d'El Infierno, toutes deux situées à une trentaine de kilomètres de Guantánamo, l'une en direction du nord-ouest, l'autre du nord-est. J'avais tracé un cercle d'une quinzaine de kilomètres autour de chacune de ces villes. L'histoire de ma famille tenait tout entière à l'intérieur de ces deux circonférences, des milliers d'hectares de monts et de jungles au milieu desquels avaient germé quelques lieux-dits ou des habitations que l'on devinait, sur l'image satellite, disséminées çà et là au milieu de la végétation. Aucune indication ne permettait de soupçonner la localisation des fincas, si toutefois il en restait autre chose que des ruines.

La veille de notre départ, j'effectuai une dernière tentative en direction de mon cousin Jean-Claude. Je lui envoyai un SMS dans lequel je lui indiquais avoir compris qu'il ne souhaitait pas me parler. Je l'informais néanmoins de mon départ pour Cuba et de ma décision de me rendre à Guantánamo sur la tombe de notre grand-père, puis, de là, de tenter de retrouver la finca familiale. Je lui demandais s'il pouvait au moins me communiquer des indices pour identifier Santo Domingo au milieu de l'océan de végétation qui envahissait l'écran de mon ordinateur.

À ma grande surprise, il me répondit presque aussitôt, sobre et relativement chaleureux : « Le meilleur moyen de retrouver Santo Domingo n'est pas de passer par Bayate, mais de prendre la direction d'un autre lieu-dit : Achotal, puis après l'avoir dépassé de quelques kilomètres, il y a un rio qu'enjambe un pont. À gauche du pont, il y a un chemin que tu dois prendre en laissant toujours la rivière sur ta gauche. À ce moment tu n'es plus qu'à quatre kilomètres, mais vu l'état des routes, cela paraît très long. Notre maison est dans cette direction, mais je crois qu'elle a été entièrement détruite. Quarante ans ont passé, et je crains que tout ait été rasé. La nouvelle génération ne doit plus nous connaître, mais autrefois on nous appelait *los Franceses*. Je te souhaite un bon voyage et puis bon courage là-bas. Jean-Claude. »

Je le remerciai et renseignai le nom du lieu-dit dans Google Maps. Une occurrence apparut, correspondant effectivement à un hameau d'Oriente. En zoomant sur l'écran, je repérai l'endroit où la route de Bayate se divisait pour se transformer, en direction du nord, en un fin trait brun au milieu du vert, lequel menait à un premier bourg nommé La Quijada, puis, à mesure que les bicoques se raréfiaient, au repère positionné par le logiciel : Achotal. Sept virages plus haut, la route croisait effectivement une rivière. La définition ne permettait pas de vérifier la présence d'un pont, mais un chemin était visible, s'enfonçant vers l'ouest en longeant la rivière qu'il laissait sur la gauche. Progressivement, il se pointillait, se ramifiait dans la forêt en pistes secondaires, dont une était forcément la bonne. Je survolais les traces de mes aïeux, qui tous depuis un siècle avaient parcouru cette forêt, de Jean-Baptiste à Léopold, de Jean à Jean-Claude, lequel venait de m'en révéler l'existence. Des scientifiques avaient mis au point de puissantes lentilles optiques et des systèmes experts d'imagerie. Des fusées avaient décollé afin de placer ces dispositifs en orbite autour de la Terre, des ordinateurs avaient récolté ces informations, d'autres les avaient traitées et mises à disposition. À l'extrémité historique et géographique de cette chaîne de savoirs et de compétences, j'imprimai mes captures d'écran à la plus grande échelle possible, puis regroupai les feuilles sorties de l'imprimante et les assemblai pour reconstituer une carte précise du secteur mesurant près de un mètre sur un mètre. Enfin, je traçai un large cercle de quatre kilomètres autour du pont d'Achotal. Santo Domingo se trouvait forcément à l'intérieur.

Le lendemain, une voiture vint nous chercher pour nous conduire à l'aéroport. À ce jour, j'avais rédigé deux cent quatre pages. Les suivantes allaient s'écrire sur les chemins d'Oriente où le hasard guiderait mes pas.

QUATRIÈME PARTIE

« Fidel vivait à l'horizontale des affaires, le Che à la verticale du rêve. »

Régis Debray, *Loués soient nos seigneurs*

En ce mois d'août 1968, je me tenais au bord du troisième étage du plongeoir, à l'aplomb de la surface transparente de la piscine. La tête tournée vers le large, j'observais la mer soulevée par les alizés. Les vagues débordaient, élevant des nuages de gouttelettes iridescentes au-dessus du Malecón, l'eau ruisselait, confluait en flaques miroitantes sur la chaussée, qu'aucune voiture n'avait empruntée depuis un moment. À neuf ans, je me demandais pour quelle raison les avenues de cette ville, souvent aussi larges que celles de Paris, étaient peu fréquentées. De temps en temps, on apercevait un véhicule militaire ou un *guagua*, un de ces bus jaunes dans lesquels s'entassaient les Cubains, mais le plus souvent de longues minutes s'écoulaient sans qu'aucun véhicule n'apparaisse. La balade sur le front de mer m'avait impressionné dès la première fois. Des pans entiers de trottoir effondrés laissaient béer des trous sombres au fond desquels on entendait battre la mer. À marée haute, des geysers d'écume en jaillissaient et trempaient les passants. Jean nous avait mis en garde contre les promenades nocturnes. Autrefois, le Malecón était le rendez-vous des amoureux, mais, depuis que les éclairages de ville ne fonctionnaient plus, il fallait éviter de s'y rendre la nuit. L'hôtel Riviera avait été bâti là, au bord d'une mer aussi attirante que dangereuse, dont il n'était séparé que par quatre voies de circulation quasi abandonnées. Du sommet de mon observatoire, je laissais les embruns attiédir mon corps surchauffé par le soleil de midi. J'avais l'impression qu'il m'aurait suffi de quelques pas d'élan pour prendre mon envol, planer au-dessus des rubans d'asphalte et plonger dans l'océan.

— Laurent ! Descends ! C'est trop haut, mon chéri, cria ma mère depuis sa chaise longue, une main en visière sur son front.

Dix mètres plus bas, Nicole me faisait signe. Je regardai la forme en trapèze allongé du bassin et, sans obéir à la mise en garde, avançai d'un pas.

Je me souvenais de cette chute sans fin et du cri poussé par ma mère, tout aussi interminable. Aujourd'hui, l'escalier qui menait au troisième étage du plongeoir était condamné pour des raisons de sécurité, mais, à part ce détail, rien ne semblait avoir changé autour de la piscine du Riviera. Le bâtiment lui-même, d'inspiration moderniste telle qu'on la pratiquait à l'époque sur le front de mer de Miami, était conforme à mon souvenir. Vingt étages de chambres bordurées de balcons en Plexiglas, dans lesquelles nous avions résidé à deux reprises, en 1968 et 1970.

En ce mois de février 2020, nous avions atterri à l'aéroport José-Martí de La Havane, où un vieux taxi Oldsmobile des années soixante, bleu turquoise, nous avait plongés d'emblée dans l'ambiance. Moteur emphysémateux, vitres bloquées, climatisation en panne, le véhicule, avec son chauffeur qui ne parlait pas un mot d'anglais, nous avait conduits le long des avenues désertes de la capitale cubaine jusqu'au Paseo, où nous avions réservé deux chambres dans une casa particular. En arrivant, le taxi avait tourné devant l'hôtel Riviera, et je m'étais aperçu que nous demeurions à moins de cent mètres de là.

Dès le lendemain matin, je désignai donc l'hôtel comme notre premier objectif. Stéphane-France, Lilou et Ilona acquiescèrent sans rechigner, impatientes de vérifier ma promesse, répétée depuis de nombreuses semaines, d'un séjour inoubliable.

En approchant de la rampe d'accès du Riviera, je reconnus la sculpture monumentale devant laquelle j'étais si souvent passé autrefois, représentant une sirène et un espadon enlacés. Le parement en mosaïque du dôme qui abritait le casino avait été entièrement détruit par l'air marin et les intempéries.

— C'est un fameux gangster, Meyer Lansky, qui a fait construire cet hôtel à la fin des années cinquante pour y installer un casino, lançai-je, persuadé que l'intérêt de mes filles pour ce parcours mémoriel serait accru par un parfum d'aventure. Il possédait aussi l'Hotel Nacional, en direction du centre-ville...

— Ah mais, Papa, tu ne vas pas jouer ! On n'est pas venues pour ça ! protesta illico Ilona.

— Non, non, il n'y a plus de casino aujourd'hui, la rassurai-je tandis que nous franchissions les portes d'entrée en cuivre. C'est même une des premières choses qui ont changé après la révolution. Le propriétaire s'est enfui la même nuit que Batista.

Le hall, qui jouxtait le Malecón, était quasiment désert, à l'exception d'un personnel désœuvré, femmes et hommes vêtus d'élégants uniformes beiges qui vaquaient discrètement entre la réception et le bar. Derrière la façade de baies vitrées, la houle du détroit de Floride ondulait silencieusement sous un soleil d'argent. Le contre-jour nimbait d'une atmosphère intemporelle les grilles Art déco des salles de réception, les marbres du sol, le mobilier en cuir et les luminaires. Rien ne paraissait avoir bougé depuis les années soixante. Aux murs, une exposition de photos rendait hommage à l'illustre clientèle du passé. Stewart Granger, Alain Delon, Angela Davis, Gabriel García Márquez, Salvador Allende avaient résidé ici, souriants, insouciants, fumant un cigare, buvant du rhum, s'embrassant, s'enlaçant, dansant. Nous nous présentâmes devant l'accès à la piscine, barré par un vigile à la carrure de basketteur de la NBA, et je m'adressai à lui en anglais, lui expliquant que j'avais été client de cet hôtel un demi-siècle plus tôt et que je souhaitais montrer la piscine à ma famille, car de nombreux souvenirs de mon séjour étaient associés à cet endroit. Après m'avoir fait répéter les dates de mes séjours, visiblement très surpris et ému, il nous laissa volontiers passer. À présent, nous déambulions sur le damier rouge et blanc du carrelage autour de la piscine.

— Le bassin n'est pas un véritable rectangle, fis-je remarquer à Stéphane-France. Tu vois, au niveau du grand bain, il y a trois pans... Quand on regarde de tout en haut, il a la forme d'un cercueil, et à certaines heures de la journée l'ombre du plongeoir forme une croix en son centre.

— Mais non...

— Si. C'était une requête de Meyer Lansky à son architecte. Lorsque le parrain était insatisfait d'un collaborateur, ou s'il suspectait un petit malfrat de vouloir le trahir, il le faisait monter chez lui, dans sa suite du vingtième étage. Il lui offrait un verre de whisky et l'emmenait siroter sur le balcon. De là-haut, il lui montrait le cercueil et lui demandait s'il voulait finir au fond. En général, les gens changeaient tout de suite de comportement, c'était plutôt efficace.

Je fixai les yeux de ma femme, arrondis par l'étonnement. Je lui souris, j'avais l'impression de ne jamais avoir quitté cet endroit. Tout autour de la piscine s'alignaient les mêmes cabines de bain qu'autrefois, avec leurs portes en lattes de bois blanc.

Je me vis, enfant, sortir de l'une d'elles et filer vers mon père, installé sur un transat. Je l'interpellai : qu'il vienne se baigner avec moi, m'accompagne au moins au premier étage du plongeoir, hauteur à laquelle j'avais fixé ma limite depuis le plongeon éprouvant de la veille. Mais, derrière ses lunettes de soleil, je devinai son air soucieux. Assis à côté de ma mère et de ma grand-mère, il écoutait avec elles mon oncle leur lire à haute voix les gros titres de *Granma*, le quotidien du Parti communiste. Plus précisément, l'édition datée du 23 août 1968.

— Papa, tu viens te baigner avec moi ? insistai-je.

Léopold me signifia son refus, tandis que Nicole me faisait signe de ne plus parler. Madeleine accéléra le va-et-vient de son éventail. Ce que venait de leur lire son fils Jean lui paraissait improbable. Improbable et épouvantable. Ils étaient encore à Prague l'avant-veille. Moi, je voulais que mon père vienne avec moi sur le plongeoir, mais visiblement les adultes n'avaient plus le cœur à s'amuser.

— Le 21 août, traduisit Jean, un contingent du pacte de Varsovie constitué de troupes soviétiques, polonaises, est-allemandes, bulgares et hongroises a mis fin à l'insurrection en Tchécoslovaquie...

Madeleine m'attrapa et me serra contre elle en murmurant :

— Mon Dieu...

Pressé contre son giron, je me demandai ce qui me valait d'avoir à supporter l'odeur aigrelette de ma grand-mère. Je l'adorais, mais depuis que nous étions arrivés dans ce pays elle transpirait sans cesse.

— Le camarade Léonid Brejnev, poursuivit Jean, secrétaire général du Parti communiste, annonce que la normalisation est en cours. Le dissident Alexander Dubček a été arrêté. La capitale et l'ensemble du pays sont occupés. Radio Prague diffuse des messages demandant aux citoyens de rester calmes et de ne pas s'opposer aux troupes étrangères.

Cette fois, je compris. Prague, c'était la ville où nous venions de passer trois jours à attendre notre avion.

— C'est pour ça qu'on était coincés là-bas, lâcha ma mère d'une voix blanche.

Mon père opina tristement de la tête.

— Ils avaient rétabli la liberté de la presse, les gens pouvaient à nouveau aller et venir comme ils voulaient... Il y avait une atmosphère de fête...

— Et maintenant les rues doivent être pleines de cadavres, commenta Madeleine, qui se souvenait de ce que les Russes avaient fait en Hongrie une douzaine d'années auparavant.

— Voilà ce qui nous pend au nez si nous essayons de sortir du socialisme, prédit Louisette en comprimant la main de Bébé dans la sienne.

Jean reposa le journal, essaya d'accrocher un sourire sous sa moustache et se lança dans une vaine tentative pour égayer la conversation.

— Finalement, on n'est pas les plus mal lotis ! lança-t-il.

Certes, en attendant de rejoindre Santo Domingo, nous jouissions d'un séjour dans un hôtel de luxe. Mais en visitant La Havane nous avions vu les immeubles en train de s'écrouler, l'ancienne splendeur de la ville fanée, les magasins vides, les queues interminables pour acheter une savonnette, les enfants allant pieds nus, les côtes saillantes, tendant la main dans notre direction, l'armée présente à chaque carrefour, les uniformes vert olive impeccablement repassés, les chaussures noires cirées, les armes astiquées, face aux guenilles du reste de la population. Nous avions assisté à l'arrestation d'un père qui venait de voler un régime de bananes à l'arrière d'un camion. L'homme voulait simplement nourrir son fils, mais la cargaison était destinée à Moscou.

— Il y a eu des morts là où on est allés ? demandai-je. Même sur la place avec les automates dans l'horloge ?

— Partout, confirma mon père.

En France, quelques semaines après la tempête soulevée par les événements de Mai 68, les tours opérateurs ne se bousculaient pas pour vous emmener dans un pays communiste. Il valait mieux s'envoler depuis un pays de l'Est. Mes parents, qui avaient programmé ce deuxième voyage à Cuba, s'étaient mis en quête de places sur un vol d'Aeroflot au départ de Prague. C'est ainsi que, en plein mois d'août, nous avions entrepris un voyage de vingt-quatre heures en autocar jusqu'à la capitale de la Tchécoslovaquie. Le pays ne serait scindé en deux, la République tchèque d'un côté, la Slovaquie de l'autre, que vingt-cinq ans plus tard.

À neuf ans, un tel périple aurait dû s'apparenter à un calvaire, mais l'ambiance dans le car qui nous avait fait traverser l'Allemagne d'ouest en est avait transcendé chaque minute, chaque kilomètre parcouru sur de mauvais asphaltes et de trop nombreux pavés. Nos compagnons de route me fascinaient, ils avaient une vingtaine d'années, fumaient, s'embrassaient, jouaient de la guitare, chantaient. Un couple avait fait l'amour pendant la nuit sur la banquette arrière. Mes parents étaient détendus, je comprendrais plus tard qu'ils avaient tiré sur un joint qu'on leur avait passé, et l'humeur de ma grand-mère semblait adoucie par les facéties des plus jeunes. J'avais le sentiment que ce trajet abolissait les différences d'âge. Nous étions les seuls à être venus là pour prendre un avion. La plupart de nos compagnons de voyage, aimantés par le formidable renouveau praguois, avides d'expérimenter la libre circulation des personnes autant que celle des idées, venaient savourer un avant-goût d'Europe élargie.

À l'arrivée du car à la frontière tchécoslovaque, les fonctionnaires communistes montèrent à bord et jetèrent un œil méfiant sur cette bande de babas barbus, puis, après avoir examiné nos passeports, menacèrent de nous interdire collectivement l'accès au pays. Ils avaient des doutes sur l'identité d'un des voyageurs, qui ressemblait davantage à Jésus de Nazareth qu'au jeune homme glabre à cheveux ras de sa photo d'identité. Sous la pression du groupe, il n'eut d'autre choix que de raser sa barbe et de couper ses cheveux sur le bas-côté de la route. Je me souviens des traînées du rasoir à main dans le savon à barbe, des mèches de cheveux emportées par le vent et passant la barrière de la douane avant nous.

Dans les films que mon père tourna pendant les trois jours où nous restâmes coincés à Prague se dévoile une capitale en liesse. Des milliers de citoyens arpentaient pacifiquement les rues pavées, signant des pétitions pour appuyer les réformes d'Alexander Dubček, s'interpellant à l'occasion de prises de parole publiques. On voyait sur les images, çà et là, des militaires ou des policiers à large casquette blanche et plate, enjoués, qui pactisaient avec la population. La ville paraissait être une ruche paisible, de longs tramways rouges sinuaient au milieu de la circulation, leurs pantographes, telles des antennes géantes, flirtaient avec le réseau de caténaires tendu au sommet des immeubles. Place Venceslas, des cars avaient libéré des milliers de touristes, regroupés autour et au-dessus du bronze monumental de la statue équestre du premier duc de Bohême. Au pied de cette statue, un étudiant en histoire nommé Jan Palach allait s'immoler par le feu quelques mois plus tard, en résistance à l'occupation soviétique, mais, en attendant, tout le monde vivait les dernières heures de l'insouciance. Évidemment, à neuf ans, je ne comprenais pas le sens de cette agitation, mais mes parents évoquaient la naissance d'un autre monde, et cela, je pouvais en mesurer l'importance.

Initialement, nous ne devions rester à Prague que quelques heures, mais notre avion tardait à arriver. Le 17 août, il était en maintenance. Le 18 août, il avait pris du retard à cause des conditions climatiques sur Moscou. Le 19 août, il devait subir une désinfection consécutivement à une alerte sanitaire. Il s'agissait évidemment de prétextes, et, à défaut d'explications convaincantes, la compagnie aérienne nous logeait sur le campus universitaire. Le 20 août, on nous informa que l'avion avait enfin atterri à Prague et que nous devions nous rendre sans délai à l'aéroport. Des années plus tard, en lisant un compte rendu détaillé des opérations militaires, j'appris que la tête de pont de l'invasion soviétique avait été constituée de parachutistes arrivés discrètement ce jour-là par un vol régulier d'Aeroflot, habillés en civil. Évidemment, je ne pus m'empêcher de penser que l'Iliouchine qui nous avait fait traverser l'Atlantique était l'avion en question, celui que l'on voyait sur les dernières images praguoises tournées par mon père. Au moment du décollage, la lumière du soleil déclinant caressait les ailes du puissant quadrimoteur, l'horizon s'inclinait et l'aéroport de Prague fermait ses portes derrière nous.

Cinquante-deux ans plus tard, pour préparer notre séjour à Cuba, j'avais hanté les voyagistes parisiens spécialistes de la destination et dû affronter de nombreux regards incrédules. Non, je ne souhaitais pas me rendre dans une station balnéaire ni visiter un des nombreux *cayos*, ces îlots paradisiaques dont les eaux sont parmi les plus belles du monde. Oui, nous partions en famille, mais je souhaitais enjamber les étapes touristiques de Santa Clara, Cienfuegos et Trinidad pour me rendre directement à Guantánamo. Non, je n'étais pas un journaliste dont le but final était la base navale américaine et sa sinistre prison.

Dans un premier temps, j'avais imaginé prendre un avion des lignes intérieures cubaines pour rejoindre l'Oriente, comme nous l'avions fait à la fin des années soixante, mais on me le déconseilla. La flotte de la Cubana de Aviación était vieillissante et certains aéronefs russes n'avaient pas été révisés depuis la guerre froide, comme l'attestaient quelques crashs récents qui n'avaient laissé aucun survivant. J'avais voulu me rabattre sur la solution ferroviaire, seulement personne à Paris ne fut capable de me confirmer qu'un train partait tel ou tel jour en direction de telle ou telle gare. J'envoyai quelques mails à mes contacts cubains, mais ils me firent comprendre qu'insister pour obtenir un horaire précis s'apparentait à un acte de défiance politique.

Les voyagistes me recommandèrent de louer une voiture à La Havane pour gagner Guantánamo. Seulement, la vétusté du réseau routier empêchait de parcourir plus de deux ou trois cents kilomètres par jour. Rouler à plus de soixante kilomètres-heure pouvait se révéler extrêmement dangereux. Sur les portions d'autoroute, il n'était pas rare de devoir éviter un nid-de-poule qui aurait pu contenir une armoire, d'avoir à doubler un groupe de paysans à cheval ou à les croiser s'ils circulaient à contresens. Aucune infrastructure ne permettait de rouler en sécurité à la nuit tombée, les éclairages publics disparaissaient à la périphérie des grandes villes et la signalisation routière était inexistante. Le délabrement général des voies de circulation avait longtemps fait l'affaire du Líder Maximo, soucieux de désorienter d'hypothétiques envahisseurs yankees, qu'il avait attendus en vain toute sa vie. La majorité des zones rurales n'étaient pas couvertes par les réseaux de téléphonie mobile, ce qui empêchait de recourir à des applications de navigation. Enfin, des camions chargés de grumes ou de minerais roulaient à tombeau ouvert, soulevant des nuages de poussière, sans se soucier de qui venait en face, et, sur de nombreux tronçons, le bitume n'était qu'un lointain souvenir. En conclusion, les agences préconisaient de faire le trajet en trois jours et de prévoir des logements d'étape. Entre l'aller et le retour, cette solution nous aurait jetés sur les routes pendant une semaine entière, alors que nous n'en disposions que de deux en tout, les vacances scolaires de février nous offrant la seule possibilité d'effectuer ce voyage en famille. Certes, j'aurais pu partir seul et passer plus de temps sur place, mais j'étais mû par la nécessité de chercher dans notre sang l'encre de ce livre et par la volonté de trouver ensemble notre place sur les barreaux de l'échelle familiale.

Restait donc le bus. Pour mille kilomètres. Un compromis idéal entre rapidité (quinze heures pour rejoindre Santiago de Cuba depuis La Havane), sécurité (face à ces carcasses d'acier oblongues lancées à pleine allure sur les routes abîmées, tout le monde s'écartait) et ponctualité (la compagnie Viazul avait globalement bonne réputation, à condition que la climatisation fonctionne à bord et que les toilettes ne soient pas bouchées).

Cependant, aucune agence parisienne n'accepta de réserver nos places à bord. Sur la quarantaine de sièges que proposait chaque bus, Viazul ne vendait en ligne que six billets par trajet, dans une louable et socialiste intention de ne pas défavoriser ceux qui n'avaient pas accès à Internet. En conséquence de quoi je m'installai devant mon ordinateur, guettant l'aléatoire mise en ligne des réservations sur le site la compagnie, comme un chat peut rester à l'affût d'une souris plusieurs jours de suite.

Peu avant notre départ, j'avais eu l'opportunité de rencontrer Xavier d'Arthuys lors d'un de ses séjours à Paris. Ancien attaché culturel de l'ambassade de France à La Havane, ce connaisseur subtil des Caraïbes et de l'Amérique latine vivait une histoire passionnelle avec l'île de Cuba, au point d'y résider depuis trente ans. Touché par mon récit familial et le projet de cet étrange roman, il paraissait particulièrement curieux de savoir si j'allais réussir à trouver la tombe de mon grand-père. Il m'avait expliqué qu'il y avait eu une migration massive de populations du sud-ouest de la France en direction de l'Amérique latine tout au long du XIXe siècle, mais que beaucoup s'étaient finalement installées à Cuba. Et particulièrement en Oriente.

— Lorsque vous serez dans le cimetière de Guantánamo, m'avait-il prévenu, vous remarquerez d'autres tombes aux consonances basques ou béarnaises : Cazeneuve, Labadie, Echegaray…

— Et pourquoi les Français se sont-ils installés en Oriente plus qu'ailleurs ? avais-je demandé.

— Principalement à cause de la proximité de cette région avec l'île de Saint-Domingue. Cela a commencé dans les années 1800, après la révolte des esclaves et la création d'Haïti, la première république noire libre du monde. Les riches colons français qui étaient établis à Saint-Domingue se sont enfuis, souvent avec leur personnel asservi, et ont débarqué à Baracoa ou à Santiago de Cuba. L'administration espagnole de Cuba ne voyait pas d'un très bon œil l'arrivée de ces Français et de ce qu'ils appelaient leurs nègres de jardin… Peut-être avaient-ils peur que, en important leurs esclaves, ils importent aussi leur révolution. Ça n'a pas loupé, d'ailleurs… Toujours est-il que ces colons se sont installés dans tout l'Oriente et que, comme nombre d'entre eux cultivaient déjà du café à Saint-Domingue, ils se sont mis à en cultiver sur ces terres, où le climat était particulièrement propice. À la suite de quoi il y a eu une tradition française dans la région, qui est devenue attractive pour les migrants des générations suivantes. À Santiago de Cuba, aujourd'hui encore, des traces de cette présence française sont visibles. Avec notamment les spectacles de *tumba francesa*, un mélange de percussions africaines et de menuets dansés en costume du XVIIIe. Dans la région se trouvent des fincas au nom évocateur : « Sans-Souci », « La Isabelle »… Enfin, ce sont plutôt des musées maintenant, les fincas d'autrefois ont presque toutes disparu. Je vous souhaite de retrouver la trace de celle de votre famille, ce serait formidable, mais les cyclones et la révolution ont effacé une grande partie de ce passé. Au fait, comment s'appelait la propriété de votre grand-père ?

— Santo Domingo.

Son visage s'était éclairé : la réponse le satisfaisait totalement.

— Saint-Domingue, vous voyez.

Au deuxième jour de notre séjour, nous avions rendez-vous à midi, sur les marches d'El Capitolio Nacional, avec ce drôle de petit homme cultivé aux cheveux blancs et au regard bleu malicieux. Lilou filmait, c'était le rôle qu'elle s'était assigné. Le numérique avait remplacé le Super 8, mais, un demi-siècle après mon père, elle aussi consignait ses impressions dans un carnet de voyage en images. Ilona rédigeait des rafales de posts ou de stories sur Instagram qu'elle envoyait à ses copines le soir, dès qu'elle avait retrouvé le Wi-Fi. Quant à Stéphane-France, elle explorait méthodiquement le guide et nous relatait l'histoire du Capitole de La Havane, qui ressemblait trait pour trait à l'édifice homonyme de Washington, où siégeait le Congrès américain. Nous patientions au sommet de l'escalier monumental du bâtiment sous un soleil accablant. On ne trouvait d'ombre qu'en approchant de la façade, mais le marbre réfléchissait tant la chaleur que l'abri était trompeur. En contrebas, sur la vaste esplanade dominée par le grand théâtre de La Havane, j'observais la dizaine de voitures américaines stationnées, leurs chromes étincelants, leurs carrosseries rutilantes, turquoise ou émeraude, jetant des taches de couleur improbables dans la lumière aveuglante. Autour des formes fuselées, une volée de rabatteurs anglophones entraînait les touristes vers les chauffeurs qui patientaient sur le cuir brûlant de leur siège, cigare au bec, panama sur la tête. Un tour de la ville d'une heure dans une de ces voitures d'un luxe suranné se négociait autour de soixante pesos convertibles, l'équivalent d'un trimestre de salaire pour un Cubain, photo souvenir sur le Malecón incluse.

Xavier apparut soudain au pied des marches, une petite sacoche en cuir à la main. Espadrilles aux pieds, il portait un short élégant et une chemisette blanche à la cubaine. Lorsque nous nous étions vus le mois précédent, l'hiver battait son plein à Paris, et les vêtements épais étaient de mise. Je mis quelques secondes à le reconnaître, mais il m'adressa un signe de la main.

Nous le rejoignîmes et nous pliâmes à de rapides présentations. En deux phrases, il sut mettre les filles dans sa poche.

— Alors, ça vous plaît Cuba ? Les garçons ne vous tournent pas trop autour ?

— Ah mais carrément, répliqua Ilona, qui habituellement avait besoin d'un temps d'observation avant de participer à une conversation avec un inconnu. Ils n'arrêtent pas de nous faire des petits bruits de bouche ou de nous envoyer des baisers du plat de la main.

La veille, dans un parc, un homme lui avait proposé de l'épouser, et, quand elle avait rétorqué qu'elle avait quinze ans, il avait répondu que ce n'était pas grave.

— Quand ils ne nous matent pas comme des malades, enchérit Lilou.

— Le jeu de la séduction fait partie de leur culture, mais personne n'aura de geste déplacé. Les femmes aiment bien de temps en temps laisser traîner leur regard sur les pantalons des messieurs, aussi.

Puis, ignorant les yeux effarés d'Ilona, il ajouta que c'était pour ça que l'île avait la réputation de débrider les sens.

— La réputation seulement ? s'enquit Stéphane-France.

— Ils n'ont guère d'autres jeux ou loisirs que ceux de l'amour, lança Xavier. Leur quotidien n'est pas riche en distractions. L'autre jour, une amie parisienne venue passer quelques jours sur les plages de Varadero m'appelle et me dit : « Xavier, j'ai une très mauvaise nouvelle, je ne remettrai plus jamais les pieds à Cuba. — Mais pourquoi ? ai-je demandé. Ça fait vingt ans que tu viens ici. — Oui, eh bien c'est la première fois qu'on ne me siffle pas dans la rue et qu'aucun garçon ne me déshabille du regard. Je suis bonne pour la casse, j'ai passé l'âge limite, c'est horrible. »

Comme tout le monde riait, Xavier recentra son attention sur le Capitole.

— L'intérieur du bâtiment est magnifique, fastueux. Vous l'avez visité ?

— Non, on n'a pas eu l'occasion encore, répondis-je. Peut-être plus tard. On passe beaucoup de temps à marcher, pour s'imprégner de la ville et retrouver des lieux où je suis venu enfant. D'ailleurs, je me souviens bien du Capitole, on y était allés lors de notre dernier séjour, en 1970. Mon oncle m'avait expliqué qu'il était la réplique de celui des Américains. Alors je m'étais raconté qu'il avait été construit par Fidel Castro juste pour leur prouver qu'il pouvait faire aussi bien qu'eux.

— Pas du tout, sourit Xavier. Il date de 1929. Au contraire, ce mimétisme en dit long sur le caractère néocolonialiste de la relation entre Cuba et les États-Unis… enfin, jusqu'à la révolution.

— J'ai lu dans le guide que les députés n'y siègent pas ? s'étonna Stéphane-France. C'était pourtant l'idée, non ?

— Oui, c'est censé être le siège du parlement, mais il n'y a pas assez de place dans l'hémicycle. Il y a eu jusqu'à plus de six cents circonscriptions à Cuba. Alors ils ont fait voter une loi pour diminuer leur nombre, mais ça n'a pas été suffisant pour que chaque député ait son siège. À vrai dire, il faudrait qu'ils en enlèvent encore la moitié. C'est très révélateur du réel pouvoir de cette assemblée. Plutôt que d'augmenter le nombre de bancs ou de chaises afin qu'elle puisse travailler, on pense à réduire le nombre de parlementaires.

— D'ailleurs, m'étonnai-je, je ne savais même pas qu'il y avait des députés à Cuba.

Xavier joua les offusqués.

— Laurent, Cuba est une république, non ? L'Assemblée nationale du pouvoir populaire se réunit deux fois par an pendant quelques heures. Là où elle trouve de la place…

J'essayai de sonder la position de Xavier. Il n'avait pu demeurer ici depuis si longtemps sans avoir d'accointances avec le pouvoir, ou au moins sans adopter une position bienveillante à l'égard du régime. Et pourtant, comme j'allais le découvrir, sa relation avec l'île s'apparentait à une observation amoureuse non dénuée de recul ni de sens critique.

Il se tourna vers mes filles et demanda :

— Je vous emmène déjeuner, vous avez faim ?

Il récolta une bonne brochette de sourires approbatifs et, avant de nous entraîner, considéra une dernière fois la façade monumentale en concluant :

— Pas fonctionnel du tout, mais symboliquement fort. Tout à fait cubain…

Xavier nous guida dans la vieille ville, au travers de venelles qu'avaient certainement parcourues mes aïeux à leur arrivée. Nous posions nos pas dans les leurs, nous arrêtant sur les places qu'ils avaient eux-mêmes découvertes avec admiration. Y voisinaient aujourd'hui des palais coloniaux superbement restaurés, transformés en restaurants ou en hôtels de luxe absolument déserts, et des immeubles décrépits aux façades rongées par le sel et les pluies, qui se seraient effondrés s'ils n'avaient pas été consolidés par des madriers vermoulus. Dans la perspective de certaines rues se révélaient les eaux de l'entrée du port, aplats d'un bleu cru entre les verticales prêtes à s'écrouler, miraculeusement étayées par un palier resté intact au sommet d'un escalier en ruine. Çà et là, on apercevait les fantômes de tableaux autrefois accrochés sur des murs fanés qui semblaient eux-mêmes suspendus sous le ciel. Derrière des châssis anciens dépourvus de vitres, on découvrait les vestiges d'appartements fastueux qui accueillaient des familles nombreuses. Parfois, une poutre supportant un plancher barrait de hautes fenêtres en leur milieu. Deux niveaux avaient été créés dans un seul logement. Des duplex de fortune autorisés par le comité de défense révolutionnaire du quartier lorsqu'un foyer s'agrandissait à la suite d'une naissance ou d'un mariage. Dans les entrées d'immeuble, les câbles électriques et les tuyaux de plomberie s'entrelaçaient, nids de serpents nés de décades de débrouilles et d'arrangements, fils à nu, réparations de fortune, attendant la prochaine averse pour disjoncter, provoquer un incendie, dégrader une nouvelle habitation, mettre d'autres enfants à la rue – les *palestinos*, comme se nommaient eux-mêmes les gamins noirs, de La Havane à Santiago.

Les Havanais, assis à même le trottoir ou sur les marches usées de leur logis, conversaient d'un trottoir à l'autre, nonchalants, pauvres, le plus souvent noirs, observant avec un détachement ironique le flot de touristes qui coulait au milieu de la chaussée. Ils se souvenaient que, dans leur jeunesse, l'Unesco avait inscrit ce quartier au patrimoine mondial de l'humanité. On leur avait promis des rénovations, mais, au rythme où les travaux avançaient, ils se demandaient si leurs petits-enfants en bénéficieraient un jour. Pourtant, çà et là, une grille en fer forgé refaite à neuf découvrait un patio autour duquel quatre étages de façades à balustres restaurées et peintes en couleurs vives semblaient avoir poussé comme des fleurs de l'année.

Nous approchions du restaurant où Xavier avait proposé de nous emmener, à l'écart des *paladares*[1] les plus connus, où de jeunes Cubaines anglophones et vêtues avec soin attiraient les touristes pour un peso ou deux.

— Alors, vos pistes sur Guantánamo, ça avance ? me demanda-t-il. Quand on s'est vus à Paris, c'était encore flou...

Je lui racontai que, depuis Pau, Annie avait prévenu son cousin germain Jean-Joseph de notre arrivée, mais que la veille au soir elle m'avait transmis un message dont la teneur m'avait démoralisé. Elle m'informait qu'il nous faudrait certainement des autorisations gouvernementales pour nous rendre dans la sierra. L'ensemble du projet me paraissait compromis, car je ne voyais pas comment nous aurions le temps d'entreprendre de telles démarches administratives.

— Mais non, il n'y a besoin d'aucune autorisation, me rassura Xavier. Si vous avez un véhicule tout-terrain, vous pouvez aller où bon vous semble, à condition que votre réservoir soit plein.

— De toute façon, j'ai pris la décision d'y aller, comme prévu. On ne va pas me mettre en prison, tout de même.

Xavier fit une grimace dubitative signifiant qu'à Cuba il ne fallait jurer de rien.

— Vous ne comptez pas vous approcher de la base américaine ? reprit-il.

— Non.

— C'est, à ma connaissance, le seul interdit dans la région.

— Alors pourquoi m'ont-ils dit qu'on ne pourrait pas aller dans la sierra ? demandai-je, inquiet.

— Qui vous a fait parvenir ce message ?

— Magdelín, la femme de Jean-Joseph, elle échange sur WhatsApp avec ma cousine restée à Pau. Lui, en fait, je ne l'ai jamais eu en direct. J'ai reçu une photo de lui et lui en ai envoyé une de moi, mais, d'après Annie, c'est un taiseux.

---

1. Restaurants tenus par des familles cubaines dans leur propre maison.

— Et quand il ne se tait pas, quelle langue parle-t-il ?

— Espagnol uniquement, comme sa femme.

— Et vous ?

— Pas un mot. C'est Ilona notre traductrice en chef.

— Mais non, je ne suis pas capable, je ne parle pas assez bien..., se défendit ma fille.

— Si, tu te débrouilles super bien, assura sa sœur.

— Visiblement assez pour comprendre une demande en mariage, ironisa Xavier.

Son commentaire entraîna une brusque coloration en rouge des joues de mon adolescente de fille.

— À mon avis, ils font monter les enchères, conclut-il.

— Quoi ?

— Vous allez comprendre en arrivant en Oriente. La misère ici, ce n'est rien par rapport aux zones rurales. Surtout dans les coins où ils ne voient quasiment jamais un touriste. Tout le monde essaie de grappiller un petit billet. Votre cousin, il tente de s'en sortir comme les autres. Il fait quoi dans la vie ?

— Il est à la retraite, je crois.

— La retraite, ici, vous permet à peine d'acheter une livre de riz.

Je préférai ne pas dévoiler ce que m'avait raconté Marinette sur les papillons qui avaient voleté dans le ciel du Béarn des années durant. Quelques lépidoptères à l'effigie de George Washington n'avaient certainement pas manqué de se poser également dans le jardin de Lina, l'épouse de René. Mes petits-cousins ne devaient donc pas être tant que cela dans le besoin.

— C'est ma famille, ils vont m'aider, répondis-je à Xavier, autant pour m'en persuader que pour le convaincre.

Il est vrai que, jusqu'à ce message d'Annie, je n'avais pas imaginé que les derniers Bénégui vivant à Cuba pourraient être davantage un obstacle qu'un soutien.

— N'empêche que vous arrivez de Paris, que vous êtes écrivain et que vous voulez remettre les pieds sur vos terres..., me dit-il. Les gens ont facilement peur de s'attirer des ennuis, ici. Et ils n'ont pas tort d'être prudents quand on pense à tous ceux qui croupissent derrière des barreaux. Si ça se trouve, ils n'ont pas dit cela pour obtenir de l'argent, mais juste pour vous dissuader. Au cas où cela tournerait mal...

Je chassai l'hypothèse d'un hochement de tête obstiné. Un accident, une mauvaise rencontre, le changement de direction imprévisible d'un ouragan étaient toujours possibles, mais j'avais pesé le pour et le contre avant d'entraîner ma famille en Oriente. Je leur avais avoué m'être retrouvé, en 1970, nez à nez avec une mygale devant la maison de Santo Domingo, je leur avais aussi parlé de mon insolation en 1968 et du délire dans lequel la fièvre m'avait plongé pendant une journée et une nuit entières. Une pharmacie digne d'un hôpital militaire occupait la moitié du volume de ma valise, et j'escomptais, avec l'aide de mes souvenirs de médecine, pouvoir affronter n'importe quelle situation.

— De toute façon, j'irai chez eux pour tirer ça au clair. On se trimballe avec une valise entière de cadeaux depuis Paris. Ma cousine Annie me l'a confiée à leur intention, cela devrait les amadouer. Il y a des antibiotiques, des parfums, du maquillage, des fournitures de papeterie...

— C'est un bon point pour vous, sourit Xavier en nous invitant à le précéder à l'intérieur du restaurant.

Situé à l'angle de la place d'Armes, ceinturée de musées et de palais du XVIIe siècle, la Casa Lucia nous accueillit dans ce qui ressemblait au salon ultra-kitsch d'un appartement des années quarante. Sur un sol d'azulejos, deux chiens en céramique montaient la garde à l'entrée. Des courtepointes en tricot renforçaient les assises défoncées d'un ensemble disparate de chaises en rotin. Un bar en acajou auprès duquel on s'attendait à voir Hemingway siroter un daïquiri servait de piste d'atterrissage au plus grand nombre de bouteilles de rhum qu'il m'eût jamais été donné de voir. Sur les murs voisinaient, pêle-mêle, un poster du Che, une photo jaunie de Fidel Castro, un cadre à ampoules clignotantes avec une image de la vierge Marie et une multitude de vignettes colorées et naïves d'orishas, les principales divinités de la santería.

— Ici, vous allez goûter une authentique cuisine familiale, promit Xavier en adressant un signe amical à une femme âgée, ses cheveux blancs noués dans un fichu en madras, qui siffla un verre de rhum avant de se réfugier en cuisine.

Il se dirigea d'office vers une table située près d'une fenêtre et sur laquelle trônait un ventilateur électrique Calor en bakélite.

— C'est Lucia, la grand-mère, qui est aux fourneaux. La mère et les deux filles s'occupent du service. L'immeuble appartient à leur famille, ils habitent au-dessus et ont transformé le rez-de-chaussée en restaurant.

— Je pensais qu'on ne pouvait pas être propriétaire…

— Ici, le sol reste toujours la propriété de l'État. Mais on peut posséder les murs après treize années d'habitation, à condition d'avoir toujours adopté un profil politique convenable. Vous remarquerez que ce sont les seules maisons qui ne sont pas délabrées. Les autres, personne ne les entretient, puisque personne ne les possède. Depuis que les Cubains ont droit à un exercice professionnel privé, ils sont de plus en plus nombreux à ouvrir des petits commerces en bas de chez eux.

Une jeune femme nous apporta le menu en souriant, puis échangea quelques mots en espagnol avec Xavier.

— Elle dit qu'ils ont eu des difficultés à s'approvisionner ce matin… Il n'y a plus de poulet, mais ils ont du porc. Vous voulez des chips de bananes plantain avec ?

Lilou acquiesça vigoureusement.

— En ce moment, c'est difficile de trouver à manger. Par contre, si un bateau chinois arrive en ville, vous pourrez acheter des dizaines de peluches roses ridicules, maugréa-t-il en détaillant le menu.

— Le manque de poulet, c'est à cause d'un bateau qui n'est pas arrivé ? demanda Lilou.

— Non, ils n'arrivent plus à importer d'aliments pour leurs poules et leurs cochons, alors les animaux meurent et viennent à manquer. À La Havane, ce qu'on trouve le plus régulièrement en ce moment, c'est de la langouste, parce qu'ils vont la pêcher eux-mêmes… L'essence, c'est la même chose. Si un pétrolier arrive du Venezuela, les voitures roulent. Sinon, il ne reste plus que le marché noir.

— C'est quoi, le marché noir ? demanda Ilona en roulant des yeux effrayés, comme si elle imaginait une crypte sombre et humide où se déroulaient d'inavouables transactions.

— L'économie de la débrouille, répondit Stéphane-France. Un marché non officiel...

— À Cuba, cela doit représenter quatre-vingt-dix pour cent des transactions. Quand vous entrez dans une quincaillerie, il n'y a pas un seul clou dans les rayons, mais si vous allez dans l'arrière-cour, c'est le BHV.

— De toute façon, les menus ne changent pas beaucoup, bougonna Ilona. Ça fait deux jours qu'on ne mange que ça. Quand ce n'est pas porc ou poulet, c'est poulet ou porc...

Xavier sourit et lui répondit :

— Les Cubains disent que la révolution a eu trois grandes réussites et trois échecs. La première réussite, c'est d'avoir rendu sa fierté au peuple. La deuxième, c'est d'avoir généralisé l'éducation pour tous. La troisième, c'est le système de santé cubain.

— Et les trois échecs ? demanda ma fille, comme il s'était tu.

— Le petit déjeuner, le déjeuner et le dîner.

Puis il passa commande à la serveuse, qui ne comprenait pas ce qui venait de provoquer notre hilarité.

— Vous voulez boire quoi avec ça ? Vous connaissez le canchanchara ? Du rhum distillé de l'année, très fort, avec du miel et du citron.

— Je ne sais pas si je tiendrai le coup, mais avec plaisir, dis-je.

Après qu'il eut passé commande, je l'interrogeai à nouveau :

— Je croyais qu'avec le développement du tourisme l'économie se portait mieux.

— C'était vrai un temps. Mais ça s'est effondré depuis l'arrivée de Donald Trump au pouvoir. Ce n'est pas encore aussi dur qu'au temps de la « période spéciale », mais, si ça continue, on y va tout droit. L'administration américaine a durci une série de mesures contre Cuba.

La première conséquence, c'est qu'en un an le nombre de touristes est passé de quatre millions à deux. Il n'y a plus d'argent ici, sauf la *remesa*, les dons qui proviennent des familles réfugiées à l'étranger.

— C'est quoi, l'intérêt de Trump ? questionnai-je. Défaire ce qu'avait fait Obama ?

— Pas seulement. Il travaille à sa réélection. Il y a un million et demi de réfugiés cubains à Miami. En tordant le cou au régime castriste, Trump s'assure de leur vote et sécurise la Floride, qui rapporte de nombreux grands électeurs.

— Il tord le cou aux Cubains, surtout.

— Et pourtant, c'est un peuple incroyablement résilient, mais passif et très patient aussi. Vous avez constaté les queues devant les banques, pour acheter une carte de téléphone, prendre le bus, ou devant les magasins pour un saucisson chinois congelé... Il en faut beaucoup pour les décourager.

— Et quoi ? Il a durci le blocus ?

— Il a activé le titre III la loi Helms-Burton. Un décret de 1996 pris sous Bill Clinton, que personne n'avait jamais mis en application parce qu'il était jugé trop sévère. Eh bien, Trump a décidé de le remettre à l'ordre du jour. Vous verrez partout des graffitis ou des panneaux qui vouent ces messieurs Helms et Burton aux gémonies. Dorénavant, un citoyen américain ou une entreprise américaine peut lancer des poursuites contre toute entité qui fait du profit avec des biens ayant appartenu à des Américains ou à des Cubains ayant acquis la nationalité américaine. Ça vise évidemment les biens nationalisés après la révolution. Et comme à peu près tout a été nationalisé à l'époque, cela augure des procédures à n'en plus finir.

— Ça veut dire que, si j'étais américain, je pourrais attaquer la république de Cuba pour récupérer les terres familiales ?

— Exactement. L'État cubain va être traîné devant les tribunaux par tous ceux qui possédaient des maisons, des propriétés, mais aussi par les institutionnels, les banques, les compagnies pétrolières, les géants de l'agroalimentaire. Il va crouler sous les condamnations, et, s'il ne paye pas, cela engendrera de nouvelles poursuites. C'est un cercle vicieux dont l'objectif est de mettre l'île en faillite. Et pas seulement. Au passage, Trump mène une guerre économique contre tous ceux qui commercent avec Cuba. L'Europe se retrouve en première ligne. Les sociétés étrangères qui ont investi à Cuba sont dans le collimateur, elles seront contraintes de quitter l'île sous peine de ne plus avoir le droit de commercer avec les États-Unis. Trump a agi d'une manière analogue avec l'Iran.

La serveuse nous apporta les verres d'alcool et des smoothies à la mangue pour les filles.

— À vos recherches ! lança Xavier en saisissant son verre.

J'acquiesçai en goûtant. C'était délicieux, très alcoolisé et épicé, avec un goût de miel puissant, terreux, que venait alléger le citron vert.

— À vos éclairages, répliquai-je en tendant mon verre.

— Voyez pour le rhum, par exemple, enchaîna Xavier. La célèbre marque Havana Club fait l'objet d'un accord de distribution entre l'État cubain et la société française Pernod Ricard. Mais, à cause du décret Helms-Burton, Pernod Ricard va devoir se désengager sous peine de poursuites, ce qui, au passage, favorisera le grand concurrent d'Havana Club, le rhum Bacardi, fabriqué à Porto Rico, autrement dit dans le giron américain. Trump et les siens considèrent que Cuba est l'arrière-cour des États-Unis, et ils sont prêts à affamer le peuple pour qu'il renverse Raúl.

— Et ça a une chance de marcher ?

— Je ne crois pas. La génération d'aujourd'hui trouvera d'autres moyens de se libérer des fers de la révolution, mais ils ne se jetteront pas dans les bras des Américains. Ils ne referont pas la même erreur qu'après l'indépendance. Sans compter que ceux qui ont donné leur vie pour que la révolution triomphe, les utopistes qui ont fait découvrir cette île aux damnés du monde entier, étaient leurs grands-parents. Les jeunes aujourd'hui ne déjugeront pas leurs aînés, même si leurs actions ont parfois eu pour conséquence des drames et des injustices.

Il fixa Lilou et Ilona, qui semblaient boire ses paroles.

— Quatre ans après sa mort, Fidel est considéré comme le grand-père de cette nation. Et, quels qu'aient été ses erreurs et ses excès, les Cubains ne sont pas près de le laisser tomber. Même s'ils savent être critiques, et souvent avec humour. Je vais vous citer une blague que Raúl Castro m'a racontée lui-même à propos de son frère.

— Vous l'avez rencontré ?

— Oui, à plusieurs reprises, j'ai même tourné un documentaire sur lui. Alors, Raúl dit à peu près ceci : après sa mort, Fidel arrive au paradis, où il est accueilli par saint Pierre. Et tout de suite il demande à parler à Dieu. Mais saint Pierre refuse, Dieu n'a aucune envie de recevoir un communiste. Fidel, comme à son habitude, se montre persuasif, il réclame seulement trois minutes du temps de Dieu. Et, contre toute attente, Dieu cède et accepte de le recevoir. L'entrevue a lieu. Trois minutes, comme prévu. À la fin, Dieu a l'air ravi. Ravi, mais un peu surpris. Il déclare : « Finalement, je suis d'accord avec tout ce que dit Fidel, mais j'ai juste une question : pourquoi c'est moi le vice-président ? »

Nous étions encore en train de rire lorsque la serveuse nous apporta un plat de beignets de bananes plantain, fins, croustillants et dorés, qui se révélèrent aussi succulents qu'ils étaient beaux. Et, comme ils accompagnaient merveilleusement bien le rhum, nous commandâmes aussitôt une autre tournée.

— Mais d'après vous, enchaînai-je, Fidel était communiste ou pas ?

— Il s'en foutait, en fait. À vrai dire, il ne savait pas ce que c'était que le communisme, il laissait ça à Raúl ou au Che. Je vais vous dire une chose : aux obsèques de François Mitterrand, Fidel était présent. De tous les chefs d'État, c'est le seul qui a récité le Pater Noster, en latin et debout. Fidel était un chrétien, élevé chez les jésuites. Extrêmement cultivé, malin et prêt à adapter son discours pour tenir tête au monde.

Après cette sortie, Xavier se tut, laissant son regard bleu, presque transparent, dériver vers la rue, suivre un passant, remonter le long de la façade ouvragée d'un ancien palais, se perdre un instant dans le ciel. Puis il déclara :

— Vous savez, ceux qui pensent avoir tout compris de Cuba sans y avoir vécu, je n'ai rien à leur dire.

Le troisième jour, nous nous rendîmes à l'ancien hôtel Hilton de La Havane. D'inspiration moderniste, bâti au centre du quartier du Vedado par des disciples de Le Corbusier et d'Oscar Niemeyer à la fin des années cinquante, il avait été en son temps le palace le plus haut et le plus coûteux d'Amérique latine. Visible depuis n'importe quel point de la ville, il comprenait six cents chambres réparties sur près de trente étages.

Lorsque nous pénétrâmes dans le hall, aussi vaste que celui d'une gare, je fus saisi, comme au Riviera, par le calme qui y régnait, une forme de solennité accablante que ne troublaient ni les errances des rares clients, ni la présence nombreuse d'un personnel totalement silencieux. Nous avions passé plusieurs jours dans cet établissement lors de notre premier séjour à Cuba, en 1967, et je me souvenais parfaitement de l'activité bourdonnante, des allées et venues continuelles entre le hall, les salons de réception, les ascenseurs et la piscine, de l'écho permanent de centaines de conversations et des facéties de mon oncle, qui nous sommait de surveiller nos propos, car, selon lui, la moitié des clients de l'hôtel étaient des espions. Aujourd'hui, cet immense navire hôtelier n'était plus qu'un vaisseau fantôme hanté par le souvenir de Cadillac rutilantes déversant leur clientèle en smoking et en robes de soirée. Inauguré en 1958, l'établissement ne connut le succès que pendant quelques mois, car Fidel en fit son QG. Ainsi, les mesures les plus emblématiques du premier gouvernement révolutionnaire virent le jour entre ces murs, dans une effervescence politique sans égale dont l'épicentre se situait entre la suite 2324, où résidait el Jefe, et la salle de réception du dernier étage, qui offrait une vue panoramique imprenable sur la capitale et dont le toit ouvrant permettait aux barbudos de se rapprocher des étoiles. Puis, l'année suivante, il rebaptisa l'hôtel « Habana Libre » et le nationalisa sans compensation, tout comme le Riviera, ainsi que le troisième palace de la ville qui appartenait à la maffia : l'Hotel Nacional. Ce qui motiva à jamais la rancune des parrains envers le nouveau dirigeant cubain.

Passé la réception, nous avançâmes sous le dôme, qui culminait à plus de trente mètres de hauteur, tavelé de coupoles opalescentes qui diffusaient une lumière étale. Dans mon souvenir, une profusion de végétaux poussait dans les jardinières géantes aménagées à même le marbre, et le feuillage des palmiers royaux atteignait pratiquement le dôme. Ne subsistaient aujourd'hui que des espèces plus modestes dont le sommet affleurait cependant au niveau de la balustrade du premier étage, auquel on accédait par un large escalier en bois exotique.

Stéphane-France se dirigea vers la galerie de photos qui rappelait au visiteur l'illustre passé de l'hôtel. On y découvrait une armada de gamins barbus en treillis, posant avec fierté dans le hall en brandissant des fusils. Puis les visages rieurs de Raúl, de Fidel et du Che, cigare en bouche, pendant l'élaboration des lois de nationalisation. Mais aussi les portraits des participants à la conférence tricontinentale que Fidel avait organisée, dans l'espoir de mondialiser la révolution. Les leaders des États non alignés : le Chilien Salvador Allende, le Guatémaltèque Augusto Turcios Lima ou encore Amílcar Cabral, de la Guinée-Bissau, qui avaient tous été assassinés ensuite par la CIA ou des services secrets complices. Une génération entière de dirigeants tiers-mondistes, de chefs de partis clandestins engagés dans la décolonisation de leurs pays, venus d'Asie, d'Afrique ou d'Amérique latine. On y reconnaissait également de nombreux dignitaires russes, car la première ambassade soviétique à Cuba avait occupé deux étages de l'hôtel pendant quelques années.

Pendant soixante ans, le Habana Libre avait accueilli les invités du pouvoir castriste, personnalités de premier plan, membres des politburos des pays frères ou soutiens de cœur, mais parfois aussi des dirigeants moins convaincus, curieux d'observer l'émergence d'une troisième voie socialiste qui sinuait étroitement, à l'époque, entre le bloc chinois de Mao Zedong et le bloc soviétique de Léonid Brejnev.

Étant donné l'importance de ses hôtes, l'établissement avait été placé sous bonne surveillance par les services secrets, et mon oncle avait eu raison de nous mettre en garde. Des étages entiers de l'hôtel étaient sur écoute, et certaines chambres étaient même équipées de dispositifs secrets de prise de vue. Ce fut certainement pour cette raison que Jean préféra le Riviera pour nos séjours suivants. Nul doute aujourd'hui que ce système d'espionnage s'était maintenu en partie et avait été modernisé. L'hôtel continuait de recevoir des personnalités sensibles appartenant aux mondes de la politique, de la culture ou de l'entreprise, et, si les sites de réservation en ligne vous proposaient, en choisissant le Habana Libre, de venir y partager un moment d'histoire, il n'était pas impossible que celui-ci demeure fixé à jamais sur un fichier numérique stocké dans les serveurs de la direction du renseignement.

L'idée que puissent se trouver encore, dans un carton poussiéreux d'archive, des bobines de film datant de 1967 où l'on voyait une famille de *franceses* en train de se laver les dents, d'enfiler leurs maillots de bain ou de faire la sieste dans l'une des immenses chambres qui dominaient la ville me réjouissait. Après tout, mon père aussi avait eu la gâchette de caméra facile.

Je m'assis sous la coupole, non loin de l'endroit où, enfant, je dévisageais les hommes attablés avec une tasse de café refroidi, cachés derrière leur journal, me demandant pour le compte de quelle nation ils espionnaient. J'observai les portes aux reflets cuivrés de la batterie d'ascenseurs, qui, autrefois, ne desservaient pas le treizième étage, ou plutôt dont les panneaux de commande ne possédaient pas de bouton correspondant. On passait du douzième au quatorzième, héritage de la triskaïdékaphobie des Américains – la peur irrationnelle du chiffre treize. En 1967, la fréquentation de ces cabines m'avait longuement questionné : cet étage existait-il, et les constructeurs du bâtiment l'avaient-ils laissé vide ? Ou n'était-ce qu'un tour de passe-passe numérique sur un tableau de bord ? Ce souvenir était indissociable de celui de Lioudmila, une jeune femme russe, responsable à l'époque d'une transe confuse dans mon esprit dont j'avais mis des années à comprendre qu'elle était d'ordre érotique.

Mince et musclée, âgée d'à peine vingt ans, Lioudmila était la femme d'un conseiller militaire soviétique en mission qu'elle passait ses journées à attendre, alanguie sur un transat au bord de la piscine du Habana Libre, ointe d'une huile bronzante au parfum entêtant. Nous l'avions croisée dans l'ascenseur, seule, à plusieurs reprises, et ses effluves de fleur blanche m'avaient bouleversé. Lioudmila avait repéré le *Elle* et le *Vogue France* de ma mère. Aux yeux d'une jeune épouse d'apparatchik, ces magazines recelaient la quintessence de la mode et de l'art de vivre occidental, un objectif inaccessible pour celle dont la vie s'écoulait, grise, entre les murs d'un appartement moscovite ou, ici, plus lumineuse, mais cloîtrée dans un hôtel de luxe des Caraïbes. Une complicité s'était rapidement nouée entre les deux femmes, qui échangeaient dans un anglais laborieux. Au bord de la piscine, je profitais de leurs conversations pour me blottir dans les jambes de ma mère, refoulant le véritable élan qui me guidait vers celles de Lioudmila. À huit ans, mon attirance mal définie, j'observais la jeune femme, me délectais de son odeur. Dieu qu'elle sentait bon et que son ventre plat, ses cuisses déliées, ses bras gracieux chatoyaient sous le soleil ardent.

Un jour, Lioudmila supplia Nicole de lui prêter les deux publications. Elle les cacha, les remonta dans sa chambre et entreprit de les recopier à la main, page par page, ligne par ligne. Elle ne comprenait pas un mot de français, mais rien n'échappait à sa détermination, aucun article, aucun titre ou slogan, jusqu'à la moindre notule, l'ours, le prix de vente et les coordonnées de l'imprimeur. La jeune femme redessina aussi par transparence, scrupuleusement, chaque photo de mode, chaque image publicitaire. Elle se procura des feuilles de papier carbone auprès de la conciergerie de l'hôtel pour dupliquer son ouvrage. Dans la solitude de sa chambre, absorbée par son travail de copiste, elle créa un samizdat de mode qu'elle comptait rapporter à Moscou, de même que des poèmes interdits et de la littérature dissidente y circulaient sous le manteau. Dès lors, elle ne se rendit plus au bord de la piscine. Parfois, nous prenions l'ascenseur et il me semblait percevoir une trace odoriférante de son passage. Malheureux, je faisais l'expérience du manque amoureux sans pouvoir nommer cette brûlure.

Un jour, un des employés de la réception confia discrètement à Nicole que le mari de Lioudmila était tombé sur les magazines français et leurs reproductions manuscrites. La colère du diplomate avait résonné dans tout l'étage. On en avait envoyé en Sibérie pour moins que ça. Depuis, Lioudmila était confinée dans sa chambre et ne pouvait sortir qu'en présence de son mari.

Nous ne la revîmes que le matin de notre départ pour l'Oriente. Encombrés de nos bagages, nous croisâmes le couple dans l'ascenseur. Lioudmila et Nicole détournèrent la tête, faisant comme si elles ne se connaissaient pas. Quant à moi, comprenant que je ne pouvais partager mon secret, j'inspirai fortement pour capturer le parfum de la jeune femme russe une dernière fois.

Un demi-siècle plus tard, nous nous dirigions à notre tour vers l'Oriente, ayant finalement cédé au tarif attractif proposé par un rabatteur. Un trajet en Cadillac décapotable rose pour cinq pesos se refuse difficilement. Surtout s'il s'agit de remonter une dernière fois les larges avenues du Vedado et de traverser les sept hectares de la place de la Révolution. Cependant, pour arriver discrètement à la gare routière, on aurait pu rêver mieux. À peine débarqués avec nos cinq valises, nous fûmes assaillis par une nuée de porteurs et de guides autoproclamés auxquels nous échappâmes en nous glissant dans le flot tumultueux des voyageurs. Par centaines, seuls ou en famille, tous se précipitaient dans un brouhaha assourdissant en direction des guichets, où ils venaient buter dans ce mélange caractéristique de confusion et de discipline qui traduit la haute capacité des Cubains à attendre en file.

Contrairement à la plupart des compagnies qui desservaient les régions de l'île pour une poignée de pesos nationaux et disposaient d'une salle d'attente commune, Viazul bénéficiait d'une pièce réservée à ses voyageurs, à l'écart de l'agitation brownienne. Climatisé, disposant d'un spot Wi-Fi, l'endroit proposait un havre aux touristes – un couple de jeunes femmes allemandes en panoplie de routardes, une paire de retraités italiens et quatre Chinois silencieux et immobiles, un masque de protection sur le visage. La majorité des autres voyageurs étaient des Cubains, seuls pour la plupart, femmes et hommes issus de catégories favorisées, comme en témoignaient leurs habits et le fait qu'ils avaient tous le visage incliné sur l'écran d'un smartphone. À cinquante dollars l'aller-retour pour Santiago, soit deux fois et demie le salaire moyen d'un travailleur cubain, il pouvait difficilement en être autrement. Ce qui, pour être honnête, me rassurait sur les conditions de notre voyage. Je songeai avec amusement à la réaction d'Ilona lorsque j'avais annoncé que nous allions parcourir près de mille kilomètres en bus : « Quoi ? Mais jamais ! Même pas en rêve. Je préfère rester seule en France. » Je l'attrapai par l'épaule alors qu'elle venait de s'asseoir à côté de moi et lui donnai un baiser affectueux.

Confiant, je profitai de ce moment de détente avant la nuit qui s'annonçait pour vérifier mes messages. Apparemment, Magdelín n'avait envoyé aucun complément d'information depuis la mauvaise nouvelle de l'avant-veille. J'avais demandé à Annie s'il fallait lui proposer une somme d'argent afin de faciliter de supposées démarches administratives, mais ma cousine avait été catégorique : « Vous leur apportez une pleine valise de cadeaux, c'est déjà bien. » Ce qui signifiait, entre les lignes, qu'elle n'éliminait pas la notion de pot-de-vin, mais que son expertise, alliée à celle de Marinette, l'incitait à penser que le compte était bon. La valise en question était calée entre mes jambes, et, depuis notre départ de Paris, j'y prêtais plus d'attention qu'à mes propres affaires, sans m'être imaginé jusque-là que le succès de notre voyage reposait sur son contenu. Après tout, Xavier d'Arthuys avait raison. Qui étais-je aux yeux de ces gens ? Un favorisé, un Français, libre et nanti, capable de dépenser le prix de quatre allers et retours en avion pour sa lubie mémorielle. Reposer le pied sur une terre engloutie par l'histoire, dénicher la tombe sans nom d'un inconnu paraît certainement dérisoire et inapproprié à celui qui manque des médicaments les plus élémentaires ou doit patienter des heures avant d'obtenir un filet de porc, un litre de lait et quelques fruits frais. Quand de surcroît le fantasque tartarin est le petit-fils d'un alcoolique honni dans sa propre famille, le neveu de celui qui vous a spolié de centaines de milliers de dollars, et qu'il ne parle pas un mot de votre langue, cela promet assurément des tombereaux d'emmerdements. J'avais fait transmettre mes ambitions de voyage à Magdelín, le plus délicatement et poliment possible, par l'intermédiaire d'Annie. Mais je n'avais pas pu lui demander directement s'ils seraient disponibles pour m'accompagner, j'ignorais même si leur santé le leur permettait. Je savais peu de choses à leur sujet : Jean-Joseph Bénégui avait deux filles, Susana et Viviana, à peine plus âgées que les nôtres, et sa mère, Lina, de la génération de Marinette et de Louisette, était toujours en vie. J'espérais qu'elle nous aiderait à communiquer, mais que connaissais-je de sa capacité à le faire ou de son désir de revivre le passé ? J'avais idéalisé Jean-Joseph, qui ne m'avait jamais adressé un seul message, parce que nous avions le même âge, que nos aïeux étaient frères, que nos familles se ressemblaient ; j'en avais fait une sorte de jumeau à distance. Mais la réalité était que, si nous portions le même nom, nous ne nous connaissions pas. Je me promis, dès notre arrivée à Santiago, d'entrer directement en contact avec eux, quel que soit l'obstacle de la langue, et de ne plus me réfugier derrière Annie pour qu'elle fasse office d'interprète.

— Laurent, c'est l'heure.

Stéphane-France me tira de mes pensées alors que les voyageurs se dirigeaient vers le guichet d'enregistrement des bagages. Je lui souris, la pris par la main, et nous nous levâmes.

— *Vamos*, les filles !

Il y avait des toilettes à l'arrière du bus, mais lorsque je demandai si elles fonctionnaient, le contrôleur me répondit : « Oui, mais il y a longtemps », ce qui fit rire plusieurs passagers. Je jugeai donc plus prudent de ne pas les utiliser, et d'ailleurs, à ma connaissance, personne n'en fit usage au cours du trajet. Quant à la climatisation, elle fonctionnait, mais trop. Il faisait un froid de canard, pas plus d'une quinzaine de degrés, et à chaque arrêt les voyageurs se précipitaient au-dehors pour fumer une cigarette, acheter un gobelet de café et se rendre aux toilettes, mais surtout pour se réchauffer. Ainsi, nous subîmes plusieurs fois dans la nuit des amplitudes thermiques d'une vingtaine de degrés. Le bus s'arrêtait en des lieux inattendus, entre les piliers d'un pont, au bord d'une rivière, dans un hameau sans lumière. Un voyageur descendait ou un autre montait, un bref échange avait lieu avec le chauffeur, quelques billets circulaient, et le véhicule reprenait sa course dans la nuit, le moteur tournant à plein régime. Lancé sur les nids-de-poule, les suspensions épuisées par des centaines de milliers de kilomètres de ce traitement, le bus nous brinquebalait sur nos sièges. J'essayais de fermer l'œil, mais, lorsque je parvenais à dormir quelques dizaines de minutes, immanquablement un chaos me réveillait en sursaut. J'apercevais le long filament de la route tendu dans l'obscurité. Après que j'eus ingéré un somnifère en désespoir de cause, il se présenta à ma conscience émoussée comme une flèche dirigée vers un passé qui ne cessait de s'éloigner à mesure que je m'en rapprochais. Enfin, je sombrai dans un néant réparateur jusqu'au petit matin.

À Santiago de Cuba, j'avais réservé depuis Paris deux chambres dans le seul hôtel de la ville qui possédât une grande piscine, convaincu que mes filles, après un tel périple, auraient besoin d'être plongées dans l'eau fraîche. À vrai dire, je fus le premier à aller m'étendre sur une chaise longue au bord du bassin, la tête lourde, la bouche pâteuse, les muscles noués. Sous les sourires ironiques des trois femmes qui m'accompagnaient, je décrétai un vrai jour de vacances, sans aucune activité au programme.

En fin d'après-midi, après avoir soigné de violents coups de soleil, rançon de nos quelques heures de farniente, nous partîmes à la découverte de la ville, désireux de dénicher un endroit où écouter de la musique. Ici était né le *son* cubain, à l'origine de la rumba, puis de la salsa. Mais nous allâmes de déception en déception : tous les clubs et maisons de musique étaient fermés. Partout, des stands se dressaient, et visiblement la ville se préparait à une fête. Çà et là, nous voyions des bouteilles d'eau, mais on refusait de nous les vendre ; de même, aucune nourriture ne semblait accessible. On nous expliqua que c'était pour demain. Or nous, nous avions faim et soif *maintenant*. Lorsque nous vîmes une queue se former devant un étal, nous nous précipitâmes, mais il s'agissait de l'arrivée d'une cargaison de déodorants, de parfums et de vernis à ongles, qui disparurent sous nos yeux aussi promptement qu'un banc de sardines est décimé par un vol de mouettes.

Cuba pouvait sembler à première vue plus proche de nous que nombre de pays que j'avais visités, mais je fis l'expérience à Santiago d'une incompréhension totale du mode de fonctionnement de la rue, comme si les coutumes de la population de la deuxième ville de l'île après La Havane étaient plus éloignées des nôtres que celles d'un Balinais ou d'un Vietnamien. À la nuit tombée, nous trouvâmes enfin refuge dans un dancing au parquet usé installé au rez-de-chaussée d'un ancien palais colonial. On y servait des morceaux de cochon rôtis à la broche, et nous prîmes place à une table pour observer les couples de danseurs, chacun associant généralement un(e) natif(ve) et un(e) touriste. Sur l'estrade se produisait un *cuarteto oriental* composé d'un joueur de bongo, d'un guitariste, d'un trompettiste et d'un contrebassiste. Un jeune homme brun et fin, vêtu d'un pantalon à pont et d'une chemise noire cintrée, vint nous proposer une initiation à la salsa. Nous déclinâmes son invitation l'un après l'autre, probablement par timidité extrême, jusqu'à ce qu'il se plante devant Ilona, dont la blondeur et les yeux bleus semblaient l'avoir pétrifié. Dès lors, il n'accepta pas le refus de notre fille, et, profitant du fait qu'elle fût la seule à pouvoir correctement communiquer avec lui, déploya toute sa séduction pour l'entraîner sur la piste, l'invitant également à rejoindre son école de danse le lendemain. Comme il insistait de plus en plus, visiblement peu habitué à être éconduit, je volai au secours de notre fille en lui signifiant fermement de la laisser tranquille. Alors il planta son regard dans le mien et me réclama le prix d'un cours de danse pour le temps qu'il venait de passer à essayer de convaincre Ilona. Je dus avoir l'air si surpris qu'il transigea facilement, acceptant le mojito que je lui offris volontiers. De retour à l'hôtel, je demandai à Ilona de traduire le message suivant : « Chère Magdelín, nous voilà à Santiago, je prévois que nous arriverons à Guantánamo demain vers 15 heures. Veux-tu qu'on vienne vous saluer chez vous ? », et je l'envoyai. Quelques minutes plus tard, je reçus sa réponse : « Cher Laurent, je suis heureuse de vous rencontrer enfin. Je vous rejoindrai à l'hôtel lorsque vous serez arrivés en ville. » Ce soir-là, nous nous endormîmes en quelques minutes, tous quatre épuisés par ce jour de vacances.

Le lendemain, Stéphane-France et moi laissâmes les filles dans le hall de l'hôtel un peu avant treize heures pour aller récupérer la voiture que j'avais réservée depuis Paris. J'avais lu dans le contrat de location que les conditions de retrait du véhicule étaient drastiques. Tout retard pouvait entraîner une annulation. J'en avais obtenu la confirmation sur des forums de voyage. Le nombre de voitures de qualité, c'est-à-dire capables de rouler plus de cinquante kilomètres sans tomber en panne, étant réduit, les quelques agences fiables, dont faisait partie celle à laquelle je m'étais adressé, ne se gênaient pas pour refiler votre véhicule à un autre touriste prêt à en payer le prix si vous n'étiez pas là à l'heure prévue.

Dès notre sortie de l'hôtel, un *jinetero* nous suivit. Après une semaine sur l'île, nous étions rompus à la fréquentation de ces hommes – ou de ces femmes (*jineteras*) –, généralement bien habillés et anglophones, que leur première phrase suffisait à identifier : « *Hello, my friend, what country do you come from*[1] *?* »

L'école de la rue leur avait enseigné que demander au touriste d'où il venait était l'entrée en matière idéale, car ils pouvaient aussitôt enchaîner en louant les qualités d'un champion national (Boris Becker, Rafael Nadal, Shaquille O'Neal, Carl Lewis, Cristiano Ronaldo...). À ce stade, la glace était brisée, et la phase de commercialisation proprement dite pouvait s'engager. Contre une poignée de pesos, le jinetero proposait aux touristes différents services allant de l'orientation cardinale à

1. Traduction : Bonjour, mon ami, de quel pays viens-tu ?

la dispense de plaisirs sexuels, en passant par la vente de faux cigares, la recommandation d'un restaurant avec lequel il était en cheville ou la fourniture d'une carte de connexion à Internet – périmée.

Celui qui venait de s'adresser à nous était un grand Noir d'une vingtaine d'années, la joue gauche barrée d'une cicatrice que ne dissimulait pas sa paire de fausses Ray-Ban. Il portait un pantalon à pattes d'éléphant orange et une chemise cintrée à rayures verticales vertes et blanches. Son portable à clapet à la main, il nous suivait en martelant le trottoir de ses bottines à talon.

— France ? Champions du monde ! Mbappé, Kimpembe ! Bonjour, comment allez-vous ?

Il s'exprimait en français, et, comme la suite allait le montrer, il était particulièrement tenace.

— Qu'est-ce que vous cherchez ? Monsieur, madame, je peux vous aider.

— Merci, on se débrouille, on va juste là, dis-je en désignant la boutique de location de voitures située au pied de l'hôtel.

— Je connais une meilleure adresse, je vous emmène si vous voulez ! Ils ont des bonnes voitures pas cher…

Peu m'importait le prix, j'avais réservé un 4 × 4 assez puissant pour nous monter dans la sierra, et je n'étais pas disposé à me faire refiler n'importe quelle guimbarde pourrie.

— Non, merci, j'ai déjà réservé, lui répondis-je.

Et pour me débarrasser de lui je brandis mon contrat de location sous son nez.

— Ah, mais ce n'est pas la bonne boutique, monsieur, dit-il en apercevant le logo du loueur.

Rien ne semblait pouvoir le désarçonner, mais j'étais sûr de moi. J'avais lu et relu le bon de réservation, ne voulant rien laisser au hasard : l'enlèvement du véhicule allait se réaliser au pied de l'hôtel.

— Si, si, c'est là, insistai-je.

— Non, monsieur, sourit-il. C'est de l'autre côté de l'avenue.

Je n'en rajoutai pas, et nous entrâmes dans la boutique sans un regard pour lui. J'avais toujours peur de passer pour un touriste arrogant, mais là je n'avais pas envie de discuter, je voulais rejoindre Guantánamo au plus vite. Tandis que nous attendions que le fonctionnaire en finisse avec le client précédent, j'observai notre homme, qui restait campé à l'extérieur avec son look tout droit sorti d'une série des années soixante-dix.

— Monsieur ? m'interpella l'employé.

Je lui montrai mon contrat, et il réagit aussitôt :

— Ah, ce n'est pas chez nous, votre réservation, ici c'est Cuba Car. Il vous faut aller chez Santiago Rental, de l'autre côté de l'avenue.

— Ah...

— *Sí, sí.* En face.

Stéphane-France m'adressa un sourire d'encouragement : nous devions affronter la situation.

À notre sortie, le type exultait littéralement.

— Je vous accompagne, affirma-t-il.

Même si le ton restait doux, ce n'était plus une question, mais une affirmation. Je repensai au professeur de danse de la veille. Combien cela allait-il nous coûter de refuser, cette fois-ci ?

— Non, fis-je en haussant le ton. Je me suis trompé, mais je n'ai pas besoin de votre aide. J'aime me débrouiller seul, vous comprenez ?

Il me toisa :

— Il n'y a pas de terroristes à Cuba. On ne tue personne. Il ne va rien vous arriver. Pas de danger. Je veux simplement vous aider.

— Et moi je ne veux pas. Merci.

Nous passâmes devant lui en l'ignorant. Il continua de nous suivre à distance tandis que nous traversions l'avenue et nous dirigions vers le bureau de l'autre agence de location, dissimulé derrière un bâtiment en travaux. Lorsque nous arrivâmes devant la boutique de Santiago Rental, elle était fermée.

Un ouvrier en train de peindre une fenêtre nous informa qu'ils étaient partis déjeuner. Cela me parut impossible. Mon bon de réservation était formel : le rendez-vous était fixé à treize heures. Ils ne pouvaient pas avoir fermé alors qu'ils avaient une voiture à délivrer.

— Tu es certain de l'heure ? demanda Stéphane-France.

— Oui. C'est écrit, ils ne tolèrent pas plus de quinze minutes de retard à l'enlèvement. Après, on risque de perdre la location.

Je relus une nouvelle fois le bon de réservation.

— Tu vois ? Le 13 février à treize heures.

— Le 13 ?

— Oui, à treize heures. Facile à se rappeler.

— On est le 14, Laurent, dit Stéphane-France, atterrée.

Je m'étais trompé d'une journée. J'avais réservé la voiture pour la veille, cela me revenait maintenant, dès le premier jour de notre arrivée à Santiago, en me disant qu'on en profiterait peut-être pour se balader dans les environs. Mais j'avais complètement oublié, abruti que j'étais par le cachet pris dans le bus, puis effondré sur le transat de la piscine. J'étais convaincu que la voiture n'était à récupérer qu'au moment du départ pour Guantánamo.

— Putain… Et ils m'ont seriné que tout changement de contrat serait impossible sur place.

Je sentis notre ami revenir dans notre dos, comme les squales croisent au large des plages de la côte caraïbe. D'une manière ou d'une autre, il avait flairé l'odeur du sang.

Au-delà du fait que j'avais intégralement réglé la location depuis Paris, j'étais effondré à l'idée que nous risquions de ne pas trouver d'autre voiture. J'avais lu de nombreux récits d'escroquerie à la voiture de location, et je ne croyais pas aux solutions locales. Là où nous comptions nous rendre, il nous fallait un véhicule fiable, pas une carcasse de 4 × 4 bricolée avec un moteur de Trabant.

— Vous avez besoin d'aide, dit-il.

À nouveau, ce n'était pas une question.

— S'il vous plaît…, commençai-je.

— Je connais une autre agence.

J'ignorais s'il s'agissait de ces fameux restes de la présence francophone en Oriente dont m'avait parlé Xavier d'Arthuys, mais, de mon point de vue, le garçon en abusait.

— Pas question ! répondis-je. J'ai réservé une certaine voiture, j'en ai besoin là où je vais ! Je ne veux pas qu'on me refile une bagnole de merde ! Vous comprenez ? Je veux contacter cette agence et pas une autre, j'ai fait une erreur sur la date, alors je vais m'arranger avec eux.

Nous rebroussâmes chemin et retrouvâmes nos filles dans le hall de l'hôtel. Tandis que ma femme leur narrait nos mésaventures, j'essayai de trouver une solution avec la réceptionniste. Celle-ci, après avoir appelé la compagnie de location et négocié pendant un long moment, raccrocha son téléphone, puis griffonna une adresse sur un papier à en-tête de l'hôtel.

— Il faut que vous alliez au siège, m'expliqua-t-elle dans un anglais parfait. Ici, c'est juste un petit bureau pour recevoir et retourner les voitures. Là-bas, ils peuvent prendre des décisions, ils sont autorisés.

— Mais est-ce qu'ils ont la voiture que j'ai réservée ?

— Ils ne m'ont pas dit, il faut aller discuter là-bas, avec votre contrat.

— C'est loin ?

— À deux kilomètres. Vers l'entrée de la ville.

Je me retournais pour signifier à Stéphane-France qu'une solution se profilait lorsque j'aperçus notre rabatteur assis au bar, où il entreprenait un couple de touristes. Mon cœur fit un bond. En croisant son regard dans le miroir, il me sembla voir sa cicatrice dessiner un sourire sur son visage. À moins que l'influence de Victor Hugo, vénéré ici depuis qu'il avait apporté son soutien aux luttes d'indépendance, ne s'exprimât si fort qu'un de ses personnages s'était mis à hanter l'hôtel et ses abords. Rejoignant ma famille, je demandai à Ilona de traduire un message pour Magdelín dans lequel je l'informais que nous allions arriver à Guantánamo avec deux heures de retard.

Nous ressortîmes de l'hôtel, et je me dirigeai vers un des taxis garés devant l'entrée.

— *Hola, señor, where do you come from ?*

Je me dis que cela commençait mal et, sans répondre, tendis le papier avec l'adresse de la compagnie. Après en avoir pris connaissance, le chauffeur opina et nous indiqua de monter à bord.

— *Cuánto ?* lui demandai-je, décidé à ne pas me laisser conduire sans avoir négocié le prix de la course.

— Vingt pesos.

— Pour deux kilomètres ? Jamais.

— Vous êtes français ?

— Oui, maugréai-je.

— La Formule 1, Alain Prost ! Champion du monde ! Dix-huit pesos pour vous.

D'après mon expérience havanaise, une course de deux kilomètres ne valait pas plus de cinq pesos. J'étais prêt à payer dix, mais pas davantage. Je sentais l'agacement monter en moi. J'avais envie de quitter cette ville, le soleil pesait sur mon crâne, j'avais mal à la tête.

— Cinq pesos, répliquai-je.

Le chauffeur dodelina du chef.

— Quinze.

— Dix.

— Señor, me dit-il, je connais quelqu'un qui habite en France. Et je sais combien cela coûte chez vous de prendre un taxi.

Celle-là, on ne me l'avait jamais faite.

— Ah oui ? Et vous connaissez qui en France ? lui demandai-je.

— Mon frère.

— Et il habite où, votre frère ?

— À La Courneuve.

— Et moi, mon grand-père est enterré à Guantánamo.

Celle-là non plus, personne n'avait jamais dû la lui faire.

— Alors va pour dix, *amigo*, finit-il par accepter en souriant.

Nous montâmes dans le véhicule, dont la climatisation nous permit de nous détendre quelques minutes. La ville écrasée par le soleil défilait derrière les vitres fumées. J'aurais presque pu m'endormir. Je n'avais pas discuté le montant de la course pour une raison économique, toute négociation paraissant indécente tant nos différences de niveau de vie étaient importantes. Mais j'avais eu besoin de démontrer que je pouvais encore peser sur le tour pris par notre destin.

Arrivés à notre destination, qui ressemblait plus à une casse automobile qu'au siège d'une compagnie de location de voitures, le chauffeur nous demanda s'il devait nous attendre. Selon lui, dans le quartier, nous allions avoir du mal à trouver un taxi pour revenir à l'hôtel. Comme j'étais décidé à ne pas repartir de là autrement qu'au volant de notre voiture, je le remerciai et le laissai filer.

L'employé de Santiago Rental nous reçut avec amabilité et, après que j'eus expliqué notre erreur, balbutiant en anglais et en espagnol une justification vaseuse, nous proposa une voiture d'une catégorie équivalente sans annuler le précédent contrat, si bien que nous n'avions pas à régler un peso de plus. L'entrée en vigueur du titre III de la loi Helms-Burton nous sauvait la mise. Depuis quelques mois, nous expliqua-t-il avec tristesse, la raréfaction des touristes américains avait affranchi son parc de véhicules des tensions habituelles. Un moindre mal pour nous. Tout paraissait rentrer dans l'ordre, à un détail près cependant. Après nous avoir menés à la voiture et que nous eûmes inspecté la carrosserie, je pris place au volant et me familiarisai avec le tableau de bord.

— Excusez-moi, demandai-je, je ne vois pas la commande pour passer en quatre roues motrices.

— Parce qu'il n'y en a pas, monsieur. Le 4 × 4 que vous aviez réservé a été pris ce matin. Vous allez où ?

— À Guantánamo…

— Alors il n'y aura aucun problème, c'est une bonne voiture.

— Oui, mais je pensais me rendre dans les alentours, à la campagne…

— En ce moment, il ne pleut pas, vous ne rencontrerez aucune difficulté, assura-t-il. Vous ne comptez pas grimper dans la sierra ?

— Non, mentis-je.

Nous avions justement choisi le mois de février pour cela, pour pouvoir entreprendre les sentiers caillouteux de la sierra. En me remettant les clés il précisa que le réservoir ne contenait que dix litres d'essence et qu'il est préférable de faire le plein avant de quitter Santiago.

En retournant à l'hôtel, nous ralentîmes devant une station-service ouverte, mais les fonctionnaires assis sur des chaises pliantes agitèrent nonchalamment les mains pour signifier qu'il n'y avait plus d'essence. Comme je venais d'informer Magdelín d'un nouveau retard, je suggérai que nous ne perdions plus de temps, récupérions nos filles et fassions le plein sur la route.

— Et comment on va faire sans 4 × 4 ? demanda Stéphane-France.

— Pour l'instant, on rejoint Guantánamo, ensuite on avisera, finis-je par lâcher.

— Et s'il pleut ? insista-t-elle.

— Il ne pleuvra pas.

Immédiatement après avoir quitté Santiago, la route filait tout droit entre des champs de canne à sucre dont les tiges formaient d'interminables palissades de part et d'autre de la chaussée détériorée. Régulièrement, on pouvait voir des slogans révolutionnaires et des portraits du Che sur le bas-côté, peints sur des panneaux métalliques rouillés ou sur des bornes en ciment qu'avaient rongées les intempéries. Les couleurs étaient passées, les lettres s'effritaient. Restaient, inaltérables, les idées : « La victoire est là pour toujours », « Le socialisme ou la mort », « Vive la révolution », « Le combat est mené au nom du respect et du bonheur des hommes ». Les signatures d'Ernesto Guevara, de Fidel Castro Ruz et de José Martí étaient reproduites sous leurs citations. Ainsi découvris-je que, dans la région, Fidel ne s'appelait pas seulement Castro, mais portait aussi le patronyme de sa mère, la cuisinière qu'Ángel Castro avait fini par épouser après son divorce. Ruz était le nom d'Oriente de Fidel. Parfois, les attributs de ce culte laïque s'ornaient de propagandes plus récentes, fustigeant la loi Helms-Burton. Visiblement, les deux sénateurs républicains avaient acquis dans ces campagnes populaires et reculées, où l'on semblait enclin à les fusiller à la première occasion, une notoriété bien supérieure à celle qu'ils avaient dans n'importe quelle autre partie du monde.

En une heure, nous traversâmes deux villages, mais, chaque fois, les entrées des stations-services étaient barrées par des plots de signalisation qui en interdisaient l'accès. Je regardai la jauge, inquiet. Guantánamo n'était plus qu'à quatre-vingts kilomètres en direction de l'est et des contreforts de la Sierra Cristal. Puis nous rejoignîmes l'autoroute sur laquelle allait s'effectuer la dernière partie du trajet, deux fois deux voies couvertes d'un asphalte lépreux avec un large terre-plein central où poussaient des herbes hautes et désordonnées. Bientôt, les champs cultivés cédèrent la place à des bosquets d'arbres tropicaux du sommet desquels s'envolaient des oiseaux de proie d'une envergure exceptionnelle. Nous ne croisions plus aucune voiture particulière, seulement de temps à autre un camion déglingué poursuivi par un nuage de fumée noire, ou un bus du modèle de celui de La Havane filant sur les dernières portions de bitume qu'un soleil ardent avait liquéfié, remodelant la chaussée à mesure qu'il la détruisait. À vingt kilomètres de Guantánamo, l'autoroute s'élargit à six voies, et j'appuyai insensiblement sur la pédale d'accélérateur sur ce tronçon démesurément large et désert, à l'exception d'un homme à cheval qui galopait devant nous. Il allait, le torse nu, la peau noire luisante, la tête couverte d'un large chapeau de paille tressée, une machette à la taille, brinquebalée au rythme des foulées de la monture. Personne ne parlait plus dans la voiture. Nous roulions à grande vitesse dans un décor d'après apocalypse où se nouaient les images d'un présent dégradé et les visions d'un avenir incertain.

— Laurent !

Devant nous, le bitume était couvert de pustules et d'éminences dont certaines du diamètre d'un ballon de basket. Je n'avais plus le temps de freiner, je donnai un violent coup de volant pour les éviter et envoyai la carrosserie frotter la végétation anarchique du terre-plein, une liane folle s'enroula autour du rétroviseur et craqua dans un bruit sec, les suspensions nous ballottèrent sur la partie moins bosselée de la route, les filles hurlèrent, je rétablis la voiture et pilai brutalement. Dans une odeur de gomme brûlée, j'immobilisai le véhicule au bord d'un cratère qui occupait le centre de la chaussée, tandis qu'une fumée âcre se dissipait dans les rayons du soleil.

— Papa, c'était quoi ?

J'observai dans le rétroviseur la portion d'autoroute dévastée et restai muet. Mon cœur frappait contre mes côtes, mes mâchoires étaient crispées et endolories. Peut-être les racines des grands arbres s'étaient-elles faufilées sous le goudron ramolli et avaient-elles entraîné un effondrement de la chaussée ? Un bombardement n'aurait pas eu d'autre effet. Le phénomène avait dû mettre des années à se développer, mais rien ne venait signaler le danger.

— Je n'en sais rien, ma chérie, répondis-je en enclenchant l'embrayage et en redémarrant.

Je contournai le cratère par la droite et repris la route, parcourant les quinze derniers kilomètres en une demi-heure, essayant de projeter mon regard le plus loin possible sur la chaussée.

À l'entrée de Guantánamo, un gigantesque panneau frappé d'un G peint en blanc sur fond bleu dominait le rond-point sur lequel s'achevait l'autoroute. La large voie de circulation se dissolvait en départementales étroites qu'empruntaient des charrettes montées sur des pneus en caoutchouc et tirées par des bœufs ou des mulets, des femmes et des hommes à vélo, à cheval ou à pied, formant un flux de plus en plus dense à mesure que nous approchions du centre de l'agglomération. Nous aperçûmes deux stations-services, aussi vides que les précédentes. La jauge était dans le rouge depuis plusieurs kilomètres, et je maudissais la désinvolture qui m'avait fait quitter Santiago persuadé que nous allions trouver de l'essence en route. La nuit n'allait pas tarder à tomber, cependant j'espérais encore que Magdelín nous rejoindrait, comme prévu, devant l'hôtel José Martí.

La ville avait été construite sur le modèle quadrillé des cités américaines, et j'avais imaginé qu'il nous serait facile de nous y orienter. C'était sans compter les nombreux sens uniques et l'état des rues, parfois tellement défoncées que je n'osais m'y aventurer avec notre voiture à deux roues motrices. Quant aux rues praticables, elles étaient souvent fermées par de grandes barrières en plastique jaune. Nous avions le sentiment de repasser inlassablement entre les mêmes rangées de maisons basses, avec leurs façades à colonnades et leurs crépis aux couleurs délavées. Les vitrines vides des magasins, les devantures baissées, semblaient se reproduire à l'identique à chaque angle droit, après chaque carrefour.

— L'hôtel, il n'est pas sur la place d'une grande église ? me demanda soudainement Stéphane-France.

— Si, c'est la cathédrale. Annie m'a dit qu'elle y avait fait sa première communion.

— Tourne par là, dit-elle en désignant la coupole en tuiles au sommet d'un clocher qui se détachait dans le ciel crépusculaire.

Trois carrefours plus tard, je garai la voiture à l'arrière de la cathédrale Santa Catalina de Ricci, au pied de notre hôtel. L'édifice religieux, composé d'une nef centrale qu'épaulaient deux arches latérales, faisait face à une statue du général indépendantiste Pedro Agustín Pérez et à une sculpture monumentale d'un José Martí assis. La jeunesse de Guantánamo s'y était donné rendez-vous, téléphones mobiles dégainés, cigarettes Criollo au bec, les garçons d'un côté, les filles de l'autre. Les raps latino se mêlaient sporadiquement aux échos de mambos et de salsas joués depuis les terrasses qui surplombaient la place. Les arbres étaient pavoisés de calicots et de petits drapeaux jaune vif. Comme à Santiago la veille, la ville se préparait à la fête.

La réserve semblait être la principale caractéristique des fonctionnaires en uniforme qui nous accueillirent au comptoir de l'hôtel José Martí, soit qu'ils ne comprirent pas un mot de ce que nous leur expliquâmes, soit que notre présence les surprît au plus haut point. Vraisemblablement, les deux à la fois. Depuis que nous avions quitté La Havane, nous rencontrions de moins en moins de touristes et la couleur de peau de la population était devenue majoritairement noire, cependant j'étais animé par un sentiment simple d'appartenance à cette collectivité. Sans avoir la naïveté de me prendre pour un Afro-Cubain, je parachevais inconsciemment ma mue d'anguille. J'exhibai l'impression papier de ma réservation pour convaincre la réceptionniste que nous avions payé d'avance et, plus surprenant encore à ses yeux, que nous avions prévu de rester plusieurs jours dans l'établissement, et je finis par obtenir les clefs de nos deux chambres.

Toutes les chambres de l'hôtel se situaient au premier étage. Grandes, simples, propres, elles possédaient un petit balcon qui donnait sur la place de l'église et sur lequel j'étais sorti pour guetter l'arrivée de Magdelín, que j'avais enfin prévenue de notre arrivée. Un tube de Boney M. résonna subitement au-dessus de ma tête avec une puissance digne des plus grosses boîtes de nuit d'Ibiza. J'avais choisi cet hôtel, de dimension modeste, car, selon son propre site, il disposait au deuxième étage d'un toit-terrasse calme offrant une perspective unique sur le centre-ville. Je me précipitai et gravis quatre à quatre l'escalier qui conduisait au havre de paix en question. La terrasse était effectivement vaste, avec un bar central derrière lequel un fonctionnaire en uniforme était en train de constituer une pyramide de bouteilles de rhum et de bière. Des tables avaient été repoussées en périphérie, et une cinquantaine de chaises étaient disposées devant un écran sur lequel était projeté le clip de « Raspoutine ». Les ondes émises par les enceintes d'un mètre de haut refoulaient l'air chaud de la fin de journée, et j'eus l'impression qu'une main puissante enserrait ma tête et mon cœur. Une fonctionnaire s'approcha en souriant, mais elle parlait en espagnol, ne comprenait pas l'anglais, et je manquais deux mots sur trois à cause de la musique. Mais il ressortit de notre conversation qu'ils testaient le système de sonorisation et que la véritable fiesta ne débuterait qu'à vingt et une heures. Ce soir-là, l'accès au toit-terrasse était libre, mais, puisque nous résidions à l'hôtel, elle pouvait nous garantir une table sur réservation. Je déclinai poliment, car mes tympans me lançaient déjà.

— Merci, mais de quelle fête s'agit-il ? demandai-je avant de redescendre, pensant que cela ne pouvait être que la commémoration d'un fait d'armes révolutionnaire de première importance.

— La fête de l'amour.

Nous étions le 14 février, plus connu sous le nom de Saint-Valentin dans les pays qui ne sont pas marxistes-léninistes.

Brel avait chanté : « Quand on n'a que l'amour à s'offrir en partage… » Rien ne s'appliquait avec plus de pertinence aux Guantanameros, frappés par les pénuries alimentaires et médicales, victimes du blocus américain et de la pression imposée par leur gouvernement autoritaire et paranoïaque. Le manque de carburant restreignait les déplacements. Le chocolat ne franchissait pas les montagnes qui séparaient Guantánamo de Baracoa, où se récoltaient les cabosses. Les poissons restaient sur leurs lieux de pêche faute de camions frigorifiques. Même le café, ressource historique de la province, était devenu une denrée rare. Les rayonnages, pratiquement déserts, étaient pillés en quelques minutes sitôt les portes des magasins ouvertes. La cité autrefois prospère, au cœur d'une région nantie par les planteurs et par la présence des milliers d'Américains de la base navale, s'était vue asséchée par la révolution castriste, dont elle avait pourtant constitué le foyer le plus glorieux. Naguère connue grâce à la chanson « Guantanamera », la ville ne devait plus sa notoriété qu'à un sinistre voisinage, celui avec le camp de détention où les États-Unis questionnaient à leur manière les combattants ennemis de l'après-11 Septembre en combinaisons orange.

Les soubresauts de l'histoire avaient plongé Guantánamo dans une dépression morose dont elle prévoyait de sortir le soir même. À mesure que le disque du soleil frôlait la ligne des toits-terrasses, la foule avait grandi sur la place de la cathédrale. Les groupes de jeunes, après s'être éclipsés, revenaient vêtus de leurs plus beaux atours, enlacés, mains mêlées, lèvres rapprochées. Les garçons, gominés, ayant troqué le survêtement pour un costume mal coupé ou un jean savamment troué, les filles, maquillées, chaloupant sur des talons hauts, moulées dans des robes de stars de cinéma qui faisaient s'écarquiller les yeux de Lilou et d'Ilona. Les familles se joignaient aux prémices de la fête, les enfants endimanchés, les hommes portant des chemises blanches repassées. Et, pour tous, des bouteilles de rhum partagées au goulot, des pas de danse esquissés, des visages radieux, des rires projetés à gorge déployée ou voilés par la fumée d'un cigare. Après dix-huit heures, la luminosité naturelle déclina rapidement, cédant la place à des enseignes lumineuses, invisibles jusqu'alors, devant lesquelles s'organisèrent aussitôt des files d'attente. Aussi disciplinées que, paradoxalement, mouvantes et informelles. Chacun, en les rejoignant, se renseignait pour savoir qui le précédait immédiatement : *el último* ; celui-ci, après s'être désigné, précisait qui était avant lui, et ainsi de suite. Si bien que tout le monde pouvait savoir où il se situait et donc vaquer en attendant son tour – aller boire un verre, discuter avec une famille amie, revenir, repartir. Et ce dans le plus grand respect de la place des autres.

Je reconnus immédiatement Magdelín au sourire bienveillant qu'elle affichait sur ses photos. La cinquantaine, la peau mate et des traits qui évoquaient un métissage de sang indien et espagnol, les épaules dénudées par un boléro rouge, de longs cheveux châtain noués en queue de cheval, un legging de confort et une paire de tennis. Elle était accompagnée de Susana, la plus jeune fille de Jean-Joseph, la vingtaine, qui portait un short rose et un boléro de la même couleur découvrant de larges pans de sa peau claire.

— *Hola*, Magdelín ! lançai-je, heureux de la rencontrer enfin.

Après une légère hésitation, tout le monde s'enlaça en citant son prénom et put constater que, en sus de la langue, nous ne partagions pas la même quantité de baisers à déposer sur les joues. En région parisienne, trois. À Guantánamo, un. Tout le monde fit un effort, et un équilibre s'établit à deux baisers, après quelques ratés.

Rapidement, nous nous aperçûmes que la communication allait être compliquée. Trompée par nos échanges de SMS, traduits par Ilona ou par le logiciel de mon smartphone, Magdelín avait cru que je péchais par modestie lorsque je l'avais prévenue de mon incapacité à m'exprimer en espagnol. J'en pris conscience après qu'elle m'eut adressé une longue phrase qui ne déclencha chez moi qu'un regard perdu et une mimique embarrassée.

Je me tournai vers Ilona :

— Qu'est-ce qu'elle a dit ?

— Je n'ai pas compris, elle parle vite, avec un accent super fort.

Entre La Havane, à mille kilomètres de là, et Guantánamo, il y avait autant de différence dans les intonations et la façon de s'exprimer qu'en France entre un Ch'ti et un Marseillais. Susana regarda sa mère, l'air perdu. Elles s'efforcèrent d'afficher un sourire de façade.

— Désolé, je n'ai pas compris…

Magdelín répéta sa phrase, la musique était montée d'un niveau sur la terrasse de l'hôtel, j'avais beau tendre l'oreille, je ne comprenais pas.

— Jean-Joseph n'est pas là ? questionnai-je.

Magdelín secoua la tête de droite à gauche en s'abstenant de tout autre commentaire.

— Ilona, tu peux lui dire qu'on est heureux de les rencontrer ? Et qu'on la remercie de sa présence ?

— Je ne sais pas, Papa.

— Comment ça ?

— Je ne sais pas le dire.

— Mais si, tu te débrouilles très bien depuis une semaine, qu'est-ce que tu racontes ?

Je vis ma fille se dandiner et rougir, très mal à l'aise. Elle était en proie à une crise de timidité au moment crucial.

— *Momento*… (Je sortis le mini-dictionnaire que j'avais emporté par précaution, de la taille d'un paquet de cigarettes.) *Tu presencia*… (je filai à la lettre H) *feliz* (j'improvisai) *moi.*

Magdelín acquiesça, tandis que Susana et Lilou échangeaient un regard ironique. Tant mieux si les jeunes se payaient ma tête, cela créait du lien.

— Papa, franchement…, jugea Ilona.

— Quoi ?

— Ça craint.

— T'as qu'à m'aider, répliquai-je sèchement.

— Je t'avais prévenu que je n'y arriverais pas.

— Mais si, quand tu veux, tu t'en sors bien. Depuis le début, c'est parfait. Et là, tu ne fais aucun effort, m'emportai-je. C'est tout.

Elle s'enferma aussitôt dans un silence humilié. En me comportant comme un idiot, je venais de refermer le seul dictionnaire efficace de la famille, et, concomitamment, j'avais vexé un ange. Je pris conscience que tout le projet risquait de se fracasser contre l'obstacle de la langue. Comment retrouver une propriété perdue en pleine jungle, une tombe au milieu du cimetière d'une ville de deux cent mille habitants, sans pouvoir communiquer ? J'avais naïvement espéré avoir une qualité d'échange équivalente à celle que j'avais eue avec Louisette et Marinette. Ou plutôt, je n'avais pas voulu voir que cela allait être impossible.

— Jean-Joseph ? Pas là ? tentai-je à nouveau.

Magdelín fit « non » de la tête.

— Manger ? Ce soir ? Ensemble ?

Magdelín fit « non » de la tête. Je mimai : « Boire un verre. » Elle répéta son geste négatif.

Elle avait visiblement renoncé à parler à ces hurluberlus venus de France et semblait s'être enfermée dans un mutisme aussi obstiné que celui de ma fille. Je poussai un long soupir. Mais, comme j'allais le comprendre plus tard, Magdelín était une femme beaucoup trop intelligente et subtile pour parler à tort et à travers.

— *Mañana por la mañana*, finit-elle par lâcher.

Je jetai un regard désespéré à Ilona.

— Demain matin, consentit à bougonner ma fille.

— Elle demande ce qu'on veut faire demain matin ?

Ilona haussa les épaules :

— Ben oui.

J'adressai un large sourire à Magdelín. Tout n'était peut-être pas perdu.

— Je voudrais aller à Santo Domingo, lançai-je.

Si rien ne devait se passer comme prévu, autant commencer par le plus difficile.

— Santo Domingo ? répéta-t-elle.

J'acquiesçai.

Elle répondit alors longuement, mais en prenant garde d'articuler et en s'adressant exclusivement à Ilona. Je guettai toute mimique sur le visage de ma cadette, et Stéphane-France observait, elle aussi suspendue au souffle de notre fille. De leur côté, Susana et Lilou se montraient les écrans de leurs smartphones respectifs, ce qui était la marque la plus fiable d'une communication en train de s'établir.

Ilona, subitement débarrassée de sa timidité, engagea avec Magdelín une véritable conversation dans laquelle je parvins à saisir deux ou trois mots, dont *cementerio* (cimetière) et *carro* (voiture), que j'avais eu l'occasion d'utiliser depuis notre arrivée. Enfin, elle résuma :

— Magdelín ne sait pas où se trouve Santo Domingo, personne de sa famille n'y est jamais allé. Mais elle veut bien essayer. On se retrouve ici demain matin à neuf heures. On ira avec notre voiture. Pour le cimetière, elle s'est déjà renseignée. Elle sait où est la tombe de ton grand-père. On ira plus tard.

— Mais non, elle a fait ça ? Elle s'est renseignée au cimetière ?

— Oui.

Je me tournai vers Magdelín et la serrai maladroitement contre moi en lui répétant à l'oreille :

— *Gracias, gracias.*

Puis je réalisai : nous n'avions pas assez d'essence pour aller à Santo Domingo.

— *Gasolinera ?* s'enquit Ilona.

Magdelín acquiesça, se voulant rassurante. Nous en trouverions certainement demain.

Tandis que Magdelín et Susana s'éloignaient et disparaissaient dans la foule, qui s'était encore étoffée, je méditai sur l'étrangeté de cette première rencontre. Les notions complexes n'allaient certes pas être évidentes à aborder, mais j'étais empli de gratitude envers cette famille inconnue, et envers la mienne, si proche, qui avait accepté de me suivre si loin.

Après avoir pris une douche et tenté de nous reposer un peu, nous fûmes chassés de nos chambres par la puissance sans cesse croissante de la musique diffusée sur le toit-terrasse.

Je me dirigeai vers la très jolie jeune femme assise à la réception.

— Excusez-moi, la musique sur la terrasse, ça va jouer toute la nuit ? demandai-je en anglais.

— C'est la fête de l'amour, me dit-elle avec un sourire désarmant de candeur qui ne me laissa aucun doute sur le fait qu'elle en serait une des égéries sitôt son service terminé.

Néanmoins, et puisqu'elle semblait être encore au travail, je me permis d'insister :

— C'est-à-dire, quelle heure ?

— Trois heures du matin.

— Ah, quand même... Parce que demain on se lève tôt et...

— Ordinairement, l'usage de la terrasse est réservé aux clients, mais là, c'est exceptionnel. C'est la fête de l'amour, répéta-t-elle avec gourmandise.

Le visage d'un beau garçon apparut comme par magie sur l'écran de son téléphone portable. Elle refusa l'appel et retourna l'écran face contre le comptoir.

— Autre chose pour vous, monsieur ?

— Euh, oui. Nous souhaiterions dîner au restaurant de l'hôtel, tous les quatre.

— Ah, je suis désolée, mais notre restaurant ne reçoit que sur réservation.

— Mais il n'est pas tard. Je ne peux pas réserver maintenant ?

— Non, ça n'est possible que le matin.

Son téléphone se déplaçait lentement en vibrant sur le formica. Elle aussi ne devait recevoir que sur réservation, pensai-je, traversé davantage par une forme de lassitude que par une authentique méchanceté.

— Bien, on va aller dîner ailleurs, m'efforçai-je de sourire.

— La *calle* Los Maceo est fermée à la circulation pendant trois jours, vous pourrez y trouver des barbecues.

— Ah, très bien, je vous remercie.

Puis je réalisai : pourquoi trois jours ?

— La fête de l'amour dure trois jours, d'aujourd'hui, vendredi, à dimanche, expliqua-t-elle en désignant le panneau publicitaire, à l'entrée, qui vantait le programme musical et le bar de la terrasse de l'hôtel Martí, en accès libre du 14 au 16 février.

Je rejoignis les filles à l'extérieur, ne sachant trop comment leur annoncer la nouvelle. Mais je les trouvai la mine encore plus défaite que la mienne.

— Papa, il y a au moins trois heures de queue pour la pizzeria...

— Le restaurant de l'hôtel ? demanda Stéphane-France.

— Fallait réserver, c'est complet.

— Dommage, ça devait vraiment être un bon restaurant, dit-elle avec philosophie.

Sur la place, devant chaque établissement ouvert, les mêmes scènes de liesse en famille et de retrouvailles entre amis se reproduisaient au sein des files d'attente sinueuses et changeantes. De temps à autre, la porte d'un restaurant s'ouvrait, un tronçon joyeux s'engouffrait, un autre se reformait. Les rires, les apostrophes enjouées se mêlaient aux vibrations croisées des musiques. La place de l'église accueillait à présent des centaines de personnes qui toutes possédaient les codes de ce rite païen et allègre. Toutes, sauf nous.

— Dans la grande rue à côté, il paraît qu'on peut trouver à manger.

Les barrières jaunes que nous avions vues en arrivant en ville avaient pour but de piétonniser le quartier autour de cette large rue où des podiums étaient installés tous les vingt mètres. S'y produisaient des orchestres allant de la salsa à l'électro, en passant par le disco et le rockabilly. Ici, ils étaient des milliers à se presser, à danser au milieu des fumées de grillade. Régulièrement, quelques tables et chaises en plastique blanc improvisaient une gargote en arrière d'une barrière destinée à contenir la foule. Des pièces de cochon rôtissaient sur des barils de pétrole coupés en deux, et, à condition de repérer qui était son último, on pouvait tenter sa chance pour intégrer une file d'attente.

Après plusieurs essais infructueux, Stéphane-France repéra une barrière devant laquelle seules trois personnes nous précédaient. Nous n'avions déjà pas mangé grand-chose la veille au soir à Santiago, ni dans la journée, et la faim commençait à nous tenailler, exacerbée par une soif qu'on ne semblait pouvoir étancher qu'à coups de litres de rhum. Nulle part nous n'avions trouvé de bouteilles d'eau, et il était hors de question de boire celle du robinet, sauf à accepter l'idée de contracter la dysenterie. Je voyais les traits de mes filles se creuser, et, en songeant à la journée qui nous attendait le lendemain, sur les pentes de la sierra, je commençai à m'inquiéter.

— La meilleure, c'est que ça dure trois jours, lançai-je pour plaisanter.

Mais je ne parvins à faire rire personne. Nous nous tassâmes les uns sur les autres pour rester à l'écart du flot des fêtards, conscients d'usurper notre place, nous les seuls touristes, les seuls Européens, les seuls Blancs, aussi, dans cette rue où se pressaient des milliers de Cubains dont pas un ne devait posséder le millième de ce que nous avions. La musique était si forte qu'on ne pouvait se parler qu'en se hurlant dans les oreilles. Stéphane-France tenta de s'adresser à moi, j'acquiesçai machinalement, faisant mine de comprendre, mais je n'avais pas entendu ce qu'elle m'avait dit. J'étais emporté par une crise d'angoisse. J'avais le sentiment que les regards de tous les hommes, qu'ils fussent seuls ou en bande, célibataires ou en couple, caressaient les cuisses, les épaules de mes filles, de ma femme. Des groupes entiers s'étaient mis à danser au milieu de la rue, certains exécutaient des chorégraphies collectives, d'autres dansaient avec leur partenaire, des bouteilles lâchées par des mains qui en cherchaient d'autres se brisaient sur les trottoirs. Des effluves de rhum s'élevaient, épicés, par bouffées, de senteurs de tabac brut.

— Si on rentrait à l'hôtel ? hurlai-je. Tant pis, on laisse tomber.

— Mais on a faim, Papa…

Stéphane-France me prit par la main.

— On attend encore un peu, proposa-t-elle. C'est bientôt notre tour, il n'y a plus que la dame en rose devant nous. On est les prochains.

À deux mètres de là, une femme opulente, la chevelure permanentée, patientait, les yeux dans le vague. Un cache-cœur en lycra rose lui comprimait le torse, tandis que ses cuisses semblaient vouloir s'échapper d'un legging trop ajusté. Soudain, la matrone qui dirigeait la gargote d'une main de fer repoussa soudainement la barrière. Ses trois tables étaient en train de se libérer simultanément. Les clients lui remirent une poignée de pesos nationaux pour une assiette de cochon grillé, une plâtrée de riz et une salade de chou. J'échafaudais déjà une stratégie pour extraire le plus discrètement possible de ma ceinture banane ma liasse de pesos de touristes lorsque la femme au cache-cœur rose se lança dans une série de moulinets des bras à l'intention d'un groupe qui discutait plus loin, sous une arcade. Consternés, nous vîmes alors fondre sur les tables sa horde familiale. Du bambin en couches-culottes titubant sur ses petites jambes à l'arrière-grand-mère trois fois centenaire au visage aussi crevassé qu'une route de campagne, nos últimos étaient très exactement seize et occupèrent l'intégralité des places qui venaient de se libérer, nous laissant, découragés, du mauvais côté de la barrière.

— J'ai faim, dit Lilou.

— J'ai soif, enchérit Ilona.

— J'en ai marre, conclut Stéphane-France.

Alors que j'étais prêt à abandonner la partie quelques minutes plus tôt, je changeai brusquement d'avis. J'étais déterminé à réussir au moins une fois à dominer une de ces situations simples qui, comme la plupart des contingences de la vie, semblaient nous glisser entre les doigts depuis notre départ de La Havane.

— Ces gens-là ne vont pas mettre deux heures à manger, ce sera vite notre tour. On ne va pas renoncer maintenant. Vous restez là à jouer les últimos, moi je vais chercher de l'eau. Coûte que coûte.

Immédiatement promu au rang de héros national au sein de ma famille, je m'enfonçai dans la foule de plus en plus compacte, résistant aux invitations à danser que me lançaient quelques femmes, jeunes et moins jeunes, intriguées par ma présence. Les jeux de séduction masculine dont mes filles avaient eu à se plaindre trouvaient ici leur équivalent féminin, non emprunté et naturel. À Cuba, la fête de l'amour était la chose la mieux partagée.

Au bout d'une quinzaine de minutes, je retraversai les groupes de danseurs muni de trois bouteilles d'eau que j'avais probablement payées dix fois leur prix, animé par l'espoir de retrouver ma petite troupe assise en train de choisir ses plats. Mais toutes les trois étaient exactement là où je les avais laissées, devant la barrière blanche. Je constatai d'un rapide coup d'œil que la famille du cache-cœur rose en était à saucer les dernières traces de gras dans les assiettes. C'est alors que la patrone se dirigea vers nous en croisant les mains devant elle, en un geste internationalement interprétable comme négatif.

— *Finito, finito*, répéta-t-elle.

Ne voulant pas y croire, je regardai par-dessus son épaule la grille rougie du barbecue, exempte de toute pièce de viande.

— *Pollo finito, cerdo finito.*

— Plus de poulet, plus de porc, traduisit Ilona, le regard éteint.

— Du riz ? demandai-je en désespoir de cause.

En guise de réponse, la femme se saisit d'une louche en fer-blanc dont elle frappa les parois intérieures d'une grande gamelle. Le son creux émis évoqua un vide qui n'avait d'égal que celui de notre estomac.

Le lendemain matin, nous pénétrâmes en meute dans la salle du restaurant de l'hôtel, où était servi le petit déjeuner. La musique assourdissante du toit-terrasse avait accompagné notre faim tout au long de la nuit, et aucun d'entre nous n'aurait su dire s'il avait fini par perdre conscience par suite d'inanition ou d'un ébranlement majeur du cerveau. Notre sommeil, haché et inconfortable, avait traversé des heures de fournaise, entrecoupées de périodes glaciaires dès que nous mettions en marche la climatisation. Dans la chambre voisine, nos filles n'étaient pas mieux loties, mais au moins elles avaient échappé aux piqûres d'insectes, qui provoquèrent de vilaines éruptions sur nos avant-bras.

Nous étions les seuls clients dans cette vaste salle dont le mobilier rappelait celui d'un Restoroute des années soixante. De grands tirages photographiques jaunissaient sur les murs, mais les montagnes verdoyantes, les déserts de cactus, les fleuves calmes qu'ils représentaient – Guantánamo signifiait « terre entre les fleuves » dans les langues indiennes d'origine – étaient certainement restés inchangés depuis l'époque de ces prises de vue.

Le café, extrêmement sucré et aromatique, accompagné de tartines de pain beurrées, nous aida à reprendre pied dans la vie. Ilona avait réussi à avoir un peu de lait chaud, qu'elle savourait par petites lampées. Puis on nous servit des œufs avec des tranches de lard grillé. Si l'on comptait le trajet en bus, c'était pratiquement notre premier repas consistant depuis que nous avions quitté La Havane.

— Mais pourquoi ton grand-père a choisi de s'établir ici ? demanda Lilou, qui fut la première à rompre le silence après avoir longuement observé les photos murales.

— Parce que la terre n'était pas chère.

— Tu m'étonnes.

— On pourrait profiter d'être là pour réserver une table pour ce soir, suggéra Stéphane-France. Ça nous éviterait d'avoir à revivre la même aventure qu'hier.

— Mais si mes cousins nous invitent chez eux ? répliquai-je.

— Eh bien, on annulera, c'est toujours plus facile dans ce sens. Je te signale que, pour l'instant, Magdelín n'en a pas parlé. Je ne sais pas si tu dois t'attendre à ce que tes cousins se comportent comme on le ferait.

— Mais ce ne sont pas des cousins comme Victor et Clotilde ? demanda Ilona, faisant référence aux enfants du frère de Stéphane-France.

— Non, ils sont beaucoup plus éloignés. Nos grands-pères étaient frères... demi-frères, en fait. Donc Jean-Joseph, le mari de Magdelín, est mon petit-cousin, je crois... Ou plutôt mon demi-petit-cousin.

— Et Magdelín, ce n'est pas la maman de Susana, qu'on a vue hier ?

— Non, Jean-Joseph a eu ses deux filles, Susana et Viviana, avec une autre femme. D'ailleurs, je crois que Magdelín a un fils de son côté.

Je levai la main au passage de la serveuse, qui n'était autre que la ravissante jeune femme officiant à la réception la veille au soir, affublée d'un uniforme boutonné jusqu'au ras du cou, de larges cernes lui tenant lieu de maquillage.

— Bonjour, on voudrait réserver une table pour ce soir, demandai-je en anglais.

Elle resta un moment silencieuse. Soit parce qu'elle n'avait pas compris ma demande, soit parce que celle-ci la saisissait de stupeur.

— Est-il possible de réserver pour ce soir ? reprit Ilona en espagnol.

La jeune femme opina de la tête. Elle avait bien compris. Il s'agissait donc de stupeur.

Elle s'éloigna en direction du bar, où nous la vîmes décrocher un téléphone mural à fil spiralé. Après une conversation assez longue, elle raccrocha et disparut dans la cuisine. Cinq minutes plus tard, elle revint vers nous avec une cafetière, nous demandant si nous voulions reprendre du café.

— Alors, c'est d'accord pour ce soir ? lui demandai-je en tendant ma tasse.

— Pour quatre personnes ?

— Oui.

— À quelle heure ?

— Dix-neuf heures trente, proposai-je.

Elle acquiesça et repartit vers la cuisine d'une démarche d'automate. Stéphane-France et les filles sourirent. Je crois qu'il n'avait échappé à personne que la jeune femme n'avait pas dû se reposer beaucoup la nuit précédente.

Nous terminions notre petit déjeuner lorsque la porte du restaurant livra passage à un homme en costume-cravate qui inspirait une déférence évidente à l'ensemble du personnel. Il se dirigea droit vers nous et nous adressa la parole dans un français de qualité :

— Bonjour, monsieur Bénégui, je suis le directeur de l'hôtel Martí. Bienvenue chez nous. Vous voulez réserver au restaurant pour ce soir ?

— Oui.

— Pour quatre personnes ?

— Oui.

— À quelle heure ?

— Dix-neuf heures trente.

— Très bien.

Je leur souhaitais en toute sincérité de ne pas avoir trop de réservations, sinon le traitement des informations allait leur prendre la journée.

— Est-ce que vous appréciez le poulet ? demanda-t-il avec son plus beau sourire.

— Oui…, répondis-je, en m'assurant d'un regard que Lilou et Ilona n'allaient pas s'en mêler.

— Grillé, c'est une spécialité, précisa-t-il avec conviction. À notre façon.

— Oui, parfait.

— Avec du riz et une salade de chou.

— Oui, oui, très bien.

Du moment qu'on peut manger ce soir. Mais je gardai ma réflexion pour moi. Il s'inclina pour nous saluer et quitta la salle d'un pas rapide, tandis que nous échangions des regards ébahis.

— Il va le chasser, son poulet, ou quoi ? demanda Lilou.

— Y a pas de menu ? On ne choisit pas ? surenchérit Ilona.

— C'est une spécialité, rétorquai-je, vous n'avez jamais mangé ça.

Lilou manqua de tomber à la renverse :

— Du poulet grillé avec du riz ? Mais on ne mange que ça !

— Ça va être délicieux, répliquai-je d'un ton qui ne souffrait aucune contradiction.

Mais je sentis au flottement de leurs regards que j'étais en train de perdre toute crédibilité au sein de ma famille.

Après le déchaînement de la veille, la ville, accablée de chaleur, avait replongé dans sa torpeur habituelle. Sur la place de la cathédrale, une demi-douzaine d'employés municipaux manœuvraient leurs balais en feuilles de palme sur le ciment, comme à la surface d'une caisse claire. Magdelín, le téléphone plaqué sur l'oreille, nous adressa un grand sourire depuis le banc sur lequel elle nous attendait. Tirant la valise remplie des cadeaux qu'Annie nous avait confiés pour eux, je lui fis signe de nous rejoindre à la voiture, où Stéphane-France, Lilou et Ilona avaient pris place à l'arrière. Magdelín s'installa à côté de moi, m'indiquant de prendre la direction du nord.

— La direction de Bayate, me dit-elle.

— *Sí*, mais on doit trouver une station-essence d'abord, m'assurai-je.

Elle acquiesça en souriant.

Tous les axes perpendiculaires étaient encore obstrués par les barrières jaunes aperçues la veille. La conversation s'engagea naturellement. Ilona traduisait spontanément quand c'était nécessaire, et je m'aperçus que Magdelín comprenait certains mots de notre langue. Quant à moi, j'en inventais en ajoutant « o », « a » ou « ción » à des mots français qui semblaient alors, comme par miracle, relever de l'hispanophonie.

— Lina, la maman de Jean-Joseph, vit avec nous à la maison, expliqua Magdelín. Elle est française, on connaît quelques mots grâce à elle.

— Quel âge a-t-elle, maintenant ?

— Quatre-vingt-quatorze ans, mais elle est en forme, même si elle dit le contraire. Elle a hâte de vous rencontrer.

— On a emporté une valise avec des cadeaux pour vous, vous nous direz quand vous voulez…

— Merci, dit Magdelín. On pourra passer à la maison si on ne rentre pas trop tard.

— C'est long pour aller à Bayate ?

— Une heure ou deux, mais après, je n'en sais rien.

— Regarde, dis-je en passant au tutoiement, j'ai fabriqué une sorte de carte.

Je dépliai mon assemblage de vues satellite imprimées, qui emplit bientôt toute la partie avant de l'habitacle. Sans cesser de regarder la route, je pointai le doigt en direction de Bayate.

— On devra quitter la route avant Bayate, tourner par là, après il faut chercher un pont et longer une rivière, puis on sera dans le coin…

Magdelín examina la carte, et je compris lorsqu'elle releva les yeux qu'elle croyait pour la première fois qu'on pourrait atteindre Santo Domingo. Je lui souris et me dis que c'était le moment de crever l'abcès, si abcès il y avait.

— Annie m'a parlé d'autorisations à obtenir ? Auprès des autorités ?

— J'ai vu ça avec Jean-Jo, c'est réglé, évacua-t-elle, sans que je sache si le problème avait été solutionné par mon petit-cousin ou s'il était lui-même la complication qui avait nécessité d'être résolue.

Me revint une de mes conversations avec Annie. Lorsque je lui avais demandé à quoi s'occupait Jean-Joseph avant d'être à la retraite, elle m'avait répondu : « Tu sais, là-bas, tout le monde renseigne un peu les autorités. » Puis elle avait ajouté : « Il vaut mieux que tu ne dises à personne que tu veux écrire un livre. »

Je ne savais comment interpréter ces propos, il était certain que je n'allais pas risquer d'avoir à justifier les raisons de ma présence dans la région.

— *Aquí*, fit Magdelín en désignant une station-service dont l'entrée, pour une fois, n'était pas barrée par une série de plots bleus.

Je lançai à Stéphane-France un regard épaté dans le rétroviseur.

— Il y a plus de chances de trouver de l'essence le matin, précisa-t-elle après m'avoir indiqué de stationner devant une des pompes.

Elle sortit et alla parlementer avec le fonctionnaire, puis revint, l'air contrit.

— Il nous donne dix litres, pas plus. C'est rationné.

C'était insuffisant pour aller jusque là-bas et en revenir, surtout si l'on devait errer un moment avant de trouver Santo Domingo.

— On peut en prendre dix ici et aller en voir une autre ? demandai-je.

Magdelín sourit :

— Ils notent les plaques d'immatriculation sur leurs registres, mais personne ne vérifie jamais.

Trois stations-services et trente litres d'essence plus tard, nous quittâmes les faubourgs de la ville en direction du nord. Magdelín scrutait ma carte sommaire, qu'elle avait patiemment et soigneusement repliée sur ses genoux.

— Qui t'a parlé de ce pont après Achotal ?

— Mon cousin Jean-Claude. Tu l'as connu du temps où ils vivaient ici ?

— Non. Notre famille ne les fréquentait pas du tout.

J'acquiesçai pour lui montrer que j'étais au courant de la brouille. Magdelín poursuivit, comme si le fait de n'être liée à nous que par alliance rendait sa parole plus libre :

— Jean-Joseph n'en parle jamais. C'était surtout son père qui était en colère.

— René.

— Oui, Lina pourra te dire si elle veut.

— Merci en tout cas de nous accompagner. Ça me touche.

— Je ne pense pas qu'on va retrouver cet endroit, mais je n'allais quand même pas vous laisser vous égarer tout seuls.

Puis, après un temps :

— Pourquoi c'est si important pour toi de voir la terre de tes ancêtres ?

Cette fois, j'hésitai vraiment à lui parler du livre. J'étais arrivé à la certitude qu'atteindre Santo Domingo n'était pas l'essentiel. Trouver cette terre importait moins que de l'avoir cherchée. Le trajet accompli, déjà, avait éveillé Lilou et Ilona. La graine cubaine était semée. Nos filles la récolteraient si elles en avaient envie un jour, dans dix ans ou plus, avec leurs propres enfants. Elles connaîtraient l'histoire de Santo Domingo, même si nous ne trouvions jamais l'emplacement.

— Depuis ce matin, depuis qu'on a pris la route, je ne me pose plus cette question, répondis-je, énigmatique.

Étonnamment, ma réponse parut satisfaire Magdelín, comme si elle avait redouté que je ne fournisse une explication matérielle. Une heure plus tard, nous arrivâmes à l'intersection qui menait à Achotal et tournâmes sur la droite, laissant la route qui conduisait à Bayate se transformer en un chemin de terre et de cailloux. À ma grande surprise, nous nous retrouvâmes sur une portion de route en parfait état. Il s'agissait même du plus beau ruban d'asphalte que nous ayons parcouru depuis notre arrivée. J'en profitai pour accélérer progressivement, tandis que nous glissions entre de hautes rangées de palmiers royaux. Montant en direction d'un col, nous découvrîmes, virage après virage, l'immense vallée étendue à l'ouest, camaïeu de forêts et d'essences tropicales qui semblaient avoir absorbé toute trace humaine. Nous contemplâmes ce paysage inchangé que les nôtres avaient parcouru avant nous, et je fus envahi d'un inaltérable sentiment d'allégresse et de liberté qui n'allait plus me quitter de la journée.

Il n'y avait aucun panneau indicateur sur la route, et, lorsque nous atteignîmes, assez rapidement, un premier hameau, je doutai que ce fût Achotal. Notre voiture, la seule dans les environs, attira l'attention des nombreux enfants et des personnes âgées assises devant leur maison, au bord de la route. Nous croisions de plus en plus de cavaliers et de mulets harnachés à des carrioles. Je surveillais la jauge du coin de l'œil, car nous ne risquions plus de trouver de pompe à essence, quoique j'eusse aperçu une femme, sur le bas-côté, qui proposait à la vente des bouteilles emplies d'un liquide ocre ressemblant à du carburant. Puis nous nous éloignâmes à nouveau de toute trace de civilisation, n'était notre route, paradoxalement si parfaite et si lisse. Les filles se penchaient à la fenêtre, guettant d'hypothétiques trouées dans le vert uniforme qui auraient pu traduire la présence d'un rio, et bientôt celle d'un pont, mais rien n'apparaissait, si bien que je commençais à douter des indications de mon cousin. Jean-Claude avait quitté Cuba il y avait plus de quarante ans, et toute cette région avait fort bien pu être à nouveau bouleversée. Cette route neuve n'en était-elle pas la preuve ? Le pont dont il se souvenait s'était peut-être écroulé. Combien de villages allions-nous traverser avant de nous apercevoir qu'Achotal n'existait plus ?

— Ce n'était pas Achotal, affirma Magdelín comme si elle avait lu dans mes pensées, indiquant que nous devions continuer à rouler.

Elle me montra sur la photo satellite, au milieu de l'océan végétal, ce qui pouvait correspondre aux traces grises des toitures du hameau que nous venions de traverser. Aucun nom de lieu-dit ne figurait sur la carte – les groupements d'habitations isolés dans la forêt étaient si modestes. D'autres allaient se présenter dans quelques minutes, et nous pourrions nous renseigner.

En observant le paysage, il n'était pas difficile de comprendre qu'il ait pu servir de berceau à la révolution. Nous aurions pu passer près d'un bataillon d'hommes armés sans avoir aucune chance de les apercevoir. Des canons et des chars auraient pu se dissimuler dans cette jungle sans que quiconque s'en rende compte. Bientôt, nous atteignîmes un second groupe d'habitations. Tandis que je ralentissais, Magdelín ouvrit sa vitre, laissant une intense chaleur humide l'emporter sur l'air sec et climatisé de l'habitacle. Elle échangea quelques phrases avec un homme qui ébarbait des bambous à la machette. Peu loquace, il hochait la tête et répondait sommairement aux questions qu'elle lui posait. Puis, subitement, il se retourna et reprit son travail.

— C'est ici, Achotal, et il y a bien un pont à quelques kilomètres. *Vamos !*

J'appuyai avec enthousiasme sur l'accélérateur et lançai notre voiture sur l'asphalte.

— Magdelín, comment se fait-il que la route soit si bonne ? Il n'y a pratiquement rien ici.

Elle haussa les épaules :

— Il y a des mines de nickel vers Moa, à quatre ou cinq heures de route dans cette direction. Ils ont dû la refaire à cause de ça. Si on trouve le pont, le chemin sera moins bon après. Ta voiture, c'est un 4 × 4 ?

— Non... Ça aurait dû, mais... non.

Magdelín afficha une moue sceptique. Elle semblait malgré tout heureuse de participer à l'entreprise hasardeuse d'un citadin au volant de sa voiturette, avec pour tout guide un collage de cartes imprécises.

— On verra bien, dit-elle en affichant un sourire fataliste très cubain.

Le pont d'Achotal était un ouvrage assez haut qui enjambait un vallon au fond duquel coulait une rivière calme, mais on devinait à son encaissement que le niveau pouvait monter de plusieurs mètres à la saison des pluies. En la voyant, je sus instantanément que j'avais déjà traversé cette rivière des années auparavant, et je quittai la roue bitumée pour engager la voiture sur le chemin de pierre qui commençait à l'extrémité du viaduc.

— C'est là, c'est sûr !

Selon Jean-Claude, il nous fallait toujours laisser le rio sur notre gauche, et Santo Domingo allait se trouver à quelques kilomètres d'ici.

Nous avancions à présent au pas d'un homme, roulant sur d'énormes cailloux qui ballottaient notre voiture de droite et de gauche. Je m'attendais à chaque instant à entendre défaillir une suspension ou à voir se fendre le carter, me souvenant de la phrase du loueur à Santiago : « Vous ne comptez pas grimper dans la sierra ? » Eh bien si, nous y étions, une ascension lente de la Sierra Cristal dans l'abri rafraîchi que nous procurait l'habitacle. Mon regard revenait sans cesse au compteur kilométrique, seul moyen d'estimer la distance parcourue, et je constatai après une demi-heure que nous avions roulé à peine un kilomètre. Le silence s'était installé dans la voiture, comme si chacun participait à sa manière à la nécessaire concentration du conducteur. Un instant, je me demandai ce qui se passerait si nous tombions en panne ici, à plusieurs heures de route de Guantánamo. Puis j'évacuai cette hypothèse de mon esprit. Le meilleur moyen que cela n'arrive pas était de ne pas y penser. Au moins, nous avions du réseau téléphonique. Magdelín recevait régulièrement des textos et en envoyait. J'imaginai qu'elle communiquait avec le reste de sa famille, Susana, Lina ou Jean-Joseph, qui ne devaient pas perdre une miette de nos tribulations.

— Oh, regarde, c'est tellement beau ! s'écria Lilou.

La végétation s'était soudainement éclaircie, et, en contrebas d'une pente douce herbeuse, nous distinguions la rivière, étale et cristalline. Des libellules aussi larges que des oiseaux voletaient par à-coups et sur l'autre rive, un rideau de lianes dévalait un à-pic rocheux pour former le fond émeraude d'un décor de début du monde. Le ciel d'un bleu intense était ensemencé de nuages d'un blanc pur qui s'étiraient en hauteur le long des monts de la sierra. J'arrêtai le moteur et ouvris ma portière, révélant le puissant bruissement des insectes, des oiseaux, du fil de la rivière et du mouvement des feuilles dans le vent.

— J'ai envie de me baigner, proclama Ilona.

— Papa, tu crois qu'il y a des crocodiles ? s'enquit Lilou.

Magdelín fit « non » de la tête, descendit à son tour et nous fit signe de la suivre. Elle nous conduisit dans l'herbe et nous montra des traces de sabot, nombreuses dans la terre au bord de l'eau. Si les animaux venaient s'abreuver ici, c'est qu'il n'y avait aucun danger.

— On ne va pas se baigner, il faut qu'on continue. Il est déjà presque midi. Il fait super chaud, annoncai-je.

C'est alors que nous entendîmes cahoter un attelage sur les pierres du chemin. Venant de l'amont, un char apparut, tiré par deux bœufs et croulant sous un monceau de feuilles de palme qui traînaient de part et d'autre jusqu'au sol. Un très vieil homme noir en short et maillot de corps, coiffé d'une casquette de baseball, était assis à même le chargement et guidait nonchalamment ses bovins. Un petit chien au pelage ocre trottait sur le côté, tournant sans relâche autour de l'équipage.

Tandis que la carriole s'approchait lentement, je demandai à Magdelín :

— C'est une personne âgée, tu peux lui demander s'il a connu le Français ? C'est comme ça que mon oncle était surnommé dans la région.

Magdelín fit signe au vieil homme, mais il ne daigna pas répondre. Il poursuivit son chemin jusqu'à ce qu'elle l'interpelle, et il parut alors s'étonner d'entendre parler cubain. Il avait repéré notre voiture et n'avait pas la moindre envie de dépanner un groupe de touristes égarés. Magdelín s'exprimait beaucoup plus vite avec lui que lorsqu'elle s'adressait à nous, et je compris qu'elle s'efforçait en permanence de mettre son espagnol à notre portée. À plusieurs reprises, cependant, je l'entendis prononcer « *los Franceses* ». Le vieil homme avait arrêté ses bœufs d'une vague ondulation de la bride, et il attendit que Magdelín se soit tue pour mettre en mouvement sa vieille tête de tortue de haut en bas. Puis il leva son bras décharné en direction de la montagne, et sa bouche édentée livra passage à un marmonnement grave et rocailleux.

— *Gracias, gracias*, répéta Magdelín tandis que son interlocuteur relançait ses bœufs sur le chemin et que le petit chien quittait précipitamment l'ombre du char, sous lequel il s'était réfugié.

Je devinai au sourire réjoui de ma cousine que la nouvelle était bonne.

— Il se souvenait, me dit-elle. « *Los Franceses* » et Santo Domingo. C'est bien par là...

Je regardai Stéphane-France, sans y croire moi-même. Ce vieillard datait de l'époque prérévolutionnaire, et il ne devait plus y en avoir beaucoup. Lorsque le dernier s'éteindrait, la mémoire de la vie d'avant le castrisme disparaîtrait avec lui.

— La finca se situe plus haut, reprit Magdelín. Il faudra traverser des cours d'eau à quatre reprises, et on arrivera à Santo Domingo.

Le chemin était de plus en plus chaotique. Après un raidillon hérissé de rochers proéminents entre lesquels j'avais manqué de rompre le levier de vitesse, se présenta une descente d'une trentaine de mètres en direction d'un des affluents du rio. La pente présentait un fort devers vers la forêt, et un silence pesant s'installa dans la voiture, qui prit de plus en plus de gîte à mesure que nous approchions de l'eau. Je me fis la promesse, si nous parvenions à atteindre Santo Domingo sans casse, d'écrire au constructeur pour le féliciter de la robustesse de sa nouvelle gamme de citadines. Une fois au niveau de l'eau, j'arrêtai le moteur et descendis pour évaluer la situation. Le ruisseau avait une dizaine de mètres de large et semblait peu profond, mais un courant régulier charriait des limons qui avaient fait perdre à l'eau sa transparence, rendant impossible d'estimer précisément le risque de s'embourber au milieu du gué.

— Descendez. Il vaut mieux que vous passiez par là, dis-je en désignant un tronc d'arbre abattu, un peu plus haut, qui permettait de traverser à pied sec. Ce n'est pas la peine de lester la voiture.

— On devrait peut-être la laisser ici et marcher, suggéra Stéphane-France.

La rive sur laquelle nous nous trouvions était plate, mais peu large. J'avais d'autant plus de chances de m'y enliser en tentant une manœuvre.

— Il faut qu'on passe, je ne pourrai même pas faire demi-tour ici. J'ai l'impression que le chemin est moins accidenté de l'autre côté. On va continuer tant qu'on pourra.

Je trouvai un morceau de bambou et le plongeai dans l'eau, le plus loin possible dans le courant. Il ne devait pas y avoir plus d'une quarantaine de centimètres de fond à l'endroit que j'avais pu atteindre, et le lit avait l'air ferme, pierreux peut-être. Je reportai la mesure au niveau de la carrosserie. En théorie, je ne risquais pas de noyer le moteur. J'affichai un sourire rassurant d'expert en raids en tout genre et les incitai à s'engager sur le tronc, puis repris place au volant, tandis que Magdelín les aidait, une par une, à traverser. Quand ce fut fait, elles vinrent toutes les quatre se poster en face de moi, au bord de l'eau, exactement à l'endroit où j'étais censé poser mes roues quelques secondes plus tard.

— Je vais vous écraser si vous restez là !

Elles s'écartèrent avec un sourire embarrassé. Je n'étais pas le seul spécialiste de l'aventure en milieu tropical dans le coin.

Je fermai les vitres, mis le contact, enclenchai la première et accélérai, de plus en plus régulièrement à mesure que la calandre puis le train avant s'enfonçaient dans le ruisseau. J'appuyai sur la pédale, préférant heurter le bas de caisse plutôt que de m'embourber. Le niveau de l'eau semblait égal. Rapidement, je pris confiance et, à mi-chemin, enclenchai la seconde. La voiture bondit en avant et les pneus mordirent sur la terre ferme de l'autre côté. Le premier des quatre cours d'eau était franchi.

Le rio suivant, plus profond et sans rive guéable, incita moins à la réflexion. Un pont sommaire avait été installé, composé de larges plaques d'acier rivetées les unes aux autres et posées sur des rondins de bois. Je testai la première en sautant dessus à pieds joints, puis aperçus des traces de pneus larges et excavées de l'autre côté. Si des camions pouvaient passer, nous ne risquions rien à nous engager à notre tour.

J'imaginai la scène si nous nous étions trouvés là au moment où les premiers orages annoncent la saison des pluies. Dans deux mois, ce chemin serait totalement impraticable et nous ne pourrions même pas dépasser le pont d'Achotal. Quant aux 4 × 4 proposés par les agences touristiques, je me disais rétrospectivement qu'aucun n'avait la puissance nécessaire pour passer. En dehors de la saison sèche, ne pouvaient circuler ici que des chevaux ou des engins tout-terrain qui ne sont pas disponibles à la location.

Le troisième et le quatrième rio étaient également dotés de ponts. Après avoir traversé le dernier, nous croisâmes un groupe d'hommes à cheval qui jetèrent un regard stupéfait sur notre voiture. À mesure que nous montions dans la forêt, fenêtres ouvertes, la chaleur humide envahissait l'habitacle, transportant avec elle le froissement incessant des ailes d'insectes, les stridences des oiseaux, le murmure prégnant des frondaisons. De temps à autre, le toit d'un bohío se dessinait à quelques mètres du chemin, qui rétrécissait sous les ramures. Parfois, une barrière en bois semblait défendre un jardin potager de la prédation de la forêt tropicale.

Je demandai à Magdelín qui pouvait vivre ici, si loin de tout.

— Il y avait ta famille, ironisa-t-elle. Et puis beaucoup d'ouvriers travaillent par ici.

— Mais comment font-ils pour aller à la ville ? demanda Ilona.

— Ils marchent. Sous le soleil. Parfois trois heures, quatre heures. Ou à cheval. Jusqu'à la route, puis ils font du stop.

Comme pour confirmer ses dires, nous vîmes deux enfants vêtus d'un uniforme scolaire bleu marine repassé avec soin sortir d'un fourré et s'engager, pieds nus, sur le chemin.

— Ici, tout le monde est éduqué, affirma fièrement Magdelín. Même dans les endroits les plus reculés, il y a une école. Avant c'était une région d'analphabètes, maintenant c'est fini.

Je savais que c'était le discours officiel et j'en voyais là une traduction concrète, néanmoins je préférais continuer à éviter le terrain politique avant de faire plus ample connaissance.

Nous étions parvenus à une fourche, le chemin se séparait en deux et la pente s'accentuait encore.

— Le vieux n'a pas dit s'il fallait prendre à droite ou à gauche…

Je garai la voiture à l'ombre sur le bas-côté. Nous n'étions plus très loin, je le sentais. L'enfant enfoui en moi reconnaissait le ciel par-dessus les lignes de crête qu'hérissaient les troncs démesurément hauts et rectilignes des palmiers royaux.

— Je vais demander là-bas, dit Magdelín.

Elle désigna une habitation que l'on devinait dans la végétation sur le chemin de droite. Tandis qu'elle s'y rendait, nous sortîmes tous quatre de la voiture et nous désaltérâmes abondamment. Nous étions partis depuis près de trois heures.

Un homme apparut derrière la barrière de sa hutte. Il portait un pantalon kaki et une chemise d'uniforme ouverte sur son torse nu. Je pensais au début que tous ces gens en tenue étaient des militaires, mais Magdelín m'avait expliqué qu'il s'agissait de fonctionnaires affectés à une tâche ou une autre pour le gouvernement. Ce pouvait être aussi bien une mission administrative que la récolte dans une ferme d'État. À en juger par l'isolement de l'endroit, je penchais plutôt pour la seconde catégorie.

Après avoir échangé quelques mots avec l'homme, Magdelín nous fit signe d'approcher en nous interpellant d'une voix joyeuse.

— Qu'est-ce qu'elle dit ? demandai-je à Ilona, dont les yeux s'étaient mis à pétiller.

— Que ce monsieur a connu ta famille, traduisit-elle.

— Sérieusement ?

J'accélérai le pas, et Magdelín me présenta l'homme. À peu près soixante-dix ans, une carrure solide de paysan, la peau brune, des cheveux crépus abondants, un regard vif d'un bleu intense qui me scrutait avec autant d'intérêt que je le faisais moi-même. Notre conversation se déroula en espagnol et j'en compris quasiment chaque mot, Magdelín et Ilona m'aidant pour le reste.

— Bonjour, je m'appelle Laurent, commençai-je. Laurent Bénégui.

— Je suis Umberto.

— Vous avez connu mon oncle ?

— Jean Bénégui (il dit « Juan ») et Louisette, *sí*.

Je fus submergé par l'émotion. Nous nous trouvions en pleine forêt, au cœur d'une région totalement isolée, et le hasard nous avait conduits jusqu'à la demeure du dernier protagoniste de cette histoire encore en vie à Cuba.

— J'étais copain avec Tatico, enchérit-il en souriant, découvrant une rangée de dents incomplète.

— Oui, Jean-Claude, c'est mon cousin. C'est lui qui nous a donné les indications pour arriver jusqu'ici. Je pensais qu'on ne trouverait jamais. Santo Domingo, c'est ça ? C'est ici ?

Umberto acquiesça et agita la main vers la suite du chemin.

— Un peu plus haut, là-bas… Ils sont partis en France depuis longtemps, je devais avoir vingt ans, ajouta-t-il en regardant le ciel, comme si les nuages découvraient ses souvenirs à mesure qu'ils glissaient dans l'azur.

— Il y a quarante-trois ans, précisai-je. Ils sont venus habiter chez moi, chez mes parents, à leur retour.

— Mes parents travaillaient au café, sur la finca, et moi je montais jouer avec les enfants, reprit-il. J'ai appris à Tatico à faire des collets et à pêcher les écrevisses. Et Bébé, sa sœur, elle était très jolie. Il n'y avait pas de blondes, ici. Je me souviens qu'il y avait un capitaine de l'armée amoureux d'elle. J'étais un peu jaloux. Elle va bien ?

— Elle est décédée, malheureusement. Elle a eu un cancer après son arrivée en France.

— Et Juan et Louisette ?

— Jean est mort il y a deux ans, Louisette l'année dernière.

Umberto s'offrit un temps de silence, comme pour se représenter les visages flétris de sa jeunesse.

— Alors, il n'y a plus que Tatico, énonça-t-il d'une voix triste.

J'acquiesçai doucement, ému. Ma famille restait muette, à l'écoute. Je crois qu'à cet instant nous étions tous conscients que cette seule rencontre avec Umberto justifiait notre voyage. J'éprouvai le besoin de le toucher afin de m'assurer définitivement de la réalité de l'instant, mais n'osai pas faire preuve d'une telle familiarité. Je me demandai s'il vivait seul dans sa hutte, décochant un regard discret derrière son épaule, à la recherche d'autres traces de présence, du linge à sécher, un repas en train de se préparer. Rien.

— On peut faire une photo ensemble ? demanda-t-il alors, me donnant l'occasion du contact auquel j'aspirais.

— Mais oui, bien sûr !

Je le rejoignis et passai mon bras autour de lui, serrant ma paume contre son épaule, tandis que Stéphane-France nous photographiait.

— Vous serez arrivés à Santo Domingo quand vous verrez la bodega en haut du chemin, dit-il. Mais ce n'est plus comme avant. Après le départ de votre famille, la maison a été démontée par les paysans. Ils ont pris les planches de bois pour construire leurs propres habitations.

— Je veux juste retrouver l'endroit, pas y dormir, plaisantai-je. On peut laisser la voiture ici ?

— Il vaut mieux, elle n'arrivera pas au sommet.

— Merci, Umberto. Je suis très heureux de vous avoir rencontré.

— *Adios*, me répondit-il, ce qui, traduit littéralement, résonna tristement à mes oreilles.

Nous avançâmes à pas vifs et cadencés, conscients d'être arrivés au point de rencontre des âges, au milieu de dizaines de milliers d'hectares de forêt épargnés par la civilisation. Ici, les souvenirs demeuraient intacts, embaumés par le parfum des oranges et des régimes de bananes, que prolongeait le cône renflé d'une large fleur pourpre.

— C'est ça, le café, dis-je en montrant aux filles les grappes de cerises encore vertes qui faisaient ployer les branches des arbustes. Avant, tout cela devait être cultivé par mon oncle, mais la nature a repris ses droits.

— S'ils ont tout pris sur la propriété, on ne va rien trouver ? s'inquiéta Lilou.

— Je ne sais pas, mais on va vite le découvrir.

Nous atteignîmes un faux plat sur lequel était érigée une baraque en bois. Sur la façade vermoulue était peint « Bodega », avec un avertissement : « Interdit de vendre de l'alcool aux mineurs de moins de quatorze ans ». Mais les portes et les fenêtres étaient closes.

— Papa ! appela Lilou.

Elle avait découvert un panneau métallique à moitié enfoui dans la végétation sur lequel on pouvait déchiffrer : « Santo Domingo, ferme d'État ».

— C'est ici, dit-elle.

Je me retournai et examinai la forêt.

— Non. On est bien sur les terres, mais ce n'est pas là qu'ils vivaient. La maison était attenante à la bodega. Il y avait bien un chemin qui y menait, mais ce n'est pas celui-là...

— Tu es certain ? Ça fait longtemps, tout a poussé...

— Oui, on est sur un promontoire, ce n'est pas assez large. La maison était construite sur un plateau, devant les séchoirs à café, c'était grand et plat. Ça ne peut pas être ici.

— Alors, c'est quoi, cette bodega ? demanda Stéphane-France.

— Je ne sais pas. Une plus récente. Peut-être que l'autre était trop difficile d'accès...

Le chemin par lequel nous étions arrivés se prolongeait en amorçant une descente, mais, sur notre gauche, un sentier se dessinait entre les arbres, à flanc de colline.

— On essaye par là ? proposai-je.

— Y a pas des animaux ? demanda Ilona, inquiète.

Je leur avais demandé de mettre des chaussures hautes le matin, et j'estimais que, en faisant suffisamment de bruit, on ferait fuir serpents et mygales sur notre chemin.

— Je passe devant, souris-je en guise de réponse.

Magdelín regarda si son téléphone se connectait à un réseau et, visiblement rassurée, nous indiqua d'un signe de tête qu'on pouvait avancer.

Le sentier se révéla pierreux et suffisamment dégagé pour ne pas risquer de mettre le pied sur une bestiole indésirable. Les caféiers s'étaient développés de manière anarchique, leurs troncs noueux et épais avaient poussé, aussi tordus que des ceps de vigne de six ou sept mètres de hauteur. Je caressai leur écorce en me disant qu'ils avaient probablement été plantés par Jean et Louisette et qu'ils étaient des arbrisseaux lorsque j'étais venu. Nous aperçûmes le toit d'une construction entre les feuilles de bananier, puis se découvrirent des murs en crépi et la forme d'une maison. La végétation s'éclaircissait, et, après quelques minutes de marche, nous prîmes pied sur un plateau cerné de collines formant les hautes parois d'un cirque luxuriant.

Le bâtiment en dur était fermé, rectangulaire, environ vingt mètres sur dix. Recouvert de tuiles, il faisait face aux ruines de quatre séchoirs à café dont le béton lézardé et soulevé par endroits avait été envahi par des pousses sauvages de caféiers et de ronces. Des hangars défoncés prolongeaient les séchoirs, et, à l'extrémité nord, je devinai le chemin des muletiers sur lequel j'avais maintes fois monté le cheval que m'avait confié mon oncle.

Le bruit de la forêt s'était amoindri, le soleil méridien frappait à nouveau nos têtes et nos épaules alors que nous explorions le pourtour de la maison, découvrant sur le côté un ancien sol carrelé que masquaient des herbes folles. Nous marchions exactement à l'endroit où se tenait autrefois la cuisine familiale. Ce bâtiment avait été reconstruit plus récemment, à peu près au même emplacement. En tirant un volet qui n'était attaché que par un fil de fer, je distinguai à l'intérieur une enfilade de pièces vides et quelques lits superposés, rudimentaires.

— C'est peut-être une habitation pour les ouvriers quand ils viennent pour la récolte, suggéra Magdelín.

— Qu'est-ce qu'ils peuvent récolter ici ? Tout est à l'abandon.

— On ne se soucie pas de ce détail. Quelques sacs de café, des fruits. Les fermes d'État comme celle-ci n'ont jamais un gros rendement, soupira-t-elle.

— J'imagine… Et tu as vu l'état des séchoirs ?

— Helms-Burton, dit Magdelín. On n'a même plus de quoi faire du béton. Dans la jungle, il suffit d'une saison ou deux pour que la nature détruise tout. Alors, c'est bien là ? C'est chez toi ?

— Oui, répondis-je. La maison se trouvait ici, la bodega au bout à gauche. Tout me revient. Les séchoirs devant et à l'arrière. Il y avait un poulailler et l'endroit où l'on faisait griller le cochon.

Rien ne subsistait. La maison avait été remplacée par une bâtisse déjà mise à mal par la forêt. Les séchoirs, construits, réparés et reconstruits au même endroit, s'étaient succédé pendant des générations. L'ancienne bodega avait été déplacée quelques centaines de mètres plus bas. Mais nous étions sur la terre acquise par Léopold dans les années vingt, à l'endroit même où il avait perdu la vie dans les années trente. Au milieu du panorama dans lequel Jean et Louisette avaient surgi à la fin des années quarante. Aux latitude et longitude précises où j'avais suivi mes parents et ma grand-mère à la fin des années soixante. De retour, au XXIe siècle, en compagnie de mon épouse et de nos filles.

Magdelín alla s'asseoir à l'ombre d'un flamboyant dont les grappes de fleurs grenat tranchaient sur les céladons et les émeraudes des arbres à l'entour. Elle s'adressait avec enthousiasme à son téléphone portable, reprenant son débit habituel, relatant très certainement le succès de notre expédition à Jean-Joseph. Elle avait délibérément choisi de se mettre à l'écart pour nous laisser vivre ce moment seuls. Et, de fait, nous nous étions tous éloignés les uns des autres, chacun à la recherche de la conclusion intime de son propre voyage. Ilona avait pénétré dans le bâtiment et allait de pièce en pièce, ouvrant les huis fendus des fenêtres, comme si, en inondant de soleil les vestiges de l'ancienne maison, elle pouvait la faire réapparaître. Lilou, caméra à la main, filmait le paysage grandiose de ces collines qu'il fallait autrefois plus d'une journée pour parcourir à cheval. Stéphane-France, qui s'était aventurée au milieu des séchoirs, les arpentait à pas lents, tête baissée, grave et recueillie. Quant à moi, je me dirigeai vers une très ancienne grille, à demi ouverte, qui délimitait le terrain à l'orée du chemin des muletiers. Face à la forêt profonde, étreint par la touffeur humide, je restai un long moment immobile sur la voie qu'empruntaient les fantômes, attentif aux chuchotements de l'air dans les feuilles de palme. J'aperçus un panneau émaillé, fixé aux barreaux de la grille, indiquant : « Zone militaire, défense d'entrer »

– trace de la période qui avait suivi la révolution. Les attaches rouillées ne résistèrent pas, et je dérobai cette modeste propriété de l'État cubain, que je glissai dans mon sac à dos. C'était bien la moindre des choses.

Stéphane-France me rejoignit, passa sa main dans mon dos et m'attira contre elle, déposant un baiser d'une immense tendresse sur mes lèvres. J'enlaçai la femme avec qui je vis depuis vingt ans, ajoutant sa chaleur à celle restituée par les arbres et la terre. Nous nous serrâmes l'un contre l'autre, et je laissai une larme rouler sur ma joue.

Après avoir réussi à trouver dix litres d'essence sur le chemin du retour, nous parvînmes à Guantánamo en fin de journée, et Magdelín nous invita à nous rendre chez elle. Je restai silencieux pendant le trajet, gagné par le sentiment amer que, en retrouvant Santo Domingo, je l'avais effacé des territoires imaginaires de mon enfance. Toutefois, les visages détendus et souriants de mes filles que j'apercevais dans le rétroviseur me réconfortèrent. Je me dis que ce paysage n'avait pas disparu, mais avait simplement été transféré de ma jeunesse à la leur.

Assis en tailleur, telle une vigie, sur le toit-terrasse de sa maison, située de plain-pied à l'angle d'une rue peu passante : ainsi m'apparut mon cousin Jean-Joseph pour la première fois. Grand et mince, il nous adressa un signe mécanique de la main tandis que j'attrapais la valise de cadeaux dans le coffre de la voiture. Je lui répondis avec naturel, comme si nous nous étions quittés quelques heures auparavant. Puis Magdelín nous invita à franchir la grille du modeste jardin, avant de pénétrer dans la maison.

La mère de Jean-Joseph, Lina, trônait face à l'entrée dans un fauteuil massif en acajou dont l'assise était recouverte d'un tissu tigré. Le visage altier, les traits peu mobiles, elle portait une robe à manches courtes et à imprimé coloré, ses pieds nus étaient enchâssés dans des sandales en plastique bleu turquoise. Ses bras et ses jambes, tout comme son visage, étaient d'une pâleur diaphane, et elle nous scrutait de ses yeux clairs, presque transparents, sans bouger. Je me demandai si elle voyait, jusqu'à ce que son visage s'éclaire d'un sourire et s'anime.

— Bonjour, monsieur Laurent, je suis ravie de vous rencontrer, ainsi que votre famille, j'ai tellement entendu parler de vous ! lança-t-elle dans un français dont l'excellence me surprit.

— Oh, moi aussi Lina. Je suis très heureux.

— Alors, vous avez réussi à retrouver cet endroit, Santo Domingo. Bravo !

— Merci, répondis-je en souriant à Magdelín, qui nous fit signe de prendre place auprès de sa belle-mère, sur les fauteuils et le canapé eux aussi tigrés.

Je m'assis à côté de Lina, ayant du mal à réaliser qu'elle n'était qu'à six ans du siècle. Elle en faisait vingt de moins.

— Quel dommage, dit-elle, que nos deux familles ne se soient jamais fréquentées. Mais René, mon mari, avait son caractère.

— C'était il y a longtemps... Ce qui compte, c'est notre rencontre aujourd'hui.

Elle fit une grimace d'incompréhension.

— Pardonnez mon français, dit-elle, je crois que je l'ai oublié. À force de vivre ici, je suis devenue complètement cubaine.

— Mais non, vous parlez très bien, c'est formidable.

— Comment ?

— Je vous comprends très bien, répétai-je en haussant la voix.

— Pas moi. Je crois que je parle le français, mais que je ne l'entends plus. Mon cerveau est bousillé, je suis malade. Je suis sourde, je suis aveugle, je suis un détritus.

Magdelín revint en nous apportant des jus de mangue glacés et des quartiers d'avocat disposés dans un ramequin en porcelaine béarnaise comme j'en avais vu de tout temps chez ma grand-mère.

— Ma belle-mère est formidable, sourit Magdelín.

— Formidable de rien, reprit la vieille femme. Je suis foutue. Alors, monsieur Laurent, vous êtes allé à Pau voir ma belle-sœur Marinette ?

— Oui, elle et Annie.

— Nous étions presque comme deux sœurs lorsque nous vivions ici. J'ai beaucoup pleuré quand ils sont rentrés en France. Annie était encore une adolescente, un peu comme vos filles. Et Marinette a toujours été une femme très énergique.

— Oui, je m'en suis rendu compte. Mais vous aussi, non ?

Lina fit mine de ne pas entendre et poursuivit :

— Heureusement, maintenant, avec les téléphones, on arrive à avoir des photos... Sinon, je ne me souviendrais même plus de leurs visages.

Puis elle fixa son regard sur Ilona, Lilou et Stéphane-France.

— Vous êtes tellement belles, toutes les trois, dit-elle, émue.

C'est alors que Jean-Joseph apparut, tenant à la main une boîte en carton. Je me levai pour aller à sa rencontre. Nous restâmes face à face un instant, immobiles, avant de nous donner une courte accolade.

— Je vous ai apporté quelques photos, dit-il.

Il alla embrasser Stéphane-France, Lilou et Ilona, en se présentant chaque fois, puis rapprocha un tabouret pour s'asseoir à côté de Lina et ouvrit la boîte, qui contenait un tas de photos jaunies.

Sur la première qu'il présenta, ils posaient tous devant un séchoir à café.

— Ici, c'est Jean-Baptiste, commenta Lina. Là, René et moi quand je venais d'arriver à Cuba. Je devais avoir vingt-cinq ou vingt-six ans, je ne me souviens plus bien... Et là, Robert et Marinette... C'était à El Infierno. Aujourd'hui, tout est démantelé. Ils ont gardé le nom, ils appellent cela « Vaquería El Infierno », mais ils ont à peine une cinquantaine de têtes de bétail. Quand je pense que nous en avions des milliers, je sens une colère monter en moi, chaque fois.

— Vous n'avez jamais eu envie de rentrer en France ? lui demandai-je.

— René ne voulait pas.

— Pourquoi, il n'était pas en colère, lui ?

— Bien sûr que si. Nous avions notre propre domaine, El Ermitaño, nos bêtes, notre café, et du jour au lendemain on n'avait plus rien. René, c'était un homme de la campagne, et il a fini plombier en ville, pendant vingt-cinq ans. Le pauvre, il est mort il y a dix ans. Si on exprimait notre colère, on allait en prison.

— Les choses ont changé depuis la mort de Fidel Castro, dis-je, vous pourriez rentrer…

— On a un proverbe à propos de Raúl et de Fidel : *El mismo perro con dos collares distintos.* « C'est le même chien avec deux colliers différents. » On a cru que ça changeait, mais ça n'a jamais changé et ça ne changera jamais.

— Je suis né dans cette ville, et Susana et Viviana sont d'ici aussi, intervint Jean-Joseph. Ce que tu appelles rentrer, pour nous, c'est aller ailleurs.

— Je comprends, dis-je, songeant que les migrants intégrés échappent à l'histoire de leur pays d'origine pour subir celle de leur pays d'accueil.

— Le fils de Magdelín habite à La Havane, poursuivit-il. En ce moment, il fait des études en Russie. Nous ne sommes pas français. Nous avons une belle maison, ici, en ville. Nous considérons que nous avons de la chance.

Magdelín ne participait pas à la conversation, elle se contentait d'observer, ses yeux vifs allant d'un interlocuteur à l'autre.

— Alors, vous allez écrire un livre, monsieur Laurent ? me demanda Lina. Je sais que vous êtes écrivain, Marinette me l'a dit.

— Je ne sais pas, mentis-je.

— Il ne faudra pas dire n'importe quoi, on n'est jamais en sécurité.

— Je m'intéresse aux gens, à l'émotion, répondis-je pour la rassurer, pas à la politique.

— À Cuba, tout est politique, sourit Lina. La femme qui a ses règles et se jette à l'eau pour attirer les requins loin du radeau sur lequel son fils tente de rejoindre la Floride, c'est politique. Les Américains qui torturent leurs prisonniers chez nous pour qu'on ne dise pas qu'ils le font chez eux, pareil. Les Blancs qui ne boivent pas de café parce qu'ils ont peur de devenir noirs…

— Maman, tenta de l'interrompre Jean-Joseph, et je réalisai alors qu'il comprenait le français.

Lina émit un claquement de langue agacé et continua :

— Ici, même la musique est politique. Quand ce réalisateur allemand dont j'ai oublié le nom réalise son film sur le Buena Vista Social Club…

— Wim Wenders.

— Oui, peut-être… Eh bien, quand son film sort, Compay Segundo et Ibrahim Ferrer font le tour du monde. La planète découvre le *son*. Ah, ces Cubains, avec leur sens du rythme et une telle sensibilité musicale, ils ne peuvent pas être totalement mauvais ! Même traitement pour nos champions de saut en hauteur, nos boxeurs, nos escrimeurs, etc. Politique et propagande, voilà tout. J'en suis lassée. Il y a des années que je ne regarde plus la télévision, que je ne lis plus le journal. Et pas seulement à cause de mes yeux. Heureusement, je n'en ai plus pour très longtemps à supporter tout ça.

Jean-Joseph se leva et retourna à la cuisine en annonçant qu'il allait préparer du café, mais j'eus l'impression que c'était pour ne pas en entendre plus. Lina ferma les yeux, elle semblait s'être endormie. Constatant mon embarras, Magdelín posa sa main sur mon bras.

— Notre famille s'est agrandie maintenant que nous vous connaissons. Je suis heureuse de vous avoir accompagnés aujourd'hui.

— Merci, Magdelín, répondis-je. Il faudrait qu'un jour vous veniez en France et que nous puissions vous accompagner à notre tour.

Elle hocha la tête.

— Ce n'est pas simple, répondit-elle sur un ton vague.

— Qu'est-ce qu'il faudrait ? demandai-je.

— Pour quitter l'île, nous devons être invités, par exemple, dit-elle avec douceur.

— Mais vous êtes nos invités. Quand vous le souhaitez. On vous accueillera chez nous.

Lina rouvrit subitement les yeux.

— Pensez-vous, Laurent, Magdelín ne me laissera jamais seule ici.

— Alors venez aussi, Lina. Vous ne voudriez pas revoir la France ?

— Cela me tuerait encore plus vite que si je reste ici, plaisanta l'inoxydable nonagénaire.

Après que nous leur eûmes remis les cadeaux d'Annie et qu'ils nous eurent offert du rhum et du café, Ilona et Lilou répondirent longuement à leurs questions concernant leurs études, puis nous prîmes congé, les serrant chaleureusement dans nos bras. Ensuite, nous retournâmes en direction du centre-ville, priant pour que la fête de l'amour batte avec moins d'énergie que la veille.

En arrivant à l'hôtel, nous nous jetâmes sous la douche, puis nous hâtâmes vers la salle du restaurant. Étant donné le protocole de réservation, dont nous avions éprouvé la sévérité, il me paraissait inenvisageable de nous présenter en retard. J'imaginais un lieu bondé et le directeur nous refusant l'accès pour cause de désinvolture capitaliste. En fait de salle comble, nous trouvâmes la pièce déserte. Seule une table était dressée au centre. Deux serveurs au garde-à-vous s'empressèrent de tirer les chaises à notre arrivée. Après nous avoir confirmé qu'on allait nous servir *el pollo de la casa*, on nous apporta une salade de chou et de concombre, puis le poulet en question. Tendre, convenablement grillé. Et un saladier de riz. Nous comprîmes alors pourquoi le restaurant de l'hôtel Martí, considéré comme une des meilleures tables de la ville, ne recevait que sur réservation. Non pas à cause de l'affluence, car ce soir-là personne d'autre ne se présenta pour dîner, mais parce que leurs frigos étaient vides et que, si un client venait, il fallait envoyer dare-dare un employé quérir un poulet.

Entre la cinquième et la septième rue Ouest, le cimetière Saint-Raphaël de Guantánamo, unique nécropole de cette ville de deux cents mille âmes, avait dévoré quatre pâtés de maisons. Magdelín nous attendait devant l'entrée principale, située à l'extrémité de l'avenue Donato Mármol, et nous conduisit dans la petite casemate qui abritait les bureaux d'accueil. Un ventilateur plafonnier tentait poussivement de renouveler l'air moite et poussiéreux de la pièce. Sous un portrait délavé du Che, une gardienne en uniforme nous accueillit avec un large sourire quand Magdelín nous eut présentés comme « *los Franceses* ». La femme fit alors apparaître deux épais registres de cuir contenant des centaines de feuilles jaunies. Elle les posa sur le comptoir et les ouvrit aux pages repérées par des rubans effilochés.

— Nous avons mis deux journées entières à les retrouver, me glissa Magdelín à l'oreille.

Je lui serrai affectueusement la main, le regard attiré vers les trames anciennes sur lesquelles s'enchaînaient les pleins et les déliés d'une écriture à la plume soignée. La première page comprenait trois colonnes et peu de noms. Il s'agissait de la liste des concessions, avec leur emplacement et le nom de leurs propriétaires. Magdelín pointa du doigt le nom de Pedro Bélon, possédant la fosse numéro dix dans la quatorzième rangée du premier tiers.

— C'était l'associé de monsieur Bégué, le propriétaire de la tombe. Ce sont eux qui se sont occupés des obsèques de ton grand-père. Et ici, tu as le registre des inhumations…

La seconde page était couverte d'un grand nombre de lignes serrées correspondant aux enterrements effectués en septembre 1931 – plus d'un par jour. Figuraient pour chaque défunt les mentions du jour des obsèques, de son âge, de la couleur de sa peau – « blanc », « noir » ou « métis » – et, enfin, de son nom.

C'est ainsi que je lus, à la date du 17 septembre, qu'un homme âgé de trente-quatre ans, blanc, répondant au nom de Paulo Bénégui, avait été enterré à l'emplacement numéro dix de la quatorzième rangée du premier tiers.

— C'est bien lui, acquiesçai-je, mon grand-père, Léopold. On le surnommait « Polite » ou « Polito ». Et j'imagine que ça a donné « petit Paul » ou « Paulo ». C'est probablement ainsi qu'il était nommé ici. Mon père aussi, ses amis l'appelaient Polite…

Stéphane-France, Ilona et Lilou s'approchèrent à leur tour, examinant attentivement le document.

— *Muchas gracias*, dis-je à la femme de l'accueil. Vous permettez ?

Après qu'elle eut hoché la tête, je pris consciencieusement des photos des registres.

— Je vais vous y emmener, proposa Magdelín avec délicatesse.

La lumière éblouissante du zénith irradiait les allées désertes du cimetière. Sous un ciel bleu et nu, nous foulâmes une traverse sur laquelle subsistaient les débris d'un dallage de pierres plates. Autour de nous, peu de tombes simples ou de croix fichées à même la terre, mais des monuments funéraires imposants par leur taille et leur sophistication architecturale, quoique, pour la plupart, très dégradés. Fers forgés rongés par la rouille, coupoles défoncées, obélisques penchés constituaient ainsi, à perte de vue, une grandiose ville des morts au milieu de la ville des vivants. Une cité autrefois riche, aujourd'hui victime de l'oubli et des intempéries. La rumeur de Guantánamo nous rappelait que, au-delà des murs d'enceinte, rien n'empêchait l'écoulement des heures, pas plus pour un chien en train de se battre ou pour un enfant en train de jouer que pour un ouvrier redressant une plaque de tôle. En deçà seulement, le temps s'était fané, à l'image des bouquets égarés sur les sépultures.

Magdelín ralentit le pas en arrivant à l'extrémité du passage. Elle s'écarta devant une petite chapelle que je reconnus comme étant celle que mon père avait filmée en 1967. D'environ deux mètres de large sur trois de profondeur, la construction, d'inspiration mauresque, était surmontée d'une coupole en mosaïque lavée de ses couleurs d'origine et marquetée de noir du fait des céramiques manquantes. Le frontispice avait supporté autrefois une croix en ciment dont une partie gisait sur le sol. De chaque côté, une fenêtre à l'andalouse abritait les volutes corrodées d'une ferronnerie. En façade, une simple grille grinça lorsque je l'ouvris à moitié. Je restai interdit à l'entrée du modeste mausolée, n'osant fouler le pavement de carrelage blanc qui cernait la dalle, enchâssée à même le sol. Deux anneaux en bronze permettaient de la soulever et de la remettre en place. De nombreux éclats sur le pourtour du marbre et sur les carreaux de faïence contigus, ainsi que des fêlures mêlées aux veines minérales, témoignaient des chocs subis à chaque adjonction d'un cercueil dans le caveau. Au centre de la dalle, un cartouche ornemental poli portait, gravés en lettres majuscules, deux noms : « BÉLON – BÉGUÉ ».

Contre le mur du fond, des fleurs naturalisées, oubliées dans une jardinière en marbre, proposaient la seule note de couleur entre ces murs décrépits et écaillés.

Ma femme et mes filles avaient cessé d'avancer. Elles se tenaient à distance, droites et rigoureusement immobiles dans l'allée surchauffée par le soleil.

Je restai sur le seuil à observer le sol sous lequel reposaient les ossements de mon grand-père, quoique rien n'indiquât qu'ils se trouvent sous la dalle. Aucune mention de son nom n'avait été faite sur le marbre, aucune plaque n'avait été déposée. Il n'y avait que ce registre, à l'entrée, pour attester son ensevelissement, et aussi le récit que tout le monde m'avait livré, et que je m'étais fixé pour mission de délivrer, les dernières lignes s'écrivant à présent dans le lieu où s'était déroulé l'ultime chapitre de la vie de mon grand-père. Une brise ardente s'était levée, charriant l'écho lointain d'une salsa. Sous l'effet du vent, la grille manœuvra, achevant d'ouvrir le passage qui permit aux ombres de surgir du passé.

À midi, le 17 septembre 1931, les deux appariteurs du cimetière pénétrèrent dans le caveau munis d'épaisses cordes de chanvre. À l'extérieur, quatre hommes noirs vêtus de chemisettes blanches à manches courtes apparurent dans la brume de chaleur, portant un cercueil sommaire fait de planches de cèdre clouées, qui paraissait sans poids sur leurs épaules. Un cinquième homme noir les suivait, tenant haut le parapluie qui abritait l'archiprêtre Leonardo Núñez dans un cône d'ombre. Le prélat avait eu de la peine à consentir à quitter la fraîcheur de la cathédrale. Officier en pleine chaleur n'était pas pour le réjouir, surtout pour un indigent qu'on n'avait jamais vu à la paroisse et qui, selon les dires des uns et des autres, était promis à un séjour de longue durée au purgatoire. Mais il n'avait pu refuser la requête de Pedro Bélon et de Francesco Bégué, qui figuraient parmi les plus importants donateurs du diocèse. Ceux-là mêmes grâce à qui Santa Catalina de Ricci pouvait s'enorgueillir d'avoir retrouvé son clocher après l'ouragan de 1926. Alors, on s'était mis d'accord sur une rapide bénédiction, sans effet d'étole ni oraison.

Madeleine marchait à quelques pas, endeuillée, le visage couvert d'une mantille noire, égrenant son chapelet d'une main, maintenant son petit Léopold de l'autre. L'enfant s'était endormi sur le ventre qui portait son jeune frère René, chacun d'un côté de la peau de leur mère. Leurs quatre sœurs et frères suivaient solennellement le cercueil de leur père, Hélène en tête, suivie de Lydie, puis des deux garçons, Jean et Pierre. Jean-Baptiste venait ensuite, compassé dans un costume sombre confectionné par la meilleure couturière de Guantánamo. De temps à autre, il retirait son chapeau en feutre à large bord pour s'éponger le front avec un mouchoir de lin, en profitant pour essuyer une larme sur sa joue. À cinquante-six ans, il ne pleurait pas tant la disparition de son jeune demi-frère que l'échec de son ambition de le voir réussir à Cuba. Dans la vie riche en aventures de Jean-Baptiste, le comportement licencieux de son cadet et son manque d'attention à l'égard de sa femme et de ses enfants avaient constitué les seuls obstacles qu'il n'avait jamais pu surmonter. Le ferment, aussi, d'une culpabilité envers cette branche de sa famille que son argent n'était pas parvenu à éteindre.

Aurélie, sa jeune épouse, avait effectué le trajet depuis la propriété d'El Infierno pour se joindre aux funérailles. Pour elle, toute occasion de descendre en ville était à saisir. À l'issue de la cérémonie, elle comptait visiter les magasins d'étoffes et se faire servir un café sous les arcades du Parque Martí. Un breuvage dont elle pouvait reconnaître l'arôme entre mille, puisque les grains poussaient sur leurs propres terres. Auprès d'elle, lui tenant chacun une main, ses deux fils : René, âgé de sept ans, et Robert, âgé de quatre ans.

Deux couples fermaient la marche. Francesco Bégué, un homme de soixante-dix ans râblé et massif, soufflant et suant, cheminait lentement grâce au double appui de sa canne à pommeau et du bras fort de doña Isabelle, son épouse métisse. Dans son sillage, Pedro Bélon, aussi sec et grand que Bégué était court et trapu, lui aussi accompagné d'une femme, qui ressemblait trait pour trait à doña Isabelle. Les deux associés avaient épousé deux sœurs, et, comme les affaires de l'au-delà étaient plus longues à traiter que celles de la vie terrestre, de la même manière qu'ils avaient mis en commun leur bureau, ils avaient décidé de partager un caveau.

Avant le début de la cérémonie, Bélon et Bégué avaient reçu Madeleine afin d'examiner avec elle les conditions de la poursuite de l'exploitation de la finca de Santo Domingo. Léopold, ces derniers mois, avait accumulé les revers de fortune, et la prise d'une hypothèque sur l'entièreté de ses biens s'était révélée incontournable. Pour éviter une vente en l'absence de la veuve, qui ne pouvait demeurer seule avec ses enfants en pleine forêt, les deux associés avaient proposé de prendre à leur charge le salaire d'un contremaître ainsi que l'entretien de la propriété. Il s'agissait là, avec l'hospitalité accordée au cercueil du défunt, du dernier service qu'ils rendraient à Léopold Bénégui. En contrepartie, Madeleine devrait un jour envoyer un de ses fils à Cuba pour qu'il reprenne la finca et les rembourse.

La jeune femme se dit que, après l'avoir fait venir sur l'île sans vraiment la consulter, on allait l'en éjecter, flanquée de cinq enfants plus un à naître, sans faire davantage cas de son opinion. Dépourvue de tout moyen de subsistance, quel avenir l'attendait en France ? Léopold lui avait causé de nombreux tourments, il avait été responsable de bien des nuits sans sommeil et de trop fréquents épanchements de larmes, mais les éloignements répétés de son mari entre les bras d'autres femmes, sa passion pour les combats de coqs, les paris dans lesquels il avait englouti tant d'argent, ses soirées d'ivresse n'avaient pas suffi à effacer leurs sincères bonheurs. La luxuriance des tropiques et les paysages sauvages de la sierra avaient offert un écrin exceptionnel à dix années d'une existence aventureuse qui ne pouvait que faire paraître fade et morne la perspective d'un retour dans le Béarn.

Deux jours auparavant, à son réveil, Madeleine avait découvert les draps maculés du sang qui avait jailli en un fleuve silencieux de la bouche de Léopold au cours de la nuit. Son mari gisait, raide et froid, contre elle. Alors, elle s'était demandé pourquoi la vie avait décidé d'abandonner le cultivateur béarnais ce matin-là et pas au lendemain de la Grande Guerre, lorsque les épisodes d'étouffement consécutifs au gazage de Bezannes se succédaient sans trêve. Elle en avait conclu que leur vie à Cuba s'était déroulée dans l'intervalle d'une rémission accordée par le destin et qui ne pouvait avoir d'autre objectif que de lui permettre de mettre au monde leurs enfants. Léopold vivait en eux maintenant.

De lui ne restait qu'une dépouille usée à laquelle la pauvreté empêchait d'offrir une sépulture. Un corps otage d'un caveau étranger que Madeleine se jura de délivrer le jour où l'un de ses fils viendrait restaurer leur fortune. Elle se fit le serment d'offrir alors à Léopold une tombe à son nom.

La cérémonie fut brève. L'archiprêtre parcourut les quelques lignes d'éloge rédigées par Madeleine afin que ses enfants puissent, pour une fois, entendre dire du bien de leur père. Puis il prononça un Notre Père et aspergea le cercueil d'eau bénite, laquelle, à cause de la chaleur, ne laissa sur le bois clair qu'une trace éphémère de consécration.

Les appariteurs positionnaient la bière dans le trou sombre du caveau lorsque Jean-Baptiste vint étreindre la veuve, qui ne put contenir ses pleurs. Quelle qu'eût été la manière dont avaient tourné les événements, elle ne tenait pas son beau-frère pour responsable et éprouvait une sincère gratitude à son égard. Depuis l'abri bienveillant de ses bras, Jean-Baptiste lui promit de veiller à ce que les accords passés avec Bélon et Bégué soient respectés. Il allait tout faire pour que la propriété de Santo Domingo demeure intacte jusqu'au retour à Cuba d'un de ses neveux.

Madeleine saisit dans son sac la photographie prise au début de l'été. Léopold y apparaissait en bonne santé, alors qu'il était déjà rongé par la maladie qui venait de l'emporter. Apprenant que le photographe de Guantánamo s'était doté d'un de ces nouveaux appareils 24 × 36 dont on vantait la qualité et le faible encombrement, il avait insisté, certainement de façon prémonitoire, pour que celui-ci monte à Santo Domingo et fixe à jamais l'image de leur famille unie. Au cours d'une séance qui avait duré deux heures, trente-six prises de vue avaient été réalisées. L'agrandissement que détenait Madeleine trônait au-dessus du lit matrimonial, enchâssé dans un cadre en acajou, mais elle ne souhaitait plus le voir. Sans homme à ses côtés, avec six enfants à élever et aucun métier entre les mains, elle souhaitait endurcir son cœur et ne voulait pas se laisser attendrir par une image. Aussi offrit-elle le cliché à Jean-Baptiste, qui découvrit, ému, la simple dédicace, comportant la date de la prise de vue, que sa belle-sœur avait rédigée d'une plume appliquée : « Souvenir de ton frère Léopold Bénégui, 8 juillet 1931 ».

Je ne crois pas en Dieu ni ne souscris à aucune religion, mais je crois sur parole, je crois aux mots, à la pensée, à la puissance des souvenirs. Je me décidai à entrer dans la chapelle et m'agenouillai sur le marbre. Je saisis la boîte qui n'avait pas quitté ma poche depuis le début de ce voyage, ôtai le couvercle et en sortis la petite plaque de Bezannes, que j'avais soigneusement astiquée avant de quitter Paris. Puis je m'inclinai et la posai avec soin au centre du cartouche ornemental de la dalle.

Au début du XXe siècle, la soif de domination des nations, les alliances opportunistes et l'exacerbation des nationalismes avaient plongé le monde dans le chaos. L'ouragan belliciste avait emporté Léopold, misérable fétu de l'histoire, des labours du Béarn aux abattoirs de la guerre. Mes investigations ne m'avaient pas permis de déterminer s'il avait débarqué à Cuba pour fuir l'individu qu'il était devenu au fond des tranchées ou si, depuis toujours, il rêvait d'une vie meilleure. Toutefois, à l'heure où les peuples traversant la Méditerranée inquiétaient nos sociétés, nous devions nous souvenir que nombre de nos ancêtres avaient été les premiers à fuir la misère et les guerres, à chercher le salut sur une autre rive. Si mon grand-père n'était pas le héros que j'avais imaginé, il était assurément une victime qui méritait autre chose qu'une sépulture anonyme.

Au terme de ce voyage, j'avais modestement tenté de corriger l'oubli du temps et des hommes. De sa propre écriture, le nom de Léopold Bénégui figurait désormais sur sa tombe. Aussi, je quittai le cimetière de

Guantánamo le cœur léger. Quelques lettres gravées sur une plaque de métal suffisent à nommer un humain et à raviver sa mémoire. Assemblées en mots sur des pages de papier ou sur l'écran d'une liseuse, elles permettent de reconstituer les destins et d'en transmettre les enseignements. Ici, ceux de Jean-Baptiste, de Léopold et de Jean, au travers des voix de Louisette, de Marinette et de Lina, qui à elles trois avaient totalisé près de trois siècles d'existence. Les livres servent d'écrin aux vies, ils les tiennent à l'écart de l'amnésie, de la violence et de la désorganisation du monde. Voilà pourquoi il est nécessaire qu'ils n'en fassent qu'à leur tête.

Ne me demandez pas ce qui est vrai, ce qui est faux. Je n'en suis plus certain. Je sais seulement que je n'aurais jamais pu tisser les fils du réel et de l'imaginaire sans le concours de ceux qui en ont dévidé les bobines avec patience. Je voudrais ici les remercier.

D'abord, Louisette, qui s'est si généreusement livrée quand la Parque se penchait sur elle. Ma chère Lina, à qui je n'ai pas osé dire que j'étais venu à Cuba pour la transformer en personnage de roman. Et Marinette, qui a sauté comme une jeune fille, les deux pieds joints, dans le passé.

Jean-Luc Marty, sans qui je n'aurais pas commencé ce livre, et Sandra Bortuzzo, sans qui je ne l'aurais pas poursuivi. Vous avez été les instruments du destin.

Mes cousines et cousins, germains ou non, grands ou petits, dont la participation, volontaire ou pas, fut déterminante. À Guantánamo : précieuse Magdelín, guide infatigable et Jean-Joseph, mon jumeau d'Oriente, ainsi que tes filles Suzana et Viviana. En France : Annie, soutien de tous les instants, grâce à qui j'ai entrepris ce voyage de retour ; Christian et, tu sais pourquoi, une pensée particulière pour Françoise ; Martine et Jean-Pierre ; Nicolas, creuseur infatigable de mémoire, et Pascale, et Frédérique ; Jean-Claude, bien entendu, sans les indications de qui je n'aurais pas retrouvé Santo Domingo et à qui j'espère toujours pouvoir reparler.

Xavier d'Arthuys, passionné et passionnant connaisseur de l'île d'aujourd'hui ; Maria Bailleul dont les conseils de lecture un soir d'hiver m'ont ouvert bien des pistes et Alejandro, son frère qui nous a si chaleureusement accueillis à La Havane. Didier Le Bret, qui m'a ouvert son répertoire téléphonique et a permis de fructueuses rencontres.

Cécile Boyer-Runge, pour son soutien indispensable et la confiance qu'elle m'a accordée. Bernard Barrault, premier lecteur de toujours, sans qui je n'aurais écris ni ce livre ni les autres. Vanessa Springora, dont les ailes ont soutenu ma plume.

Et enfin, Stéphane-France, Lilou et Ilona, pour s'être pliées en quatre, jusqu'à tenir entre ces pages.

Composition et mise en pages
Nord Compo à Villeneuve-d'Ascq

MIXTE
Papier issu de
sources responsables
FSC® C003309

L'éditeur de cet ouvrage s'engage dans une démarche
de certification FSC® qui contribue à la préservation
des forêts pour les générations futures.

Pour en savoir plus :
www.editis.com/engagement-rse/

Imprimé en France par CPI
en novembre 2020

N° d'édition : 61039/01 – N° d'impression : 3041012